广东省优秀社会科学家文库（系列二）

黄修己自选集

黄修己 ◎ 著

·广州·

版权所有　翻印必究

图书在版编目（CIP）数据

黄修己自选集／黄修己著. —广州：中山大学出版社，2017.11
（广东省优秀社会科学家文库. 系列二）
ISBN 978 - 7 - 306 - 06140 - 9

Ⅰ. ①黄…　Ⅱ. ①黄…　Ⅲ. ①中国文学—现代文学史—文集　Ⅳ. ①I209.6 - 53

中国版本图书馆 CIP 数据核字（2017）第 189240 号

出 版 人：	徐　劲
策划编辑：	嵇春霞
责任编辑：	嵇春霞
封面设计：	曾　斌
版式设计：	曾　斌
责任校对：	李艳清
责任技编：	何雅涛
出版发行：	中山大学出版社
电　　话：	编辑部 020 - 84111996，84111997，84113349，84110779
	发行部 020 - 84111998，84111981，84111160
地　　址：	广州市新港西路 135 号
邮　　编：	510275　传　真：020 - 84036565
网　　址：	http://www.zsup.com.cn　E-mail：zdcbs@mail.sysu.edu.cn
印 刷 者：	广州家联印刷有限公司
规　　格：	787mm×1092mm　1/16　19 印张　311 千字
版次印次：	2017 年 11 月第 1 版　2017 年 11 月第 1 次印刷
定　　价：	60.00 元

如发现本书因印装质量影响阅读，请与出版社发行部联系调换

黄修己

　　1935年8月出生，福建福州人。1960年毕业于北京大学中文系，留校任教，从事中国现当代文学的教学和研究工作。1962年开始发表与出版研究、评论现当代文学的文章和著作。1987年到中山大学中文系任教，2005年退休。历任北京大学与中山大学教授、中国现代文学研究会副会长与名誉理事、教育部中国现当代文学研究中心学术委员等职。代表性著作有《中国现代文学发展史》《中国新文学史编纂史》《赵树理评传》等。多次获得国家社会科学基金优秀成果奖、教育部优秀社会科学成果奖、广东省优秀社会科学成果奖、王瑶学术奖等。2015年被评为广东省第二届优秀社会科学家。

"广东省优秀社会科学家文库"(系列二)

编委会

主　任　慎海雄

副主任　蒋　斌　王　晓　宋珊萍

委　员　林有能　丁晋清　徐　劲

　　　　魏安雄　姜　波　嵇春霞

"广东省优秀社会科学家文库"（系列二）

出 版 说 明

习近平总书记在党的十九大报告中明确提出要"加快构建中国特色哲学社会科学"，为新时代中国哲学社会科学繁荣兴盛指明了方向。哲学社会科学是人们认识世界和改造世界、推动社会进步的强大思想武器，哲学社会科学的研究能力是文化软实力和综合国力的重要组成部分。广东改革开放近40年所取得的巨大成就离不开广大哲学社会科学工作者的辛勤劳动和聪明才智，广东要实现"四个坚持、三个支撑、两个走在前列"的目标更需要充分调动与发挥广大哲学社会科学工作者的积极性、主动性和创造性。中共广东省委、省政府高度重视哲学社会科学，明确提出要打造"理论粤军"、建设学术强省，提升广东哲学社会科学的学术形象和影响力。这次出版的"广东省优秀社会科学家文库"，就是广东社科界领军人物代表性成果的集中展现，是广东打造"理论粤军"、建设学术强省的一项重要工程。

这次入选"广东省优秀社会科学家文库"的作者，均为广东省第二届优秀社会科学家。2014年7月，中共广东省委宣传部和广东省社会科学界联合会启动"广东省第二届优秀社会科学家"评选活动。经过严格的评审，于2015年评选出广东省第二届优秀社会科学家10人。他们分别是（以姓氏笔画为序）：王珺（广东省社会科学院）、毛蕴诗（中山大学）、冯达文（中山大学）、胡经之（深圳大学）、桑兵（中山大学）、徐真华

(广东外语外贸大学)、黄修己(中山大学)、蒋述卓(暨南大学)、曾宪通(中山大学)、戴伟华(华南师范大学)。这些优秀社会科学家是我省哲学社会科学工作者的杰出代表和学术标杆。为进一步宣传、推介我省优秀社会科学家,充分发挥他们的示范引领作用,推动我省哲学社会科学繁荣兴盛,根据省委宣传部打造"理论粤军"系列工程的工作安排,我们决定在推出"广东省优秀社会科学家文库"(系列一)的基础上,继续编选第二届优秀社会科学家的自选集。

本文库自选集编选的原则是:(1)尽量收集作者最具代表性的学术论文和调研报告,专著中的章节尽量少收。(2)书前有作者的"学术自传",叙述学术经历,分享治学经验;书末附"作者主要著述目录"。(3)为尊重历史,所收文章原则上不做修改,尽量保持原貌。(4)每本自选集控制在30万字左右。我们希望,本文库能够让读者比较方便地进入这些当代岭南学术名家的思想世界,领略其学术精华,了解其治学方法,感受其思想魅力。

10位优秀社会科学家中,有的年事已高,有的工作繁忙,但对编选工作都高度重视。他们亲自编选,亲自校对,并对全书做最后的审订。他们认真严谨、精益求精的精神和学风,令人肃然起敬。

在编辑出版过程中,除了10位优秀社会科学家外,我们还得到中山大学、暨南大学、华南师范大学、广东外语外贸大学、深圳大学、广东省社会科学院等有关单位的大力支持,在此一并致以衷心的感谢。

广东省优秀社会科学家每三年评选一次。"广东省优秀社会科学家文库"将按照"统一封面、统一版式、统一标准"的要求，陆续推出每一届优秀社会科学家的自选集，把这些珍贵的学术精华结集出版，使广东哲学社会科学学术之薪火燃烧得更旺、烛照得更远。我们希望，本文库的出版能为打造"理论粤军"、建设学术强省做出积极的贡献。我们相信，在习近平新时代中国特色社会主义思想指引下，广东的哲学社会科学一定能迈上新台阶。

"广东省优秀社会科学家文库"编委会
2017年11月

目录

学术自传 / 1

第一辑　学科史的前前后后

中国现代文学史理论与实践的回顾 / 3
回归与拓展
　　——对新文学史研究历史的思考 / 16
从"学以致用"走向"分析整理"
　　——20世纪90年代中国现代文学研究取向 / 32
论中国现代文学史的阐释体系 / 47
新文学史研究的两种传统 / 66
谈汉语新文学的研究 / 77
中国现代文学学科的过去和未来（节选）/ 82

第二辑　科学性的追求

文学史的史学品格 / 93
中国现代文学史研究的"势大于人" / 102
文学史和学术史研究的并行 / 108
现代文学研究的史论关系的再认识 / 116
在现代文学研究中，提倡科学精神 / 125
培育一种理性的文学史观 / 130

第三辑　从古典向现代转型的双线论

中国现代文学史著编纂创新的点、线、面、体 / 137

现代文学发生的双线论 / 146
现代旧体诗词应入文学史说 / 155
旧体诗词与现代文学的啼笑因缘 / 162
21 世纪的中国现代文学史 / 170

第四辑　"人的文学"和价值观问题

价值的相对性和绝对性 / 183
全球化语境下的中国现代文学研究 / 187
现代中国的"人的文学"传统 / 201
"人的文学"和战争文学
　　——中国"抗战"时期战争文学的反思 / 210
人性论和中国现代文学 / 224

第五辑　回顾和反思

告别史前期，走出卅二年
　　——中国现代文学学科发展的思考 / 243
奔向大学科，势在必行 / 251
谈四代学人和才、学、识 / 255
学科面临的几个问题 / 260
"干货"、证据和理论、阐释
　　——黄修己先生访谈录（张均访录）/ 265

附录　黄修己主要著述目录 / 280

后记 / 288

学术自传

◎ 黄修己

我于1935年8月出生于福建省福州市。1955年8月进入北京大学中文系汉语言文学专业（首届五年制）学习；1960年8月毕业，留校任教，一直从事中国现代文学的教学和研究工作。1987年9月来到广州，在中山大学中文系任教，2005年退休。发表学术评论曾用笔名，有方浴晓等。

大学毕业后，我给正在授课的王瑶先生做助教，并应他的要求讲了一堂课，所讲为解放区作家赵树理。于是，评论赵树理的创作成了我最早的专业习作。我发表在《北京大学学报》上的第一篇评论和吴晗主编的语文小丛书之一——《赵树理的小说》，都是据这第一堂课的讲稿整理的。我生长在南方沿海城市，对北方农村是陌生的；但我入大学前曾有5年的军旅生活。那时的人民解放军多是穿着军装的农民，我与他们朝夕相处，也发生过思想碰撞，使我对中国农民和中国革命有了一定的感性认知。这一点生活积淀有助于我研究现代文学。1958年，我听了周扬在北京大学开设的"马克思主义美学"课，并且为帮助他改编延安版的《马克思主义与文艺》，阅读了很多文艺理论经典著作，增进了我对理论问题的兴趣，也形成了我的一点理论积淀。至于更多专业上的准备，则得益于院系调整后系里荟萃的许多名师，他们精湛的学识、精彩的讲授使我终身受用。而现实主义作家吴组缃对小说独特的理解和分析，对我影响尤深。

《赵树理的小说》刚出版，这位曾经红极一时的作家已被作为"写中间人物"论的代表而受到批判，在"文化大革命"中更惨遭迫害致死。在粉碎"四人帮"后，我立即为赵树理立传，1981年出版《赵树理评传》，这是我的第一部学术著作；接着又写出了《赵树理研究》《不平坦的路——赵树理研究之研究》，编撰了《赵树理研究资料》。我本无意于某一作家的专门研究，没想到会有这样一些收获。我最喜爱的当是《赵树理评传》和《赵树理研究资料》两书，因为最能看出我是怎样接受学术训练和怎样做学问的。"文化大革命"耽误了我的青春，但十年的艰难困窘也使我得到很大磨炼，对人生有了新的感悟，对文学的认识也更深沉些了。此后，我开始了不断反思和逐渐彻悟的历程。《回首来路，也有风雨也有晴》《在半山腰的望顶兴叹》等多篇访谈可以看作我的初步反思。

"文化大革命"结束是我真正的学术生命的开始。粉碎了"四人帮"，我与同行们立即投入两项工作中，即拨乱反正和恢复学科。那时，急切的事情首先是推倒"四人帮"横加于中国现代文学的种种罪名，包括对"30年代文艺"和"国防文学"口号的诬陷。而要彻底推翻"四人帮"的定案，在当时亦非轻而易举之事，有过激烈的争论。我在争论中发表了《错误的结论就是要推倒》（《甘肃师范大学学报》）、《评三十年代左翼文艺运动》（《北京大学学报》）、《鲁迅与三十年代左翼文艺运动》（《辽宁大学学报》）、《鲁迅的"并存"论最正确》（《文学评论》）和《在论争中结束和没有结束的论争》（《北京大学学报》）等一批论文。这样热心的投入，都是出于批判"四人帮"的激情。一个意外的收获是切身感受了左翼文艺界年深日久、化解不掉的宗派主义情绪，这对我理解现代文学乃至这个学科也有帮助。

恢复学科需要尽快编出适用的《中国现代文学史》教材。早在"文化大革命"后期，在我有机会走进图书馆、读了许多现代文学的报纸杂志后，已经感到以往的教材尚未把现代文学丰富多彩的面貌反映出来，因而产生了最初的"重写文学史"的冲动。这时，随着思想的不断解放，对现代文学史有很多新的发掘和评价。我参加"唐弢主编本"和北京大学、南京大学等"九院校本"的编写，感到这些集体编写本也尚未将此时对现代文学史的许多新认识充分地反映出来，因而不辞简陋，自己大胆独力地编写一部《中国现代文学简史》（简称《简史》）。那时，我只想先把新的材料和新的认识尽快地在文学史里展现出来，所以认为写成《简史》就可以了。这部《简史》于1984年出版，实是思想解放之风所催生。它有着我对现代文学史叙述的一些个人见解、个性色彩，以其增添了新的内容、新的理论概括和新的编纂体式而受到欢迎。我成长的年代是强调集体主义的，标新立异会被视为"个人英雄主义"。但此时，我听到的却大多是对《简史》的独特性的肯定、赞扬。一些年轻人对我说，他们是看了我的《简史》而走上研究现代文学之路的。这使我得到很大的安慰。

改革开放以后掀起的思想解放的汹涌潮流，又逼着我不断"补课"。

这时，我甚感原来知识结构的局限。为了跟上学术发展的步伐，我补的第一堂课是西方文论，因为闭关锁国，对20世纪下半叶国际上文学理论和文学批评的新发展可以说毫无所知，为推进文学研究，开阔的国际视野便不可或缺；第二堂课补的是史学理论，因为我在科研实践中感到要提升现代文学史的学术品格，研究文学史的人也必须具有一定的史学知识；第三堂课补的是人性论、人道主义的理论，没有这方面的起码知识，对"五四"新文化和此后现代文学思潮的各种冲突就难以有准确的把握。此后，我的新成果可以说都与这时期"补课"的收获有关。

我在参加多部中国现代文学史的编纂时，看到同一段历史在不同时间、不同作者的笔下可能被写得面目迥异。为了追求现代文学史著作的科学性，我发表了《文学史的史学品格》，同时开始整理现代文学史编纂的历史，于1995年出版《中国新文学史编纂史》（北京大学出版社），尝试结合70年的编纂实践，总结编写现代文学史的经验教训。几年后，我又与数位青年教授合作，主编百万言的《中国现代文学研究史》（广东人民出版社2008年版）。我的愿望是，这些作品能有助于现代文学学术史的创建。我看到现代文学史面目的改变大多并非由于新史实的发现，而是源于人们用以阐释历史的观念的改变，因此总结了对现代文学的几种"阐释体系"，如进化论、阶级论、启蒙论等。我也试图从"人的文学"的角度来阐释现代文学史，这就有了我的《中国现代文学发展史》第3版（中国青年出版社2008年版）。五四运动历来被视为中国的"文艺复兴"，事实上也的确开辟了人文主义的启蒙时代。"五四"之后，人文主义的发展则有许多曲折。长期以来，这样的特征没有在现代文学史著作中得到充分反映。我在《中国现代文学发展史》第3版开头描述"五四"开辟了一个"人的文学"的时代，新文学塑造了史上从未有过的新人形象；但"人的文学"思潮在后来的发展过程中遇到的许多冲突、困顿在该书第3版中还未来得及做鲜明的评述。

或者可以说，我还在补第四堂课，内容是被排斥于现代文学以外的"五四"以后民族传统形式的作品，如旧体诗词、戏曲、章回小说等。它们被视为"旧文学"而在文学革命中遭受扫荡。但是，在现实生活中，它们仍在流行着，产生不少同样具备"现代性"的优秀之作；它们也是现代文学的一种，也应入史。这样的历史事实启示我们，中国文学从古典向现代的转型不是单线而是双线的：一条是通过文学革命来创立白话新文学;一条是源远流长的民族传统文学在历史的推动下,为了适应新的社会需要,也为了自身的生存,渐进式地发生转变,转变成为现代文学。现在,还在这样的历史过程中。我把这称为"从古典向现代转型的双线论"。而过去只写文学革命创造白话新文学一条线,实际上只是写了半部现代文学史。在我主编《20世纪中国文学史》(上卷、下卷)(中山大学出版社1998年版)时,再一次不避浅陋将这百年中创作与演出的传统戏曲、旧体诗词、章回体小说(普遍称为"通俗小说")等的优秀成果收入文学史中。真正写好中国文学从古典向现代的双线转型,工作量很大,也要求现代文学研究者们更新知识结构。我知道我已经来不及补完这门课了,只能寄希望于来者;但我坚信未来的现代文学史一定是"双线"的。

自从大学毕业被分配去讲授中国现代文学,我就把它作为我的终生事业,自认为也还勤奋。但由于时代和自身条件的局限,我所做的也只是些常识的普及,仅此而已。但在今天,常识有时可能被视为高论,有时又成了谬论;这是我感到无奈的。

我除了先后在北京大学、中山大学担任教职,还曾在日本关西大学、香港树仁大学任教,曾被聘为中央广播电视大学的主讲教师,被南京大学等多所高校聘为兼职教授。此外,我还曾担任中国现代文学研究会副会长(现为名誉理事)、教育部中国现当代文学研究中心学术委员。我撰写的《赵树理评传》《中国现代文学发展史》《中国新文学史编纂史》和主编的《中国现代文学研究史》,先后获得北京大学优秀社会科学成果奖、广东省高校和广东省优秀社会科学成果奖、广东省社会科学成果荣誉奖、教育部优秀社会科学成果奖、国家社会科学基金优秀成果奖;《全球化语境下的中国现代文学研究》获王瑶学术奖之学术论文奖。

黄修己自选集

第一辑

学科史的前前后后

中国现代文学史理论与实践的回顾

最近15年来，中国现代文学史的研究、编纂有不小的发展与进步。这些都不是凭空创造的，而是在前人所准备的各种条件的基础上创造的。这些条件有的有利于后来的发展、进步，有的却可能有阻碍作用。无论有利或不利，人们都无法不面对现实，都不可能抛开这些现实条件去自由地创造。因而，为了回顾、检讨15年来的工作，有必要先来看看这15年是在什么样的历史基础上迈步向前走的。

如果把1922年胡适的《五十年来中国之文学》算作记述"五四"文学革命运动和新文学的诞生最早的现代文学史著作，则中国现代文学史研究历史至今已有70年了。1949年前，所有的现代文学史著作，都只能说是那时的"当代文学"。那时成书的现代文学史（含阶段史、部门史）著作一共有八部：

1933年王哲甫的《中国新文学运动史》；
1935年王丰园的《中国新文学运动述评》；
1936年吴文祺的《新文学概要》；
1936年霍衣仙的《最近二十年中国文学史纲》；
1939年李何林的《近二十年中国文艺思潮论》；
1943年李一鸣的《中国新文学史讲话》；
1944年任访秋的《中国现代文学史（上卷）》；
1946年蓝海的《中国抗战文艺史》。

此外，1934年伍启元的《中国新文化运动概观》一书中，有的章节是评述新文学运动的，而且在书中占有显著位置。

综观这些著作，有七个方面的特点。

（1）思想上的进步性。如果不是怀着肯定新文学的热情，当然不会为它树碑立传。这些作品不仅站在进步的立场上歌颂新文学，而且大多进而肯定无产阶级文学，认为无产阶级文学是新文学的合理的发展。有的作者没有阶级观点，只是根据进化论肯定新的事物。这是这些作者能写出新文学史的首要条件。

（2）重视现代文学与近代文学的密切关系。这是为了完整地表现近代文学的转变，即从旧文学向新文学的转变。当时的新文学史著中，往往近代文学史占有相当篇幅。可能是离近代文学还近，容易看清现代与近代不可截然分开的关系。

（3）多方面探索"五四"文学革命的成因。许多著作并不把"五四"文学革命发生的原因单纯归之于政治革命的推动，而看到远从文学自身的演进、佛经的翻译、印刷术的进步和报章杂志的发展，近到西洋文学的输入、留学生的派遣等等，以之解释文学革命的发生。这种探索主次不分，重点不突出，但思路、眼界比较开阔，描述了文学与社会生活多方面的联系和文学自身的规律。

（4）强调"五四"文学革命中语言革命的分量。把"反对文言文，提倡白话文"作为文学革命的第一内容，文学革命同时也是一场"国语"运动。相对地说，对于"人的文学"的意义、思想上的反封建强调得不够，更不可能认识到无产阶级思想的领导作用。那时，多把"五四"文学革命解释为资产阶级领导的文化运动，而认为"五四"后中国的无产阶级才登上历史舞台，因而接着才有无产阶级文学运动的诞生。

（5）对创作理论比较重视，特别是"五四"后的头一个10年里创作理论的变化得到较多的记述。在评介诗歌、小说、戏剧、散文等各分支的成就时，往往首先介绍这些分支理论主张的代表作。这对比较全面地了解"五四"后的文艺思潮显然是有好处的。

（6）比较强的史料意识。从王哲甫到李何林、蓝海，几乎都把保存史料作为写作的一个重要目的。由于事情离得近，不但引用文献资料较方便，而且记下了自己经历和参与其事的具体观感，这成为某些著作独有的价值，对后人的参考作用较大。但这种做法往往对史料消化不够，不免流于罗列现象，未能揭示历史发展的规律。另外，所论新文学的范围比较宽，并不只限于文学运动与作家创作，不少著作也涉及"五四"后多个文学分支的情况。例如，翻译文学的兴盛，民间文学搜集、研究的崛起，儿童文学作为一个分支的迅速发展，整理文学古籍和古代文学研究的成绩，等等。因而，使人觉得新文学的面貌确实不同于旧文学，增加了新文学的现代品格。

（7）一般都给鲁迅以高度的评价。尽管尚未为鲁迅单立专章，但在叙述中仍然可以看出对鲁迅创作的评价高于别的作家。不过，这多是就小说而论，普遍地对于鲁迅杂文的成就估计不足。

这一时期里，现代文学史研究尚未成为独立的学科，所以这方面的专著数量少，开设这个课程的大学也不多。一些学者、教授写作现代文学史著作，并不是为了编教材，而是"自由泳"，较多地表述自己的心得体会，因而所出著作往往各有特色且学术个性比较鲜明。

从以上专著，加上当时的几位作家、教授在大学讲授新文学史的讲义如朱自清的《中国新文学研究纲要》、周扬的《新文学运动史讲义提纲》，还有不少总结新文学运动的文章如1935年上海良友图书印刷公司出版的《中国新文学大系》里胡适、鲁迅、周作人、茅盾、郁达夫、郑振铎、洪深等为各集所写的导言，可以看出，中华人民共和国成立以前，现代文学史的研究和编纂已经有了相当的成绩。前辈作家、学者们为现代文学史的建设贡献了很大的力量，他们的成果达到了相当高的水平，既为建立这门学科提供了基石，也展示了一个很高的学术标准，后来者必须奋力追逐。很可惜，过去我们对上述的成果未曾给予足够的重视，好像中华人民共和国成立以前的现代文学史研究和编纂只是一片空白，即便有一些，也不足道；因而，未能充分利用前人的这一部分遗产。

1949年后，情况有了很大的变化。现代文学史成为大学中文系的一门基础学科。此时，中华人民共和国成立，正需要总结革命的历史经验。我国历史上便有后朝为被推翻的前朝修史的传统。其目的之一在于总结前朝覆灭的教训，以为前车之鉴，使新朝避免重蹈覆辙，实现长治久安；同时，也在于证明自己胜利的正义性与必然性，虽然往往用唯心史观来做解释。中国共产党有重视理论宣传工作的传统，因而在取得政权之后，自然也要从意识形态的各个方面来总结自己领导革命的历史。为了让更多的人包括当时对中国共产党仍较陌生的新解放区的群众了解中国共产党领导的革命，修史在当时是很有必要的。1951年出版的胡乔木的《中国共产党的三十年》就是这方面最有代表性的著作。"五四"以来的新文学发展的历史当然也亟待总结。

一方面，由于32年的新文学发展创造了重要的、丰硕的成果，积累了相当的经验，因而此时已有形成一个学科的客观物质基础。另一方面，又由于新文学在发生、发展的过程中，与俄国十月革命、与马克思主义的传播，特别是与中国共产党所领导的新民主主义革命运动有着密切关系，因而当革命取得全国性的胜利后新文学的地位也随之提高了，更引起了人们的注意，需要好好做一番总结。也为了让更多的人，特别是从事或准备从事文学工作的青年，了解新文学、了解中国共产党领导文学革命的经验，就有必要在大学里设立中国新文学史的课程。于是，从北而南，中国新文学史成了大学中文系的重点课程，许多著名的作家、学者走上这门课的讲坛。

在这样的背景下，当时以及之后的一长段时间里，新的现代文学史著作便有不同于中华人民共和国成立前的著作的若干特色。

（1）现代文学史成为一门学科，按照国家统一的教学计划，它是大学中文系的一门必修课。现代文学史著作大多作为教材来编纂，在1958年后又都用集体编写的方法，直到80年代中期才出现少量个人的编写本。这类有组织、有领导地编写的书，多具有正史的特征。

（2）现代文学从"五四"一直发展到1949年中华人民共和国成立，从此才有了完整的现代文学史，但现代与近代文学也从此真正地分家。此后的现代文学史著中，一般不再有独立的近代文学章节，往往只在"绪论"中交代一下，以说明新民主主义文学与旧民主主义文学的区别。

（3）在叙述"五四"文学革命的成因时，不仅突出了政治革命的影响，而且从阶级配备的变动来解释，归因于第一次世界大战期间中国民族资产阶级和无产阶级的兴起。重点突出了，但其他方面的原因包括文学自身的原因，多被省略或忽略了。作家的地位由其政治态度判定，对被认为反动的人，从林纾到沈从文、朱光潜、萧乾，都加强了批判。这种情况一直维持到20世纪80年代，才有了变化。

（4）突出了无产阶级领导"五四"新文化运动和文学革命的描述。李大钊等宣传马列主义和十月革命的文章被置于最显著的地位，毛泽东创办《湘江评论》、周恩来组织"觉悟社"等史实也受到重视。因此，文学革命中叙述语言革命的比重大为降低，以介绍思想革命为主，在思想革命中又强调无产阶级思想的作用。在此后的发展过程中，也注意描述这种作用的加强——从思想领导发展到组织领导的过程。

（5）突出了文艺思想斗争，增加了这一内容的分量；相对地，减弱了文艺思潮的记载，对小说、诗歌、戏剧等各领域的创作理论，就不大提及。

（6）确立了鲁迅在现代文学史上最崇高的地位，他被作为文化革命的主将和旗手、现代文学的奠基人写入现代文学史。他的杂文也得到高度的评价。在作家论型的著作体例中，鲁迅多占有两章的地位。

以上六个方面，都是中华人民共和国成立后现代文学编纂中所特别注意的。通过这些方面，把现代文学解释为新民主主义性质的文学。因此，与此有关的方面，如无产阶级思想的领导、文艺界两条道路的斗争、新文学中的社会主义因素等，便特别受重视，成了人们注意的焦点，编纂者也把主要精力花在这里。因此，现代文学史著作便从中华人民共和国成立前的以描述型为主转变为中华人民共和国成立后的以阐释型为主。同时，比较忽视史料的意义，后来一度盛行的"以论带史"的思想更推动着"阐释之帆"乘风破浪而去。最后，由于编纂者的文学史观与编纂方法的一致性、一贯性，中华人民共和国成立后的现代文学史著作往往面目相近、学术个性渐趋模糊。

从实际的状况来看，中华人民共和国成立后第一部现代文学史著作——王瑶的《中国新文学史稿》，还保留一些描述型著作的客观性，但随即被作为"客观主义"而受到批评。紧接着丁易、张毕来和刘绶松的著作就带着强烈的主观色彩。剪裁史实去套革命史的框架，利用甚至改变、歪曲史实，以证明某种理论；在缺少史实时，便用逻辑推理的方法——主体支配客体，史学主体的作用被夸大，这甚至成为对人们政治立场的一种检验。"以论带史"的主张很自然地占了上风，压倒了"论从史出"的要求。在现代文学史著中，历史本来的色彩越来越显得淡薄，人们看到的是一个强大的历史阐释者的主观形象。于是，现代文学史的研究和编纂，踏上了一条曲折之路。

然而，事情并未到此为止，逐渐地，问题超出了方法论的范畴。现代文学史的研究和编纂，更为直接地成了一种政治行为。中华人民共和国成立以后，发生了一次接一次的政治运动，每一次都要清除掉一批文艺家，使得现代文学史著要不断地被重写，把在政治运动中被清除的作家开除出文学史，或者作为批判对象入史。特别是在1957年"反右"斗争之后，现代文学史著成了大批判的工具。到"文化大革命"时期，"四人帮"意图篡党夺权，除了鲁迅，其他"五四"以来的作家都不被认为是"好人"了，大批的名著都成了或大或小的"毒草"。整个现代文学史似乎被扫地出门了。所以，当"四人帮"被粉碎后，人们称现代文学史研究为"重灾区"，毫不过分。

以上所述，就是近15年来现代文学史理论和实践的出发点。

在上述这特定历史条件下发展起来的最近15年现代文学史研究和编纂，大致上经历了三个阶段。

第一阶段是20世纪70年代末到80年代初，特征为拨乱反正。一方面要批判"文化大革命"中的许多污蔑不实之词；一方面要赶编新的现代文学史著，以尽快恢复学科。这时集体赶编的现代文学史著，大多具有"虽展新姿，仍多旧痕"的特点。

第二阶段是80年代中后期，以追求创新为总体特征。经过难得的一场思想解放运动，在改革开放的现实环境里，在海外文艺思潮与中国现代文学研究新成果的影响下，人们对现代文学史的认识有了很大发展，并产生了一批新的认识成果。这时，现代文学教学、科研队伍也比"十七年"有了很大发展，老、中、青三代汇聚成一股思想活跃又学风严谨的学术力量。于是，出现了学科史上从未有过的一个大突破的时期，产生了一些有新观点、新体例的面目一新的现代文学史著作。更多的文体史、思潮史、地区史等著作的出现，标示着这个学科在扎实地向广度、深度进军。我们可以这样说：在20世纪80年代的哲学社会科学领域，现代文学研究虽然只是个小学科，却是此时很有活力、很有收获的学科。面对第二阶段的累累硕果，不可忘记第一阶段的作用。没有第一阶段的拨乱反正，没有在思想解放运动中许多勇敢者的左冲右突，便不可能有第二阶段的大丰收。

第三阶段是最近这几年。进入90年代以后，现代文学史研究相对平静，甚至给人以沉寂感。在整个第二阶段，人们的创新意识都很强，一些比较年轻的研究者更是如此。并不是因为现在大家感到疲倦了，或者遇到了什么啃不动的艰难课题，需要休息一下再做准备，因而沉寂了下来的。原因是复杂的，但就学科发展自身而言，这种相对沉寂有其合理性。我们不能不看到伴随着对创新的连续的追求，出现了浮躁的病象。的的确确，我们需要避免急于求成，需要强调学术质量，提倡扎扎实实地做学问，厚积薄发。这时，有的学者提倡重读、细读，温故知新，这是很有见地的。事实上，虽然学术出版业不景气，但我们发表的文章、出版的专著，仍保持一定的数量，而像80年代那样比较有影响力的作品却不多。这说明就学术发展自身规律而言，并不总是一个突破紧接着一个突破的，而是有波浪起伏的，大突破之后需要有个总结、反思、完善、提高的过程。学术上的突破、创新固然重要，而在此基础上的集大成同样重要，同样可以有新的贡献。不过，此时更需要耐得住寂寞、坐得住冷板凳的精神。

再说，我们从拨乱反正到大突破、大创新，未免行色匆匆。从中华人民共和国成立之初学科的建立到"文化大革命"的大破坏，这期间究竟有什么经验教训，说实在的我们还很少从理论上认真做总结。我们用大批判来清除大批判，从"重灾区"的瓦砾场上一步或几步就跨过去了，把想要抛弃的东西几乎不费思索就抛弃了。或者也有过犹豫、徘徊，那多是因为心有余悸，而非出自真正的学术思考，因而还不能把问题都想清楚了。例如，人们一度普遍认为文学批评和研究从这场灾难中得到的主要教训是主体的失落，因而呼吁发扬主体性。但是，主观唯心主义曾经猖獗一时，可以任意根据主观的需要歪曲、篡改史实，恐怕只能够说主体作用已被无限的夸大了，何曾失落？又例如，不适当地强调政治的作用，确实损害了艺术创造。然而，是否一个作家政治越进步，艺术便一定越进步？这能否说是一个定律？不然，问题出在哪里？对于现代文学史研究来说，这类问题都很重要，但不能说都弄清楚这些问题了。由此，必然造成阔步前进中的某些困惑，出现某些波折。

一般说来，一门成熟的学科，其结构应具有三个层次。就现代文学史学科而言，第一层次是理论层次，类似文学理论、史学理论，对一个学科的研究起指导作用。现代文学史由于介于文学、史学两个学科之间，应该建设自己的现代文学学科理论。第二层次是主体层次，即现代文学史的各类著作，我们以往主要致力于这个层次的建设。第三层次是基础层次，即史料（指史料本身，现已出版的有关现代文学史料学著作是为指导现代文学史研究的，属于理论层次），经过不少研究者和出版界的共同努力，这方面已有相当的成绩。比较而言，理论层次就显得相当薄弱。

这次西安年会，就是一次很好的总结会，现在的现代文学史研究者对现代文学史分门别类地做了很细致的回顾与反思，但理论成果并不多。大家摆了许多成绩，涉及某些问题，显然还没有把这些上升为理论的认识。因此，希望利用目前相对平静的时期，在回顾、总结70年来学科实践的基础上，把我们的学科理论构筑起来，对以往感觉到的比较模糊的问题做进一步的思考与探讨。这样一来，当未来一个新的突破高潮来临时，我们在理论上的准备就可能比较充分，使新高潮的发展更为健康且具有更高的科学水平。

回顾15年来的路程，再把眼光往前延伸，看看中华人民共和国成立以来更长时间里的状况与那些年经历的许多曲折，我以为有两个问题最足以引起注意，有必要进行讨论，提高我们的认识。

一个重要的经验教训是，无论何时，编史都面临如何正确处理、认识主体与客体的关系问题。我们过去夸大主体作用，不尊重客体的实在性、独立性，思维大于形象，理论征服历史，主观压倒客观，使得一部现代文学史不断地随着主体认识的发展、变迁而被不停地改换面貌。编写现代文学史教材，成为反复修改的工作，随着形势的变化，必须没完没了地重写。20世纪80年代以后，这种状况有了改变，人们普遍要求尽可能完整、正确地反映现代文学史的真实面貌。这是近15年来我们的研究、编纂工作取得很大进步的一个重要原因。不过，持续的时间不算太长，到了20世纪80年代后期，重写的呼声又一度高涨，但其内容已不再是要求现代文学史著完整、正确地反映现代文学史，而是要求给现代文学史以另一种说明和解释。

从史学的角度来考察，这个问题的意义是明显的。史学主体与史学客体的关系是史学理论与实践中一个根本性的问题，对这个问题的认识和处理反映着不同的世界观。

史学主体包括史学家、史学理论、历史著作。其中，史学家在认识过程中起主导的作用，史学理论是他认识历史的指导思想，历史著作则是他的认识成果。从这个意义上说，没有史学家（或相当的人）就没有史学。史学客体是史学的认识对象，也就是历史本身，或叫历史本体。但历史是已经发生过的事，不可能重现，作为认识主体的史学家，一般无法直接达到认识客体，而必须通过史料的中介去了解、重现客体的面目。在这个意义上，又可以说没有史料就没有史学。由于主体、客体在史学中各有重要作用，两者又存在着矛盾，因而历来都有强调主体作用或客体作用的不同认识，形成了不同的史学流派。有的观点非常偏激、极端，如为了强调客体作用，便认为史学就是史料学，把史学家仅仅看成是被动的历史的记录员。反之，强调主体作用的观点则认为后人永远不可能认识历史的原貌，因而有多少史学家就有多少部不同的历史，彼此都正确，永远不会有什么客观的历史真理。最重要的不是寻找历史的原貌，那是不可能的，最重要的是如何解释，因为历史也是文本，有赖于我们的解释，存在就是等待解释，等等。

上面说过——这也是我个人的一贯认识，我们的主要教训不是主体的失落，而是过于夸大了主体的作用。我们宣称以辩证唯物主义为自己的指导思想，实际上却不给客观存在以起码的尊重，凭着主体的某种需要便可任意地改动历史，这种教训太深刻了。这与西方一些主观唯心主义的哲学、史学派别其实并无二致，但其表现形态却又有不同。那就是以往夸大主体作用，往往戴上"革命"的、"政治"的神圣高帽。因此，为了清除其影响，在讨论主体与客体的关系时，又特别需要弄清史学与改治的关系。

修史，特别是官修历史，从来都不是为史而史，总是或明或暗地包含政治的目的。我国史学传统源远流长，其中就包含史学服从政治，为政治服务的传统。司马光把自己编的编年史命名为"资治通鉴"，就是"以鉴于往事，有资于治道"（胡三省：《新注资治通鉴·序》）之意。他自己在《进资治通鉴表》中也说明编史的原因是皇帝日理万机，没有时间遍览以前的史书，乃"删削冗长，举撮机要，专取关国家盛衰，系民生休戚，善可为法，恶可为戒者，为编年一书"。即使是野史，也许是些"自由人""第三种人"所撰，但也不可能完全超脱政治。与文学相比较，史学与政治的关系可能更紧密些。但是，史著的真正价值在哪里？《资治通鉴》成书于1084年，大约过了40年，北宋王朝就在外族入侵下覆灭了，垮台得何其迅速！然而，《资治通鉴》仍是我国古代最重要的史著之一，就在于司马光等人收集了大量资料（包括野史），做了许多整理、考异等工作，记载了长期的广泛的历史事实。因此，它的价值就绝不仅是在政治上对北宋王朝的意义，而是直到今天，在久远的许多时代里都有其认识价值，当然也会有政治上的借鉴意义。而且还要看到，只有真实的而不是虚假的、歪曲的史实，才可能真正总结出历史的经验教训，才可能真正在政治上发挥作用。真实是史学的生命，失去了真实性，也就是史学的死亡，还有什么政治意义可言？

中国现代文学史编纂的一个特殊情况是，自20世纪50年代后的政治化倾向使文学史尽量向革命史靠拢。为了纠正这一偏向，便有"把文学史还给文学"的呼吁。80年代以来，在这方面已经有了相当的成绩。但是，不必也不应走向另一个极端，有意回避或排除客观存在的现代文学与现代政治革命的关系，这种关系有时还相当密切，这也是历史事实。

与上述问题相关的是党性与真实性的关系。本来，无产阶级以辩证唯物主义为世界观，以解放全人类为行动目的，因此无产阶级的党性与真实性应该是统一的。然而，党性曾被有些人庸俗化地降为功利性，变成有用就是真理，有用就有党性。于是，似乎越有党性便越有权歪曲历史，这是非常有害的。就历史研究而言，追求的就是认识历史的真实（从现象到规律），因此，没有真实性就没有史学，没有史学的政治作用也就无所谓党性。毛泽东在《改造我们的学习》中曾经说过："应当从客观存在着的实际事物出发，从其中引出规律，作为我们的向导。为此目的，就要像马克思所说的详细占有材料，加以科学的分析和综合的研究。""反马克思列宁主义的主观主义的方法，是共产党的大敌，是工人阶级的大敌，是人民的大敌，是民族的大敌，是党性不纯的一种表现。大敌当前，我们有打倒它的必要，只有打倒了主观主义，马克思列宁主义的真理才会抬头，党性才会巩固，革命才会胜利。我们应当说，没有科学的态度，即没有马克思列宁主义的理论和实践统一的态度，就叫作没有党性，或叫作党性不完全。"这段话对理解党性与真实性的关系是极为重要的。真正的无产阶级党性是和科学性（真实性）相统一的，而不是相对立的。

在谈主体与客体的关系时，顺便一提的是，我们这些中文系出身的学人，往往史学意识不强，缺少历史编纂学的训练，只把文学史单纯视为文学研究分支，因而很容易把文学史编成作家作品评论的集纳。而在评论中，当然会注重发表主体的认识，这也是文学评论的任务；而未能像治史学那样，把追求客体的真实性放在首要的位置。我以为，今后至少应把史学理论的有关课程列为现代文学研究生的必修课。

另外一个重要的经验教训是，过去现代文学史研究的视角太单一、狭窄了，对现代文学史研究、编纂的发展甚为不利。因此，有必要拓宽视角，多角度地审视、总结现代文学史。

所谓单一、狭窄，是指从王瑶的《中国新文学史稿》开始都是用新民主主义的文学史观，来观照"五四"后的新文学。这种视角是从文学与政治的关系来解释现代文学的，并有一整套系统的观点。应该看到，在政治视角下，曾经产生过许多认识成果，它对人们正确地认识"五四"新文学曾起过十分重要的作用。问题在于，不能只守一种视角。

人们对现代文学史著作的千篇一律或大同小异早就感到不满意。这种现象与我们缺乏创造精神有关，其中非常重要的一个表现就是长期以来大家都只用一种视角。大多数研究者的个体作用未曾得到充分的发挥，只能去追随某一种现成的、公认的观点。在这方面，可以说集体压倒个体，共性克制个性。前面我们讲主体压倒客体是哲学的命题。这里说集体压倒个体，个体的主观能动性未能充分发挥，则是社会学、历史学的命题，属于另一个范畴。近15年来，大家呼唤发扬个体性，提倡个人编文学史，赞美学术个性，强调写自己想写的，不求全面，宁愿片面，甚至是"深刻的片面"。于是，在新文学史观上，人们的想法已有了突破。

在80年代中期，有黄子平、陈平原、钱理群提出的"20世纪中国文学"观。另外，在思想史、文化史研究领域出现的"救亡压倒启蒙"的命题，其影响也波及现代文学史研究。

"20世纪中国文学"观的提出，对现代文学史的研究起了促进作用。一是把视线前伸后延，贯串一百年，扩大了人们的视野。在更长的时段里，审视、考察新文学的脉络，使研究更清晰、更深入了。从一个圆圈中截取任何一小段都是直线，现在把几段直线连了起来，至少可以看出弧形的部分了。二是对现代文学研究视角的单一的、狭窄的缺陷有所匡正。让人们看到除了政治的视角，还有思想、文化等多种视角。为现代文学史的研究展示了一个比较宽阔的前景。而在80年代中后期，20世纪行将结束，人们很自然地对这个新命题会感兴趣，因而很快产生影响，短短几年，打着"20世纪"标记的文学史已有了好几部。

但是，"20世纪中国文学"是一个新的命题，它不应该是近代、现代、当代几段文学史的机械的拼合，量的增加如果不引起质的飞跃，那就没有太大的意义了。"20世纪中国文学"的内涵是十分丰富的，尚有待发掘和探讨。提出者认为，20世纪中国文学的总主题是改造民族灵魂、审美风格的核心是悲凉等等，不过，还有可商榷之处，因为相关研究似乎偏重于总结启蒙文学的特征，而20世纪的中国文学并不仅仅是启蒙文学。值得注意的是，人们似乎热衷于它的新颖的名称，迅即编出了一些20世纪中国文学史著作，而对它的实质性的理论探讨并不很热烈。以至快10年了，并未见到关于这一命题的认识有多少新的发展。而缺乏成熟的科学理论的指导，已出的20世纪中国文学史著作便不可能有真正的突破。鉴于2000年越来越近，今后一段时间内，"20世纪中国文学"应该是我们谈论的热门话题，因此有必要花费点精力，对这一问题做深入一些的研讨。

关于"救亡压倒启蒙"，虽然是现代思想史、文化史研究中提出的命题，但对现代文学史研究的影响也是明显的，诸如"五四"个性解放主题的失落、30年代左翼文艺运动和40年代解放区文艺的评价、政治进步而艺术退步的现象、"五四怪圈"等问题，这类于现代文学史的研究、编纂有全局性影响的问题就与对启蒙、救亡关系的认识有关。这些问题也是我们回顾近15年现代文学史理论与实践时不能回避的。现代文学研究界也有不赞同的意见，持这样意见的研究者希望这些问题能作为学术问题，用百家争鸣的方法做进一步的探讨必有助于对现代文学史的整体认识。

在视角问题上，除政治视角外，近年已增加了文化视角，相对而言，我们更加忽视的是审美的视角。审美的研究始终没有成为热点。新文学自从用白话代替了文言，借鉴西方文学的样式创造了新诗、新小说、话剧等新品种后，几十年间，其艺术发展、成长的过程仍然是研究中的薄弱环节。人们关注的、倾尽心力的仍然是新文学与政治革命、与社会变动、与文化启蒙、与民族命运的关系，毕竟这些方面激动人心的事太多了。所以，勃兰克斯的"文学史是心灵史"的命题，对我们很有吸引力。至今尚没有一部现代文学史能够从审美的视角，给予新文学的艺术成长过程和现代文学审美观的演变以较为鲜明的勾画。一些很有影响的文体史，如小说史、戏剧史、散文史等，也多是从通史型的文学史中将该文体部分抽出而加以扩充。内容则主要是介绍该文体作家、流派的创作成就、特征、局限等，而尚未做到比较全面地勾画、描述该文体及这一品种的艺术样式自身的演变历程。因此，有必要套用勃兰克斯的话，提出"文学史是审美史，是艺术史"的命题，以期今后在这方面有所加强。

可以总结的经验、问题当然不止这些，这里只谈以下两方面，主要考虑到其与今后的发展可能有较密切的关系。

首先是随着史料发掘、整理的成果越来越多，人们必然把工作的重心从追求正确地描述历史转移到解释历史上来。某些哲学、文学、史学思潮必然会越来越受重视。诸如"所有的历史都是当代史""寻找规律就像寻找上帝"以及反对历史决定论等各类观点，还有我们未可预料的先锋观点，必会迎合人们求新的心理，有可能在今后更加行世，对现代文学的解释也必然会更加丰富，必然对认识现代文学有所促进。

在这种情况下，特别不要忘记，无论多么精彩的演出都要在舞台上进行，历史事实就是我们的舞台。无论表演什么样的十八般武艺都不能超越历史事实的舞台。实证的方法永远不会过时，至少对史学来说是这样的。

爱因斯坦说，未来不能影响现在；我们也可以说，现在不能影响过去。过去是无法改变的，你可以自由地解释、评论，但你不能改变它。那种"大胆假设，无心求证""不好读书，只求甚解"的态度，是无助于科学地解释、评论历史的。

所以，一定要接受主观、客观分裂，主体压倒客体的教训，无论是为了政治的需要，还是为了别的，任意地歪曲、篡改或者不顾历史事实的偏向都是不可取的。我们要把是否尊重史实作为一种史德来要求自己，学习古代史家敢于秉笔直书，甚至为保卫历史真实而献身的精神。

其次，有几个因素使今后有可能进入一个现代文学研究的沉淀期。那就是一个务实时代的到来，有可能使意识形态的作用不像过去那么突出。抛弃了"以阶级斗争为纲"的方针，提倡在经济领域不争论姓"社"姓"资"问题，也会影响到其他领域，使学术研究有相对宽松的环境气氛。历史上修史者"不有人祸则有天刑"的状况也许到该画句号的时候了。快速发展的工业、后工业社会，最紧迫的事情是向前看，反顾过去的史学，必然要让出其显要地位给未来学。像现代文学研究这样的部门，不可能再是"显学"，很难再有"轰动效应"。我们跟现代文学的历史距离越拉越远，急功近利的"代言人"少了，冷静地做客观分析的"边缘人"多了。所有这些都使我们可以以平静的心态，比较从容地去探讨一些问题，其中包括探讨如何扩展视角这一重要问题。这种状况估计会保持一段不短的时间。

学术上的动荡多发生于思想冲突剧烈的社会背景下，而各种思想冲突在今天甚至今后一段时间内可能会处于潜隐的状态。在这种情况下，大的突破不一定会出现，如果能够利用这时机，好好总结，吸收大发展时期的各种各样的思想，就有可能出现集大成性质的成果。这是我们的新机遇，让我们好好地把握住它吧！

（原载《中国现代文学研究丛刊》1995年第1期）

回归与拓展
——对新文学史研究历史的思考

1922年，胡适撰写《五十年来中国之文学》，该文最后部分记述了新文学①发生的历程。如果把这篇文章看作尚不完整却是最早的新文学史著作，则新文学史著作的出现，至今正好70周年了。这70年间，研究家们编纂出版的各类新文学史著（含文体史、地区史、阶段史等）有150多种（不包括许多高校内部使用、交流的教材），数量还是可观的。其中，也有一些影响较大、得到行家和读者好评之作；但同时，不满之声时有所闻。不久前，一位作家就说过："已有的几本中国新文学史都陈旧了，都有缺点，都'左'。"② 笔者也听到不赞同这种评价的意见，这说明对70年的历史要有个总结。要紧的倒不在于讨论如何评估这70年的成绩，而在于总结历史经验，以推进今后的发展。这是今日提出建立中国现代文学学科史的首要目的。那么，70年来最重要的经验是什么？为了今后的发展，当前主要应从历史上吸取的经验又是什么？

一、描述型和阐释型

70年来所编著的各类新文学史著，就其表现形态而言，大体上分为两类，即描述型史著和阐释型史著。

描述型史著，重视史料的搜集、整理，着重记述历史发展的经过，记述作家生平和他们的创作概况，有时罗列较多史实。相对地说，作者对史实的评论较少，态度往往比较客观。从方法上看，这种类型的书基本上是用实证的方法，重证据，对如何评价自己记述的对象，从中应总结什么样的经验教训、引出哪些规律性的东西，就重视不够。其中，有的是受实证

---

① 现在，"新文学史"与"现代文学史"这两个有一定区别的概念已经混用，本文为自身统一起见，均用"新文学史"。

② 汪曾祺：《重写文学史还不到时候》，载《文论报》1989年3月25日。

哲学的影响，也有的则是为理论水平所限，对所记述对象的认识尚未达到应有的深度。这种类型的著作，中华人民共和国成立以前较多。

例如，1933年所出的第一部具有完备形态的新文学史著——王哲甫的《中国新文学运动史》，主要就是描述。其中，虽然也有类似"绪论"的章节，如"什么是新文学"，其实只是列举胡适、陈独秀、沈雁冰、周作人、成仿吾、郭沫若的有关言论。其"新文学革命运动之原因"章，看似有作者自己的思考，但所列原因远从古代民间文学的演进、佛教的传入、外国入侵的刺激、科举之废除，近到西方文化输入、"国语"统一运动、留学生的派遣等等，也仍是罗列事实，缺少分析，看不出新文学发生的最主要原因究竟是什么。书中还有新文学作家传略、各文学社团始末、作家笔名、创作书目、文艺刊物目录等的专章，作者显然花了相当功夫收集这些资料。由于草创，作者必须首先从收集资料入手，但该书受胡适实证方法的影响，重在现象描述的特点也是明显的。中华人民共和国成立以后，这部书仍为某些青年人所使用，他们不是为了从中寻找见解，而是因为那里保存了一些后来很少被人提到的史实。

20世纪30年代后，在左翼文艺运动的影响下，一些新文学史著开始用阶级观点来解释历史，但仍然比较重视描述，往往以保存史料作为编纂的一个重要目的。如李何林编撰的《近二十年中国文艺思潮论》，这本书大量引录史料。该书作者说："严格点讲，这不能算是近二十年中国文艺思想斗争史，因为我没有总结出它的'史'的发展脉络或规律，我只稍稍提到每次斗争的社会政治背景和原因，以原始资料为主。因此，只能叫作文艺思想斗争史资料'长编'，不是'史'。"① 还有蓝海（田仲济）的《中国抗战文艺史》。这可以说是当时的当代文学史，作者面对的不是史料，而是现实，书中必然包含作者对刚刚发生的事变的许多新鲜观感，然而作者记下这些，也含有为后人保留史料的自觉追求。蓝海说，由于战乱等的缘故，这时期的文艺史料最易散失，"写这本小册子的目的便是企图弥补一部分缺陷，保存一部分史料，使它不至全部失散"②。到了20世纪80年代，蓝海在别人的帮助下重写《中国抗战文艺史》，篇幅几乎扩大了3倍。但旧著所独有的以亲历者身份记述所发生的事件这一特色也随之消

---

① 李何林：《近二十年文艺思潮论·重版说明》，陕西人民出版社1981年版，第1页。
② 蓝海：《中国抗战文艺史·后记》，现代出版社1947年版，第165页。

失了，其价值恐难超过旧著。李何林、蓝海等作家都是站在进步的政治立场来评论新文学史的，但他们的著作仍是描述型的。

中华人民共和国成立以后，作为一门新兴的学科，新文学史研究有很大发展，在表现形态上也发生了大变化，阐释型很快便取代了描述型。

1951年，第一部完整记载1917年至1949年新文学历史的书——王瑶的《中国新文学史稿》（上册）出版。它仍然主要是描述型的，不过已经具有阐释型的某些特征。不久，这部书受到批评，认为它的政治性、思想性差，用纯客观的态度罗列史实，不能取舍，不分轻重，主从混淆，看不出无产阶级对新文学的领导，等等。① 这是带转折性的事情。从此，所出的各类新文学史著便基本上都属阐释型的了。

阐释型的文学史著作当然也要有对基本史实的描述，但往往不视之为史著的首要任务，也不喜欢用客观的笔调；而是重在表现作者对历史的观点，鲜明地、显豁地而不是含蓄地、隐蔽地加以表明。作品的重点不在于史实本身，而在于作者对这些史实的评判、解释、分析、论断。其价值标准往往不把内容翔实放在首位，而要看书中提出了什么新见解，以观点的新颖为上。

中国新文学史著的两种类型，只是外部形态的区别，本不涉及唯物、唯心的世界观区别；但若从反映论上看，在如何对待认识的主体与客体的关系上，还是有所侧重的。描述型重视认识对象（史学客体或曰本体）的意义，把准确、细致地再现客体作为主要任务，史家的工作在于对客体的收集、整理、编排、剪裁上，而不在于显山露水地表现自己。而阐释型则强调认识主体（史学家）的主导作用，之所以认为一部好的文学史著要看其观点是否正确、深刻、精辟、独到，就因为史学客体既是已经过去的事情，是永远不会增减变化的了，而对它的认识却可以日新月异，随着社会的进步、认识的发展而不断改变。史料只是一堆无生命的旧物，只有被新认识之光照射，才能显出这旧物的意义和光芒。在这个意义上，他们也赞同克罗齐的"所有历史都是当代史"的命题。任何时候，真理只要向前再迈出半步就成谬误。这两种各有侧重的认识同样面临着这个问题。

牛津大学教授巴勒克拉夫在总结当代史学发展状况时曾说过："今天我们看到的新趋势是历史学家对1945年以前占优势地位的历史学和历史

---

① 参见《中国新文学史稿（上册）座谈会记录》，载《文艺报》1952年第20号。

观念的反动,至少对于年青一代历史学家来说是如此。对于在20世纪上半叶支配历史学家工作的基本原则提出怀疑的趋势是当前历史研究中最重要的特征。"①这里说的1945年以前占优势的史学,指的是实证史学,而后来的反叛表明强调阐释历史,乃至否认历史客观性的新史学流派的兴起。他们认为"历史事实并不像19世纪末、20世纪初的实证史学家所相信的那样是'被给定'的,而是史学家根据历史的新问题、新途径和新对象来构建的"②,甚至有人还把历史称为"自由的故事""巧妙的神话"。史学上的这种转变与西方文学上现实主义的衰落和各种现代主义的流行似乎具有同步性。

中国新文学史著的编纂,从描述型向阐释型的转变,在时间上倒也与国外史学主潮的变换很相近;然而,却有着完全不同的背景。因为在第二次世界大战中取得胜利的中国,在建立了新的共和国后,便把国门关了起来;直到20世纪80年代在改革开放的大潮中,外来思潮的影响才渐渐明显起来。阐释型新文学史著占了上风,有其独特的原因。

首先,这一学科的建立,正处在中华人民共和国成立之初。古代后一朝代为前朝修史,是为了总结其覆灭的教训,作为前车之鉴。与比不同,中华人民共和国成立之初的修史工作主要是为了向人民介绍革命历程,介绍中国共产党是怎样领导人民革命的,以发挥历史的教育作用。在大学里,便新开设了中国革命史、中国新文学史诸课程。1951年,胡乔木发表了著名的《中国共产党的三十年》,王瑶那部《中国新文学史稿》恰巧也在这一年出版,这并不是偶然的。新登上统治地位的阶级必然要求在历史书中批判旧阶级的腐朽、没落,描述革命胜利的过程,更要论证这胜利之取得的必然性和正义性。王瑶之所以受批评,根本原因就在于以那时的要求来衡量,这方面尚未尽善。当时的批评意见可以蔡仪的观点为代表。他认为,撰写新文学史应强调新文学运动是新民主主义革命之一翼,特别要写好中国共产党的领导。"中国无产阶级对革命的领导,有思想领导,也有组织领导;对于新文学运动的领导也是如此"③,这个内容必须写好。可见,当时修新文学史著作并非单纯的学术活动,而是有鲜明的政治目

---

① 杰弗里·巴勒克拉夫:《当代史学主要趋势》,上海译文出版社1987年版,第6页。
② 雅克·勒高夫等:《新史学·译本序》,上海译文出版社1989年版。
③ 《中国新文学史稿(上册)座谈会记录》,载《文艺报》1952年第20号。

的，因而要求鲜明的主观态度，对肯定的和否定的内容都要表现出明朗的态度、热烈的情感，这被认为是政治立场问题。

其次，毛泽东的《新民主主义论》已发表多年。毛泽东对新民主主义时期文化革命的特点、性质、分期等均做了深刻的总结。从王瑶的《中国新文学史稿》开始迄今，人们都力图以《新民主主义论》为指导来编写新文学史著作。20世纪50年代和60年代的编纂者们尤为注意尽力以史实去阐释这部论著中的观点。如新民主主义革命之"新"，根本在于无产阶级的领导，许多新文学史都尽可能挖掘这方面的史料，加重这方面的说明、分析，甚至当史料欠缺时还用了推理的方法来论证。例如，在1951年，教育部组织几位专家编写了《〈中国新文学史〉教学大纲（初稿）》，由《新建设》杂志社以《中国新文学史研究》之名发表。书中同时收了几篇论文。其中，李何林的有关论"五四"文学革命一篇，由于史料的欠缺，在谈文学革命的领导思想时全用逻辑推理："从这几年马克思主义思想的广泛传播情况，来推定当时一部分文学工作者必在无形之中受这种思想的影响或领导""从当时文学工作者所表现的不同思想情绪来断定他们中的一部分是被无产阶级思想所影响或领导。"[①] 这样的写法说明作者无力用描述史实的方法来证明《新民主主义论》中"'五四'新文化运动是共产主义思想领导的"这一观点，便只能用阐释型的写法进行推理。后来，政治运动接二连三，每次都要打倒一批人，新文学史也就要不断地被重写，以便不停地解释为什么应该把这些被打倒的人物从历史上抹掉，或者为什么他们应该成为一个受批判的反面人物，以此证明现在这样改写是正确的，是在做着把颠倒的历史再颠倒过来的工作。

最后，"以论带史"思想的影响。由于强调理论的指导作用以及实践中的偏差，在20世纪50年代中后期，学术界曾经有过"以论带史"和"论从史出"两种思想的争持。在当时的历史条件下，"以论带史"的思想是占了上风的。新文学史著作中，"以论带史"的倾向表现得格外鲜明。王瑶的《中国新文学史稿》之后所出的一批新文学史著作，往往是先有个理论的框架，再依照这理论框架来组织史料。有的新文学史著中的章节标题，竟像论文题目。如不用"'五四'文学革命的兴起"而用

---

① 李何林：《五四时代新文学所受无产阶级思想的影响》，见《中国新文学史研究》，《新建设》杂志社1951年版，第23～35页。

"'五四'前夕的文学改革运动的性质",不用"文学革命的内容"而用"'文学革命'理论的阶级本质"等。甚至还有纯粹理论的章节,如"现实主义创作方法的根本原则""浪漫主义的根本精神和两种主要形态"等。在这种情况下写出的新文学史著作,也只能是阐释型的。

如果说上面这些都是背景条件,那么还应提到一个主观的原因,那就是新文学研究队伍的史学意识薄弱。长期以来,在理论上将文学史归于文学学科,从中华人民共和国成立初期影响很大的苏联的季莫靡耶夫的《文学原理》,到新近出版的一些文艺学理论著作,都是这样说的。其实,文学史应是文学与史学的交叉学科。它记录、评介的是文学,离不开文学理论和文学批评。但它又是史学中的一门专史,必然具备史学的一些特性。王瑶生前已经提出这个问题,"长期以来,我们的文学史研究始终停留在作家作品论的汇编的水平上,其中一个原因,就在于对文学史这门学科的性质缺乏明确的认识。……现代文学史作为一门学科,它既属于文艺科学,又属于历史科学,它兼有文艺学和历史学两方面的性质和特征。"① 可惜至今对此认识尚不充分。这样,从事新文学史编纂的人,往往缺少史学理论的知识和史学方法的训练。他们注意的是对文学作品的评价,看重的是对文学史有什么新见解,而不大理会这门学科应有的史学品格。

作为新文学史著的两种表现形态,描述型和阐释型各有其长。如果用作教材,描述型更好些,因为可以写得较为客观,知识性的东西多些稳定性也就强。如果是个人的学术专著,希望多发表点自己对历史的见解,则阐释型更适宜。所以,不必比较这两种形态的高低,还可以创立一种既重描述又善于阐释的风格。问题在于,中华人民共和国成立后阐释型新文学史著是在上述背景下兴盛起来的,决定了这种形态的著作不可避免的一些弱点和消极影响。主要是在重观点、轻史料的风气之下,强调了主体作用,相对地忽视了客体的独立品格。史料意识不强,也错失了难得的时机。"文化大革命"前与中华人民共和国成立前的旧书刊遗留较多,老作家健在的多,本应抓紧史料工作;非常可惜,我们错失了这难得的时机,以致经过"文化大革命"的浩劫,造成这方面许多无法弥补的损失。到了20世纪80年代,才感到了问题的紧迫,于是有建立现代文学史料学的呼吁。更严重的还在于,造成了思想的混乱,颠倒了主体与客体的第一性

---

① 王瑶:《中国现代文学研究的历史和现状》,载《华中师范大学学报》1984年第4期。

和第二性的关系，个体可以主观地任意利用、改动客观史实。编资料书，可以为今日的需要任意删改历史文献，既不注明也不加删节号；可以任意把起过重要作用的历史人物抹掉，好像世上从未有过他们的存在；可以采用断章取义、以偏概全、张冠李戴、曲解原意等方法，把进步的改成反动的，把革命者变成反革命者。随着政治形势的变动，要不断重写文学史著，却越写越没有文学史。新文学史著先是逐渐变成革命文学史著，后来就成了一部"大批判书"。主观随意性越来越猖獗，彻底唯物主义的精神受到严重摧残。造成的原因并非阐释型著作的过错，是历史先制造了冤假错案，然后才有对阐释型的需要，才产生了严重的偏向。如果文学史家自己来做总结和反思，则首先要看到我们不是在真空的环境中修史，总要受到社会的、政治的、学术的种种风气、思潮的影响，这种影响有时是很强大的；但是，无论在何种情况下，认识客体永远是最重要的、第一位的。认识主体的见识无论自以为何等高明，只有符合客体、正确反映客体，才称得上是科学的，才经得起时间的检验。这也是考验我们"史德"的首要一条，是永远要牢记的教训。

二、遗留态和评价态

但是，我们似乎没有冷静地、深入地去总结历史经验，在认识领域仍有误区。阐释型成了主导形态并且出现那么多偏差，这本是由于不尊重客体的实在性与纵容了主体的主观随意性，但我们对此似乎注意得不够。一方面，粉碎"四人帮"后，思想领域进行了拨乱反正，肯定了实践是检验真理的唯一标准，恢复实事求是的思想路线，情况有了好转。无论如何，这之后在20世纪80年代所编写的各种新文学史著，在恢复历史面貌方面取得了很大的进展。另一方面，我们感受更深的还是认识主体受到冷漠和压抑，更加希望的是主体性的高扬。从新文学史的学科建设来看，这是影响今后发展的重要问题。

先是人们为了拨乱反正，就要批驳"四人帮"的污蔑不实之词，那时写翻案文章，不免含泪蘸血，不可能是非常客观冷静的。正如过去写史要证明某人为什么应该被打倒，现在又要证明他为什么不该被打倒，进而还要解释把不该打倒的打倒了是何等的恶孽深重。人们常把打倒"四人帮"称为"第二次解放"，在兴奋昂扬的情绪下写的东西很容易带有较强的主观色彩。紧接着改革开放大潮到来，人们看到了外部世界，有如从酣梦中醒来，发现自己被人甩在后面，于是不满、怨恨掺和着追赶的急切情绪容易在敏感的知识分子心中躁动着。如饥似渴地吸收着外来思潮，难免一时来不及选择和消化。萨特、艾略特、瑞恰兹、罗朗·巴特等人的观点蜂拥而至，奇怪的是连尼采、弗洛伊德等人的观念被欧洲人视为传统的老观念也行时了一阵，就因为它符合这时许多人的情绪和要求。在文学批评中，强调主体性作用的观念也正在高涨中。就是巴勒克拉夫所说，第二次世界大战后强调阐释的史学理论，诸如不承认历史的客观实在性，因而认为不可能把握历史，然而却可以虚构历史，这种理论也不是毫无影响的。例如，有一种见解"要求文学史必须如实反映客观，包括质的真和数的全，是一种玄学式的幻想""因此，在修史问题上首先要跳出这种追求，如实反映客观存在和争当权威的窠臼"，① 否则就会压抑创造性思维和修史的生命力，这样的见解还是有吸引力的。一些正在成长的年轻人对中老年的师长说，新文学史的历程不过30年，就那点东西，话已经被你们讲得差不多了；如果照着你们的路子走，很难超越，只有别出机杼，另辟蹊径，才有可能出新，实现自我价值。为此，希望充分发挥主观作用，强调高扬主体性的理论，便很容易受欢迎。尽管呼吁建立史料学已有多年，有的大学开设了这门课，显然不对时下人们的口味，选课者反应很不热烈。前几年关于"重写文学史"的讨论发表的论文不少，未见有认为目前因史实的错讹、缺漏造成科学性不强而需要重写的观点。这些论文也全都集中在提出新的评价和建构新的模式上。非常明显，新文学史著编纂的热点仍在阐释上。在创新的追求中出现的新文学史著，有些更像史论。

在上述情况下，至今出的书很多，还没有哪一部敢说没有史实的错误。有人感慨现在是"无错不成书"。也许夸张了点，但没有一个可靠的史实为基础，就很难提高新文学史著的科学性。不久前，丁景唐先生对《中国大百科全书·中国文学》卷中的辞目"左翼作家联盟"提出了五点订正，包括出席"左联"成立大会的人员、各地"左联"小组、"左联"领导人、"左联"刊物出版时间等的订正。他对其他有关"左联"的辞目

---

① 郑敏：《两种文学史观：玄学的和解构的》，载《二十一世纪》1991年第3期。

也还有订正。① 《中国大百科全书》这样权威的代表国家水平的书尚且如此，可见问题是不容忽视的。但如果仅仅是史实有误，还可以说是作者学识上的欠缺或态度上的粗心，更突出的问题仍在未能正确看待主体与客体的关系。例如，有一种见解认为现代作家总是向后看的，这似乎是很令人感慨的。举出的事实是鲁迅从《呐喊》到《故事新编》，郭沫若从《女神》到《屈原》，丁玲从《莎菲女士的日记》到《太阳照在桑干河上》，都是古代题材作品。写古代题材便是向后看，这种理论本身就是站不住的，然而随意捏弄事实更成问题。《呐喊》所写的故事多以辛亥革命为背景，对"五四"时期来说，也已是过去的事了。而《故事新编》写的虽然是古代的事，却也有比《呐喊》更现代的，从文化山上说英语的文化人到墨子回宋遇到募捐救国队，都是现实的写照。《屈原》确是写两千多年前的事，但《女神》中不是也有共工与颛顼大战不周山的情节，这样的故事不是比屈原古老得多吗？至于《太阳照在桑干河上》，写的是刚刚发生的对全国来说超前的土地改革，远比莎菲的时代现代得多。这些事实更能说明现代作家注重现实，是向前看的，对作者的论点无助反而有损。像这样任意使用事实的例子也许是比较极端的，但其认识根源与以前那种出于某种需要而改窜历史是一样的。认识的误区在于以为过去的失误是怠慢了认识主体，是主体性的窒息或失落。实际情况恰恰相反，那时过分地夸大了主体作用，并给它戴上了革命的高帽。例如，"以论带史"，"论"就是主体的认识，是第二性的，却不首先接受第一性的"史"的验检，反而要来带领第一性的"史"，终致任意篡改历史的严重地步；至于这个"论"，即主体的认识，是史家自己独立思考的结晶，或是从哪一部书上搬来的现成结论，那是主体自身的问题，应该另行讨论，这绝不是由于过分强调尊重客体所造成的。

于是，且不说 1949 年以来修新文学史著时主体是否真的消极被动，还是先来回答这两个问题：主体是否永远只能消极被动地反映客体？这样是不是限制了主体的生命力、创造力，扼杀了文学史家的主观能动作用？

为了弄清历史认识过程中的主体与客体的关系，人们提出了许多有益的见解，如把历史分为客观历史（即已发生过的客观存在的历史本体）

---

① 参见丁景唐《为〈中国大百科全书·中国文学〉中的三个词条勘误》，载《中国现代文学研究丛刊》1991 年第 3 期。

和主观历史（即后人或史学家所认识、记述、评论的历史），还有人把历史分为原态历史、遗留态历史和评论态历史。这些对澄清问题都有帮助。

原态历史，后人已经无法看到。人们绝不可能为了编新文学史著，让北京重演一次1919年的五四运动。我们今天能看到的是遗留态历史，也就是五四运动时所遗留下来的各种资料，诸如政府档案、文件、公告等文献，报刊的报道，尚能见到的遗物、遗址，参与者写的回忆录，等等。在今天，还可以有录音、录像等更具象化的史料。史学主体是借助这些史料的中介去了解并重构历史的。而这种遗留态历史由于种种原因，已不可能与原态历史完全一致，因为各种史料都产生于特定的条件，都不可避免地受这些条件的局限，更不用说还有当时出于某种目的的歪曲记录、伪造档案、片面报道等；另外，因年代久远而文物散失等，都造成遗留态历史的失真。所以，不要以为"有书为证"或有一两条"钢鞭材料"，就一定准确。要有一个对史料（证据）的鉴定、辨别、考异、选择的过程，包括定量分析、定性分析等，这是史学主体应该充分发挥能动性的时候。如果说人的主观本不可能与客观完全契合而只能尽可能地接近客观，那么中介物的匮乏、残缺、虚假、不实则更增加重构历史的困难。因此，尽可能多地掌握遗留态历史，这是很重要、很繁难的任务，也检验着我们的史学水平，切不可看轻。在这一环节上，史家绝不会只是消极被动的。在此基础上写出的史著，又增加了今人的评价，是今人眼里的历史，因为绝对客观的描述是不存在的。我们从历史著作中看到的便是评价态历史。在这里，不用说史家应该评论、挖掘、揭微、探幽，写什么与不写什么、多写什么与少写什么、用什么笔调等，也无不是主体作用的体现。如果说有什么限制、束缚，那就是无论有多么善良的愿望、多么神圣的使命，也无论是出于政治的目的或其他动机，主体都没有改动、变更、歪曲、伪造史学客体的自由；无论主体性高扬到何种程度，都不能跨出历史事实的范围，只能在"如实反映"的基础上来发表自己的评价，在这一点上可以有高度的自由。如果超出这个界限，想要创造"自由的故事""巧妙的神话"，可以去当作家，但不能成为史家。所以，可以对周作人做出研究者自己的解释，但不能抹杀他在"五四"文学革命中发表过《人的文学》、起过大作用的事实，也不能抹杀他后来当了汉奸的耻辱。可以对《野百合花》有不同的评价，但不能为了否定它而把王实味说成反革命托派分子。

了解了遗留态历史不可避免的局限，了解了接近原态历史的巨大困难，不应该由此产生无所作为或可随心所欲的思想，而应该在站在历史面前的时候，有一种比较谦虚的心态，持客观严谨的态度。鉴于中华人民共和国成立以来几十年的实际情况，现在应从强调尊重客体开始，真正回到辩证唯物主义的立场上，这就是我们所主张的"回归"。做到这一点也不易，这几十年间，人们一直处于没完没了的决定生死命运的争论中，吸引他们必须为之付出精力的总是不停地申述、辩驳。如能进入一个"不争论"的时代，在一种宽容的精神氛围中允许不同见解的并存，有耐心等待实践检验的结果，那么，比较客观冷静地从尊重历史客体开始一步一步地去接近原态，就是完全可以做到的。

三、单向性和多样性

阐释的单向性是新文学史著作编纂中又一个突出的现象，几十年来，对新文学史的阐释集中在它与政治的关系上。就作家研究而言，虽然长期盛行"社会—历史"批评，但角度还是比较多，近年来创新成果也比较多。可是，一到宏观地把握新文学史，就只有政治视角了。这只要举出至今的各种新文学史观来考察，便很清楚。

至今够得上称为新文学史观的只有几种。最早有历史进化论的新文学史观，认为一时代有一时代的文学，新文学必取代旧文学。这种观点源于胡适，王哲甫的《中国新文学运动史》就采取这种观点。

还有循环论的新文学史观。这表现在周作人的《中国新文学的源流》中，认为中国文学的发展只是载道派（如清之桐城派）与言志派（如明末公安派）的循环出现。不过这种观点对新文学史著作编纂并无多大影响力。

紧接着便出现了阶级论的新文学史观。1935年王丰园的《中国新文学运动述评》、1936年吴文祺的《新文学概要》便是用阶级论来解释新文学的，认为"五四"新文化运动是新兴资产阶级反封建的文化运动，胡适、陈独秀是新兴资产阶级的代言人，鲁迅、叶绍钧是小资产阶级文艺战士，郭沫若是资产阶级代言人，郁达夫的作品是没落士绅阶级意识的反映，等等。他们的著作中有受苏联弗里契"艺术社会学"影响的明显痕迹。这类著作中，李何林的《思潮论》最有代表性。比较历史进化论者的进步之处是他们以阶级斗争为进化的动因，不像王哲甫那样抓不住要点。但同时也把自己局限在这个圈子里，忽视了多方面的关系和多种因素的合力，观察新文学史的视野显得狭窄了。

而影响最为广大深刻的则是新民主主义论的新文学史观，前面已经提到，这是以毛泽东的《新民主主义论》为指导的。毛泽东是从政治革命的角度去观察、总结文化运动的。他认为，"新民主主义的文化，一句话，就是无产阶级领导的人民大众的反帝反封建的文化"①。中华人民共和国成立后的新文学史著便无不注意紧密地把新文学与新民主主义的政治结合起来，以此种关系解释新文学发展中的种种现象，突出与新民主主义政治相关的内容便成为新文学史著的贯串线索。

此后再没有出现多少引人注意的新文学史观，值得一提的是20世纪80年代中期的"20世纪中国文学"的观念。② 这个观念的提出显然包含把中国新文学与世界文学联系起来，以开阔视野、开拓领域，突破只谈新文学与政治的联系的局限。但除了这个理论本身尚有待完善之处外，人们发现它与政治视角的距离仍是很近的。它的某些总结如以"改造民族灵魂"为20世纪中国文学的总主题，以"悲凉"为其主要美感特征等，还是讲文学与社会变动的关系，透露出一定程度的政治色彩。运用这一观念写就的著作，在叙述20世纪中国文学历程时，也仍然照着旧民主主义革命、新民主主义革命、社会主义革命等几个段落来进行时段划分。也就是说，这个很有影响的新观念还是在新文学与现代中国社会变动和中国革命的论题范围内做文章。

一个重要原因在于认识对象本身的特点，中国的新文学从诞生的第一天起，就不是冷漠地面对现实，以后也绝不逍遥于现实的社会斗争之外。正如"20世纪中国文学"提出者所说，"20世纪的中国，经历了从古老的封建王国向现代化社会主义国家的历史性转变，在不可避免的社会大震荡、大阵痛中，实现了整个民族的蜕变与奋起，形成了现代中国的民族新经济、新政治和新文化。中国现代文学正是在社会大变动与民族大奋起的社会历史背景下产生与发展的"③，正是这种历史特点导致在新文学创造

---

① 毛泽东：《新民主主义论》，见《毛泽东选集》（第2卷），人民出版社1952年版，第692页。
② 参见黄子平等《论"二十世纪中国文学"》，载《文学评论》1985年第5期。
③ 钱理群等：《中国现代文学三十年·绪论》，上海文艺出版社1987年版，第1~2页。

过程中"很容易用'非艺术'的东西挤掉了艺术,造成了对艺术力量的直接损害,并降低了文学的审美的价值"①。认识对象的这种特点决定了对它的研究,必然也必须充分地进行政治的观照。"如果不注意现代文学发生、发展的这种特殊社会背景,希望脱离思想革命和政治革命,只谈文学自身的内部联系,虽然并不太困难,但那是难以深刻地反映、说明、评价中国现代文学的。"② 从政治视角观察新文学,确也产生过具有深刻性的认识成果,对新文学史著的编纂起了推进作用。不必因为以前的过分政治化偏向,而不加分析地否定政治视角的作用,否定其所具有的锐利的解剖力。

但阐释的单向性也有其消极面,因为这样便难以发掘新文学的丰富内涵,何况过于紧密地与现实政治保持联系,也会影响新文学研究的进展。举一个简单的例子,在政府给王实味做出明确的平反结论之前,所有新文学史著都对1942年批判王实味事件做肯定的叙述。稍好一点的,也只能用客观描述的写法,记下当时有过这件事,而不做明确的表态性评价。当这个案件平反了,不但王实味不再是个反革命分子了,而且对其《野百合花》等文的评价也有变化,更进而把当时在没有确凿证据的情况下对他展开猛烈批判以及后来处决他的过程当作严重的历史教训记录下来。这一切都不是新文学史家力所能及的,完全取决于政治。当新文学史研究过于贴近政治时,所受这种影响尤多,这对其他社会科学部门也是一样的。由于突破阐释的单向性,还待努力,这也就是新文学研究界仍在讨论"把文学史还给文学"的原因。

其实路还是宽阔的,在这方面,某些史学理论也是可以借鉴的。英国汤因比在其著名的《历史研究》中创立了文化形态学,把世界文明(文化)按历时性和共时性分为23个区域。他的理论和方法尽管后来受到某些人的嘲弄,但仍有其启发性,即不完全按国别和行政区,也不完全按自然地理环境,特别注重从哲学、宗教等方面所表现的文化形态来划分和研究历史。这对文学史研究尤其有借鉴意义。从文化的视角来观照新文学史,这工作还刚刚开始,可探讨的内容颇多。例如,20世纪30年代京派和海派之争并不能只看成两个文学流派的争论,京派和海派是现代中国很

---

① 钱理群等:《中国现代文学三十年·绪论》,上海文艺出版社1987年版,第13页。
② 黄修己:《中国现代文学发展史》,中国青年出版社1988年版,第9页。

有代表性的两种文化形态，各有其形成的历史原因，各有其不同的特质、品格、风貌，可以说延续至今仍然存在。《新青年》始于海而盛于京，不会仅仅是由于主编的工作变动——陈独秀被请到北京大学，也不仅仅是蔡元培个人意志的表现，其中包含着深刻的文化背景。如果从政治上看，这时北京倒是比较落后的，是北洋军阀统治的中心，南方城市如广州反而比较进步些。但只有当时北京的文化环境才能形成像北京大学这样的新文化堡垒，才能使《新青年》的主张得到应有的响应和传播。到了20世纪30年代，经过近百年的酝酿、孕育，在高度半殖民地化的上海，海派文化达到了成熟，同时也使上海成为新的文化中心。只有在这时，才会出现京派、海派之争。至于它们怎样影响文学，尚待深入研究。现在许多人把沈从文视为京派的代表作家，如以京派文化来衡量这位自称为"乡下人"的作家的作品，笔者总觉得不大贴切。如果用苗文化来解读他那些"湘西作品"，可能比较易于释疑解惑。这倒不是说新文学中有个苗派，但也不能绝对否认苗文化对新文学的影响，特别是如果不把自己的视野局限在"五四"后的30年里，而是从更长的时段来考察，则可能对苗文化与汉文化的交融会有新的发现，有助于把沈从文摆在一个较为适当的位置上。中国本就是多民族国家，我们过去的文学史研究实际上只是汉文学史研究。唐弢与严家炎主编的《中国现代文学史》三卷本注意到这个问题，特记载了维吾尔族、蒙古族的几位作家和他们的创作。后来，又有新文学史著把老舍、沈从文、萧乾等几位单放在少数民族作家的专章，但让人感到很生硬，因为只注意作家的民族身份，未曾从文化角度去考察其创作，以发掘民族文化的特征及相互间的关系对新文学的影响。

"五四"新文化所受外来异质文化的影响已经有了一些研究成果，但新文化形成之后，怎样在中国层层推开的经历也应该研究。"抗战"时期因局势变动，新文化开始进入穷乡僻壤，经历了一番蜕变。比较典型的如陕甘宁边区文学，这属于革命文化，是从外部由先进的人们带到那里去的。这种外来的文化便与当地本土文化不可避免地发生碰撞，于是产生了丁玲的《我在霞村的时候》《在医院中》《夜》和孔厥的《受苦人》《凤仙花》等一批作品，写的是现代文明观照下的中国西北黄土地文化以及内外两种文化冲突摩擦所产生的痛苦，这形成了很有历史特征的文化现象，成为今日"西部文学"的先驱。后来，边区文学中内外文化的交融并出现新的倾斜，难道仅仅因为政治力量的介入而没有文化上的原因吗？

这也值得去探讨。

再举个例子，后起的法国年鉴学派把历史运动的层次分为长、中、短三个时段。长时段运动指缓慢流逝、变动的历史运动，从自然生态环境的演进，人与自然关系的变动，到社会文化结构、经济结构、政治结构的变迁，都属长时段运动。又把社会局势性的变动，如物价的升降周期、人口的波动周期、政治的稳定和动荡等，称为中时段运动。而把节奏短促、快速的事件，如政治、军事、外交等方面事件，视为短时段运动。法国年鉴学派认为"传统史学只重视历史的短时段变动，重视个人与事件的研究，而年鉴史学家则更关心中、长时段历史现象的研究，他们认为这是更具决定性的时段"①。这个学派否认阶级斗争对历史发展的影响，这点是不能赞同的，这里不去对它的理论做全面评价。他们从自己的理论出发，从而注意研究经济史、社会史，后来又向纵深发展，研究人口史、心态文化史、思想史、生态环境与人类社会史等，开拓了许多新领域，这对于我们扩大眼界、突破阐释的单向性照样有启发作用。如果没有跨学科研究的进步，就不可能产生这个史学流派。新文学同样与许多学科有程度不同的关联，我们也要由近而远，从短时段影响向中长时段影响看去，把视野放大点。先从近处看，如比较文学的复兴已使我们注意到中国新文学与外国文学的关系，进而还要研究近代以来的翻译事业史。由于翻译事业的发展，带来了域外的新思潮、新文艺，促进了旧文学向新文学的转化。但它究竟是怎么影响文学的，它在什么条件下起什么作用，这需要研究。我们还要研究近代留学生派遣史，因为新文学的先驱如胡适、鲁迅、郭沫若等都是从国外留学回来的。郑伯奇在总结创造社历史时，已对留学生活之影响于创造社的创作方法和艺术风格有过初步总结。②但我们现在尚未能超越他的认识。而且同样是留学生，为什么也有梅光迪等"学衡派"干将那样的人物？他们成为"五四"时期最有代表性的保守主义人物。我们不同意胡适说的文学革命起于美国绮色佳的几个人的辩论，但事实还是存在的，1916年那里的留学生中确实有过争论。为什么在那样环境中孕育出这场辩论？不应置而不问。近代以来的教育史也和文学史有密切关系。

---

① 雅克、勒戈夫等：《史学研究的新问题、新方法、新对象》，社会科学文献出版社1988年版，第24页。

② 参见郑伯奇《中国新文学大系小说三集·导言》，上海良友图书印刷公司1935年版。

"五四"时期巨人型的大作家都是博古通今、学贯中西的,他们既是作家,又是学者,一身二任。比他们晚一点,出现了钱钟书这样的作家。这与不同时期教育思想、教育制度、教育质量等不会毫无关系。而不同的校园文化对作家的影响可能更直接。钱钟书的同学有曹禺、吴组缃等,他们都是清华大学的校友,同时期的北京大学则出现了何其芳等"汉园三诗人"。这两所大学与新文学关系都很密切,他们的校园文化各具特色,在不同文化环境中熏陶出的人才肯定也各有特色。

这些都是与文学邻近的研究部门,至于距离远的,则相当于年鉴学派的长时段的运动,也会对文学的发展起到间接的影响,其关系并非没有研究的价值。这些都是新文学的外部联系,研究的目的最终要落到对于内部联系的影响。新文学的内部、外部诸种联系都应受到重视,不必厚此薄彼,这就是应该提倡的研究的多样性。新文学史著作总格局的突破有待于这多样性研究成果的积累,当这种积累达到一定程度时,新的飞跃就会出现。因此,我们应该努力拓展研究领域,研究的前景是宽阔的、鼓舞人的,但也不能急躁。因为这样做首先要求新文学史家们具备较宽的知识面,具有多学科交叉研究的能力,以免又把文学史写成社会史或其他。同时也要看别的研究部门的进展情况能否为我们提供更多成果,不至于让新文学史研究单科独进。这还启示我们注意"把文学史还给文学"这一命题的负面效应,要接受新批评派、结构主义的教训,不要把自己的手脚捆绑在文本的范围内;要看到文学的内部、外部关系的不可分割,才不至于踏进自我封闭的圈子里。

(原载《文学评论》1993年第1期)

从"学以致用"走向"分析整理"

——20世纪90年代中国现代文学研究取向

经过20世纪70年代末的拨乱反正、80年代的思想解放，随着西方文艺思潮的涌入，在"方法热""文化热"的冲击下，经过了多次或大或小的思想战线的动荡，那时中国现代文学研究经历了剧烈的变革，变化之大是难以想象的。但是，进入20世纪90年代以后，似乎雨过风停，激情的年代结束了，已经不再有"把颠倒的历史再颠倒过来"的激动，不再有自以为开创了新局的莫名其妙的喜悦，对某些人来说也不再有充当时代先锋的豪情和妄想了。

20世纪90年代初，一个"不争论"的权威性提法对学术研究产生了重大影响。"不争论"不等于没有矛盾、没有是非，其实质是强调务实，而把矛盾、是非提交给时间去检验。这对于允许学术上各种观点的并存、允许形成研究界的多元局面显然十分有利。学术渐渐地远离了意识形态，远离了现实关怀。于是，政治落潮，文化升帐。20世纪90年代的现代文学研究似乎染满了文化的色彩。虽然少了一点热烈和喧闹，却还不能说都很沉静和扎实。既有商品经济大潮的冲击，更直接、更严重的影响还是所有的评估、评审、评奖、提升等的制度化，往往违反学术研究的规律，成了学术上浮躁、虚夸的鼓风机，诱发学界的腐败之风。从20世纪80年代延续下来的食洋不化、拣拾西方新名词做时髦的装点，或者哗众取宠，追求"轰动效应"之类的作风，还时有所见。对腐败的社风、学风的不满激发了带保守色彩的一股反拨情绪。一位年轻学者宣告："现代文学研究要想成为真正的学术，必须遵循严格的古典学术规范。"[①] 20世纪90年代，要求遵循学术规范之声渐起。这种思潮的抬头正是要求学术研究走向沉静和扎实。

梁启超在总结清朝的学术史时，曾认为启蒙时期的学术多强调"学

---

① 解志熙：《美的偏至——中国现代唯美—颓废主义文学思潮研究·题词》，上海文艺出版社1997年版。

以致用"。中国现代文学学科建立之时正是中国共产党掌握全国政权之初，学科的建立明显含有为新政权的正义性、必然性做启蒙宣传的目的，所以20世纪五六十年代的研究难免有"学以致用"的倾向。而"凡在社会秩序安宁、物力丰盛的时候，学问都从分析整理一路发展"①。只看近10年里，研究内容从政治向文化移位，内在、外在的批评同受重视，边缘课题的拓展，研究对象时空包容量的扩大，研究之研究的开展，作为一门学科学术研究的意味浓厚了，它不再考虑为谁所用，它的学术独立品格明显了。无论如何，20世纪90年代是一个经过激烈动荡后的转变的年代、从"学以致用"走向"分析整理"的年代。在进入21世纪时，现代文学研究经过50年的颠簸，或者可以视作一门学术了。

一、向"外在批评"折返

在20世纪70年代末，在恢复学科的拨乱反正中，人们吸取历史的经验教训，提出了"把文学还给文学"的口号。这个思想代表了那时中国现代文学研究界的主导意识。它反映了人们对长期以来现代文学研究中过于注重政治评价、把文学史变成了革命史等现象的普遍的厌倦和反感。在当时，这个思想对于这一学科的发展起了十分重要的积极作用。那时的老、中、青三代学者都是这一口号的受益者。到了20世纪80年代中期，兴起的"方法热"又使人们了解到在20世纪，从19世纪流行而来的以实证哲学、精神分析学等为基础的文艺批评方法，如传记批评、社会学批评、心理学批评等在西方已被视为过时的"外在批评"。20世纪风行的是注重文本研究的形式主义、新批评派、结构主义等"内在批评"。这种外来的思潮正好与本国的"把文学还给文学"的主潮相契合、相呼应。因此，在20世纪80年代，现代文学研究的主要趋势便是由外向内转，从以往注重文学与外部关系（主要是政治）的研究转变为研究现代文学自身规律，文本分析、文体演变、艺术创造、风格流派等方面的研究更受研究者的青睐。

但是，如果向内转，回到文本，成了一种画地为牢的自我束缚，那又会产生一种于现代文学研究不甚有利的偏向。现代文学研究不可像鸵鸟那

---

① 梁启超：《中国近三百年学术史》，东方出版社1996年版，第29页。

样把脑袋插入文本的沙堆而不顾外面那宽阔的世界。

这里举一个例子，海外新儒家的重要人物林毓生的《中国意识的危机》传入中国内地后，因其批评"五四"新文化运动的全盘反传统，引起现代文学研究界的关注，① 但因为对文化问题的陌生，一些反驳的文章也只能是"辩证"性的。这事实告诫我们"回到文本"不等于龟缩于文学，拘守于文本。到了20世纪90年代，研究者有意识或无意识地开始了新的折返，我们的研究开始回到"外在"的广阔领域。有人对轻视文学与外部关系的现象做了尖锐的批评，"更值得注意的是，文学自从20世纪80年代中期'向内转'以后，对文学的外部描写和研究便不屑一顾了。其实，忽视社会外部现象的描写也是文学的堕落，对文化背景的藐视与漠视正是文学浅薄的表现"②。除了继续重视文本的细读、重读，更多的人返回"外在批评"，更多地在文学与其多种外部关系上做文章。此时，在"文化热"的影响下，种种外部关系多戴上文化的冠冕，以"创新""开拓"的面貌重新在现代文学研究中大显身手，在20世纪90年代获得了一批新成果。

1997年《中国现代文学研究丛刊》第1期刊发了钱理群的《我的中国现代文学研究大纲》。这篇文章除了提出要继续对20世纪文学作品做重新阅读和精细的文本分析之外，更值得注意的还在于提出要对制约、影响20世纪文学发展的"三大文化要素（背景）"展开研究。三大文化要素包括：①出版文化，即开展20世纪文学的市场研究，研究出版社与现代文学的关系；②校园文化，研究不同时期著名大学培养的人才（作家）与现代文学的关系；③政治文化，研究20世纪国家政权、政党与现代文学的关系。这些虽说是钱理群的"个人化的选择"，实则反映了20世纪90年代现代文学研究的热点。就在钱理群发表《我的中国现代文学研究大纲》时，同类的成果已在炮制之中。到了1999年，在出版文化研究方面，有对商务印书馆、开明书店、北新书店等的研究成果，③ 企图描述、

---

① 参见王富仁《当前中国现代文学研究中的若干问题》，载《中国现代文学研究丛刊》1996年第2期；张永泉《响应新儒学的挑战》，载《中国现代文学研究丛刊》1997年第1期；严家炎《不怕颠覆，只怕误读》，载《中国现代文学研究丛刊》1997年第1期。

② 丁帆：《不可忽视的官僚资产阶级形象描写》，载《南方文坛》1999年第1期。

③ 《中国现代文学研究丛刊》1999年第1期上，发表了王中忱与杨杨研究商务印书馆、叶桐研究开明书店的文章等。其中，有的纯为出版社研究。

论证新文学的兴起与发展，不仅仅只是一种观念的活动过程，而且也得益于大的文化环境，新文学的兴起、发展与得到一些文化组织机构的物质支持有关；更企图证明，现代知识分子往往集作家、学者、教授与出版家等身份于一身。"一个人，可以在创作、研究、教学和编辑出版经营领域里全面出击，纵横驰骋，这是中国现代知识分子的一个传统……是知识分子履行自己社会角色的基本方式。"① 同样，关于校园文化的课题也以丛书的形式推出。钱理群在为这一套丛书写的序《现当代文学与大学教育关系的历史考察》②中指出，研究"大学文化"目的在于"探讨特定时期的集中在大学空间里的时代精英知识分子的学术思想、文化追求、精神风貌等对文学发展的影响与作用"，以及"现代文学与现代教育之间互为依托、相互促进的密切关系"等有关问题。由于"大学文化"与人才培养关系极密切，而人才培养又与各个时期作家创作面貌直接相联，教育状况是回答不同时期文学上的问题的重要根据之一，人们有理由对这一课题抱着殷切的期待。但钱理群的意图似仍在探讨知识分子如何履行自己的社会角色的问题。他认为，"五四"时期知识分子改变了自己的传统角色面貌，由聚集于国家政权、政党领袖周围转而向北京大学和民间教育集中，"转向依靠自身，充当思想启蒙的主体，实现思想、学术、教育、文化、文学的独立，彻底走出传统知识分子的出路，成为独立、自主、自由的知识分子，从而建立起现代知识分子的新的范式"。由此，进而说明中国的现代文化运动是"中国知识分子独立的思想运动的有机组成部分"。③

目前，政治文化与现代文学关系的研究动作稍慢，成果亦不甚显著。如南京师范大学朱晓进教授试图以"政治文化"为政治与文学之间的"中介物，"④ 从这一思路来研究这一课题，目前尚未见最后成果。从政治角度对文学创作的批评虽已不太盛行，但仍有所见。如丁帆在《不可忽

---

① 郭汾阳、丁东：《书局旧踪·前言》，江西教育出版社1999年版，第1页。
② 钱理群：《现当代文学与大学教育关系的历史考察》，载《中国现代文学研究丛刊》1999年第1期。
③ 钱理群：《现当代文学与大学教育关系的历史考察》，载《中国现代文学研究丛刊》1999年第1期。
④ 朱晓进的成果有《从政治文化的角度研究30年代文学》（载《中国现代文学研究丛刊》1999年第1期）等。

视的官僚资产阶级形象描写》①中批评茅盾的《子夜》以买办赵伯韬为主人公，把赵伯韬作为吴荪甫发展民族资本主义的不可逾越的最大敌人。丁帆认为，在封建政治体制的土壤上，最具生命力的当是官僚资产阶级，他们可以直接用权力掠取资本。《子夜》把官僚资产阶级的统治、压迫作为隐在的背景来写，舍弃了"四大家族"式的官僚资产阶级形象描写，只把赵伯韬推向前台，是其最大失误和悲剧性的遗憾。丁帆的这一论点有待商榷，因为《子夜》的"赵伯韬"正是影射四大家族的"宋子文"（赵—宋；伯—子；韬—文），这说明茅盾对官僚资产阶级阻碍民族资本主义发展的现实是有认识的。至于是否一定要正面塑造诸如宋子文、孔祥熙等的形象，那要看小说中故事情节发展的需要。丁帆认为，中国当前社会变动在文学作品中很少反映，"我们的艺术家对外部世界的感应能力太差，在一片'后现代'的鼓噪下，麻痹了感悟生活的机能"②。因此，他批评《子夜》恐是有感而发的。

二、向边缘课题拓展

20世纪中国社会始终处于大变动中，文学深受其影响。长期以来，文学研究的中心话语总是文学与政治、文学发展与社会变动的关系；而一些远离政治的边缘性的课题未能受到重视，或者根本就进入不了研究者们的视野。例如，现代文学与宗教的关系很少有人问津，几成禁区。社会大变动中，当人们奋起战胜侵略与压迫、贫穷与落后时，需要的不是宗教，而是"人定胜天"的思想，是人的主观精神和历史客观规律的决定作用造成主流意识的非宗教倾向。但这不等于说中国现代文学的创作未曾受到宗教思想的影响，这在有些作家的作品中仍有鲜明的表现。随着思想的进一步解放，学术视野的拓展，学术氛围的相对宽松、自由，20世纪90年代宗教文化与现代文学的关系受到一些年轻研究者的注意，如谭桂林、杨剑龙等在佛教、基督教与现代文学的关系上已提供了一批成果。③另外，

---

① 丁帆：《不可忽视的官僚资产阶级形象描写》，载《南方文坛》1999年第1期。
② 丁帆：《不可忽视的官僚资产阶级形象描写》，载《南方文坛》1999年第1期。
③ 参见谭桂林《佛学与中国现代作家》，载《文学评论》1993年第4期；杨剑龙《旷野的呼声——中国现代作家与基督教文化》，上海教育出版社1998年版；王列耀《基督教与中国现代文学》，暨南大学出版社1998年版。

地域文化研究也曾是20世纪90年代现代文学研究的一个热点。①

谭桂林先生分析20世纪90年代宗教文化研究的三方面进展："一是由个案分析开始走向整体研究"，即不局限于个别作家所受宗教影响的研究，开始整体性地研究某一宗教文化对20世纪中国文学的影响；"二是由具体作品的研究上升为现代作家的精神文化心态的剖析"；"三是由强调宗教影响的消极意义转变到注重宗教文化影响的积极因素的发掘"。②任何一个课题的生命力在于研究的成果能够提供多少对研究对象的未知数的解答，从而推进和深化人们对研究对象的科学认识。目前，宗教文化的研究在阐释作品上的成绩较突出。例如，对鲁迅的《野草》的研究以往多做社会剖析，总有讲不透彻的；后来从心理学角度联系鲁迅个人心态做解释，有所进步，但仍存在疑难。谭桂林认为，"鲁迅的这部作品不仅运用了大量的宗教意象、宗教话语，如耶稣、地狱、死火、虚空、大欢喜、造物主、神之子等等，而且里面贯串着鲁迅对于人生的宗教性体验。如'钉杀了人之子的悲哀''惟黑暗与空虚乃是实有''于一切眼中看见无所有''待我成尘时，你将看见我的微笑''死亡是生命飞扬的极致的大欢喜'等等命题，本来就是一种富于宗教意味的人生体验，我认为只有运用宗教话语与宗教思维来阐释，才能说得透彻到位"③。这样，挖掘作品中的宗教文化因素，并考察作家如何在其间结合自己的个体生命体验，通向对人类根本问题的终极关怀。

由于宗教文化直接渗透于人的心灵世界、精神领域，因而与文学创作的关系更直接。而地域文化虽然也能直接影响作品的地方色彩等方面，但因为内容多由物质条件（如山川地形、自然环境、气候物产等）影响于人类的生活，形成特定的风俗习惯，进而影响人的性格、气质、审美情趣诸方面，然后才作用于文学创作，其与文学的关系要经过较多中间环节，

---

① 湖南教育出版社于20世纪90年代初组织出版《20世纪中国文学与区域文化丛书》（严家炎主编），有李继凯的《秦地小说与"三秦文化"》、朱晓进的《"山药蛋派"与三晋文化》、吴福辉的《都市漩流中的海派小说》等。中国妇女出版社1993年9月出版甘海岚的《老舍与北京文化》。杭州大学出版社1998年5月出版郑择魁主编的《吴越文化与中国现代文学》。

② 谭桂林：《宗教文化与20世纪中国文学研究》，载《中国现代文学研究丛刊》1999年第1期。

③ 谭桂林：《宗教文化与20世纪中国文学研究》，载《中国现代文学研究丛刊》1999年第1期。

比较间接。因而，研究成果的取得相对困难一些，有时要求研究者有身临其境的体验，并非所有的人都有条件做到。其起步虽早、成果数量较多，但给人以深刻印象的尚少。

三、新理论视角的尝试

20世纪90年代的运用新理论、新视角的尝试，可视为"方法热"的延续和发展。早在20世纪80年代，已出现诸如运用叙事学的理论、方法研究中国近现代文学的成果，并由此引出探索建立中国叙事学的尝试。20世纪90年代更有人借鉴西方文艺学理论，编纂大型的现代文学新史著。如《中国现代文学接受史》（马以鑫著）①、《二十世纪中国作家心态史》（杨守森主编）② 等。其中，《二十世纪中国作家心态史》出版后引起较大的反响。

马以鑫的《中国现代文学接受史》内容实为现代作家的接受思想史（对于作品如何能让读者接受的思想、理论的变迁史），依此而把现代文学分为三个阶段：启蒙的接受（以接受者为启蒙的对象）、正视的接受（正视平民大众接受者）、接受者主导（产生于20世纪40年代文艺整风之后）。按照接受美学的理论，强调读者参与创造，一部作品的完成不在于出版时，而在于被读者接受时。但收集读者接受状况的资料相当不易，目前主要资料来源是报刊上的评论，但那只是作家、评论家的反应，而不是真正的广大读者的反应。正如马以鑫在后记中所说，他查阅文学期刊时，"遗憾地发现，真正重视读者反应的杂志并不多"。再则把文学史上的问题都归结为"接受"问题，如把20世纪30年代最重大的一次文艺论争——"左联"与自由人、第三种人的论争简单地归结为"一个'接受'问题"，因而仅是文艺大众化运动的"一次余波""一次插曲"。这样的认识并未比以往的文学史有多少进展。

同样，写心态史也需要大量有关作家心态的资料，而这方面的资料也不易收集。因而不能不使用作家一般的生平资料，从其生平经历用逻辑推理的方法引出当时的心态。这样做便有使一部心态史变成作家传记的可能。再则，心态研究的最终目的还是为了作品的解读，是用心灵的钥匙去

---

① 马以鑫：《中国现代文学接受史》，华东师范大学出版社1998年版，第164页。
② 杨守森：《二十世纪中国作家心态史》，中央编译出版社1998年版。

打开创作之谜的大门。所谓文学史是心灵史，指的是文学作品反映了作家和他所代表的社会群体的心灵的历史。写心态史更应紧紧地抓住这一条主线，避免成为作家生平、文人轶事的记录。

上面列举的两部专著说明 20 世纪 90 年代创新、开拓的努力已初显成效，但同时也反映了这种创新、开拓的准备不足，这里面既有理论上的准备不足，更有资料上的准备不足。

四、现代文学的文化定位

一项一项的带有"文化"印记的研究成果都显示出中国现代文学研究从政治向文化的位移。"与文化结缘"似可概括 20 世纪 90 年代现代文学研究发展的总体状况，作为一种取向，还将在 21 世纪延续一段时间。而各单项成果的不断积累必然会产生对现代文学整体格局的新认识：一改以往对现代文学的政治定位，出现了文化定位的趋势，而且已经对新编的现代文学史著或 20 世纪文学史著的结构产生了一定的影响。

以前，评论现代文学史，也讲文化，但只讲文化的政治性质、阶级性质，如帝国主义文化、封建主义文化、无产阶级文化等。现在，这一类概念已经很少出现在 20 世纪 90 年代新编的现代文学史著中了，而逐渐改为用现代思想界三大流派的定位法，即激进主义（从文化激进主义发展到政治激进主义即社会主义）、自由主义和保守主义（又称"新传统主义"）。这种新的文化定位必然导致对文学上各种派别评价的变化。其中最明显的莫过于对"学衡派"的评价。长期以来，1922 年出现的这一文化派别被认为是反动的"封建复古派"或"西化的封建复古派"。直到 20 世纪 90 年代末，也还有新出的文学史著仍然这样批判"学衡派"，足见现代文学研究中的惰性有多么大。但已有对该派做专门的、比较深入的研究的学者，如沈卫威先生①。他把该派定位为"五四"后的保守主义，认为保守主义的特点在于在接受现代政治（民主、自由、共和）、现代经济（科学时代的经济和新技术）的前提下，试图从文化发展的继承性和规范化上抵制文化激进主义、科学主义带来的社会文化观念和人生信念的

---

① 沈卫威的主要成果有《回眸"学衡派"——文化保守主义的现代命运》（人民文学出版社 1999 年版）。

失范，尤其是人文精神、伦理道德的沦丧或异化。他们的一套主张既有反映思想上的保守性的一面，又有一定的学理价值，认为对文学史上的这类派别应当做具体的分析，不要用一笔抹杀的方法。这种保守主义派别力量很小，不足以阻碍新文化运动的进程，但可以有一定的制衡作用。

如果说对"学衡派"的这种定位和评价比较容易被接受，那么对自由主义作家的评价就复杂得多了。

第一，重评保守主义对别的派别牵涉不大，而对自由主义作家的重新评价立即影响到对政治激进主义也就是现代主流文化思想派别的评价。在文学上，自由主义作家与代表政治激进主义的左翼文学有着长期不断的论争。不说现代评论派，只从1928年说起，则关于人性论与阶级论之争、关于文艺自由的论争、关于幽默与闲适之争、关于"与'抗战'无关论"之争、批判"民主个人主义"都是现代文学史上的大论争。到了中华人民共和国成立，左翼成了胜利者，他们回顾往事，当自己受到国民党的镇压时，还不断遭受自由主义的批判、攻击，使自己腹背受敌，当然对自由主义作家不会有好感。所以，在1949年以后的现代文学史著中，自由主义文学家始终是受批判的，甚至被视为与实行文化"围剿"的国民党一路。当年论争中左翼作家一些偏激的、片面的观点也变成正确的了。于是，对自由主义作家在现代文学史上的地位、作用的重新评价同时也成了对左翼文学的重新评价，这就使得这一研究有较大难度。

第二，保守主义者在学术上很有成就（包括王国维、陈寅恪），但他们反对白话文，文学创作只有些旧体诗词。然而，自由主义作家在创作上的成果很多，形成不少流派。人们可以把现代评论派、新月派、京派、新感觉派、现代派、论语派、九叶诗派等都划入自由主义流派范畴（甚至把老舍、巴金归入自由主义派），20世纪80年代的"徐志摩热""沈从文热"和小说研究中的"夏志清热"（夏志清的《中国现代小说史》实际上也是赞美自由主义作家，如沈从文、师陀、钱钟书、张爱玲；而对左翼作家，如鲁迅、茅盾、张天翼、吴组缃等都有所保留），以及稍后的研究新感觉派小说、现代派诗歌、九叶诗人的热潮，都使得现代文学史上左翼作家的地位受到冲击。上海的"重写文学史"讨论之所以受到某些人非议，也与其所批评的几乎全是左翼作家有关。若要鲜明地概括自由主义作家在现代文学史上的贡献与地位，还需要学理等诸方面的准备。

第三，比起保守主义来，自由主义文学与政治的关系要密切得多。他们往往有自己的政治主张，还形成了民主党派。"自由主义"也是一个政治的概念，一种政治的理想和方案。1957年"反右"斗争中被定为"右派"的领袖、核心的"章罗联盟"便是自由主义知识分子的代表人物。因此，在清理这一文化思潮、派别时也很难完全不涉及政治。

20世纪90年代对于中国现代文学的文化定位研究，还只能说刚刚开始，今后将继续进行，对其成果的评价还需要时间。

五、20世纪中国文学史的研究

"20世纪中国文学"的命题是1985年由黄子平、陈平原、钱理群①提出的，很快就产生了广泛的影响。但是，几位提出者的初衷似乎并未完全实现，响应者更感兴趣的在于这个命题可以把近代文学的末段和现代、当代文学打通，把一百年的中国文学串联起来，做更长时段的宏观考察。这与时处世纪末，正是回顾、反思百年文学的适当时刻密切相关。而提出者们对"20世纪中国文学"的解释，如改造民族灵魂的总主题、以悲凉为特征的主要审美风格、走向世界文学等，实为启蒙文学的内涵，反到未曾有继续的论证和发挥。而就在黄子平等三人提出这一命题的同时，李泽厚也提出了另一个著名命题——"救亡压倒启蒙"②。哲学家李泽厚在总结现代思想史时，顺便向现代文学瞥了一眼，写成了《20世纪中国文艺一瞥》这篇论文。这篇论文或稍嫌粗糙，但其所贯串的"救亡压倒启蒙"的思想却很有穿透力和震撼力。按照李泽厚的观点，20世纪中国不仅有启蒙文学，还有救亡文学，即革命文学、"抗战"文学、工农兵文学，而且在很长时间里，其影响更压倒了启蒙文学。李泽厚的观点在20世纪80年代末曾引起争论，有人不同意将救亡与启蒙对立起来。但按李泽厚的总结，20世纪中国至少有两种文学在不同时期成为主流文学，这比把20世纪中国文学仅仅归结为一种启蒙文学而忽视、排斥了其他成分是更为接近历史实际的。因而，很明显地在20世纪80年代后期的现代文学研究中，李泽厚的观点产生了很大的影响。

进入20世纪90年代，在特定历史背景下，有关救亡、启蒙的关系等

---

① 黄子平、陈平原、钱理群：《论"20世纪中国文学"》，载《文学评论》1985年第5期。
② 李泽厚：《启蒙与救亡的双重变奏》，载《走向未来》1986年创刊号。

论争一时沉寂了下来。而贯通近、现、当代文学的工作，却仍然继续进行，出现了孔范今、黄修己等主编的几部《20世纪中国文学史》，而且都是教育部"面向21世纪高等教育教学内容和课程体系改革研究计划"的成果。这一方面的主要收获体现在三个方面。

第一，因为与近代文学的末段（起于1898年或1900年）连起来，便给"五四"文学革命找到了更为重要的本土的动因，而改变了以往或强调西方文学的移植，或强调东方炮声的震荡，偏重外部动因的状况。如黄修己主编的《20世纪中国文学史》将1900年至1917年的十几年称为"前'五四'时期"，即为"五四"文学革命做准备的时期。该书认为，这一时期既准备了新文学的创造者，又准备了新文学的接受者。对于新文学的诞生，这两种人缺一不可。鲁迅的文论《摩罗诗力说》和译作《域外小说集》皆因缺少接受者而未能得到应有的响应。但他的《狂人日记》一出，立即引起了震动，出现了吴虞的《吃人与礼教》等作品来做及时的回响。《阿Q正传》也只在《晨报》的《开心话》专栏登了一期，便挪到小说专栏上连载。如果早若干年，也许只当作笑话在《开心话》专栏里一直登下去了。该书又认为，"前'五四'时期"市场经济逐渐繁荣，出版业、报刊业发达了起来，版权制、稿酬制的设立造就了一批"自由撰稿人"。他们不再走"学而优则仕"的道路，而能依靠撰述为生，从而有可能比较自由地表达自己的思想见解。科举制度的废止、新式学堂的增多、大批留学生的派遣也有利于造就真正了解世界文明进程的知识分子，正是在这些人中产生了新文学最早的一批提倡者和创造者。这些轮廓性的描述、论述见于该书的导论部分，大体上反映了目前人们对"五四"文学革命准备情况的认识。

黄修己认为，20世纪文学不是一个阶段，从来未有一百年的文学自成阶段的定规。但单就中国文学而言，20世纪仍显出其阶段性特征。作者的这一认识是建立在将近代文学一分为二的设想之上。人们习惯上把近代文学视为"新旧文学的交替期"，但审视1840年至1898年的文学，新的因素甚少，因而不得不把1841年去世的龚自珍当作近代文学的首席琴手。这段时间文学的主流派仍是旧文学，其中心内容是桐城派、宋诗派等的中兴运动，是旧文学为维护自身生存权的拼死挣扎终无力挽狂澜于既倒的时期，因此，应视为古典文学的尾声。而1898年或1900年后，则在梁启超的"三界革命"号召下，新事物层出不穷，以往作为近代文学的重头戏，如"新民体"散文、四大谴责小说、南社诗歌、翻译文学等，均出现在这最后的短短十几年里。这时才有"新旧文学交替期"的景象。正是这些新因素把旧文学挤向边缘，加上本时期对新文学的孕育，这些内容与后面的"五四"文学革命的关系远大于与前面的垂死挣扎的古典文学的关系，因而不应该再把它挂在古典文学的尾巴上，应该置于新文学的头上。将其与"五四"文学革命相连，作为20世纪中国文学的开头，更能显现这段文学的特点和价值。

第二，增大了20世纪中国文学的包容量。首先，普遍地将台港文学纳入20世纪中国文学。台港文学研究已成为现代文学研究中相当于三级学科的重要分支。其次，注意到多民族性问题，开始改变以往的文学史著主要是汉文学史著的状况。许多文学史著中增加了少数民族文学成就的记述。56个民族的文学创造都能够载入中华民族的文学史册。再次，市民文学线索得以贯串于百年文学中。所谓市民文学，主要是20世纪初繁盛起来的、后来绵续不断的以言情小说、武侠小说为主的通俗小说。它在"五四"文学革命中受到启蒙文学的猛烈批判，后来各种新文学史著、现代文学史著中，或者以其非新文学而不入史，或者将其当作表现封建、买办阶级思想情趣的文学而加以批判。但它们虽然受到启蒙文学的批判，在"五四"文学革命后仍然继续发展，出现了张恨水等比较优秀的作家。1949年后，市民文学也在台湾、香港继续发展。1994年，香港武侠小说家金庸被北京大学聘为名誉教授。同时，在王一川等主编的《二十世纪中国文学大师文库》的小说选中，金庸排在老舍之前，名列第四，这引起了很大的非议，至今，人们对金庸小说仍褒贬不一，但这样的排位却有力地冲击着文学史原有的格局。现在人们普遍认识到，20世纪中国文学除了启蒙文学、革命文学之外，还有一条市民文学的线索是不可无视的。最后，百年来旧体诗词的创作成就应否入史也引起关注。有一种观点是反对古典形式的作品入新文学史的。① 另一种意见认为在"现代"这个时段中所创造的文学成果无论是什么形式的，只要够水平就可以入史，我们不

---

① 以前唐弢先生反对在现代文学史著中写入旧诗词成就。近年如王富仁也"不同意把它们写入中国现代文学史著……这里有一种文学压迫的意味，但这种压迫是中国新文学为自己的发展所不能不采取的文化战略"。（王富仁：《当前中国现代文学研究中的若干问题》，载《中国现代文学研究丛刊》1996年第2期。）

能面对百年来旧体诗词的大量优秀成果采取无视的态度。

以往编写的现代文学史著受文学革命先驱者留下的观点、材料的巨大影响，写的只是新文学史。后来新文学史著又编成了革命文学史著，内容越来越单纯，包容面越来越窄，以至于被讥为"清汤寡水"。20世纪90年代认识的变化使20世纪文学史著包容面扩大了，但又显得驳杂，各部分内容互相间的关系还未得到充分的深入的研究，往往只能做平行的排列。因此，又引发出"什么是现代文学"的问题，人们试图探讨一种标准，以决定编史著时的取舍。

例如，用语言为标准，用现代白话文写作的才是现代文学。那么早在"五四"时期，鲁迅、李大钊等都表示过光是用白话文写的作品不一定就是新文学，他们更强调思想的新。如果用文体形式为标准呢？就会把采用旧形式或改造旧形式的许多好的创作成果排除在外。此外，还有以审美观念、与外来文化的关系等为标准的见解。于是，有人提出"现代性"的问题。较早就"现代性"发表见解的有汪晖在《学人》等杂志上的一些论文。① 1996年《中国现代文学研究丛刊》第1期辟《"现代性"问题的讨论》专栏，发表了汪晖《我们如何成为"现代的"？》等几篇文章，但虎头蛇尾，匆匆收场，未见后继者。因为以"现代性"为标准，便先要给"现代性"规定严格的定义，这不是轻易能达成共识的。因此，这一问题的讨论目前在现代文学研究界尚未有多大影响。

第三，由上述诸内容的开拓引出了如何总结20世纪中国文学的历史特征问题。一种见解认为，从20世纪初开始的中国传统的旧文学与新文学的交替尚未完成，这一百年仍是"新旧文学交替期"。② 这种见解建立在对文学革命的理解上，认为文学革命不像政治革命，可以以打碎旧的国家机器为成功的标志。如果这样理解，则1920年北洋政府宣告从小学低年级开始逐步以白话课本取代文言课本当可视为文学革命的完成。但文化或文学有很强的延续性，文化传统中包含前人创造的许多优秀成果，不能

---

① 1983年出版的（美）费振清主编的《剑桥中国史》第12卷（1991年译为中文《中华民国史》出版）中，由李欧梵执笔"文学潮流（一）"，以"追求现代性（1895—1927）"为题。他认为，中国的现代性在不同层面上继承了西方资产阶级现代性的若干常见含义，"现代性从未在中国文学史上真正胜利过"，如果有也只有"五四"后的头十年。20世纪90年代现代文学研究中的现代性问题或与此有关，八九十年代借用西方的思想是很常见的。

② 参见黄修己《21世纪的中国现代文学史》，载《广东社会科学》1999年第5期。

用革命方式抛弃掉，只能去其糟粕，把它的精华吸收、包容到新文化中，使新文化、新文学得以全面地超越旧文化、旧文学，这才达到革命的成功。如果新不如旧，不能算成功。这是新文学的某些部门如白话新诗尚未达到的。因此，即使在"五四"文学革命后取得主流地位，但至今仍是新诗、旧诗并存，旧诗词创作仍有新收获。又如，旧戏曲也仍在发展，表演或改编传统戏与创造现代戏两者并存，戏曲与话剧两者并存。这种见解如能成立，则整个20世纪中国文学史的表述应有较大的变化。

六、现代文学学术史的创建

现代文学学术史的创建是个新鲜的课题。90年代产生了总结现代文学学术史的学科概论、学科发展史之类的几部著作①，另有一些现代文学各部门、各专题研究状况的总结性、回顾性的文章。这是因为时届20世纪末，总会有一种回眸、反思、前瞻的要求；又因为现代文学学科发展到1999年，已经发展了半个世纪，50年来不停赶路，风雨兼程，曲折坎坷很多，的确需要好好总结；再说一个成熟的学科也要求有自己的学术史。

在20世纪，有两次总结学术史的高潮。一次是在世纪之初，那是为了中国学术从古典向现代的转型，需要继往开来，因而产生了梁启超的《清代学术概论》《中国近三百年学术史》等，这些成了20世纪中国学术的经典作品。另一次高潮应是在20世纪末的90年代了，这是为了跨世纪。20世纪中国社会一直处于动荡不安之中，学术事业正是在这动荡不安中跌宕起伏地前行的，经验教训很多。到了20世纪末，中国经过20年改革开放，社会面貌有了很大变化，学术事业有了一个相对安定、宽松的环境。为了21世纪的学术发展，很有必要做一番历史的回顾与总结。所以，不只是现代文学，其他学科例如近邻的古典文学研究，也有人在做学术史工作，而且还有人建议建设"文学史学"。

但是，做学术史的工作并非易事。学术发展固然有其自身的内容，同

---

① 已问世的此类著作有樊骏的《论中国现代文学研究》、曾庆瑞的《中国现代文学史学科论》、冯光廉与谭桂林的《中国现代文学史研究概论》、黄修己的《中国新文学史编纂史》、许怀中的《中国现代文学史研究史论》等。专题类的如袁良骏的《鲁迅研究史》、田本相等的《中国话剧史研究概述》等。

时又凝结着时代的精神、社会的气氛。对从事这一课题的学者的胸襟、眼光、气魄和学养都有较高的要求。然而,今日能把已有成果做成比较完整的资料长编,已可称为功德,不能不令人发出"今日的梁启超在哪儿"的慨叹!

有了50年历史的中国现代文学学科,今后还将继续发展。从事这一学科研究的人,逐渐认识到"小学科难出大人才"的道理。① 即便把1949年以后的当代文学算在内,"五四"文学革命后的新文学总共只有不到一百年的历史,其中虽然也出现大作家和足可传世的优秀作品,但毕竟其文学资源不足。长期以来,我们把学科分得太细,又往往各立门户,只限在自己小学科内单科独进;加上教育质量的下滑,研究者的学养、素质成了学科发展的制约。所以,现代文学研究的前景与教育水平的提高和文学教育的改革关系极大。这成为这一学科目前面临的严峻考验。

(原载《中山大学学报》2000年第4期)

---

① 关于学科改革问题,可参见黄修己的《告别史前期,走出卅二年——中国现代文学学科发展的思考》(见《艺文述林》第2卷,上海文艺出版社1997年版)、《奔向大学科,势在必行》(见中国社会科学院文学所、河南大学文学院编"中国文学研究的世纪回眸"学术研讨会论文集,河南大学出版社1999年版)和《谈中国现当代文学课程的改革》(见《中山大学学报论丛》1999年第1期)。

论中国现代文学史的阐释体系

20世纪80年代以来，中国现代文学史的面貌发生了巨大的变化。在20世纪五六十年代的中国现代文学史著作中，从"五四"新文化运动开始，新文学就是无产阶级所领导的，经过一系列斗争——从与封建复古主义的代表（如林纾、《学衡》与《甲寅》杂志）的斗争，发展到与资产阶级（如现代评论派、新月社、自由人、第三种人）的斗争，与国民党的斗争（如民族主义文艺运动），再到与所谓"革命队伍内部敌人"或"修正主义"（如胡风、冯雪峰、王实味、丁玲）的斗争。斗争步步深入，现代文学也步步前进，从文学革命发展到革命文学、左翼文学，再到工农兵文学，确立了以毛泽东《在延安文艺座谈会上的讲话》为根本的指导方针，把1942年延安文艺整风运动作为划时代的伟大事件。作家的格局是"鲁郭茅，巴老曹"，20世纪50年代还加上一个赵树理。徐志摩、沈从文的地位很低，或被视为文学史上的批判对象。钱钟书、张爱玲则被遗忘了。

而今天，从已出的现代文学史著中看到的已是很不相同的另一副面貌。"五四"新文化运动和文学革命被确认为一场启蒙运动，一场提倡"民主""科学"的思想解放运动；其间，于20世纪80年代初，还发生过一场关于"五四"新文化运动的领导思想问题的批判性的争论。历次文学论争并不是有一条一贯正确的道路或路线与另一条反动的、反革命的道路或路线不断斗争，以前被认为革命的、正确的一方倒是常犯"左倾"错误的。对延安文艺整风运动的评价发生变化，不再认为这是现代文学史的划时代事件。左翼作家包括鲁迅、郭沫若、茅盾都受到质疑、"贬抑"，原先未得到充分评价的自由主义作家的地位上升了。首先，对胡适的评价上蹿，承认他在新文化运动中的领导作用，大有与鲁迅并列的趋势；其次，以前的"鲁郭茅，巴老曹"格局已变成"鲁沈（从文）张（爱玲），周（作人）穆（旦）曹"了。此外，现代文学的"纯粹性"已被打破，纳入了台港文学、少数民族文学、通俗文学、旧体诗词等。现代文学不单是雅俗小说"双翼齐飞"，更像是"千手观音"，因而出现了"大文学史"的概念。

一段不过 32 年的文学史，其面貌在一段同样短短的时间里竟有这么大的变化，好像川剧里的"变脸"。历史可以这样变来变去，这是个惊人的实例。人们不禁要问，为什么会有这样的现象呢？

一、我们怎样认识文学史

文学史是一门专史，我们要从史学的角度来考察并回答上述问题。

"历史"这个概念包含两个不同的内涵：一是指已经发生过的事情；二是指后人记载下来的已发生过的事情，即历史著作。前者为实际发生过的，后者为书写的历史。我们不妨把前者称为"实史"，即"历史本体""历史实在"，这是客观的、一次性的、不可重复的、不可还原的；把后者称为"编史"，即"历史书写""历史文本"，这是后人编纂的，是主观的精神产品，其面貌可以随着后人思想观念的变化而不断变化。人的认识总是随着社会的发展，随着对客观世界认识的进展而不断地变化着的，所以"编史"也总是在不断变化着的，这就造成"历史无定论"。我们常说"盖棺论定"，实际上这是不可能的。一个人去世了，他的"实史"结束了，不可能再有变化了，的确是"定"了；但后人"编史"时，对此人的评价则一定会随着不同时代的价值观的变化而不断变化，不可能"论定"。我们现在说的中国现代文学史，就专指的是"编史"，就其建构过程而言，正处于社会急遽的变动中，人的认识变化很快，对其阐释也就变化很快，因而历史的书写处于不稳定的状态。这时，阐释对于现代文学史面貌的建构就有举足轻重的作用。

严复在谈小说与历史的关系时说过："有人身所作之史，有人心所构之史。"① 现在就借用他的话，把"实史"比作"身作之史"，指人们实践所创造的历史，把"编史"比作"心构之史"，这样来把笼统的"历史"一词所含的两个内涵区别开来。

"编史"的面貌发生变化，一般来说，出于两方面的原因：一是发现了新的史料（如考古的发现、新资料的发现等），纠正了原先对某一历史面貌的认识；二是史实不变，但对它的阐释变了。一般文学史著都包括文

---

① 严复：《本馆附印说部缘起》，载《国闻报》1897 年 11 月 18 日。

学史实和对史实的阐释。对史实的阐释不仅对史实要做出评价，也体现在对史实的选择、剪裁、编排、组织等方面。没有史实，就无法构成一部文学史；没有阐释，史实可能只是一堆缺少联系的零散的史料，无论多么丰富，也同样不能构成一部完整的文学史。所以，在文学史著的编纂中，史实和阐释都是重要的。中国现代文学因为是不久前发生的事，距今甚近，所以它的史的面貌起变化，最主要的并不是因为发现了什么新的史实，其原因还在于对历史阐释的不断变化。在20世纪五六十年代，每一次政治运动后，现代文学史著都要被重写一次。到了"文化大革命"结束，随着一场新的思想解放运动的展开，对中国现代革命历史的评价有了很大的变化，对新文学的重新评价更成了那时的热门话题。克罗齐的"所有历史都是当代史"的理论大为行时，发生了轰动一时的"重写文学史"的讨论和对现代作家的重新排位，让人深感历史人物的重新排位多半是反映了人的现实关系的重新排位。这是与现实生活有着切不断的联系的现代文学史研究，也是与古代文学史研究的重要区别。

　　面对自己的研究对象，文学史家们都有依托不同时期的社会价值观所形成的阐释体系。能够形成体系，一般都有自己的理论，依据这种理论产生评价标准和方法，依据这标准和方法构搭一段历史的大轮廓。一旦这个阐释体系发生了变化，依其所构建的文学史面貌当然也就随之而变。但文学史又有自己的特点，因为涉及文学作品的评价，还受不同学者、学派的审美主张、审美趣味的制约，评价上更具主观性，其所呈现的历史面貌便可能大有不同。这使得有的人认为，"客观的文学批评和客观的艺术一样，没有存在的余地"①。有人因此不承认文学研究是科学，认为文学研究应属于艺术。如闻一多所说，"文学属于艺术的范畴。文学的批评与研究虽也采取科学方法，但文学终非严格的科学"②。不过至今还未有因审美观的差别而致不同史家笔下的现代文学史相貌迥异的实例。因为从美的视角来审视现代文学，至今尚非人们的关注点。

　　阿基米德说："给我一个支点，我可以撬动地球。"我们的文学史家也总在寻找理论的支点，以求把历史翻转。下面将对曾经被普遍采用的几

---

①　华林一：《印象主义的文学批评论》，载《东方杂志》第25卷第7号。
②　闻一多：《调整大学文学院中国文学外国语文学二系机构初议》，见《闻一多全集》（第三卷），三联书店1982年版，第491页。

个阐释体系进行一番考察和反思,看它们出现的背景、理论支点、对现代文学的阐释、贡献和局限等,以具体地阐明现代文学史面貌多变的原因。

二、进化论的阐释体系

这是现代文学史建构中影响最大的一个阐释体系。"五四"一代的先驱都以进化论为文学革命的理论依据。这里所说的进化论是受生物进化论影响的社会进化论或文化进化论。胡适在《文学改良刍议》中说:"文学者,随时代而变迁者也。一时代有一时代之文学。……乃文明进化之公理也。"① 因而要反对旧文学,创建新文学。此论打破了传统的"一治一乱,周而复始"的循环论,肯定一时代有一时代之文学,强调发展从低级走向高级、由简单进而复杂,而且新的比旧的好,为新文学生存的合法性和它的生命力确立了理论基础。其他如陈独秀、李大钊、鲁迅、周作人等文学革命的先驱者,当时也都是以社会、文化的进化论为反对旧文学、提倡新文学的理论根据的。

中国现代文学史最早的历史架构也是胡适等文学革命的先驱们依照他们的进化论阐释体系建构起来的,其影响直到今日不曾衰微。人们已经习惯地认定,凡新出者必较原有的旧物进步,旧物既已落后、过时,便应被破坏或毁弃,以免妨碍新物的成长。这就使得进化论阐释体系在促使新文学的诞生、创建中国现代文学史架构中建立了大功的同时,也在具体的阐释中出现不少问题。

首先是偏激地完全否定了旧文学。胡适一方面承认"一时代有一时代的文学",另一方面又创造了"活文字""死文字"的概念,说文言文从来就是"死文字",三千年前就是"死文字",从来都没有什么价值,不承认它在历史上的作用。他为此特意写了《白话文学史》(上海新月书店 1928 年版),提出这样的观点:"白话文学史就是中国文学史的中心部分。中国文学史若去掉了白话文学的进化史,就不成为中国文学史了,只可叫作'古文传统史'罢了。"② 于是,把历史上许多优秀的文言文的作

---

① 胡适还把他的这种理论称为"历史的文学观念论"(《历史的文学观念论》,载《新青年》1917 年第 3 卷第 3 号)。

② 胡适:《白话文学史》,见《胡适文集》(第 4 集),人民文学出版社 1998 年版,第 21 页。

品，如杜甫、李白的诗，全都说成白话的或近于白话的作品，而用文言文写的作品则全被否定。这样就把文言文和以其为工具的文学全否定了，把文言文"从'正宗'变成了'谬种'，从'宇宙古今之至美'变成了'妖魔''妖孽'"，并说"这是我们的'哥白尼革命'"。①

需要说明的是，按照达尔文的理论，新种并不一定优于旧种，而只是比旧种更适应自然环境。否定旧种的思想是在达尔文之前的［法］让·拉马克（1744—1829 年）的用进废退、新陈代谢的理论。"其实这种对进步的信奉，主要来自法国启蒙思想的影响，18 世纪法国启蒙学者深信，人类社会存在着进步倾向，明天会更好，这是毫无疑问的事实。拉马克只是把这样的信念移入了进化理论之中。然而，判断'进步'需要一种标准，它还意味着后者一定要胜过前者。这种过于强烈的价值判断，在一定程度上已超出了科学客观性所能承受的范围，这才是拉马克理论的关键性失误，而后来的达尔文则竭力避免这样的用语，诸如高级与低级之类，他只是强调'适者生存'，而适者是无所谓简单与复杂、高级与低级之分的。"②

而按照胡适的解释，新种诞生了，那些简单、低级的旧种也就被消灭了。在描述历史时，以为有了"新支"，其他"旧支""别支"便都消亡了。不承认"新支"必与"旧支""别支"并存，共同构成文化生态的平衡。对新文学这一文学进化的最新成果而言，"旧支""别支"指的是各种旧体文学，如旧体诗词、旧戏曲、章回体小说等，它们在"五四"后仍在发展中，不但没有全都"气绝"（鲁迅语）了，有的还创造了新的优秀成果，同样具有现代性。但是，按照胡适的进化论的阐释，"五四"以后的中国文学就只是以白话为工具的新文学，别的全不具有历史的合法性，没有资格进入文学史。于是，"五四"后所建构的现代文学史只是单纯的"新文学史"，最早的这类著作（直到 20 世纪 50 年代的王瑶的《中国新文学史稿》）大都叫作"新文学史著作"。

在文化领域里，新文学因为是新时代的产物，便有着旧文学所没有的新因素，代表着文学发展的新方向。但在一些方面有所进化的同时，可能在另一些方面有所退化。生物的进化是这样的，其他事物也是这样的，后

---

① 胡适：《中国新文学大系建设理论集·导言》，上海良友图书印刷公司 1936 年版，第 22 页。
② 陈蓉霞：《为什么要亲近科学经典？》，载《中华读书报》2006 年 10 月 11 日。

出的新事物并不一定在一切方面都优于旧物。文学尤其如此，因为文学是人类的精神产品，是特定时代的创造物，不同时代的创造物会有它的独特的价值。人类最早的文学创造，如神话，早已过时了，却仍能给我们以精神享受；而今天创造现代文学的人们已经写不出像希腊神话这样的作品了，所以马克思赞美希腊神话，认为那是后世难以企及的。在我国，新诗艺术至今还不能超越古诗。这一点不少新诗创作者心里明白得很。何其芳曾说过："我认为，今天的新诗都比不上古代第二流诗人如孟浩然、王维等人的诗。"他说自己从小到老都喜欢杜甫的《赠卫八处士》，"而今天的许多新诗却不一定能做到这样。按理说，文学应当是有魅力的。现在的作品，有些却不是这样的"①。

还有，进化论的阐释往往是一刀两断论的。本来，新的是从旧的进化来的，新旧之间必然保持着历史的联系，尤其是文化传统，有着长久的生命力，旧时代过去了，它还会长时间地保留着自己的影响。而胡适却用辛亥革命来做类比。他举清朝的匪乱和太平天国为例，认为这些因为不是"有意识、有计划的排满运动"，所以都失败了，而辛亥革命"因为是有意识的主张，有计划的革命，故能于短时期之中收最后的胜利"。因此，文学上也应该有有意识的革命，"这个有意识的主张，便是文学革命的特点"②。但辛亥革命是政治革命，目的在于打碎旧政权机器，这是短期内可能做到的。文化革命要解决思想上的问题，思想是不能打碎，也消灭不了的。思想的更替更要靠建设，不可能短时间内彻底解决问题，所以新旧思想不可能一刀两断，会有一个并存过程。在这过程中，有的旧文化不适应新的时代环境，不被新时代所接受而逐渐消亡；有的会被新环境所改造，逐渐演变出新面貌，成了新文化的新品种，继续留在新时代。这样的变化过程总是渐进式的，这才是文化革命的特点。新旧的"一刀两断"使新事物没有了历史渊源，使新文学失去了历史根基，好像是从外国移植过来的，这不符合历史实际，也没有把文化革命的特点揭示出来。

最后，线性进化图式不符合历史发展的实际。文学进化论者认定文学

---

① 何其芳：《关于研究中国古典文学》，见《与青年朋友谈治学》，中华书局1983年版，第54～55页。

② 胡适：《五十年来中国之文学》，见《胡适文集》（第4卷），人民文学出版社1998年版，第330页。

发展是有共同规律的，认为文学发展有一种不分民族和国度的共同进化的模式，因而容易用现代化先发国家的发展道路来预设、规划后发国家的文学发展途径。从"五四"开始，文学革命的先驱就是根据这样的认识，以西方文学比照中国，以为中国文学也会照着西方文学的发展路子走向现代化。郑伯奇曾非常典型地做了说明。他根据美国心理学家史丹莱·霍尔的心理发生学理论，提出在文化史上，"人类文化的进步是将以前已经通过了的进化过程反复一番而后前进的""文化落后的国家或民族，它的文学虽在一个新的潮流之中产生，而先进国所通过了的文学进化过程，它还要反复一遍，虽然这反复的行进是很快的。"① 因而，"五四"后，"西欧两世纪所经过了的文学上的种种动向都在中国很匆促地又很杂乱地出现过"②。

这样，中国文学的发展史就被套在了西方文学进化史的框架里了。不过，郑伯奇不是始作俑者，他只是为自己的见解找到一种理论根据而已。早在提倡新文学之初，陈独秀的《现代欧洲文艺史谭》（《新青年》第1卷第3号）就是以欧洲近代以来文艺发展史为参照系来预设中国文学的发展的，认为中国也会按照欧洲的路线向前走，因此要有文学革命。他们所画出的就是线性的文学进化路线。

而现代中国文学有自己的特点，在一段时间里，由于社会发展的不平衡性，出现了落差非常大的多种文学并存且多头并进的局面。"五四"后，我国仍是半封建半殖民地，广大地区还处于"前现代"，但一些大城市、一些沿海地区有现代社会的因素。到了20世纪80年代，从国外传来了"后现代"的影响，虽然我们还没有在整体上实现现代化，但在全球化的背景下社会生活中也可以有某些"后现代"的成分。这样，便有了"前现代""现代""后现代"同时并存于我们的社会，这是线性进化图式表现不了的。

进化论曾给了中国人民重大的帮助，使我们相信从大宇宙到人类社会都是在发展中的，而发展变化的趋势总的来说是向前的、是不断进步的。（至于怎样评价社会达尔文主义，当另做讨论。）这种观念已成为人们的

---

① 郑伯奇：《中国新文学大系文学论争集·导言》，上海良友图书印刷公司1935年版，第1～2页。

② 郑伯奇：《中国新文学大系文学论争集·导言》，上海良友图书印刷公司1935年版，第3页。

思维定式。这很容易形成一种简单化的、僵硬的思维方式：看不到人类社会和文化的发展进步与自然界进化的不同，人类社会和文化的发展进步的实际情况要复杂得多，并不总是直线式的，而是曲折的、反复的，有时前进有时后退，也不乏偶然性。误认新的都是好的，旧的都是坏的，此类简单化思想曾对人们认识客观世界造成危害，对现代文学史著作的编纂也有消极影响。

三、阶级论的阐释体系

阶级论是现代文学史建构中有长期、深刻影响的阐释体系。阶级论深化了进化论，把生存竞争的实质归结为阶级斗争，把阶级斗争视为社会进化的动力，以此解释文学的发展。例如，"五四"新文学的产生不再是新旧文学之争的结果，而是因为此时的中国有了新兴的资产阶级和无产阶级，他们为了反帝反封建而斗争，包括进行思想领域、文学领域的革命。此后新文学的发展，如无产阶级文学的倡导、解放区文艺整风运动、各种文学流派之间的论争等，无不被认为是不同时期阶级斗争的表现。这种阐释体系在1949年后成为中国现代文学史建构的指导思想，逐渐形成系统性的文学批评与研究的理论、方法。

阶级论的阐释以"反映论"为哲学基础，认为文学是社会生活的反映，因此能否正确地反映现实是作品成败的关键。而要正确地反映现实，就必须站在无产阶级的立场上，因为只有无产阶级是最先进的、最有前途的阶级，才敢于正视现实、敢于往前看。在文学批评上喜用"社会—历史的批评"，以评估作品对社会、历史反映的真实、深刻程度。在文学功能上坚持"工具论"或"武器论"，即认为文学是阶级斗争的工具或武器，怎样反映现实也就成了要做哪个阶级的工具、武器，为哪个阶级服务的问题。不妨以瞿秋白对《子夜》的评价为例。首先看作品写了什么。

> 它不但描写着企业家、买办阶级、投机分子、土豪、工人、共产党、帝国主义、军阀混战等等，它更提出许多问题，主要的如工业发展问题、工人斗争问题，它都很细心地描写与解决。从"文学是时代的反映"上看来，《子夜》的确是中国文坛新的收获，这可说是值

得夸耀的一件事。①

……所有这些,差不多要反映中国的全社会,不过是以大都市做中心的,是1930年的两个月中间的"片断",而相当地暗示着过去和未来的联系。这是中国第一部写实主义的成功的长篇小说。②

瞿秋白的归纳是不错的,但《子夜》对现实的反映的好坏、深浅,他未做深入分析。在他看来,好像只要是写了现实社会的问题就是好的,就应该肯定。"应用真正的社会科学,在文艺上表现中国的社会关系,在《子夜》不能够不说是很大的成绩"③。他总结了《子夜》中的八个内容,除了表现知识分子、女性、恋爱观和"立三路线"外,其他四个方面是中国封建势力的崩溃,以帝国主义为后台的各派军阀混战,懦弱的中国资本家的矛盾,"在帝国主义桎梏下的中国资本家,到底也战不胜洋商的资本雄厚;……这事实说明中国民族工业不能抬头"④。这些都很正确地表现了社会科学的理论。所以,他也承认"《子夜》在社会史上的价值是超越它在文学史上的价值的"⑤。但他仍觉得有所不足,所以提出"倘使作者从吴荪甫宣布'停工'上,再写一段工人的罢工和示威,这不但可挽回在意识上的歪曲,同时更可增加《子夜》的影响与力量"⑥。如果这样写,在瞿秋白看来就更符合社会科学理论了。

瞿秋白的结论不是从人物的形象分析、性格解剖或者艺术解析中引出的,他是根据反映了多少当时的社会现实、这些反映是否符合社会科学理论来评价作品的。所造成的直接后果是,只要小说所描写的生活能符合某种理论的规定,那就是好作品。这样的方法曾长时间流行于文学批评之中。

人类早已进入了阶级社会。将阶级观点引入文学研究领域,有助于增进人们对文学的某一方面特性的认识,这是它能够长时间被许多知识分子、研究家接受与使用的原因。但这种阐释体系有明显的局限性,把文学

---

① 施蒂而:《小贡献》,载《中华日报》1933年8月13日。
② 乐雯:《〈子夜〉和国货年》,载《申报·自由谈》1933年4月3日。
③ 乐雯:《〈子夜〉和国货年》,载《申报·自由谈》1933年4月3日。
④ 施蒂而:《小贡献》,载《中华日报》1933年8月13日。
⑤ 施蒂而:《小贡献》,载《中华日报》1933年8月13日。
⑥ 施蒂而:《小贡献》,载《中华日报》1933年8月13日。

发展的历史归结为阶级斗争史，早在左翼文艺运动初起时，就因此而引发了批判"五四"新文化运动是资产阶级性质的文化运动，批判鲁迅是小资产阶级或资产阶级作家等一系列"左倾"错误。后来政治运动频仍，现代文学史著编纂中越发加强阶级斗争的表述，受批判的作家也越发多了，被准予入史的人越来越少。

这种阐释体系的局限还在于只强调阶级斗争的作用，忽视了社会发展的多方面因素，如经济、生产、科技、城市、教育、传媒等诸多因素也曾对文学的发展、变迁有重要的作用。这种局限造成研究者视野狭窄和思想偏枯，狭隘地以作家的阶级成分、作品的阶级内容和在阶级斗争中的作用作为评价文学的标准，忽视文学的审美作用、娱乐作用，也忽视了文学自身的发展规律，使文学失去独立品格，成了政治的随从，导致艺术的分析、研究至今仍是现代文学研究中的弱项，这对于创作、欣赏都是不利的。

同时，为了坚持阶级观点，还全盘地否定人性论，直接损害文学创作的发展。否定人性论是20世纪30年代左翼文学运动的重大理论失误之一。文学要表现人，故习惯称呼为"人学"。其实在主张文学的阶级性时，完全不必去否定人性。人具有多重属性，人性和阶级性都是人所具有的。人之为人，必然是因为人有人性。但人是社会动物，所以他的身上又有各种社会属性。如民族性，不同民族的人具有自己的民族性格；如国民性，鲁迅当年提出改造国民性的课题就是希望克服中国人普遍的思想性格上的弱点。在阶级社会，则人又具有阶级性。在一个阶级中，还会有一部分人明确地意识到本阶级的存在、特点、利益，组成、加入代表自己阶级利益的政党，自觉地为本阶级的利益而奋斗。这一部分人还具有党性。在人的各种属性中，党性处于最高的地位，不是阶级里的每一个人都能具有党性的。在人的各种属性中，人性最低，凡是人都具有人性，因此人性也最为普遍。两个不同阶级的人，可能因为利害关系而发生尖锐的冲突，但在人性上却可能有某些共同性，这就造成人的复杂性。文学作品应该表现人的这种复杂性。

在过去的较长时期里，人性论和人道主义不断遭到批判，不仅在文学创作上，也在社会生活中造成了严重的后果。正因为人有多重属性，现代文学史上不同作家各有不同的关注点，有的着重描写人性，有的只求表现人的社会性、阶级性。当然，还有的作家在塑造人物时，能够把人性和阶级性统一起来。我们应该认真总结他们的经验，促进优秀作品的产生，而不应该把人性和阶级性完全地、绝对地对立起来。

到了20世纪40年代，因为毛泽东的《新民主主义论》的发表，更有了属于阶级论范畴的新的阐释系统。该论著中对"五四"新文化运动和此后的文化、文学历史做了总结，在阶级论的阐释体系中最具完整的理论形态。它纠正了对中国社会性质的"左倾"理解，肯定了当前仍然是反帝反封建的民主革命阶段；但对新旧两种性质的民主革命做出区分，从理论上肯定了中国共产党领导新的民主革命的正统地位。从此以后，特别在中华人民共和国成立以后，这些观点长期指导着现代文学史著的编纂，现代文学的历史就有了统一的阐释。在这个阐释体系里，强化了阶级论色彩，对现代文学史不同阶段的描述都特别注意表现无产阶级的领导作用，强调现代文学中的"社会主义因素"，力求把现代文学史说成自始（"五四"新文化运动）就是在共产主义思想领导之下发展起来的，逐步发展到实现中国共产党对它的组织领导，并建立了系统的领导文艺的理论、方针、政策，认为这种领导作用越加强，现代文学就越繁荣发达。20世纪40年代解放区文艺就是在中国共产党的直接领导下成为现代文学新高峰的，成了1949年后全国文艺的榜样。中华人民共和国成立后，从王瑶的《中国新文学史稿》开始，人们就力图按照《新民主主义论》来建构中国现代文学史。这是1949年后所创建的现代文学史与1949年前的包括也是以阶级论为指导的同类著作的最根本区别。

但是，上述的论断并不一定都能得到实证的支持。例如，关于"五四"新文化运动是无产阶级领导的论断，尽管文学史家努力发掘，想要找出那时传播马克思主义文学观的史料，但所获不多，不足以有力地支持这一论断。李大钊是"五四"时期具有初步共产主义思想的最有代表性的人物，经过挖掘，找到他的《什么是新文学》《新旧思潮之激战》两文，把《什么是新文学》中所说"坚信的主义"解释为马克思主义。而实际上，他在这篇文章中提出三个对文学的要求：一是"社会写实的文学"，二是"以博爱心为基础的文学"，三是"为文学本身的文学"。这三个要求都看不出他说的"主义"就是马克思主义，而"博爱"才是他最重要的文艺观。他说："我相信，人间的关系只是一个'爱'字，而只有'爱的生活才是人的生活'。""我们的至高理想在于使人间的一切关系都脱去力的关系，而纯为爱的关系。"作为人的情感与精神的解放的标志，在个人方面是"自由的我"的形成，在群体方面则是"人类互相之间自然要各自尊重各自的个性"。①

这些重要的内容都被有意地遮蔽了，或者只介绍他的《Bolshevism 的胜利》《我的马克思主义观》等，其实，他还宣传"我们现在所要求的是个解放自我的我和一个人人相爱的世界"②。

新文化运动的领导问题曾长期困扰现代文学研究界。事实上，"五四"后到 1949 年之前，中国的文化、文学领域始终保持多元并存的局面，各种文学思潮不断发生矛盾、冲突，这才是比较接近历史事实的。

新民主主义论的阐释体系强调现代文学是无产阶级领导的，强调"社会主义因素"，很自然就要在文学史著的编纂中突出、抬高革命文学、左翼文学、解放区文学的地位，特别看重作家的阶级、党派身份，而不是根据他们实际的文学创作成就来评论高低。这就是中国现代文学史著作曾被编成了"革命文学史"著作的原因。这样的文学史著当然不能真实、完整地记述丰富多彩的现代文学历史面貌，显出这一阐释体系思想上的狭隘性，不利于全面、深刻地反映那一个时代的文学面貌。

四、启蒙论的阐释体系

20 世纪 80 年代被称为新启蒙的时期，启蒙论的阐释体系正是那时出现的。从反思"文化大革命"而激起的批判封建专制主义的热情促发了启蒙主义思潮的涌动，也促成了现代文学研究领域的启蒙论阐释体系的形成。它把长期以来现代文学研究的政治视角扭转为文化视角，即从文化史、思想史的角度来重新认识现代文学史，对原先占主导地位的阶级论、新民主主义论阐释体系形成强有力的冲击。

1985 年，美学家李泽厚从总结现代思想史的角度，提出著名的"救亡压倒启蒙"的命题，认为"五四"启蒙精神未能得到发展的原因在于民族危机的加深，"救亡"成了当务之急；而担负救亡主力军的是被启蒙的农民，使启蒙主义思潮消退。继而刘再复提出中国社会运动重心的转移等原因造成具有现代人格的知识分子与农民的历史角色互换，导致启蒙精

---

① 李大钊：《双十字上的新生活》，见《李大钊文集》（下），人民出版社 1984 年版，第 96 页。
② 李大钊：《我的世界》，见《李大钊选集》，人民出版社 1959 年版，第 221 页。

神失落。① 同时，黄子平、陈平原和钱理群提出"20世纪中国文学"的概念，也给"五四"启蒙主义文学以高度评价，并认为20世纪中国文学的总主题是"改造民族灵魂"，审美风格是"悲凉"，以这些启蒙文学的特征为20世纪文学的总体特征。这些观念在当时被不少人所接受，以解释现代文学的发展路程。在反思启蒙主义的命运时，便有"花甲轮回""五四怪圈"等论点，即认为从1919年五四运动开始的反封建主义的思想运动经过大约60年（一个花甲）的迂回曲折，绕了个圆圈，到了80年代又重新回归"五四"，民主、科学、个性解放、改造国民性等思想又重新被唱响了。从这样的视角来考察现代文学，于是改变了现代文学史上许多问题、许多作家的评价。正是在这股思潮的冲击下，上海有"重写文学史"的讨论，北京有新文学经典大家的重排座次等。此后的现代文学史面貌大变是与这一阐释体系出现并产生很大影响密切相关的。

实际上，在1949年之前，已有人从启蒙主义的角度来阐释现代文学史。胡风早就说过"五四"新文学要建设的是"人的文学"，那时的"为人生"和"为艺术"的追求，"前者是觉醒了的'人'把他的眼睛投向社会，想从现实的认识里面寻求改革的道路；后者是觉醒了的'人'用他的热情膨胀了自己，想从自我的扩展里面表达改革的愿望。……他们却同属于在市民社会出现的人本主义的精神"②。

20世纪80年代启蒙主义的走红可说是旧话重提，不过却有其独特的现实背景。那时，"十年浩劫"刚刚过去，人们正在沉痛地反思这场历史大灾难的思想根源。此时批判封建专制主义的现实表现具有不言而喻的尖锐性和敏感性，因而牵动人心，使启蒙成了社会科学界最热门的话题。

依照启蒙论的阐释体系，在新文学史著编纂中一般都高度赞扬"五四"的"人的文学"思想，热情地肯定文学中的人道主义和个性解放的主题，给这一类创作以特别的重视和很高的评价；同时，也或隐或显地描述知识分子与农民的角色互换和文学中启蒙思潮衰退的历史。虽然至今很难找出哪一本书系统、完整地表现了启蒙论的阐释体系，但在此后的许多

---

① 刘再复曾在《文艺报》上发表《"五四"文学启蒙精神的失落与回归》，经《人民日报》删节修改后又以《两次历史性的突破》为题，发表在该报1989年4月25日第6版。

② 胡风：《文学上的"五四"——为"五四"纪念写》，见《胡风评论集》（中），人民文学出版社1984年版，第122～123页。

作品中都能看到它的影响的痕迹。其中，有表现得比较充分的。例如许志英、邹恬主编的《中国现代文学主潮》(2001年)。在讲述现代文学的第一个十年的部分里，专设"人的文学""自我表现""个性解放""人生探索""非战文学""乡土文学"等章节，从思想和创作两方面来突显"五四"的启蒙思潮。在20世纪20年代末的内容里又设有"个性解放主题的淡化"一节，说明社会运动的发展对新文学的影响在20世纪二三十年代之交已经越发明显了。在"抗战"时期解放区文学中的"启蒙与被启蒙"一节中描述了知识分子与农民角色互换的完成。稍后，张光芒在《中国文学史（5）——现代文学史》(2004年)中也企图用启蒙主义来贯串全书，特别是在"五四"编里（新文学第一个十年）也用启蒙主义思想来解构这段历史。该书把"五四"文学革命的内容概括为"从'活的文学'观到'人的文学'观"，认为这是"一场决定性的战役"，把此时出现的文学革命先驱称为"应历史呼唤而出的第一代'现代人'"，认为这些人是"超人"，也是"孤独者"。以"在'人'的旗帜下"为题，概括他们所建立起来的新文学。设有"启蒙浪潮，不倒的人道主义大旗"（含"觉醒者俯视下的'人'""觉醒者平视中的'人'"）、"自我表现，挖掘不尽的'内心郁积'"（含"高唱'新我'的诞生""生的苦闷，性的苦闷""为爱情而歌咏爱情"等内容）。哪怕未能较完整地反映"五四"文学革命和第一个十年的历史亦在所不惜，只为突出一个启蒙主义的中心。在启蒙论的标准下，后来在文艺为政治服务的思潮下产生的成果当然就不可能总是受到赞美了。

　　启蒙论的阐释体系也有其局限性，用启蒙文学来概括20世纪中国文学，容易把百年文学的复杂性、丰富性简单化了。"五四"后的文学不是仅有一种启蒙文学，也不一定只有启蒙性质的作品最好。既不能用一个"总主题"、一种"风格"来概括30年或100年的文学，把现代文学史描写成只有启蒙文学一条线，像过去只肯定、赞美革命文学一条线那样，只肯定、赞美这条线；现代文学史的历程也不是"救亡压倒启蒙"一句话可以概括的，还要注意守住文学艺术，不让现代文学史变成现代思想史的附庸，用各种思想、学说来肢解文学作品，把文学作品当作思想的例证。

　　目前，对文学上启蒙主义思潮的研究还在深入中。一是从文艺复兴、宗教改革、启蒙运动以来，西方关于启蒙主义的理论（包括各种有关"人学"的学说）已相当丰富，也相当成熟，这也是我国近代以来启蒙思潮的主要理论来源；而以往的教学并未予以重视，从事现代文学史研究的学者对此尚不能说已经十分谙熟，这方面的知识储备与哲学界、史学界的一些思想史、文化史研究家有差距，理论资源、知识的匮乏成为深入解剖、评析"五四"的瓶颈。二是怎样运用理论来对"五四"后的文学实践（包括创作、理论、译介等）进行整理、研究，也不是轻松之事。有学者已有初步的成果，如张光芒的《中国近现代启蒙文学思潮论》（2002年），试图对近代以来文学上的启蒙主义思潮做一番理论的审视。现在，很需要史论两方面齐头并进地深入下去。

20世纪八九十年代之交，出现寻求新的阐释体系的趋向，对中国现代文学的现代性阐释逐渐风行，到世纪之交已成为现代文学研究中的热门选题。它接续正在落潮中的80年代启蒙主义思潮。

如果说启蒙主义阐释的兴起主要来自社会内部从反思"文化大革命"所激起的批判激情，那么，现代性阐释的出现则更多是外部的推动，那就是西方"后现代"思潮对我国学术界的冲击。现代性的提出是在西方发达国家建成现代工业社会之后，这时已经能够看到现代化过程中社会出现的很多弊病，于是回过头去对现代化的历史进行反思，从而出现了"反思现代性""反抗现代性""现代性终结"等被称为"后现代"的思潮。20世纪八九十年代之交的中国现代文学研究界面临"新儒家"和"后现代"的两面夹击。一方面，海外新儒家的著作，如林毓生的《中国意识的危机》等，已经传入国内。新儒家批评"五四"新文化运动对传统的全盘否定，这实际上也是对启蒙主义的批评、冲击，理所当然地引起某些现代文学研究者的反应、反击。另一方面，"后现代"思潮在国内涌现，它们要批判、反思的现代性，在某些现代文学研究家看来恰是新文学的"命根子"。因为对现代性的解释虽然五花八门，莫衷一是，但大体上认为就是理性精神、民主、科学等，而这些恰是启蒙主义最重要的内容和目标。在研究者中，"有的把启蒙等同于现代性，有的则把启蒙作为现代性的一种"①。因此，批评了现代性好像就从根本上动摇、否定了现代文学似的。

只因事涉"五四"评价，"新儒家"和"后现代"的影响也波及中国现代文学研究界。而现代文学研究界的反应只能说是微弱的，反击也并

---

① 张光芒：《中国近现代启蒙文学思潮论》，山东文艺出版社2002年版，第1页。

不有力，远远不能与哲学、史学等领域的反应相比，实际上也反映了现代文学学科在学术领域的微弱地位。有人担心在双重夹击下，现代文学学科会被颠覆。现在看来，这是没有必要的忧虑。现代文学研究在中国的特定语境里进行，自有自己的路，不可能由于外来的思潮而把一个学科也颠覆了。不过，在这种外部力量的冲击下，进入20世纪90年代以后，"现代性"研究倒成为热门了。在某些成果里，以现代性为题展开的论述甚至可以说就是启蒙阐释的换装登场。一些十分重视现代性研究的学者，他们叙述启蒙主义和现代性的关系时说得很明白，"启蒙主义确立的理性和主体性原则，成为现代性的核心。……启蒙主义的基本特点中，核心的精神是对于现代性的鼓吹"①。这种认识获得普遍的认同，在对现代性的各种理解中，这种认识已经成为大势了。因此，描述、总结现代文学现代性建构的历史过程和经验教训等便与总结启蒙文学不会有太大的差别。我们也就没有必要把目前很流行的这种阐释单列为第四种阐释体系，只需把它挂在启蒙论的阐释体系之下就足以说明问题了。如果这种阐释将来有所发展、变化，不能再包容在启蒙思潮之内，还可以把它独立出来。

"现代性"被从"后现代"思潮中剥离出来，为研究中国现当代文学的人所重视、采用，也出于学术上的需要。以前，研究者们已经普遍使用"现代化"的概念，认为现代文学的诞生是适应中国社会走向现代化的历史趋势，也是中国文学现代化的开始。但文学的现代化应该有哪些精神内涵是并不明确的。唐弢的博士生汪晖在1996年写的《我们如何成为现代的？》中说，他曾问过唐弢先生什么是现代文学的"现代"，唐弢只是回答这是个复杂的问题。此例可说明人们对"现代"的精神内涵缺乏明确的认识。"现代性"比"现代化"更适用于解释精神领域的现象。现代化多指的是形而下的，如工业现代化、农业现代化；现代性指的是形而上的，即现代社会在精神上与古代社会的区别。现代文学当然有别于古代文学，这本是不成问题的，但是什么是"现代精神"就缺乏比较一致的准确的理解。所以，人们便用"现代性"来作为现代文学的标准、标志，以规范现代文学的精神内涵。于是，"现代性"被作为与启蒙思潮相关的概念普遍接受。海外一些研究中国文学的学者也曾这样考察中国的现代文

---

① 杨春时等主编：《现代性与20世纪中国文学思潮》，广西师范大学出版社2005年版，第5页。

学。在费振清主编的《剑桥中华民国史》中，负责写作"五四"后文学史的美籍华裔学者李欧梵用的题目就是"现代性的追求（1895—1927）"〔李的《现代性的追求（1895—1927）》单行本已于2000年由北京三联书店出版〕。这无疑对国内学者运用现代性的概念起了鼓舞、推进的作用。当启蒙思潮落潮之时，"现代性"就被认为是可以用来引领新潮的理论，虽然很可能对它还未有深入的理解、消化、掌握。

再者，20世纪80—90年代现代文学研究的一些重要成果对启蒙主义的阐释体系造成了冲击，暴露了启蒙主义阐释体系自身的某些狭隘性。例如，对清末民初兴起延续到1949年的都市通俗小说的整理、研究，挖掘出这类创作（也叫"旧派小说""鸳鸯蝴蝶派小说"等）的某些成就；有人认为这些"旧派小说"应该入现代文学史，完整的中国现代文学史应该是雅俗文学的"双翼齐飞"。这样的观点已被普遍接受，20世纪90年代后出版的现代文学史著，大多增加了通俗小说的章节。"现代性"可以为此提供理论上的支持。如有美籍学者从现代性的视角审视中国新旧文学的转型，认为这些通俗小说已具备现代性，它所涉及的范围甚至比"五四"新文学还要宽阔。若以"现代性"为标准来考察，便认为现代文学从"五四"算起，那就压抑了这之前的一段时间的文学，主要是清末民初的通俗小说。某些学者问道："没有近代，何来'五四'？"他们提出现代文学的发生应该在19世纪与20世纪之交，那时便开始了一个新的文学时期（可参看2001年《复旦大学学报·社会科学版》上关于中国文学史分期问题的讨论）。启蒙主义的阐释握着一个准入的标准，严格把守。"现代性"的阐释拿着基本相同的标准，认为那些被拒之门外的也是够标准的，应该请他们进来才是。到底到了什么时候中国文学才够得上"现代"的标准？这个问题看来还要讨论一阵子。

目前，"现代性"的概念虽已渗透到中国现当代文学研究之中，是当今很时髦的一种阐释，但对它的理解还有很大的分歧。"现代性"既可以被解释为"资本主义性"，也有人提出为"反现代性的现代性""社会主义的现代性"，甚至还有"暴力革命的现代性"等，连"革命样板戏"里也不乏"现代性"了，真是令人惊叹！这正如有的学者所看到的，"中国的现代性选择呈现出共名下的分歧。同是追求现代性，胡适的英美式自由主义与李大钊选择的俄苏式社会主义如此不同；'五四'张扬的人道主义、理性与尼采等人的非理性也构成矛盾。今天看来，中国现代（文学）

史上的不少争论……不是是否选择现代性的问题，而是围绕选择怎样的现代性而展开的讨论"①。有一些争论纯粹是理解上的分歧。如有人认为文学的现代性"不是对现代性即理性的认同、肯定，而是对现代性即理性的超越、否定"②，从而认为中国的现代文学缺乏审美现代性，缺乏对社会（世俗）现代性和启蒙理性的批判，故只具有"前现代"的性质，不是现代文学。这样的意见当然引起了反对者的驳难，认为"倘若单纯以审美的超越性衡量文学，在中国，现代文学史就几乎不能成立了"③。难怪有人称现在的状况为"多种含义的胶着状态"，并认为"这些概念的歧义性已经严重影响到了我们对于实际文学问题的真切把握"④。这时自然还不可能产生比较集中地用"现代性"的阐释编纂的现代文学史著作。大家对"现代性"的认识比较晚，中国之现代化社会建设也还没有完成，对一些问题的认识便不够深刻。这都可能是造成认识分歧的原因。

由于"现代性"之进入新文学研究不像阶级论、启蒙论等的背后有着强大的社会动力，阶级论、启蒙论等是代表着某种社会思潮的，而"现代性"缺少阶级论阐释在20世纪30年代、启蒙论阐释在80年代的那股冲击力、震动力，讨论更多地在学术层面上展开，其影响力、推动力就小一些。如此看来，一种阐释体系能够取代原先的旧体系，成为某一时段支配地位的新阐释体系，它必须有一个新、旧价值体系转换的机遇。如果没有价值评价、认定上的变化，只能在原有价值体系里修修补补，其影响力就不会太大。如果只是在套用某种外来的概念或理论框架，其有多少真正的学术价值也是令人怀疑的，不论它是否曾经热火朝天。

"现代性"是来自思想史的概念，可以用来说明、证明我们的现代文学，对于加深现代文学性质的认识有一定的积极意义。但它原先毕竟并非是从文学史里总结出来的，而是从思想史里总结出来的，用到文学领域后，所讨论的也偏重于文学的思想性问题，还来不及用它来深入地研究文学自身的问题，便给人以离文学渐远、回到思想史甚至政治问题上的感

---

① 杨联芬：《现代性与中国现代文学研究》，见《现代性与20世纪中国文学思潮》，广西师范大学出版社2005年版，第303页。
② 杨春时：《现代性与中国文化》，北京国际文化出版公司2002年版，第138页。
③ 杨联芬：《现代性与中国现代文学研究》，见《现代性与20世纪中国文学思潮》，广西师范大学出版社2005年版，第306页。
④ 李怡：《现代性，批判的批判》，人民文学出版社2006年版，第24、33页。

觉。进化论还讲文体的演进，阶级论在政治第一的前提下还有艺术第二，启蒙论就偏重于思想了，到了"现代性"就更把新文学拉进中国现代思想史去了。所以，有人质疑这是用"思想史取替文学史"①。

在 20 世纪 70 年代末的思想解放中提出的"回到文学"的愿景至今未实现，学者却仍只是绕着思想问题的圈子团团转。这说明直到今天，人们还没有把研究的兴趣放到文学本身或艺术问题上去，所以还没有出现一个以艺术为坐标的对新文学的阐释体系。人们的兴奋点还在他们最关心的问题上。

从以上介绍的三种阐释体系可以看到历史是怎样被阐释着的。按照这三种阐释，同一段中国现代文学史可以迅速地变换出多种不同的面貌来。哪怕是最强调客观性的编纂者，他的"编史"也必包含他的主观"心构"，不可能达到百分之百的客观。我们还看到，哪一种阐释体系成为某一时段的主流都有一定的社会背景，都受那时主导的价值观的影响，并不是纯粹由于学术思想的变化。纯粹出于学术思想的差异而形成不同阐释、多种面貌有别的现代文学史并存共生的局面至今还没有出现。某一种阐释体系占有主导地位有其时代的原因，因此，在正常的历史条件下，能被接受并影响、支配着编纂的阐释体系一般都会对人们的认识发展有某种程度的推进。但是，每一种阐释都会有自己的时代局限。宣告某种阐释是唯一科学的，这本身就是不科学的。实践经验告诉我们，为提高中国现代文学史著作的编纂水平，有两个方面缺一不可。一是在史料上进一步收集、整理，力求史实翔实可靠；二是要提高理论的素养，能够提出自己独特的理论阐释。后者可能是更困难的、更需要下功夫的。

（原载《学术研究》2007 年第 8 期）

---

① 温儒敏：《思想史取替文学史?》，见《中国现代文学传统》，人民文学出版社2002年版。

新文学史研究的两种传统

中国文学在20世纪初的"五四"文学革命中完成了自古典向现代的转型。新文学自诞生至今快90年了，对这一段文学史的研究、编纂也有80多年了。一种新的文学刚刚诞生，还在潮声喧闹中，迅即有了对它的历史叙述，为其建构历史，而其叙述者、建构者又往往就是当事人或时人，这可能是现代文化领域的独特现象。80多年的时间里，特别是20世纪80年代以来，各种类型的新文学史著作蜂拥而出，争奇斗艳，成果琳琅满目。身处这一行当中的人也许不以为怪，实则在文学史的编纂史和史学史上，这是很奇特的现象。在这个现象背后，有什么值得我们思索的呢？

这里，首先要做一点说明。人们大都把文学史、文学创作与文学理论并列为文学学科包括的三个部门，而从史学的角度来审视、编制文学史的就不多了。固然文学史著作编纂是文学研究的一个重要部门，但它是横跨文学、史学两个学科的。文学史也属于史学中的专史类，对于这样的特点，治文学史的人往往认识不足。但也有人早已看到了文学史与史学的关系，例如周作人说过："既然文学史所研究的为各时代的文学情况，那便和社会进化史、政治经济思想史等同为文化史的一部分，因而这课程便应以治历史的态度去研究。至于某作家的历史的研究，那便是研究某作家的传记，更是历史方面的事情了。这样治文学的实在是一个历史家或社会学家，总之是一个科学家，这点是无疑的了。"[①] 今日为了提高文学史著作的编纂水平，从史学的视角来对它做一番考量还是很有必要的。

现在通行的章节体文学史，被称为"现代型"的文学史，是西风东渐的产物，其在我国的历史还不是很长。1903年，清政府在制定京师大学堂的章程时提出可以仿效日本的《中国文学史》来自行编纂我国的文学史，用于"历代文章流别"课程。1906年，才有了作为京师大学堂讲义的林传甲的《中国文学史》（1910年版）。到今天，正好是100年了。

[①] 周作人：《中国新文学的源流》，北平人文书店1932年版，第17页。

那时编制这种"现代型"的文学史著作，反映了我国学术、教育追求现代化的历史步伐。又过了十几年，中国文学自身也发生了大转型，诞生了以现代白话为语言工具的新文学。当着新文学几乎还在"学步"的时候，早早地就被人恭请坐上了历史宝座。从附骥于千年的古代文学，做它的一条小小却很时新的尾巴，没多久就有了自己独立的、体系完整的历史殿堂。这座殿堂虽然还不能说已经多么雄伟了，却足以确证稳坐其中的主人公在新生活中已经有了牢固的、无以替代的地位。那时，无论是在课堂上讲授新文学史，或是撰写、出版哪怕是还很粗糙的新文学史著，都有着帮助新文学确立历史地位、推动其继续向前发展的现实意义。而在快速地构建新文学历史殿堂之时，"现代型"的文学史体例和编纂法，这种更为方便、全面地记录历史的方法，显然发挥了相当的助力。

　　章节体新型体例的优点用俗话说就是善于"搭架子"，可以比较自由、灵活地处理时空关系。既能够依照时间的顺序记载历史的发展过程，理清历史的线索，包含了中国古代编年体的优点，又能够在各个不同时段里铺展开来，描述空间的复杂多样性，使组成历史的各个部分不至于遗漏，包含着古代的纪传体、记事本末体的长处，还可以用附录等多种形式完成典志的任务。经纬交错、纵横流贯，有着传统的"文章流别"所不具备的优越性。凭借着这种新体例，短短的一段新文学的历史架构很快就被构搭起来了。此时，文学革命过去不久，就其立传建史的快速而言是少见的。"现代型"文学史的编纂法与有功焉。

　　但是，还要看到另一种因素，那就是我国悠久的史学传统，古代大量历史著作编纂所留下的宝贵经验。1929年，朱自清开始在清华大学讲授中国新文学史，为此特撰《中国新文学研究纲要》（简称《纲要》）。如果把他的讲义作为第一个成体系的新文学史（纲要性）著作，那么就会发现，从西方所学到的主要是如何构建历史的大框架，而在具体的评估、表述方法上，中国学者还保存着传统汉学或朴学的特性。1949年以前所出为数不多的新文学史著，多具有这样的特点，即用章节体为历史构搭框架，在内容组织和史实评述时还不同程度地保留着传统的学术方法和风格。

　　被称为"汉学"的中国传统学术治学途径和方法，注重考据，强调证实，追求严谨，要求内容的扎实细密、博大精深，反对空疏；但表达的风格平实，议论平和，就事论事，语不惊人，卑之无甚高论。其基本功就是从收集材料开始，培育、训练对史料的发现、辨伪、考证、识断、精审、爬梳、组织的功力。因为偏重考证，就需要文字、音韵、训诂、校勘、史地、名物、制度等多方面的知识，特别忌讳知识性的错误。由此而形成一种朴实的特色，所以亦称"朴学"。但亦有其弊。一方面，一心钻到故纸堆里，常常脱离实际，昧于人事，成为书呆子；有时钻了牛角尖，搞成烦琐考证。另一方面，长于具体的求证、求是却短于风议，抽象思维有所欠缺，理论上的建树较少。古书汗牛充栋，学理上有创新之见者少，像《文心雕龙》这样体系性的学术著作更是屈指可数。所以，到了晚清，传统汉学便已走向衰落，新的学术转而向经世致用的方向发展。到了"五四"，胡适介绍实验主义，提倡科学方法，推进了我国现代学术的建成。他同时注意到作为集古代学术传统之大成的清代的乾嘉学派，已经具备现代学术的某些科学方法。他把这些学术传统与现代的学术方法相结合，对于我国现代学术的形成起了重要作用。因此，可以确认这些古代学术传统是构建我国现代学术的重要基石。

依照朱自清《中国新文学研究纲要》题目所示，内容应该是对新文学的"研究"，在史、论两者之间应该偏重于论。但《纲要》的实际内容却是偏重于史，更像是中国新文学史纲要，实际上也的确是重在整理史实，给新文学绘制历史的图像，并未去追求什么理论高度。读这份《纲要》给人的深刻印象有两点。一是对史的描画求全面、周到，看得出朱自清先生在史料的整理上下了许多功夫。如不苛求详细，则已经可以说是新文学第一个十年的精工描绘了。二是评论在其中所占的比重不大，但很客观，重在诠释而轻于褒贬、臧否。他的态度、语气都是平和的，只要不是偏好极端或一味求深刻者，对他所做的评价大多是能够接受的。《纲要》风格的扎实、周全、客观、平实正是继承汉学传统的明证。

同时，《纲要》也连接着学以致用的传统。朱自清开讲"中国新文学史"这门课，具有很强的现实性。那时，新文学诞生不过12年左右，再过6年才有赵家璧那套总结新文学第一个十年的《中国新文学大系》。在那个时候，对新文学无论说是说非，都不是单纯的学术见解、一家之言，而是影响当前文学发展之举。朱自清先生这么快把"五四"新文学立为大学课程，编出讲义《纲要》，总结、提高、宣扬、传播这新生的文学，显然有帮助新文学发展壮大的现实意义。此后几十年里，我们的现当代文学研究始终与现实保持着紧密的联系，不论其功过是非，这个头是朱自清开的。

朱自清的《纲要》开创了新文学史著作编纂的历史传统，即注重实证、实事求是、平实朴素、学以致用的传统，对后来的新文学史著作编纂有着长远的影响。文化领域里传统的形成，习惯上有一个标准，现在也算是共识了，就是要经过"三代两传"。现在都说中华人民共和国成立后我们的学科经历了四代人（即旧中国过来的一代、20世纪五六十年代成长的一代、"文化大革命"中成长的一代和改革开放后成长的一代），是没有把朱自清这一代算上的，算上他们这开创的一代，应该是五代了。朱自清的治学传统传到他的学生，如王瑶那一代人，再传到王瑶的学生如樊骏、孙玉石等，就已经是"三代两传"了。而更重要的是，这三代之间确实有着分明的承传关系。20世纪50年代初，王瑶编出了中华人民共和国成立后第一部新文学史著作。这之前，他的中古文学研究的成就已很可观，今天还有人认为，如纯然从成果的学术质量看，王瑶的中古文学研究才代表了他的最高成就。而他那时毅然地舍弃这已有的成绩，改治新文学，从头做起，这是需要胆识、需要勇气的。这说明他看准了现实生活的和由现实生活所决定的学术发展的取向，看到了一门新学科的前景。事实也证明了，为他奠定学术地位的不是那些研究中古文学的精品，而是他的几乎是白手起家的带着急就章痕迹的《中国新文学史稿》（简称《史稿》）。这是发扬学术的经世致用传统而取得成功的实例。朱自清的学生在现实有某种需要时，积极参与创建一个新学科，也是学以致用的表现，师生之间的传承关系多么鲜明。而且，从某种意义上说，王瑶也并不一定就是完全地白手起家。朱自清《纲要》的几份草稿还保存在他手里，而他的《史稿》从大的结构到整体的学术风格，还可以看出与朱的《纲要》有切不断的联系，《史稿》显然是师承了《纲要》、发展了《纲要》的。如果说新文学史著作编纂中有一个朱自清开创的传统，那么王瑶就是把它延续下来的人。

不过，不可有一种误会，认为学术传统只有通过师生的传承关系才能得到延续。汉学的传统是民族长期共同创造、积累的，是在全民族的范围里流行、传播而成为民族共同拥有的精神财富，并非某一个人或某一些人的私有财产。"五四"那一代人，包括朱自清在内，直接继承了传统，经过在新历史条件下的运用、改造，实现了传统的现代转型，并传到了20世纪30年代那一代学人。不只是王瑶，还可以举出不少例子，另一位具代表性的人物是唐弢。自学成才的唐弢并没有在北京大学、清华大学求学的背景,自有他个人的治学特色,但总的来说,也沿着这条与传统有密切关联的路线走。唐弢在给严家炎的《求实集》(北京大学出版社1983年版)写的序里,记下了他主持编写《中国现代文学史》三卷本(1979年开始出版)时所规定的几条原则:"一、采用第一手材料,反对人云亦云。作品要查最初发表的期刊,至少也应依据初版或者早期的印本。二、期刊往往登有关于同一问题的其他文章,自应充分利用。文学史写的是历史衍变的脉络,只有掌握时代的横的面貌,才能写出历史的纵的发展。三、尽量吸收学术界已有的研究成果。个人见解即使精辟,没有得到公众承认之前,暂时不写入书内。……五、文学史采取'春秋笔法',褒贬从叙述中流露出来。"① 唐弢和他的编写组共同制定的这些原则充满着传统汉学的气息,尤其在唐弢执笔的鲁迅部分体现得最为鲜明。

传统形成之后,在流传的过程中,会受到不同时代环境的影响,好比流水经过不同的地形会有波澜起伏,或激流奔腾,或迂回不前。到了王瑶,在新的社会环境里编史,也就会自觉或不自觉地在自己的框架上增添《新民主主义论》《在延安文艺座谈会上的讲话》等对新文学史的叙述规定。这就造成他与朱自清的治学传统的距离。但哪怕只是这样,他的《中国新文学史稿》还是受到了批判。

好在传统并没有"断裂"。王瑶受到了批判,新文学研究在20世纪五六十年代走了弯路。这必然对此后的一代人甚至几代人造成损害。今天司空见惯的研究中的主观随意性、不顾事实、不要证明、拼贴理论、标榜新潮、追求轰动等等"嘴尖皮厚腹中空"的表现都可以看到五六十年代反科学的批判运动阴魂不散、影响还在。那时的运动都打着马克思主义的旗号,却恰恰违反了马克思主义。马克思主义经典作家总是要求研究工作应尽可能详细地占有资料,从分析事实开始,而不是从最终的结论开始,强调要从事实中引出结论。真正虚心学习、领会并按照这样的要求去进行科研的,必定在研究方法上有所收益。同时,20世纪五六十年代的一代学子,直接受到了20世纪二三十年代的那一代学者的教育,亲承謦欬,出现了樊骏、乐黛云、严家炎等一代学者。到这些人都已经成了"老一辈"而逐渐淡出学术界的今日,我们回过头,不难看到后来真正能够继

---

① 唐弢:《〈求实集〉序》,北京大学出版社1983年版,第1页。

承朱自清、王瑶的治学传统的也就是这一代人了。他们经历过曲折，对反科学的危害性更有痛切之感，当他们有了正常的学术探求的可能时，便很自然地向着科学性做思想的倾斜。为了继承、发扬实事求是的学风，强调史料的重要意义，早在20世纪80年代末，樊骏就发表长文，全面检讨新文学研究中的史料工作问题，针砭时弊，大声疾呼，振聋发聩。此文名为《这是一项宏大的系统工程——关于中国现代文学史料工作的总体考察》，在《新文学史料》上连载三期。为什么要连载三期？怎么会有那么多话呢？原来樊先生考察史料工作极其细致、全面，文中所征引的材料非常丰富，绝不是单靠灵感，或为了写文章而临时凑集，而是长期留心观察积累而成。他的观点都是建立在坚固的事实之上的，所以是难以撼动的。樊骏先生在新文学研究界是公认的为学的榜样，他的文章被赞无一字无来历。这或许有点溢美，但从上述这例子里就能感受到他的论著的浓厚汉学传统意味。像他这样重要的学术论文，却并未受到足够的重视，那时最时髦的是搞"名词爆炸""轰动效应"！而就在普遍地心浮气躁、批量生产学术泡沫与学术垃圾之时，恰恰是在这一代人中，还有甘于默默无闻地坐冷板凳，埋首于旧报刊，一条条地发现、一句句地核对的如朱金顺等一批人。而在王瑶的私淑弟子中，不是在王瑶得意之时而是在他受难之时能够跟从他学习的是这一代人中的孙玉石等。孙玉石先生治学从来都有着非常自觉的史料意识，在平日就注意收集、积累一点一滴可用的材料，因而占有非常丰富的材料，一旦成书，总是论述扎实、坚实，他的论著如《中国现代主义诗歌流派史论》等都体现着这一点。在李金发的象征诗派没有出现之前，新诗中有没有西方象征诗的影响呢？孙玉石的答案是有，而举出的证据差不多是把此前的诗作全都扫描一遍，才从细小的缝隙里剥出来的，积少成多，集腋成裘，证据便成洋洋大观之势。梁启超总结了中国"正统派"的治学规范十条，而现在我们新文学研究界中最能符合这些规范者，孙玉石先生为其一。如为"窄而深"的研究，孙玉石主要是研究新诗的，又集中力量于现代诗的研究，故能因窄而深。至于他所致力的解诗学，也是为研究现代诗所必需的，那更是从朱自清那里承接下来的，这是典型的"隔代遗传"。

但这一代学者治学也免不了有传统汉学的某种弱点，加以客观环境的制约，限制了他们的成就。幸而由于他们大多思想比较开放，在时代环境发生巨变之时，多能与时俱进，这对于他们的学生一辈的成长无疑是十分有利的。比他们晚一辈的就是在"文化大革命"中成长起来的那一代。应该说，这一代的成长环境更加恶劣，所幸赶上了改革开放，出现了上一辈人所没有的一片新天地。新的机遇下，他们已经成长为今天新文学研究领域的主力军。因为环境和自身条件的变化，他们在治学上又有了新的特点。清华大学的解志熙教授是他们中间很出色的一位。在他的名著《美的偏至》（上海文艺出版社1997年版）的扉页上写道："现代文学研究要想成为真正的学术，必须遵循严格的古典学术规范。"如果没有猜错，他说的"古典学术规范"应该就是梁启超说的"正统派"的治学规范。他发出这样的感慨，想来不是无的放矢，明显是针对当前学术研究中的问题而发。《美的偏至》一书是为我国文坛上的唯美主义立传的。对我国有没有唯美主义的流派，可以各持己见，不求统一，但西方唯美主义对我国新文学有着相当的影响则是没有疑义的。解志熙先生这部书充分证明这种影响的存在，对这个以前不具确定性的问题做了结论。该书搜求之细致、史料之丰富，几乎纤悉无遗，也可以说是"应该这样做学问"的实例。他们这一代人是热衷于发表自己的独见、创见的，这是很大的优点，但如果没有像解志熙先生这样下苦功，独见、创见缺少足够事实的支持，那也只是大胆假设甚至一厢情愿而已。解志熙先生硕士研究生阶段在河南大学师从任访秋、刘增杰，挟中原厚重、求实的学风进京；博士研究生阶段在北京大学师从严家炎教授，进一步受实证方法的训练，才养成了他现在这样的学风。看了解志熙的著作，颇让人生薪火残存、余脉未绝的感慨。

"历史"这个词包含着两个相关又相异的内涵。既指以前发生的，已经过去了的事情，又指后人对这些已经过去了的事情的记载。二者分属两个范畴。前者所指为客观世界，那些已经发生过的事情是不可改变的。后者所指为主观世界，既然是后人所记载的，则限于种种条件不能很全面深入地了解、掌握过去事情的全部真相，其真实性就打了折扣。而且这里面不可避免地包含着后人的主观评价，它已是一种精神产品了。由上述差异又引出史学上两种各有所偏重的理论、方法和风格，甚至形成了不同的学派。一种是重在探求客观的真相，非常看重历史的真实性，甚至要用自己的生命去守护这真实性。另一种是认为人的认识永远不能达到历史的真相，历史的存在只是为了被解释，历史研究的任务主要是表达史家自己的主观见解，史家就是阐释家。从前面很简单的对汉学特点的概括中，不难看出中国传统史学是偏于第一种的，即力求再现客观的历史事实。但理论思维有所欠缺,浩瀚典籍留下了大量史实,相比而言,总结出来的理论认识就少多了。

当中国走向现代社会,中国的学术也发生了现代转型。一方面,胡适、鲁迅等第一代学者们不同程度地继承了汉学传统,这对于现代学术形成、发展的作用甚大。而另一方面,出于社会变革的要求,又在西风吹拂之下,新的学术必然具有新的因素,这很突出地表现在对理论的重视上。如果稍稍说得远一点,从严复译述《天演论》以后,西方各个学科的理论大量涌进,对中国现代学术的形成、发展起了巨大作用。从胡适讲述新旧文学转化历程的《五十年来中国之文学》(1922年)到朱自清的《纲要》搭起新文学的历史框架,其所排列出来的史实背后都有进化论思想在比比画画。理论对于历史的阐释作用越来越明显。20世纪30年代开始有了形态比较完整的新文学史著,可以看出左翼文艺理论,如弗里契的机械唯物论等在起作用。到了20世纪40年代,某些作品中主观的因素更加强了,理论的色彩更为鲜明。新文学史著编纂中另一些学术风格,有重主观阐释的,有强调理论指导的,这样的风气升腾而起,逐渐地弥漫开来。李何林的《近二十年中国文艺思潮论》把这20年中最重要的"五四"文艺思潮的大变动轻轻地放在一边,却用了几倍于"五四"文艺思潮的大篇幅去记述新文学史上相对不太重要的20世纪30年代文艺大众化问题的讨论、"两个口号的论争"等。这表现了很强的主观性,中国文艺思潮史出现向"中国革命文艺思潮史"转换的趋势。同在20世纪40年代,周扬在延安鲁迅艺术文学院讲授新文学运动史,他留下了讲义的头几章,名曰"新文学运动史讲义提纲"。他当时很可能已经看过毛泽东的《新民主主义论》,或者已经了解到这篇文章的内容,所以他的《新文学运动史讲义提纲》的风格就不是无甚高论,而是颇有高论了,可以看出他想站在新的理论高度用新的思想阐释新文学运动的意图。周扬的作品表现了他运用理论驾驭史实的高度水平,在论的统帅下,历史在周扬的笔下显得神采飞扬。李何林、周扬等治文学史的风格显出与朱自清的治学风格的明显区别。他们不满足于比较客观地弄清并铺叙史实,而想要把史实与某种主观的见解或某种理论联系起来,用理论来照亮史实,用史实来证明理论见解。如果说这是另一种学术传统,那么到了李何林、周扬这里,这种学术传统已经鲜明化了。1949年以后,经过对王瑶《史稿》的批判,这条路线成了新文学史著编纂中的主流,并且走向极端化,从"以论带史"发展到"以论代史"。

在中国新文学史著编纂方法改变了主导的方向时,国际上哲学、史学思潮也在变化着。我在《中国新文学史编纂史》旧版的导言中曾提到:"在本世纪,大约以第二次世界大战为界,历史研究方法有明显的变化。牛津大学巴勒克拉夫教授在1978年曾说过:'今天我们看到的新趋势是历史学家对1945年以前占优势地位的历史学和历史观念的反动,至少对于年青一代历史学家来说是如此。对于20世纪上半叶支配历史学家工作的基本原则提出怀疑的趋势,是当前历史研究中最重要的特征。'"[1] 这里指的是以实证方法为主的描述型史学让位给了强调史学主体作用的阐释型史学。有意思的是,文学研究方法也有类似的变化,似乎具有同步性,这是因为史学研究、文学研究都同受哲学思潮嬗变的影响。西方学术上发生上述变化之时,中国正处于自我封闭的状态,不屑于对门外的一切瞥上一眼。那时,马克思主义的理论、方法指导着中国的学术研究,一方面发挥着科学的威力;另一方面在不断膨胀的"左"的思潮冲击下,遭到严重歪曲、破坏,导致了严重的后果,其威信不免受损。于是,到了20世纪80年代,在改革开放大潮中,一旦打开大门,很快就被外来思潮搅得眼花缭乱。强调恢复和发挥认识主体作用的各种主张一度成了文学研究界的"主旋律",这种思潮的出现几乎比西方迟到了近半个世纪。尽管上述思潮在新文学史著的编纂中反映得并不强烈,但的确也有这样的认识——既然历史是不可能完全认识清楚的,不可能有一部真正符合历史实际的文学史著,那么最重要的问题就是阐发主体的认识,而且这种认识并不一定要接受客体的检验。重要的不是史实,而是史学家的主观见地,这才是新文学史著编纂的一条出路,一条走向现代化之路。这样的思想今后很有可能会比以往表现得更加激烈,也许这是不可避免的。因为历史事实是凝固的,对它的描述是有止境的,而对它的阐释却是无止境的。从史学自身特征来看,描述型之让位于阐释型有其必然性。

实证主义在科学发展中曾有过非常积极的作用。孔德认为,实证哲学的提出把人类的认识从神学、玄学推进到了科学阶段。这一派认为社会科学也像自然科学一样,是可以证明的,这对于提升社会科学研究水平无疑有很大的推进作用。胡适在"五四"时大力宣扬实验主义,提倡"小心

---

[1] 杰里弗·巴勒克拉夫:《当代史学主要趋势》,上海译文出版社1987年版,第6页。

求证"，高喊"拿证据来"，对于我国学术的现代转型起了很大的推进作用。在那个时候，有人可以提出"史学就是史料学"。但是，随着科学主义（准确一点来说，应该叫"唯科学主义"）的缺点和局限的暴露，强调人的主观作用、包括非理性的各种哲学流派的兴起，实证主义被视为过时了的。而一些国家正处于革命高潮中，理论的作用被提升到非常高的程度，认为没有革命的理论便没有革命的运动，人们要求哲学不仅能够说明、批判世界，更要能够改造世界。对文学则更需要它来做宣传工具，充当斗争的武器。对历史，对文学史，更需要的是能为新兴的阶级和政治力量树碑立传，证明他们是历史的必然的主人公。无论从哲学的或社会的背景来看，像朱自清那一套继承汉学传统的治学思路就要让出自己的位置给一种重在阐释、重在理论说明、重在表现主观的治学思路。走这一条路会被看成创新、发展。王瑶的《史稿》很自然就要让位给蔡仪、丁易、张毕来和后来一些年轻的学者的新作。在整个20世纪的后半叶，不论中国社会发生什么样的变动，那种强调主观的作用、强调理论的重要性、注重以理论来解释历史的治学路线都处于主导的地位，甚至还产生了"主体投入式"的"研究"。这期间也发生过一些争论，却多是围绕着谁的主观更好，哪种理论才能正确地解释历史、解释文学，或者应该发扬谁的主体性等的讨论，而在肯定主观的作用上几乎没有大的分歧。

我们撰写文学史著作，大概也有两条思路，或"我思故史在"，或"史在促我思"。前者是先有一个对历史的看法，然后依照这一看法整理史实；后者则从整理史实入手，在这一过程中受到客观史实的触动、促发而产生某种认识，形成某种见解、理论。从一般的认识过程来说，总是事实在先，然后才能够去认识它。但由于史家在写史之前脑子不可能是真空的，总会有某种先在的思想，从这个意义上说，又可以说所有的历史著作编纂都是从"我思"开始的。但确实也有学者对自己的研究对象在研究之始并没有先入之见，在认识上还可以说是空白的，在着手收集、阅读史料的过程中，才对这研究对象有了印象，产生褒贬，形成评价，乃至抽象出理论性的认识来。从思想开始，或从史实开始，这两条路线都是允许的。只要从史实入手的能不被史实所淹没且能注意消化、提炼、抽象、升华，由此而产生出理论，从思想开始的能十分尊重史实、小心求证，既能够经过证明而肯定、丰富某种思想观点，又敢于把不能得到证明的思想否定掉或修正之，那么，通过这两条不同的思路，研究家、编纂者都有可能接近历史的真实，做出比较切合实际的评价、提出比较可靠的结论。所以，我们指明新文学史著作编纂中曾经有过的这样两条路线、两种传统，并没有要肯定、推崇某一种，否定、反对另一种的意思。

但是，既然我们研究、编纂的是历史，是文学史，在允许殊途的同时还应该有个同归。一个人要发表自己的主观思想、情绪，可以有许许多多途径，可以写理论文章来系统地讲述自己的观点，可以创作诗歌来淋漓尽致地宣泄满腔激情，甚至可以去编历史剧来借古讽今，为什么一定要用属于社会科学研究范畴的历史学呢？既然是进了历史学之门，就不得不带着镣铐跳舞。这镣铐就是历史事实，就是真实性。这就是为什么我们在辨章学术、考镜源流之时，用了更多的文字来描述汉学传统，以肯定实证方法的意义，来勾画、显现朱自清所开创出来的这一条线索、这一种传统。

中国新文学史研究虽然只是文学学科中的一个小部门、一只小麻雀，但如果解剖得好，也有可能找到历史科学和文学研究的某些特性、某些规律。毕竟中国新文学史的研究、编纂已有80多年的历史了，可以考虑一下我们这一小学科如何对现代学术的发展、进步做大一点的贡献。在跨进新世纪之时，这应该是值得我们思考的问题，也应该是尽力去实践的任务。

（原载胡星亮主编《中国现代文学论丛》2008年第2卷第2期，原题为《中国新文学史的编纂传统》）

谈汉语新文学的研究

《汉语新文学通史》[①] 的出现是中国现当代文学史编纂领域的新现象，我认为有探索性的意义。现在要注意其"三大板块""角色承担"和"民族性"等问题。

一、汉语新文学的板块现象

汉语新文学分布在世界各地，这是历史形成的，是其重要特点。编写汉语新文学史著总是希望把分散的汉语文学进行统合，使得汉语新文学的历史能够连成一个整体。但是，不同国别和地区的汉语新文学，因为地缘、历史、社会、文化、人情、风俗等的差异，加上相互的交往、交流并不密切，各自独立发展，从而形成了自己的特征和独特的历史。好比地球上的大陆本来是相连的，因为地壳运动而分裂成几个大的板块，向不同的方向漂移。

今天世界上的汉语文学大致分为三大板块：大陆文学板块、台港澳文学板块和海外华文文学板块。它们有血缘关系，但总的来说相互联系不多，相互影响不大，更没有统属关系。既相同又相异地构成各汉语新文学板块间相互关系的特点，使得有人对它的阐释强调其相同一面，有人则更注重其相异的一面。两种阐释可能都有一定道理，因为事物自身有两重性。但我认为，更要重视相异的一面，因为相异才是各板块自身的特性、个性，是我们最该把握的。揭示各板块分散、隔离的历史状况，更有利于认识它们不同的发展背景、境遇和特色。尤其在对台港澳文学和海外华文文学的认识还不敢说已经很深刻的条件下，这更为必要。把几个板块拆散混编，会使其特性模糊，而重视其差异于认识的深化更有利。

在三大板块中，大陆文学板块是主体，这里是汉语新文学的发祥地，是汉语新文学的源头，几十年来，它曾贡献了内容丰富的创造。但是，主

[①] 朱寿桐主编：《汉语新文学通史》，广东人民出版社 2010 年版。

体不等于中心,真正的中心不是看地域的大小、人口的多寡和汉语使用历史的长短。中心对外围和边缘应该有大的影响,甚至能够起引导的作用。如果对外围、边缘影响不大,或者没有影响,那么虽然互有联系,还是不能成为中心的。1949年以后,政治地缘上形成了汉语新文学三大板块的局面,各板块基本上相互隔绝。长时间里,大陆文学处于自我封闭的状态,怎么可能发挥中心的作用呢?这也是我不主张把三大板块的文学硬生生地拆散混编的一个原因,不如分开做个别叙述,倒有利于更清晰地反映各板块的历史背景和历史特征。

二、三大板块的角色承担

评论汉语新文学的三大板块,当然要用统一的文学标准,同时还要有针对不同对象的特殊标准。因为形成三大板块总有其历史的原因,历史赋予了各板块不同的使命,它们各有自己的"角色承担",即在汉语新文学大格局中各扮不同的角色,各角色都有自己的使命。这样,对不同角色的评价标准也就应该有所区别,正如我们不能用丑角的标准去衡量旦角或老生等其他角色的表演。

汉语新文学以大陆板块为主体,那就应当审视它的主体作用发挥得如何。1949年以后,大陆文学走了一段很长的崎岖艰难之路,有的时候甚至没有多少成绩可言,如"文化大革命"十年;而台港文学、海外华文文学大多恰是1949年后才有更大的发展,成绩还很显著,某些时期、某些方面甚至超越了当时的大陆文学。这就是说,大陆文学也有未能完成自己的角色承担的时候。通常编写汉语新文学史,就不能仅仅如此,应该三个板块互为参照系。常言说"没有比较就没有判断",编写汉语新文学史著作客观上提供了这样的机会——他人之短可能衬托出自己之所长,他人之长也可能反衬出自己之所短。这样的相互比照是汉语新文学史的很大的优越性,可用以推进对中国现当代文学史的认识。若不去发挥它的互为比照的长处,那是很可惜的。

台港澳文学、海外华文文学也各有其角色承担,同样也要考察它们各自完成角色承担的状况,不能只停留在作家作品的评论之上。有时由于历史的原因,它们的文学成就可能不很高,但却很好地担负起了角色使命,在传播民族精神上起了重要作用,发挥了超越文学的多方面的作用。要对这些方面的贡献做必要的描述和应有的评价，阐扬其意义。华人怎样把汉语新文学带到世界各地？怎样在异国他乡克服困难坚持华文创作？怎样起到大陆新文学所起不到的作用？我们应该多收集这些方面的历史资料，做适当的描述。现在，这方面的工作还做得不够。史学家为了准确、鲜明地记述自己认为真实的历史，大都要对史实进行选择、取舍。有闻必录，看起来很客观、公正，可能反而遮蔽了真实的历史面貌。举个实例，澳门挨着珠海，澳门的面积比珠海小，澳门新文学的历史也很短，20世纪80年代以后才初见规模（而且这个规模也不能算大）。但是，在新近出版的朱寿桐教授主编的《汉语新文学通史》中，记述、评论了澳门新文学，对此给了一定的篇幅。15年前，我主编的《20世纪中国文学史》中也有澳门文学的专节。反之，不要说珠海，就是广东省的文学，尽管广东新文学的历史比澳门长久、丰富得多，在上述文学史著作中也并没有多少痕迹。这是不是对澳门的偏爱呢？不是。因为澳门虽然很小，文学的成就也不能说有多高，但是，澳门有其特殊的角色承担，有其特殊的历史地位。其角色的重要性不能单纯地用面积的大小、历史的长短、成果的多寡来衡量，更要看这一地区在世界、民族、国家的重大历史发展关节上的地位和作用。澳门在中国现代历史上，和香港一起写下"殖民地回归"这浓重的一笔，是反映一个大国命运兴衰变化的典型实例。这方面的价值是许多比它大得多的地区所没有也不可能有的。也正因此，这里的文学状况也成了汉语新文学中值得关注的方面，必须记载它，才不至于遗漏了重要的历史关节，才能把历史的要点凸显出来。多给它一些篇幅，写得细致些，不是偏爱，而恰是为了显示历史的真实性，也才能更具客观性。对于历史的编写有时候不能讲绝对的公平，不公平反而可能达到真正的公平。

三、探寻汉语新文学的民族性

三大板块的文学既有相同之处也有相异之处，那么什么是其共同性呢？这主要有三个方面：汉语言、民族形象和民族性。我认为，研究汉语新文学或编写汉语新文学史著作，主要应该抓住这三个方面。

首先，冠以"汉语"之名的研究、编纂的课题，理应突出"汉语"。凡与汉语有内在关联的应该作为重点来研究和记述，如"五四"时的文白之争与白话新文学（各类文体）的创造，"抗战"时的文艺大众化、民族化实践对文学语言发展的影响等等。例如,讲延安文艺整风,通常现代文学史著作里都要介绍解放区特殊的时代背景,在探讨三大板块的文学时可以少讲。而这场整风对解放区文风的影响,此后北方农村口语对现代文学语言的形成、发展的影响,乃至对整个现代汉语发展的影响等有关问题,倒是可以谈得细致深入些。某些与汉语无关或者关系不大的事件,尽管在某一板块文学的发展中被认为是重大历史事件,诸如大陆板块中的革命文学论争、两个口号论争之类,要敢于割舍。这样才能使汉语新文学史与普通的现代文学史有所区别。汉语到了台港澳文学、海外华文文学中,运用于另一种社会、历史环境中,总会有所变异,这种变异对汉语新文学发展的影响、贡献等方面值得加以突出。

其次,是研究民族形象的塑造。优秀的文学作品总是为本民族塑造自己的形象。不论哪个文学板块,不论这些板块中的生活如何千差万别,汉语新文学作品的人物应该让人一眼认出是中国人。成功之作还应该能够看出人物身上的民族文化基因。当然,塑造民族形象也不限于人物的刻画,作品所反映的生活、这些生活所特有的样式、这种样式里所包含的精神内涵也是构成民族形象的重要方面。三个板块的汉语新文学作品已经在这方面做了很多工作。可是,研究者们还很少注意发掘、彰显这些作品里的民族形象,评价这个重要方面的得失。

最后,研究汉语新文学的民族性应该是今后有重要学术价值的课题。我们的研究曾用过多少个"性",从阶级性、革命性、政治性、人民性、党性、思想性、艺术性到现在的现代性等,一个现代性不够,还要用启蒙现代性、审美现代性等,名目繁多,可就是很少看到对现代文学民族性的研究。之所以如此,我认为与这样一个事实密切相关:中国现代思想史是从否定本民族的文化传统开始的,汉语新文学是反传统的产物,受其影响,我们在思想上也不重视新文学的民族性问题。必须说明的是,提出研究文学的民族性与提倡民族主义是两码事,前者是研究客观存在的事物,后者是提倡某种主观的主张,两者不可混淆。

编纂汉语新文学史著的一个更重要的动因和根据理应在于发掘汉语新文学中的共同民族性。各板块文学所含民族文化基因是相同的,汉语文学则为其重要的反映手段。几千年来,中华民族在这个长过程中遭遇到许多艰难、挫折,付出过沉重的代价,得以生存、延续,这些都跟我们民族的文化基因有关。对此,许多文化精英曾经做过探讨、总结,已有不少思想成果。到了近代，一些思想家、文学家更提出了改造国民性的课题。而在广大底层人民的实际生活中，包括民间生活方式、风俗习惯、心理特征、价值观念等都含有民族文化基因的因素。这些都是汉语新文学的重要的思想、文化内涵。即使有的地方成了殖民地，那里的广大人民在生活中仍然顽强地保存着中华民族的文化基因。在台湾、香港这些曾经有过长期殖民地历史的地区，也仍然可以看到中华民族文化基因的鲜明印记，甚至比大陆保存得还要多些。有人感慨，认为这可能跟那里没有发生过"五四"和"文化大革命"有关，但也说明民族文化基因的顽强性和持久力。这在文学中有什么样的反映值得我们去探讨。例如武侠小说，作为其中心意识的侠义精神，从春秋战国时代一直延续至今，就是一种中华民族的文化基因，所以武侠小说家往往通过故事中武艺高强的人物（有的带幻想性）来传递心所向往的侠义精神。1949年后的中国，武侠为具有新世界观的英雄所取代，这类小说便只在台港地区发展，出现了代表武侠小说写作水平新高度的金庸。中国改革开放后，金庸的小说很快传入内地，金庸在中国成了最走红的作家。这就是他的小说中所保存的深厚的民族文化基因起了作用。

  研究、评判一个国家或民族的精神文明状况（其优劣、特点、贡献、局限等），文学是很重要的可供考察的对象，那里保存着丰富的民族精神图像。我们研究汉语新文学，重要目的应该是通过它来考察今天的中华民族的文明状况、中华民族在文化上对当今人类文明有什么贡献，以及这方面所存在的问题。如果不是单独地考察中国大陆文学，而是连同台港和海外华人的作品，那么这个民族精神图像就更加丰富、更为全面。这是研究汉语新文学史的又一优势；同时，通过寻找、挖掘共同的民族文化基因，用民族性这根精神线索，把三大板块的汉语新文学连接起来，对增强民族的凝聚力，更具有超越文学的重大意义。这是值得我们去做的工作。

（原载《理论学刊》2010年第6期）

中国现代文学学科的过去和未来 （节选）

目前，我们的学科在发展中面临一些问题。一方面，产品很丰富，每年出版与发表的著作、论文很多，研究的问题很宽广，使用的理论、方法多种多样。新生代中不乏很有才华的学者。但另一方面，我们的学科在学术界的话语权很小，在思想界越来越边缘化了。于是，一些人产生了困惑、焦虑，也有人提出我们的学科向何处去的问题。

梁启超说："盖吾辈不治一学则已，既治一学，则第一步须先将此学之真相了解明确，第二步乃批评其得失。"① 他说的第一步和第二步都属于学术史，也就是进入课题之前，应该对本学科的历史有所了解。过去对未来有启示，可以从过去寻找未来的答案。而我们往往在入门之前，不去做这了解真相和批评得失的工作。

我作为中华人民共和国成立后的第二代现代文学研究者，经历了学科创建后至今60多年的过程，今天想结合我的亲身经历，来谈谈对上述问题的看法。

先回顾我们学科是怎么建立的，就是我们的学科的发生史，中华人民共和国成立之后为什么要把现代文学研究建成一门独立的学科。

中华民族历来有"易代修史"的传统。但是，在史学领域没有先来为前朝修史，而是立即着手为新朝建史。被确立为正史的24史或25史中只有最早的三部——司马迁的《史记》、班固的《汉书》和陈寿的《三国志》是时人写的或写到了当时的历史。但是，司马迁写《史记》时，西汉建立大约100年了。班固的《汉书》是断代史，写的时候离汉朝开国更有200多年了。陈寿48岁开始写《三国志》时，其实三国基本上统一了，所以他就以魏为正统。写这些书虽是时人写的，但都不是在朝代建立之初写的。其他各史都是后人为前朝写史。尽管也有当朝人写当朝的，但更多在于准备史料，不被看成完整的撰述。

中华人民共和国成立之后就给自己修史，并不是有什么"历史癖"，

---

① 梁启超：《清代学术概论》，东方出版社1996年版，第41页。

而是为了证明中国共产党领导的这一场革命的正义性以及它的胜利的历史必然性，也是想让胜利后的新政权占领道义的制高点，为新朝立正朔。枪杆子里面出政权，但是枪杆子不能证明所出的政权的正统性，这时就需要笔杆子了。理论方面，毛泽东已经做了相关工作，他在1940年发表《新民主主义论》。旧的王朝没落时，往往群雄并起，大家都说自己是正统。理论上做得最好的是毛泽东。他的《新民主主义论》里区分新旧两种民主革命，从理论上论证新的民主革命只有共产党领导才能胜利。在这部著作中，毛泽东用了大量篇幅讲历史，特别是文化史。历史方面，最有代表性的是1951年出版的胡乔木的《中国共产党的三十年》。

也是在同样的历史背景下，当时的教育部在制定文科的教学大纲时，规定在中文系开设一门新课，即中国新文学史课程，并且制定、发布了教学大纲。新文学只有32年的历史，非常短暂，为什么这样重视，要立为必修的新课程呢？

原因在于"五四"以后，新文学与中国共产党的密切关系是笔杆子队伍中的重要军力。现在需要通过这一段文学史的书写，说明中国共产党的领导也是"五四"新文学得到发展的根本原因、根本保证。从这样一个重要的侧面、特殊的领域来显示中国共产党领导的必要性、正义性。面对一个史学传统悠久长远的民族，面对富有历史感的中国民众，及早地从历史的阐释中确立革命的正义性和新政权的正统性肯定是十分必要的。

因此，尽管新文学只有32年，也可以被立为新学科，与有几千年光辉灿烂历史的古代文学、内容十分广泛的外国文学并列为二级学科。从社会价值、政治价值上来估量，它的重要性更在古代文学、外国文学之上。设置新文学史课程，是很典型的"厚今薄古"方针的体现，使我们明白所谓"厚今薄古"的实质，所以，这门新学科在当时的地位很高、很显要。我听王瑶先生说，第一次文代会（即"中华全国文学艺术工作者代表大会"，下同）后，各校争先请与会代表中的校友回去开新课。当时受邀参加第一次文代会，说明新政权认可这位学者了。这门课被认为党性很强，到"反右"后，更要求政治好的同志来教，最好是共产党员。我毕业时，组里三个新的青年教师都是党员。

建立学科的目的既然是为了掌握历史的阐释权，就决定了不是把现代文学史作为客观对象来研究，而是要求按照某种理论所规定的、执政党的需要来描述、阐释这段文学史，加以"固定化""经典化"。

所以，1949年以前出版的几部新文学史著作和不少研究成果（现在又发现苏雪林、林庚的讲义）都不能用，因为都不符合建立新学科的要求。教育部颁布新教学大纲，其最鲜明的特点是规定了中国的新文学"是什么""不是什么"。大纲规定"五四"以后的新文学"不是'白话文学''国语文学''人的文学''平民的文学'"，而应该是、只能是"新民主主义的文学"。又明确规定了新民主主义文学应该包括四个内容："无产阶级思想领导的发展""新文学运动的统一战线的发展""大众化（工农兵）方向的发展""新现实主义精神的发展"。所谓"新现实主义"当时就是指社会主义现实主义。①

"五四"以后的新文学是什么样的不重要，重要的是你必须写成什么样的。王瑶的《中国新文学史稿》出版后遭到批评，原因正在于此。王瑶的同学赵俪生在他的回忆录里专门有一篇写王瑶的："王瑶兄应该是一个革命者，或者说是一个激进主义者。很长一段时间，看不出他准备当学者的意图。……当学者，在他，是不得已而求其次。"② 我从与王瑶先生的接触中也感到他是个政治性很强的人，受批评的根本原因在于政治与学术的矛盾。政治对学术的要求不是搞清楚历史是什么样的，而是要求把历史写得像政治所需要的那样。

王瑶之后，其他人一编再编，仍然未能编好，都因为不能解决政治与学术的矛盾。尽管如此，创建新学科还是一次机遇，造就了王瑶等第一代学科创建者。

新的执政党的需要——这是中国现代文学学科的第一次机遇。这里要讲讲机遇的问题。

学术发展需要一定的条件。每一代的学人所面临的问题，所担负的学术使命和能够取得多大的成就不可能一样。这不是凭自己的愿望决定的，而取决于两个条件：一是历史的要求，就是在不同时代，社会赋予思想界、学术界各个学科的任务，有没有重大的问题摆在你的面前需要你去解决；二是承担历史任务的学人的自身条件。有的时候，历史提出了某一任务，却来不及准备好能够胜任这一任务的人，任务便难以完成，或者完成得不好，影响了那一时代的学术成就。有的时候，社会培育了不少学养深

---

① 参见《〈中国新文学史〉教学大纲（初稿）》，载《新建设》1951年第4卷第4期。
② 赵俪生、高昭一：《赵俪生高昭一夫妇回忆录》，山西人民出版社2010年版，第186页。

厚的人才，但是那时社会停滞、思想沉闷，再好的学问也派不上用场，只好烂在肚子里了。人才的成长需要机遇和平台。

以上两个条件缺一不可。举个例子，中国现代学术的发展以"五四"一代学者的成就最高，这因为当时中国学术面临着一场从古典到现代的转型，这是历史要求。生于19世纪后期和20世纪初的学人，遇上了这样的使命和机遇。而在那时的时代环境里，他们有可能不同程度地具备了学贯中西的条件，这是创建中国现代学术的不可缺少的条件。"五四"一代完成了学术转型的任务，这就使得他们成了中国现代学术的创建者、奠基者，不少人是各个新学科开宗立派的一代宗师。这是可遇而不可求的。因此，我们每个人都要认识自己的时代，才知道自己该怎样发展。

回顾这一段历史，可以看出现代文学学科的特殊性。它是出于外在（政治）的需要而兴建起来的。它表现了历史学科（包括文学史）在新社会条件下的大用。社会价值、政治价值大于研究对象的科学价值、学术价值。胡适说，认出一个甲骨文字，如同发现一颗天王星。我们分析一部现当代的作品，你可以这样说，他又可以那样说，甚至越离奇越轰动，学术价值跟研究古文字没法比了；但对现实有用，这点又是古文字学没法比的。

这样的学科的命运就必然是根据政治需要不断解构、不断重构。

最重要的一次解构和重构是在"文化大革命"之后。这次解构尽管有人提出"把文学还给文学""回到鲁迅"等，似乎是为学术而学术了，其实解构背后的动力还是政治。于是，有了现代文学学科发展的第二次机遇。

"文化大革命"结束以后，学科发展有如下一些任务。

第一是拨乱反正，恢复学科。这是解构的第一步。因为拨乱反正不会只是回到原地，肯定是要迈出、超出原来那条线，这可以说是规律。当然也有争论，有的争论还是非常激烈的，例如"两个口号的论争"，怎么评价这场论争牵涉许多干部的命运，也牵涉一些现代文学研究者，说明那时的拨乱反正绝不是纯学术讨论，而是跟现实关系非常密切。

第二是文学史观的变革，最尖锐的是对《新民主主义论》的质疑，如许志英等的质疑文章是要否定旧观念。而从正面做出新的概括，影响最大的是"救亡压倒启蒙"（李泽厚）。

第三是打破旧格局。文学史的一条线变成两条线。革命文学一条线变成革命文学和自由主义文学两条线。作家研究的热点变了。"重写文学史"的讨论虽然夭折了，但是实际上文学史此后不断地被重写。

第四，在方法上要冲破旧的，寻找新的方法。于是，有美学热、方法热、文化热……其中，方法热对我们的影响最大。

这是第二、三代人即我们这一代人和晚一辈的知青一代的机遇。我们这一代人在这个过程中完成了除旧变新的转化（当然也有人转不过来），知青一代在这个过程中登上了学术的殿堂。

上面讲的这个（解构）任务、这个机遇已经过去了。经过这一场解构，现代文学学科的面貌发生了巨大的变化。一是历史观念的变化，过去追求绝对真实的历史，现在明白在不同观念之下历史面貌可以很不一样。（我在《中国新文学史编纂史》第二版用"身作之史"和"心构之史"来区别"历史"概念的两种内涵。）二是推进了现代文学史研究的多元化，"一条线文学史"终于被解构了。

上述的我们学科的两次机遇都过去了。历史告诉了未来什么？

第一，一个学科的地位并不是单纯由自身的学术价值来决定的，主要还是看社会需要。一门学问既包含学术研究的价值，又有社会价值。这二者可能有矛盾。梁启超曾把做学问分为"经世致用"和"分析整理"两条途径。这里有一个怎么看学和用的关系问题。梁启超认为，清朝正统派的学问（朴学）"大部分属于无用"，这是无可讳言的。但是，"为学问而治学问者，学问即目的，故更无有用、无用之可言""就纯粹的学者之见地论之，只当问成为学、不成为学，不必问有用与无用，非如此，则学问不能独立，不能发达"。① 做学问首先要有"为学问而学问"的态度，但所研究的学问如果有用，不是更好吗？社会需求对学术发展的推动力正如恩格斯所说，对于学术的发展，一个社会需求的作用超过十个科研机关的研究课题。学术研究的这两方面的关系是密切的，两方面的作用、意义、价值并无轻重之分。经世致用和分析整理是可以结合的，即"有思想的学问"或"有学问的思想"。

现代文学学科 60 多年的历史中，前 30 年的社会价值很高，因为把文学当作阶级斗争的武器，是阶级斗争的风雨表。所有政治运动都是最先从文艺批判开始的。后 30 年的拨乱反正有批判"四人帮"、批判极左思潮，

---

① 梁启超：《清代学术概论》，东方出版社 1996 年版，第 45 页。

平反冤假错案的意义和作用。而且重新评价现代文学也是当时思想解放运动的重要组成部分，所以，现代文学学科很热闹，成了热门学科。而当这些工作基本结束、进入了20世纪的90年代后，现代文学学科逐渐边缘化了。

文学的边缘化既与社会发展有关，也不全是"被边缘化"，也跟文学研究者"出离中心"的倾向有关，文学研究者正要"回到文学"。在反对文学从属于政治、为政治服务时，忽视了对学术的社会价值的考虑和追求，这是应该反思的。

以20世纪80年代末的一场政治风波为界，此后思想界、学术界的热点就转到历史、哲学领域去了。因为经济改革到一定的时候，政治改革必然要提上日程，与其配套的还有思想、文化的变革。回答中国怎么变的问题不是文学的长处，所以文学不被选择。

回顾历史，可以看到现代文学学科大约热了40年，其实并不正常。这样的社会价值不可能持久，退烧、消热是必然的。某种意义上来说，这是好事，社会价值消减了，现代文学研究还有自身的学术价值。

但是，当着社会价值消减，回望现代文学自身的学术价值时，就会发现我们的学术价值也有限，这是我们学科固有的局限。这引起了某些敏感的研究者对学科前景的困惑、忧虑。

第二，学科发展的两次机遇都是在社会发生大转折、社会生活遽变、思想大动荡的时候。一次是中华人民共和国成立初期，改朝换代，天翻地覆，新政权要求建立新的历史。另一次是改革开放，思想解放同样天翻地覆，要回过头去审视历史，重新书写历史。在这种时候，现代文学学科发展最快，这说明现代文学学科的发展与社会思想动向特别是思想界的动向有很密切的关系。这些可能直接或间接地影响现代文学学科的发展。

上面谈到自20世纪90年代以后，思想界的热点从"文"转到"史哲"。这种思想界热点的转移，反映了新的社会变动的酝酿和力量的积蓄，值得关注。对此，我们现在显然认识不足，准备不足。"文化热""国学热"都与现代文学学科有关，却差不多被排除在了这些热潮之外，只能接受一点影响，如"文化热"引出我们研究地域文化、校园文化、出版文化等。偶尔介入了文化问题的论争，也表现得力不从心。面对新儒家的"五四"观，被认为事关我们学科生存权的论争，我们完全处于论争的边缘，虽然发过批新儒家的文章，但给人以可有可无之感。

我们好像也不注意，现在出现的一些社会局势的变动。例如，"中国的崛起"，这将引起中国人精神状态的变化，中国人对世界的看法变了，对自己国家的看法也会变，对自己的文化传统的认识也会变。前些年，在新儒家批评"五四"的时候，我写了《历史的反思，直逼"五四"》①。今天看来，这种反思还只是开始。因为今天的时代背景和"五四"那时已经大不一样。"五四"时期猛烈地批判传统文化也是被逼出来的。鸦片战争后，为了中国的复兴，许多仁人志士已经做了大半个世纪的奋斗，付出了惨重的代价，却是接连的失败。于是，回过头来埋怨自己的祖先，用鲁迅的话说就是"挖祖坟"。这好像子女身体不健壮就埋怨父母，说是他们遗传造的孽。如果是一个很健康、很强壮的人，他没有必要去埋怨先辈，反而为给了自己这样好的身体的祖先而自豪。今天的中国可以说"不"了，年青一代已经没有过去那许多悲惨的、屈辱的记忆，不必再感到自卑。中国的悠久、灿烂的传统文化，古代文明的高度成就反而可以增强民族自信心，是我们自傲于世界的资本。你有古希腊，我有夏、商、周。可以预见，如果今后中国发展得好，真正实现民族复兴，那么新文化运动史、文学革命史还会再一次受到检验，被后人再反思，人们对历史还会按照那时的眼光来重新评论，可能会影响到对"改造国民性"等问题的重新认识。

而由于过去长期否定民族文化传统，造成我们研究现代文学的人，传统文化的修养有所不足，要早做准备；否则，将来重新评价"五四"新文学时，还是没有发言权。

说到我们的学术准备，还要说说现代文学学科的固有缺点、与生俱来的局限性。首先，现代文学学科范围被局限在32年里，格局太小，学科自身的文学资源和思想资源并不丰富。如果只圈在这里头，我们的知识面就太窄。这对从事这一学科研究的人来说也是不利的。小学科难出大人才！王瑶先生早就说过："我在思想上并没有放弃我研究古典文学的计划，因为我认为研究新文学是很难成为一个不朽的第一流学者的。"②

其次，形成学风上的重阐释的特点。学科自身资源不足，同一部作

---

① 黄修己：《历史的反思，直逼"五四"》，载《中国现代文学研究丛刊》1997年第1期。
② 王瑶：《在思想改造运动中的自我检讨》，见《王瑶文集》第7卷，北岳文艺出版社1995年版，第99页。

品、同一条史料，就要反复炒，不断地"再解读"，看能不能翻出什么新花样来。（今天写博士论文，最重要的是看你对某个问题能不能给出一个新的说法。）治现代文学，很大功夫就在于怎么解释作品、史料、现象。说现代文学研究者思想活跃，其实就是重阐释的表现。现在普遍存在过度阐释的弊病，有时就是"玩阐释"。因为你是小姑娘，所以就好打扮，如果是老太婆，就不好打扮了。

樊骏先生是个治学很严谨的学者，但很奇怪的是，他提出了现代文学研究的"当代性"（当时"后现代"一词还没有流行），"由于这段文学已经成为历史和不再变动了，这门学科的发展才更有赖于研究者的认识和观念的变革，才更需要对于当代性的自觉追求"①。那么，中国古代文学更早便已成为历史，岂不是更需要强调研究的当代性？樊骏并不擅长"当代性"，他提出这样的意见，其实是因为我们学科内涵不足，他也感到要从阐释上去找出路。可是，有一些人为了阐释，为了出新，就急切地寻找理论资源，什么东西自己没见过，自认为新鲜的，一知半解、生吞活剥地搬用，还以之为荣。而我们的阐释大多又是不需要检验的，所以很容易大胆假设、无心求证、主观泛滥、学风浮躁。

于是，要说说"中文系知识结构"问题。从思想界热点转到"史哲"后，我们学科也有介入的。我在网上看到这样的批评言论："不能……因为出身于中文系，就不允许在非文学的问题上发言。但是，既然进入社会政治问题层面，要求他们在写作时能在相关理论背景上多做准备，在提出一些至关重大的方向问题时，能在责任伦理上低调斟酌，应该不算过分的要求。"这位作者提出的"中文系知识结构"概念值得深思。北京大学中文系有个叫薛涌的学生，他现在在美国，常在互联网上发文章，知名度很高。他在网上发了一部关于北京大学的回忆著作，里面批评中文系，提到他后来转到历史系去听课了。这样的书不妨看看。按照现在的培养方案，我们的"知识结构"确实偏于狭窄，要调整"中文系知识结构"。

（原载陈平原主编《现代中国》第14辑，北京大学出版社2011年版。此文的后半段以《现代文学发生的双线论》为题，置于本书第三辑）

---

① 樊骏：《论中国现代文学研究的当代性》，载《中国社会科学》1986年第6期。

第二辑 科学性的追求

黄修己自选集

文学史的史学品格

一

"文学史观"可有两解:一指对文学史如中国现代文学史的总体观念,属于历史观或文艺观;一指对这门学科研究的看法,如怎样编著中国现代文学史著作等,属于学术观。广义的学术观可以包括历史观和文艺观,但不从事学术研究的人也可以有自己的历史观和文艺观,所以狭义的学术观专指学术研究者对于怎样做学问的见解。本文是谈学术观的,且属于狭义一类的。

文学史是一门交叉学科。既然是"史",当然属于史学,属于史学中的专史类;但既以文学为研究对象,就要以一定的文学理论为依据,运用文学批评的方法,所以又属于文学。在文学与史学二者之间,我个人偏向于当前强调文学史的史学特征,把它放在史学的坐标系中来考察一番。

我国有悠久的史学传统。各朝代有关文学的事多记载在《艺文志》中,成为该朝历史的一部分。在纪传体的史书中,一些著名作家的传记也与政治家、军事家等的传记并列,或辟"文苑传"。"五四"之后有了独立的文学史,这本来是一种进步,但从史书中分出来后,似乎与史学脱离关系了。20世纪50年代在我国颇有影响的苏联季莫菲耶夫的《文学原理》开宗明义,宣称文学理论、文学批评和文学史是文学学科的三个部门。在这种观念之下,人们习惯上都觉得文学史属于文学,而忽视了它的史学特征和品格。这不利于文学史研究水平的提高。

二

历史研究的第一步就是把历史事实弄清楚,史实是历史研究的第一要素,所以,翔实是评价历史著作的第一条标准。史学方法论强调史料的重要性,史料的搜集、考订、使用都是为了真实地再现历史的本来面目,这也是个世界观问题。唯物主义坚持存在的客观性，历史事实是既成的存在，是不可改变、无法改变的。可变的是对历史事实的评价，那是不同时代、不同社会里人们的认识，是第二性的。史学界可以重新评价秦始皇、隋炀帝，可以为曹操、武则天翻案，但不可改变他们的历史，例如不能说秦始皇没有统一中国、没有修长城、没有焚书坑儒等等。古代一些敢于秉笔直书，甚至不怕为此献出生命的史官受到人民的赞美和崇敬，就因为他们坚持如实记载历史的唯物主义精神是很难得的。毛泽东同志提出"彻底的唯物主义者是无所畏惧的"①，这是非常精辟的，也是对我们的勉励，不过要真正做到并不容易。强调文学史的史学品格，首先就是要强调这种彻底唯物主义精神。

坚持彻底唯物主义之所以困难，不单在于客观原因——讲真话不易，也有主观的原因，例如对于掌握史实的重要性认识不足等。

我发现"第一部"往往很难超越。第一部现代文学史是1933年的王哲甫的《中国新文学运动史》（简称《运动史》），这部书编得似乎很匆忙。曹聚仁在香港说王瑶先生的《中国新文学史稿》（简称《史稿》）是"一丛草"，这话说得未免过甚其词。如果说像草，王哲甫的《运动史》更像草；但其后的若干部新文学史著，如王丰园、吴文祺、李一鸣等的著作都没能超过王哲甫的。中华人民共和国成立以前写新文学史著的人的书中多多少少有点阶级观点，又受弗里契的《欧洲文学发展史》（有沈起予的中译本）的影响，思想倾向还是比较进步的。后出的几部在观点上多有超出王哲甫的论著之处，而总体上不能超过王哲甫的著作，则在于史实的丰富不及王哲甫的著作。我相信读惯了中华人民共和国成立后编的现代文学史著的读者再去翻翻王哲甫的书，可能还会有一种新鲜感，就因为其中保存了些今天不大讲却有价值的史实，它的一些记载也更近历史的"原生态"。我们今日谈新文学的起因和背景，如果说与近代的印刷业发展有关，也许会被认为视野开阔。但在50多年前，王哲甫已经谈到："中国印刷事业本来很不发达，比之欧美各国，真是望尘莫及。我们看清代印行的木刻的四书五经以及小说之类，便可知其印刷的困难。但在最近五六十年来，进步得也非常惊人……"② 他认为，这对于新文学的发生有

---

① 毛泽东：《在中国共产党全国宣传工作会议上的讲话》，人民出版社1964年版。
② 王哲甫：《中国新文学运动史》，杰成印书局1933年版，第26页。

一定作用。这说明《运动史》观察历史运动所涉及的史实的范围是较为宽阔的。

中华人民共和国成立后的"第一部"——王瑶的《史稿》也以搜求的宽泛、史实的繁富著称，尤其是"抗战"后的部分，是中华人民共和国成立前的新文学史著未曾写到的。王瑶在缺少借鉴的条件下，不拘一格，力求齐备，所谈作家最多，可说是首创。王瑶的书出版后，政治运动迭起，人们对新文学的认识几经变动，不论是"左"是"右"，是对是错，各种新文学史著中的观点总有与《史稿》不同之处，直到今日，也不是没有比《史稿》更新鲜、更合理的见解。但为什么人们宁愿去读较早出版的《史稿》，而对其后的许多新文学史著感到不满意呢？恐怕也在于《史稿》提供的史实虽有遗漏，却较为完备，而且条理清晰，评述较为客观，人们要想了解历史，读这样的书比较可靠。

人们读史书，包括读文学史著作，当然希望借以提高对历史的认识，但他首先想知道的是"历史是什么样的"，他最怕的是史实有误而上当受骗。"第一部"的作者因为是先行者、开辟者，对历史来不及消化，认识往往尚不深刻，这是他的弱点。他面临的任务是先把"历史是什么样的"，或详或略地勾画出来，他的功夫首先要下在尽可能多地搜集资料之上。如果他比较努力，搜求较丰，就可能成为捷足先登者，以较多的史料画出历史的面目而立了头功。他的弱点又使他不会对史料做过多的加工，因而保留了较多的原始形态。后来者因为有了先行者创下的一点基础，有了可资利用的一些史料，如果由于客观条件限制或者学术观的偏颇，甚至由于偷懒，便会在历史事实的掌握上无法超过先行者，有时便照搬"第一部"里的史料，如果再遇到错误思想的干扰，为了某种目的而删削、改造史实，那么他的著作的科学性当然超不过"第一部"。

现代文学史"第一部"不易超越，这带有偶然性，但也昭示了一个道理：真实详细地记述史实，是史著必备的品格。人们虽习惯于把文学史归于文学，却实际上也要求它具有史学的品格，并不想降低这方面的标准。因此，我们想要超越前人，首先要在史实的真实可靠、准确无误和丰富详尽上去超越。如果不是这样，尽管有新观点、新见解，写出有自己特色的文学史著来，但在总体上的超越还是难以实现的。

可惜研究现代文学的人在研究和教学中往往忽视了史学理论和方法的学习与训练。这里既有历史的原因，如批判胡适主观唯心主义时的某些片面性和"以论带史"观点的影响，但的确也有不重视文学史的史学品格的习惯性观念的作用。例如，往往看不起史料工作，看重的是提出见解。1989年，我给研究生讲课，讲到20世纪30年代文艺思潮，随口问一个冯雪峰的常用笔名，8位听课者，其中还有已有多年教龄的，都说不知道他是什么人。那时，我很有感慨地说："如果只会分析《阿Q正传》、分析《边城》等等，却对新文学史上的史实知之不多，甚至一问三不知，那怎能成为文学史家呢？"掌握尽可能多的史实，本是史学家的起码的职责，史家的博学就包括他掌握的史料多，为什么现在大家反而不把史料放在心上呢？正因有感于此，我在1989年一篇未发的文章中把"20世纪中国文学"观念的提出和《新文学史料》上连载樊骏先生关于现代文学史料工作的长篇论文①等视为现代文学研究寻求突破的三件事。我曾建议有关杂志在樊骏的文章连载完毕之后开展笔谈，进一步强调史料工作的意义，以扩大影响。我甚至感到，有朝一日，现在兴师动众编的许多现代文学史著作都被淘汰了；但现在做的那许多史料性工作却是不朽的，会令后人感激不已的。

三

历史编纂学也要研究史实的剪裁、铺排、搭架子等的学问。如何通过史学家之手，在有限的篇幅中展现历史丰富多彩的面貌，既能保持历史的具体生动的面目，并可从中透视历史的发展规律，不因剪裁而伤筋动骨、孤寡乏味，又要文简意赅、画面集中清晰、事例选择运用得当，而不是杂乱堆砌，这些都要下点功夫钻研。胡适把历史比作可以任人打扮的小姑娘，这是主观唯心主义之论。把小姑娘打扮成了老太婆，总不能说是科学的。但完全不修饰也不行，让小姑娘总是披头散发、衣冠不整，也不能看清她的真面目。写历史难，不整理不行，整理过分而变了形也不行，这分寸怎么掌握也是一门学问。

但我们往往看轻历史编纂学，例如认为体例就是搭架子、搭架子不算学问等等。搭架子问题归根到底就是处理形式与内容的关系。没有扎实的史料基础，历史的面貌残缺不全，也就无所谓搭架子，最多搭个破架子。

---

① 樊骏：《这是一项宏大的系统工程》，载《新文学史料》1989年第1、2、4期。

如果占有了充分的历史资料，下一步工作就是用什么形式才能把内容更好地展现出来。中国古代史书的纪传体、编年体、纪事本末体等形式能成立就是因为符合了历史内容的某一方面的特点，在记述历史上各有其效用。今天的现代文学史著多用"单纯的作家作品集纳"，也是一种架子，这与单纯地把文学史视为文学也有点关系，或者说是文学与史学的一种机械的、外在的结合：以文艺运动、文艺斗争的历史为线，把一段段详略有别的文艺评论串起来。这种形式不尽如人意的原因就在于未能达到形式与内容的高度统一，"还只是搜集事实和尽可能有系统地整理这些事实"①。作为一门新学科，从这样的层次开始工作是很自然的。现在的事情是不要停留在这个层次上，要去探讨建立能够更好地记述文学史的多种体式。为此，强调文学史的史学品格也是有好处的。

简单地说，再现历史可以归纳为两种形式：历史的形式和逻辑的形式。逻辑的形式对史实的处理注意芟枝去叶，排除各种次要的、偶然的、非本质的因素，跳过迂回曲折，直奔本质规律。当然，写史不可不写现象，没有只写规律却不写史实的史著。但在逻辑的形式之下，史实、现象不是按照自己的时空过程表现出来的，而是被本质规律剪裁过了、按照一定的逻辑次序排列出来的。

举个例子，写"五四"文学革命，按照历史的过程，就要先写1917年胡适的《文学改良刍议》，然后是陈独秀发表的《文学革命论》，接着有刘半农、钱玄同等的一些激进言论，此后是鲁迅的《狂人日记》问世……若照着逻辑的形式，照着"五四"新文化运动是无产阶级领导下的统一战线的运动的逻辑来写，则应先写李大钊，因为他是最早接受马克思列宁主义的人，是当时具有初步共产主义思想的知识分子的代表，还参与了文学革命。既然新文化运动是无产阶级领导的，当然先述领导层人物的言论。其次讲鲁迅，因为他虽然不是共产主义知识分子，却是旗手和主将。然后再讲陈独秀，因为他是激进的民主主义者。最后才是胡适，因为他是资产阶级知识分子的代表，在当时的统一战线中是右翼，只能放在最后。于是，先发表的文章要后讲，后发的言论却可以先说，历史的进程为逻辑的次序所代替。请看20世纪60年代的某些现代文学史著，就知道我举的例子并非虚拟。那时的人们觉得只有采用这样的形式，才能突出文学

---

① 恩格斯：《科学历史摘要》，见《自然辩证法》，人民出版社1963年版。

革命的本质特征，才是文学史著应取的路子。20世纪50年代中期就有一部现代文学史著，写第一个十年就是照革命作家、革命的小资产阶级作家、一般进步作家、资产阶级右翼作家分类归档地列出专节。这部书的篇幅比唐弢、严家炎主编的《中国现代文学史》第1卷还多3万字，却没有讲多少史实，胡适、陈独秀文章的内容都放到注释中去了，也没讲几个作家。由于现代文学史上作家作品很多，完全排斥分类归档的方法也不必要。例如按照文体、题材、风格、流派、社团乃至文学现象等分章节，也是常用的。我们不赞同的是纯粹按阶级的标准来划分，只用政治的尺子来量文学。以往的实践已经证明，这样的形式不能很好地反映文学发展的历史面貌。

历史的形式则有所不同。它要求重视时间、地点、事件、人物等历史诸要素，重视历史过程，也不绝对排斥一些看来是次要的、偶然的事情。处于历史关节的某些偶然事件有时是重要的，正可通过它揭示其背后的推动力，把历史的必然性显示出来。历史的迂回曲折有时是短暂的，却往往是矛盾冲突最激烈尖锐的时刻，各种历史力量在这种时刻比平时更加显明地露出了面目，也更容易看清各派势力的本质，所以，在历史的形式中，便应注意记述这种迂回曲折。总之，要尽可能地按历史的本来样子来写历史著作，尽可能地把历史的丰富性、复杂性、曲折性记录下来。逻辑的形式是把本质直接亮出来，使人有一目了然之感；历史的形式更重视现象的描述，让人们通过现象去追寻隐藏其后的规律。它绝对需要逻辑思维的帮助，更要求科学理论的指导，但作为表现形式，追求的应该是历史的具体性、生动性，这也是史学应有的一种品格。上面提到对历史材料整理与不整理的问题，在这两难选择中，如果一时处理不好，那么依我个人之见，少做整理而多保留点历史的原貌也许更好一些。

四

文字叙述风格也不是小问题。这当然要百花齐放，要允许史学家有自己的文字个性。但往往不仅仅是文字问题，史著的文字应有某些共性，因为这与怎样写历史是有关系的。

就说史实和评论的关系吧，文学史著中当然要评论许多作家作品，但毕竟不是文学批评。按照史学的要求，对历史的叙述应该客观、含蓄，多让史实说话，必要的地方还要用春秋笔法。史书中也有评论，如《史记》的"太史公曰"就是作者直接出来说话，不过寥寥数语，甚为简约。现已出版的现代文学史著大多评论过多。给作家写传记，有"传"与"评传"之分，这是两种不同的文体。我们现在写的"史"，似乎应称"评史"。因为把文学史视为单纯的文学，便突出文学评论的部分，评得好或坏便成为衡量其质量的主要方面。而且这"评"主要又是眼下作者自己的认识。认识是不断在变的，新编的文学史著不久就会"过时"，于是就要不断地"重写文学史"。本来历史是追求稳定的，可我们的文学史著作很难稳定；这其中评得太多，过多地谈作者对历史的主观认识也是一个原因。至于不少现代文学史著中，一章一节开头便引用语录，不是从介绍史实开始，而是从理论认识写起，行文中又常有"我们认为""我以为"等等，那应该是"论文式""讲义式"的写法，不是历史的写法。

对作家作品进行评介是文学史不同于其他专史的特殊性之一。但这种评介应该与一般文学批评有别，它是在介绍史实的前提下做出的评述，最好是画龙点睛式的。就像给人做鉴定，总要求个概括、稳妥，不可能把他的优点、缺点都说尽。另外，如果可能，这种批评应该是历史的。有人认为写文学史著作要尽量多用公论、定论，少用作者个人的独断、专断。但一切以时间、地点、条件为转移，世上并无绝对不变的公论、定论。一些本来已有定论的事过一阵子也可能被新的认识所取代，盖棺不能论定的事太多了。文学史著作中对作品做评价时，不妨回顾褒贬的演变。例如评论郁达夫的《沉沦》，可以谈发表后如何引起争论，后来如何在长时期里受冷遇，再后来如何被理解，等等。一部作品，有的一贯得到好评，有的一时被捧上九天、一时又被打入地狱，这本身也都是历史，也可以写。因为从来文学史著作都抛开接受者，不顾文学史著被接受的情况，所以接受美学提出了"重写文学史"的命题。我认为，这有一定的道理。研究自古以来的作品被接受的情况很不容易。而现代文学距今较近，几十年来报章上的文学评论都还有据可查。如果不只写编者个人的见解或现在的定论，而是写社会、文学界对作品评价的变迁过程，对于提高文学史的史的价值肯定有好处。

五

以上所谈,偏重于文学史的编著问题。若说加强其史学品格,有可能是更重要的,诸如历史的评价和解释、历史的发现等问题,因与这回讨论关系不密,就不谈了。这里必须说明,本文是把文学史放在史学的坐标系里进行比量,从而提出一些问题来讨论的,这并不意味着可以忽视文学史与文学的关系。

最后谈一点对我们学科状况的看法。总的一句话:现实对我们的要求提高了。据说数年前已经有人提出,几千人挤在一小块地方,可做的事不多了;另有人则安慰说:"不,还有很多处女地等待开发,很多已成之见等待重新评价,不是没事干,而是大有可为。"有人认为这两种看法都有道理,因为至今饭还没煮熟。米已经下锅了,所以有人觉得没事干了;还没煮熟,有的正处于夹生阶段,所以有人觉得还大有可干之事。事实是现代文学史著编了几十本,差强人意的不是没有,不满意的居多,史料工作做了很多,成果堪称辉煌,但还不够坚实,使用起来有时心里不踏实。要说成绩,特别是近十几年来,确实很了不起;但严格一点来要求,好像还可以重新来过似的。因此,不必担心没事干,要紧的是要提高、要超越,要把饭真正煮熟了,还要不吃烂饭,让人吃得香,这对我们的要求是更高了。要谈现代文学史研究的前景,不可不注意到这一点。提高队伍的素质就是问题的关键,尤其是身负未来重任的年轻的研究者更要意识到这一点。

围绕着"提高"二字做文章,该说的事当然不少。说一两点现在最想说的,首先就是希望文学史是交叉学科的观念能为人们普遍承认,使今后培养人才时既要尽量提高人才的文学修养,又要加强史学理论、方法的训练。评论文学作品需要才气,历史研究需要傻气,因为要甘于寂寞,从整理最简单的史料开始,长期地埋头苦干,大海捞针,不断地积累。写出的东西首先不是看你有什么惊人之见、能不能产生"轰动效应",而是先来接受历史真实性的检验,如有差失,说不定还会被嘲笑为"硬伤",所以说,没点傻气不行。我曾提出希望我们的研究能有个"积累期",在出书、发文章都不易的时候,不要急躁,利用这个时间多做积累和准备的工作。培养研究生,希望他们两三年内就拿出重大成果,做到固然很好,但也要趁他们年轻之时，让他们多多积累，为他们的长远发展做点考虑和设计，这于人才的成长也很重要。

我还希望我们不要画地为牢，把自己永远拘囚在现代文学史一个学科里。去年有人议论怎样成为大学者。我认为单纯的中国现代文学研究家成为大学者是相当困难的，因为现代文学是小学科。现代文学30年间所创造的成绩不妨称为"大跃进"，但毕竟时间太短，内容也就有限，与意识形态领域内别的部门相比，也有不及之处。恩格斯曾经说过，德国人在一切科学领域都不比别的民族差，甚至大部分超过他人，唯独政治经济学不行。他认为，这是因为这门学科是现代资产阶级社会的理论分析，而长期以来，德国的资产阶级关系不发达。① 这告诉我们，某个民族什么时候哪些意识形态部门发达或不发达是有条件的。恩格斯讲的是社会发展的条件，当然还会有别的条件。这对我们分析、评价中国现代文学是很有启发的。20世纪的中国，其前半段是大革命的时期，也正是现代文学发生和成长的时期。现代文学的发展状况，不可能不受这个时代条件的制约。普列汉诺夫谈到法国大革命时期的文学时说："当时的理想是要求公民为了公共的利益不断地努力工作，以致真正的审美的需要不可能在他们的精神需要的总和中占有很大的地位。这个伟大的时代，公民最赞美的是行动的诗，是公民的勋业美。这种情况有时候使法国'爱国者'的审美判断具有相当独特的性质。"② 普列汉诺夫为了保护这种革命时期的文学，强调了这时文学具有"完全新的精神"，认为"正如当时法国'爱国者'的美德主要是政治的美德，他们的艺术也主要是政治的艺术"。③ 经典作家的这类论述对我们认识自己的文学的特点也是颇有教益的。我们如果过于把自己封闭在一个小阶段里，必然会有许多局限性，最终也会限制了学科的发展。

（原载《中国现代文学研究丛刊》1991年第3期）

---

① 参见恩格斯《卡尔·马克思〈政治经济学批判〉》第1节，见《人民报》1859年8月6日。

② 普列汉诺夫：《从社会学观点论十八世纪法国戏剧文学和法国绘画》，见《普列汉诺夫美学论文集》第一卷，人民文学出版社1983年版，第494页。

③ 普列汉诺夫：《从社会学观点论十八世纪法国戏剧文学和法国绘画》，见《普列汉诺夫美学论文集》第一卷，人民文学出版社1983年版，第495页。

中国现代文学史研究的 "势大于人"

一、轻舟已过万重山

20世纪80年代末,中国现代文学研究界发出"重写文学史"的呼声。10余年来,这种呼声从未间断,今年又有"文学史重构"的学术研讨会。这说明人们对已成的中国现代文学史著或20世纪中国文学史著尚未满意,仍企盼着更为新鲜、更具突破性的新著;所以,"重写""重构"之声不绝于耳。

然而,如果我们不是只忙着呼吁,而能静下心来,细细地盘点一番,很容易就会发现,不满归不满,事实归事实,我们的现代文学史著编纂不知不觉间已经面目大变。我现在先举个例子,这例子反映的不一定是小问题,可能关系到对现代文学发展的全局评价。这就是对20世纪40年代延安文艺整风运动的评价。在较早的现代文学史著中,是给予延安文艺整风运动最高赞许的。看看被公认为权威性教材的唐弢、严家炎主编的《中国现代文学史》,在该书第三卷有一章以"《在延安文艺座谈会上的讲话》和革命文艺的新阶段"为题,立三节评述了这场文艺整风。给予该讲话的评价是"自有无产阶级文艺运动以来最重要的中国化的马克思主义文艺理论著作",对中国革命文艺运动"具有伟大的指导意义";给予文艺整风运动的评价是继"五四"后"又一次更深刻的文学革命",为我国革命文艺运动"开辟了广阔的道路"。我这里只是拣了几句,实际上,颂扬之语遍布整章。[①]

时间穿过了20世纪八九十年代,上述的评价在悄悄地得到修正。试看看20世纪末新的几部现代文学史教材。这里以教育部教学体系、内容改革研究项目的三部现代文学史为例,这是官方组织的教材,一般来说不强调个人化的见解。但就是这几部文学史著中,对过去极力突出并占有大

---

① 参见唐弢、严家炎《中国现代文学史》,人民文学出版社1980年版,第192页。

篇幅的延安文艺整风运动的论述已经涉及较少。有的如果不仔细翻找，几乎找不到这内容在哪个章节里了。这三部著作是程光炜等主编的《中国现代文学史》、朱栋霖等主编的《中国现代文学史（1917—1997）》、孔范今主编的《二十世纪中国文学史》。

程光炜等主编的《中国现代文学史》共 25 章，其第 15 章 "战争时代文学的走势和选择"在全书 418 页中占有 7 页。在这 7 页中包含了许多内容：两个口号论争和"左联"解散，"与'抗战'无关"论的论争，对《华威先生》的批评，对战国策派的批判，张道藩的"文艺政策"，民族形式的讨论，关于胡风"主观论"的论争，沦陷区的文艺论争，延安文艺整风运动。这些内容以往需要十几万字进行介绍，现在挤在 7 页里，当然只能略说几句。其中，以往被认为是划时代事件的延安文艺整风，其字数仅略多于比较次要的"与'抗战'无关"论的论争，由此可见其描述之简略，在章节目录上和各节内容的提要里也都不标出这一事件。

朱栋霖等主编的《中国现代文学史（1917—1997）》共 37 章，其中第 21 章为"解放区文艺思潮"，以下不设节，是该书最小的一章。其中，对延安文艺整风的描述的篇幅近于程光炜等主编的《中国现代文学史》，非常简略。但保留了一句"在现代文学史上具有划时代的意义"。既然是有"划时代的意义"，这么重要，为什么连"延安文艺整风"的名称都不能在章节目录标出？这是自相矛盾的。

评价较为积极的是孔范今主编的《二十世纪中国文学史》，认为毛泽东的《在延安文艺座谈会上的讲话》（简称《讲话》）阐明了"文学为群众服务"这一根本性问题，"指明了中国革命文艺的发展方向"；又认为"《讲话》的发表是中国新文学史上的一件大事，它标志着中国新文学和文艺创作进入新阶段"。可以看出这里保留了以往的评价模式。但是，孔范今主编的《二十世纪中国文学史》同样没有在章节目录上标出"延安文艺整风"，这一节的题目竟是"对立的两种文艺'法典'的确立与文学界的新形势"。这是把毛泽东的《讲话》与同年国民党张道藩的《我们所需要的文艺政策》并列，称为文艺从属政治的"法典"。"法典"是中性词，但用在这里似带贬义。

总之，给予小篇幅，不做章节的题目，叙述的客观化、简约化以及含蓄的批评，都说明这些史著对延安文艺整风的评价已经大不同于唐弢、严家炎主编的《中国现代文学史》了。

这个例子也许很平淡，因为是人所共知的。那么不妨再简要地做个盘点。

（1）不再肯定"五四"文学革命是"无产阶级领导"的，而这在过去是绝对必要的，甚至被视为政治问题。但都强调"人的自觉"是新文化运动的中心内容，也开始较多记述"五四"与近代文学的紧密关联，模糊了"新""旧"民主革命的划分和界限。

（2）改变对历次文艺论争的评价。不再把"学衡派"当作"封建复古主义"的反动流派，肯定"文化保守主义"的历史作用。对现代评论派、新月派、论语派、自由人和第三种人、"与'抗战'无关"论者、民主个人主义者等，不再当作革命的敌人进行批判，肯定其自由主义者的地位、作用，肯定他们在现代文学发展过程中的贡献。对左翼文学界与他们论争中的"左倾"偏向做了批评。因此，现代文学史自始至终贯串着无产阶级战胜资产阶级的斗争线索，这种观点已经不能成立。

（3）革命文学、无产阶级文学、左翼文学、工农兵文学一条线，过去被认为是现代文学的主线（甚至是唯一的一条线），现在对此做了严格的审视，批评它们在现代文学发展过程中的诸多错误。这里包括对延安文艺整风运动的批评。过去被认为是推动现代文学发展的最主要的力量，现在这条线变得不再光辉了。就在这条线内部，也更多地肯定以前被压抑的一方，如同为左翼的胡风的理论得到较高的正面评价。

（4）左翼作家的评价随之跌落，他们原先的崇高地位受到质疑。鲁迅、郭沫若、茅盾这三巨头也不能例外。鲁迅不断地受"贬抑"；茅盾被挤出小说大师之列，此事曾轰动一时；郭沫若则连他的人品也大受诟病。

（5）以往被冷落或受到不公正批判的自由主义作家的地位飙升。这些年来，作家研究的热门是胡适、周作人、沈从文、徐志摩、林语堂、梁实秋、施蛰存等新感觉派小说家，穆旦等"九叶诗人"，钱钟书，张爱玲。他们在现代文学史上的地位越来越高了。作家评价的一起一落造成现代文学史面貌的大改观。

（6）入史范围的扩大打破了革命文学的一统天下，打破了现代文学的纯粹性。例如，现代主义不再被当作资产阶级反动、颓废的流派，肯定了其在现代文学史上的积极作用，写出李金发、戴望舒、卞之琳、穆旦等一条连续的线索。受批判的通俗小说被视为市民文学，旧体诗词被视为仍有重大成就的部门，这些文学种类都喊叫着要挤进现代文学史。

二、世无常势，史无常形

上述的巨大变化不是突发式的，而是渐进式的，这个过程大约用了20年的时间。所以，如果不是特意去盘点，人们还不觉得自己已经越过万重山，走出很远了。恰好这20年间中国社会局势的变化也是渐进式的。对中国现代文学史认识的变化无疑是受到这段时间中国局势变化的重大影响，给人以鲜明的"势大于人"之感。"势"即客观的局势，"人"指研究者。"势大于人"是说现代文学史面貌的改变主要不是由研究者通过学术研究达到的，而是客观局势的变化像无形却握有巨大权力之手左右着研究者的思想，使人们的价值取向、评价标准变了，随之对现代文学史的看法也变了。人们陶醉在自认为的学术创新的喜悦中，哪知其实是时势之手拨转人们的视线，使其有了观察的新角度。现代文学史虽然是"史"，但毕竟离现实太近，现实局势的波动往往迅即牵动对现代文学的评价，使我们看到这么一种景观，文学史上各种力量间关系的重组往往反映着现实的各阶层力量配置的变动。离现实越近，与现实关系越是紧密，这样的研究对象越容易成为现实社会变动的思想倒影。

当1949年中华人民共和国成立之时，人们回顾革命历史必然着重看到旧时代的腐朽，看到其崩溃的历史趋势；必然会高声歌颂领导革命取得胜利的阶级力量，尽力描述其丰功伟绩。这就决定了那时作为一门新学科建立起来的现代文学史必然极力肯定革命文学、解放区文学的功绩，尽力挖掘这方面的史料，自觉或不自觉地夸大其作用，也很自然地选择了《新民主主义论》（这一完备的历史阐释体系是当时的权力话语）作为自己的指导思想。这就是那时的"势"对于"人"的作用，决定了那时编出的现代文学史著的面貌。郭沫若在第一次文代会总报告中对封建文艺和国民党法西斯文艺都只一笔带过，却集中火力对准"自由资产阶级"，强调现代文学史上无产阶级和资产阶级的"两条路线斗争"，这绝非偶然。这里牵涉现代文学30年间左翼文艺与"自由资产阶级"文艺"友军"间割不断的恩怨和越来越深的隔阂。到了1957年"反右"，"自由资产阶级"便名正言顺地当了革命对象。以"章罗联盟"为首，从政界到学界，一批当年"自由资产阶级"的头面人物被划为"右派"分子。现代文学史上从"问题与主义"之争到"整理国故"，与现代评论派、新月派等的一系列论争便被大大地突出,而一批"自由资产阶级"作家不是被请出文学史就是被当作反面人物入史。这又是当时的"势"对于"人"的强大作用。到了"文化大革命",时势又一变,这回影响之大导致整个现代文学史都站不住了,在"势"的重压下,"人"只好关门大吉。

三、只眼须凭自主张

现在我们至少看到现代文学的两种历史范型。一种是以王瑶、唐弢的史著为代表的,肯定"五四"是无产阶级领导的,这种领导且不断发展,到1942年延安文艺整风后,更开辟了文学的新时期,成了划时代的事件。鲁迅是"五四"的旗手、主将,30年间最主要的作家是"鲁郭茅,巴老曹",1942年后还有赵树理。另一种是几部新出版的史著,其变化已在本文的"一、"中略述,与王瑶、唐弢的史著的范型已有很大不同。其实,还有一种似乎呼之欲出,不过还没有一部书来加以集中,以创立新范型,那就是"五四"是胡适等几个人领导的,胡适应该是旗手。30年间最主要的作家应该是"鲁沈张,周穆曹"。30年间确实出现革命文学一条线,但没有多少像样的成果,真正为现代文学创立了功勋的是"自由资产阶级"的作家。这正如把王瑶、唐弢的史著的范型和郭沫若在第一次文代会上的总结痛痛快快地翻了个底朝天。

稍微在治学上有点严谨性的人,面对上述状况,大概会有点困惑——到底哪一种历史范型才是符合历史实际的呢?对于这样的问题,我有三个方面的认识。

(1)"历史"这个概念含有两种意思。一指过去发生的事情,我把它叫"实史";一指这"实史"被人用文字编写成的著作,我把它叫"编史"。"实史"是客观存在的,可以有绝对真实性。就像鲁迅虽已去世,但《新青年》保留下来了,可以看到1918年他的《狂人日记》是绝对真实的。"编史"是人们依据所掌握的史料经过组织编排写成的,因而既有史料是否准确完备的问题,又有评价是否科学的问题,便有强烈的主观性。我们追问历史真实性,就是指这类"编史"的真实程度。由于历史是过去了的事,是无法还原的,只能根据其遗留物(史料)去认识它。这遗留物的多寡、真伪,加上编纂者历史认识水平的限制,造成无法完全再现历史的原生态,而只能"接近"或"逼近"原生态。因而"编史"

便只能具有相对的真实性，还有可能完全违背真实。历史上所有的公认为权威的史著都不可能是绝对真实的，绝对真实的"编史"是没有的。"重写文学史"如果不提供新的实史，不能纠正以往史料的错误，而只热衷于"重评"，那么，重写后的"编史"也只能说可能有相对的真实性。后现代的一种史学观说，"历史是文本"，把史学只看作"叙述学"，就是指"编史"，而忽视、无视"实史"。难道鲁迅是文本吗？当然不是，只有写到文学史里的那个鲁迅才可以说是文本。因此，不同文学史著里的鲁迅便可能不一样。我们要承认"实史"的客观存在，穷搜苦求"实史"的遗留物，力求接近、逼近"实史"；还要破除对"编史"的真实性的迷信，尽管它们都宣称自己所说的最真实。

（2）"编史"中所包含的编者对历史的认识（史识）是各有不同、不断变动的。编纂者如果具有多元开放的心怀，便应有如实的告白，交代自己的"编史"是在什么样的史识观照下编写的，说明自己只有相对真实性，而不取一元独断的态度，以自己为唯一的正确。一般地说，与时俱进的史识反映了人类认识的进步，虽然过一段时间又会有新的史识来取代，但它曾在某一历史条件下促进了对历史的认识，其作用不可轻易抹杀。这样，看到历史范型不断变动时就不必困惑。对被认为"过时"的史识，不必也不该打倒、砸烂、颠覆、放逐。我们应该知道对于同一史实人们有过什么样的认识过程，追踪这认识过程，有点像"知识考古学"；要把这个认识过程看成史识嬗变的一根链条，对链条中的每一环，要承认其曾有的相对合理性，承认其链接作用的意义，还可以吸收其仍可能具有的合理性成分。

（3）史识之变受时势变迁的深刻影响，形成现代文学史研究的"势大于人"的突出现象，我们在无力脱离环境、不能免受影响的情况下要有清醒的头脑。历史都有其局限性。1949年之"势"、20世纪五六十年代之"势"当然都有局限性，"文化大革命"更是一种大曲折、大倒退。因此，不同时期局势影响下的史识也都有局限性，有的可能是完全错误的、有害的。今天我们识破以前某种史识的错误或片面性，但在它出现的当时，多被视为最先锋、最正确的认识，是一种创新、突破。同样，今天我们自认为最先锋、最正确、有创新、有突破的观点，会不会若干年后人们也会发现其错误、片面，也要来颠覆、批判？我想是肯定的。

（原载《东方文化》2002年第5期，有改动）

文学史和学术史研究的并行

一、一时代有一时代的标准

历史著作（包括文学史著作）之所以要不断地被重写，是由于在不断地发现、考证、订正过程中对历史事实的认识的变动。在古代史的研究中，一个考古发现可能导致一整段历史的改写，这是屡见不鲜的。这种情况在现代史或现代文学史的研究中同样存在。例如，某种档案的公开、某个冤案的平反等都会因对事实的认识变更而需要重写历史著作。但相对于古代研究，这类现象要少。然而，重写的要求反而比古代研究急切，重写的现象也比古代研究多。在文学研究中，"重写文学史"的呼声就是从中国现代文学领域发出的。这是因为现代社会虽然离我们很近，但对新生的事件的评价却不稳定。就文学而言，评价文学的标准不断地变化着。现代文学评价标准的变化，比古代文学研究要快得多、大得多、激烈得多。凡是经历了一次重大的评价标准的变化，必然随之出现一次重写文学史著的行动。我们常说"一时代有一时代的文学"，我们也可以说"一时代有一时代的文学评价标准"，甚至"一时期有一时期的标准"。

评价文学的标准的变化归根到底是起于社会价值观的变化，这又是社会变动引起的。20世纪是中国社会变动非常急遽的时期，对于20世纪中国文学的评价也就非常激烈地变动着，这成了中国现代文学研究的一道特别的景观。鲁迅在他的第一篇白话小说《狂人日记》中借狂人之口发出"从来如此，便对么？"的质疑，在他的第一篇杂文《随感录二十五》中批判了孔子的"仍旧贯"的思想，这些都表现了"五四"时期新价值观要求取代旧价值观的趋向。用新的标准即启蒙主义的标准来看，像郁达夫的《沉沦》、汪静之的《蕙的风》便是反映人的觉醒的优秀之作。中国共产党成立之后，提出新的标准，能描写新兴阶级觉醒和斗争的文学与为革命运动服务者，不管艺术水准之高低，"终能胜过一切过去的文学"①；否则，就像"八股"一样是无用的②。到了鲁迅在广州黄埔军校演讲，提出文学是不中用的，"一首诗吓不走孙传芳，一炮就把孙传芳轰走了"。他说他愿意听大炮的声音，仿佛大炮的声音比文学的声音要好听得多似的。③ 不可误以为鲁迅低估文学的作用，但的的确确反映了20世纪20年代末，当新的中国革命高潮来临时，人们价值观发生变动。在这种价值观的观照下，《沉沦》《蕙的风》之类的作品又变得"无用""不中用"了。有的共产党员就把"五四"新文学称为"荒凉的沙漠"④。

  抗日战争时期，毛泽东在《在延安文艺座谈会的讲话》中提出了文艺批评的"政治标准第一，艺术标准第二"的原则。我们不讨论这样的排序是否有永恒性，只就其提出的具体历史背景而言，则是反映了当时甚至在此后很长时间里，中国的社会价值体系不只是文学批评，几乎在所有领域都是"政治第一"。当中华民族到了最危险的时候，当假使我们不去打仗敌人就会用刺刀杀死我们，还骂我们是奴隶的时候，那的确不是一个侈谈艺术的时代。"九一八"后，鲁迅便说道："现在中国最大的问题，人人所共的问题，是民族生存的问题。"⑤ 必须看到这一点，才能理解梁实秋的"与'抗战'无关论"（这里沿用习惯的提法）和他那篇《编者的话》（《中央日报》《平明》副刊1938年12月1日）实在并无什么错误，却导致人们立即群起而攻之。用左翼作家的宗派情绪也不能完全说明问题，因为几乎同一时间对左翼作家张天翼的小说《华威先生》的批评首先不是来自国民党方面，恰恰也是来自左翼内部。在当时，人们观念中是"'抗战'第一"，也就是"救亡第一""政治第一"。即便在婚姻这样最私人化的领域，也常能看到"政治第一"，在择偶时把政治条件摆在了首位。反对写与"抗战"无关题材的不仅是某一些人、某一些派，更是潜藏在大多数人心中的"'抗战'第一"的观念和标准。

---

  ① 泽民：《文学与革命的文学》，载《民国日报》副刊《觉悟》1924年10月6日。
  ② 参见恽代英《八股?》，载《中国青年》1923年第8期。
  ③ 参见鲁迅《革命时代的文学》，见《鲁迅全集》第3卷，人民文学出版社1981年版，第423页。
  ④ 陶畏巨：《荒漠里》，载《新青年》季刊1923年第2期。
  ⑤ 鲁迅：《论现在我们的文学运动》，见《鲁迅全集》第6卷，人民文学出版社1981年版，第591页。

到了1949年后我们的学科建立时,上述的状况并未改变;相反,随着中国共产党领导的革命斗争的胜利,"政治第一"的标准更强化了。"政治挂帅"成了各行各业都要遵从的工作中的最高准则。中华人民共和国成立后的第一部现代文学史著——王瑶的《中国新文学史稿》出版后立即受批评,从根本上说,是由于这部书贯彻"政治第一"的标准未能全面、有力。尽管王瑶也以《新民主主义论》《在延安文艺座谈会上的讲话》为指导,但他采用了依体裁进行章节划分的体例(文体分类型),在记述新文学的各种体裁的发展状况时将政治态度各不相同的作家混合在同一章节中,不易分出主次。这就被批评者扣上了"客观主义"、不分"主流、支流和逆流"的帽子。如果他采用后来长期流行的"作家论型"(我又称之为"作家本位制")的体例,我相信情况会好一点。体例不是决定性的因素,不必夸大体例的作用;然而,作为历史,当我们回过头去进行分析的时候,也不能不看到它在那个特定背景下的作用。因为"作家论型"比较适于体现当时的社会价值体系。当着一场革命刚刚取胜之时,依照当时的社会价值体系,人们很自然地会以作家在革命过程中的态度、贡献、地位作为最重要的评价标准。我在《中国新文学史编纂史》中,谈到中华人民共和国成立初期干部定级、军人评军衔诸事。樊骏先生在他的评论中曾对此表示异议,我在这里略做回应。举这些与文学史体例风马牛不相及的事是为了说明当时的"时代精神气氛",大家对这类事情感到"非常自然""都能接受",① 接受的就是革命胜利后对每个人功绩的评定。在这种氛围中,作为替作家树碑立传的文学史著,也要以他们在革命历史过程中的表现、功绩来评定其地位,"作家论型"的体例,在当时或是比较适宜的。纪传体的《史记》就把人物分别载入"本纪""世家""列传"。把失败的项羽列入"本纪",鲜明地体现了一种评价标准。在"政治第一"的标准下,鲁迅、郭沫若、"左联"五烈士、某些解放区的作家等自然会被要求摆在突出的位置上,给以充分的描述、评价。如果用"作家论型",必然碰到给予不同作家以不同的位置和篇幅的问题,方便从给各个作家的不同分量中把他们区别开来,分清"主流、支流和逆流"。我认为,这是这种现在大家不满的体例在20世纪50年代中期后被普遍采用的原因之一。

---

① 参见黄修己《中国新文学史编纂史》,北京大学出版社1995年版,第182页。

自从改革开放以来，中国社会的价值观发生了巨变。这是一个思想特别不稳定的时期，到处可以看到焦躁、不安、困惑的情绪。不过，大致可以说，20世纪80年代是从反思"文化大革命"而起的启蒙时期，人们重新信奉启蒙主义的标准。与"五四"时期不同的是要用这样的标准衡量整个20世纪中国文学，并且批评"救亡压倒启蒙"的现象，这成了当时重写文学史著作的最突出的特色。到了20世纪90年代，思想领域更显出多元发展的趋势，启蒙仍然是很重要的标准，同时又有在反思现代性时对"五四"启蒙的批评。

在今日的许多新标准中，从审美角度的批评或努力张扬艺术标准的似乎还很少。即使在提倡"回到文学自身"，强调"文本"研究之时，往往是把"文本"当作思想资料来使用，并不把它尊为审美本体。有人说，现在的文学研究是"题目越做越大，审美越做越小"。这说明直到今天，救亡的炮声虽已远去，社会发展中却还有很多更迫切的问题，还没到静下心来细细玩赏、品味艺术的时候。

"一时代有一时代的标准"，无论过去的"政治第一"或者今日所标榜的各种时髦的标准，其实都是特定时期里社会价值观的表现。社会还在发展，价值观还在变动，如果以后又有什么新的文学评价的标准，又要重写文学史著，那也是非常自然的、不足为奇的。

二、各种标准的相对合理性

"一时代有一时代的标准"，那么，能不能认为各个时代的标准都是对的呢？我认为，首先，凡是必然的都是合理的，但合理的不等于是好的。好比人类从原始社会进入了阶级社会，出现了人剥削人的现象，这是必然的，因而是合理的。剥削在一定历史过程中不可避免，至今我们还承认一定程度的剥削的合理性。但剥削不是好东西，包含着许多丑恶和凶残，所以我们立志要消灭它，要实现没有人剥削人的社会理想。正因如此，前面所说的合理性便只是相对的，只在一定的条件下、一定的历史范围里面是合理的、正确的。正确的态度应该是既承认必然的历史现象的合理性，又要明确地认清它的相对性，一旦条件发生变化，它可能变成不合理的了。

"五四"提出了启蒙主义的标准，这是合理的，这是经过多次社会变革的挫折之后中国先进分子的认识的深化。我们不可因为启蒙主义的许多局限，以"五四"终于退潮为据来否定启蒙主义的合理性；同样，也不能把启蒙绝对化了，看成永恒的，以至当被救亡所超越、救亡成了第一时否认救亡的合理性与否认政治革命的必要性。许多相对合理性的历史现象之和才是历史进步的真实图景。这样，在评价历史时，就不能只有一条标准，例如拿着启蒙的标准否定救亡，或者拿着救亡的标准批评启蒙（这两种现象都发生过）。而要纵观历史，如果所出现的各种现象都是顺应了历史发展的潮流、促进了历史的进步，就应该分别说明其一定条件下的合理性，肯定其历史意义，同时分析其在具体条件下的缺陷、局限和隐藏的危机。

　　这里顺便说说"站在历史的高度"的问题。这是一个很含混的命题，人们常常把它挂在嘴边，却不一定说得清它的准确的含义。据我的观察，人们说"站在历史的高度"时，其实是说"站在今天的高度"，用"今天的标准"去评说历史。这样做，表面上似乎站得很高、观点很新，却容易用一种标准去替代、否定以往的同样有合理性的标准，容易产生脱离历史的具体条件去评价历史的弊病，所以，我觉得还不如"用历史的眼光"看问题。"历史的眼光"里，既包括今天，又包括昨天。当人们用今天的标准去审视历史时，同时也要说明昨天的标准的合理性。历史的发展并不是直线式的，昨天的标准不见得不如今天的标准；今天的标准也有可能是错误的，只是当局者迷，我们还没有发现。

　　由于历史的发展并不是直线式的，所以其过程往往有曲折、有反复、有倒退。有一种倒退是为了退一步而进两步，那么这种倒退仍然是积极的、进步的。有一种倒退却是历史的灾难。例如，"文化大革命"就是一场浩劫。在这种时期出现的各种评价文学和文学史的标准，例如"从《国际歌》之后无产阶级文学空白"论、"三十年代文艺黑线"论、"文艺黑线专政"论等等，尽管在当时也很新鲜，似乎很有"历史的高度"，却是没有任何合理性的。这些都不是在人们对文学的认识上增添新的层次，却是轰毁了人们以往的对文学的认识成果，具有极大的破坏性。

　　凡是为推动历史的进步、适应历史进步的需要，因而符合历史发展方向的评价标准，就是有合理性的。又因为历史总是具体的、实际的，充满着不同方向的相互交织、相互抵销的力量，因而不可避免地都有着其局限性，因此这种合理性只是相对的。凡是阻碍、破坏历史的进步，违反历史发展方向的评价标准便没有合理性，是应该反对的、抛弃的。前面我们认为抗日战争时期的"政治第一"有其相对合理性，因为当时是民族生存第一的时代，"政治第一"也就是民族生存第一，凡服务于民族求生存需要的就是符合历史发展方向的。但"政治第一"到了"文化大革命"，被"四人帮"推向极端，变成了政治阴谋第一、篡党夺权第一，成了十分反动的东西。同是"政治第一"，这时的"政治第一"就绝没有合理性了。这个"政治第一"由于其自身的狭隘性、其与文学创作特征的不相容的矛盾，到了远离它的诞生的时代，当社会背景发生巨变时，主动地放弃它，正是适应了历史发展和文学发展的需要，因而是明智的。

三、层垒地造成认识的高塔

研究各时代、各时期文学的评价标准，总结其发展演变的状况，这是学术史研究的任务。应该指出，由于长期以来不重视历史（好像历史就是专供人们打倒、批判的）、不遵循学术规范的风气，造成今日学术史研究的薄弱，只能期待今后学术史研究的加强。

研究文学史也跟研究一般历史一样，首先是要弄清历史，这多靠辛勤的搜求和整理工作；其次则探讨历史经验教训，对历史发展做出自己的评价。这两方面便是史学构成成分，两方面都要求研究者尽量地发挥主体的作用。但是，前者一经整理便不能随意变更，它是稳定的、有限的；后者则随社会的发展、认识能力的提高、评价标准的变更而不断发生变动，是无限的。这是一切历史研究的共同特点。现在人们多喜欢把克罗齐的"一切历史都是当代史"的命题作为创新的理论依据。准确地说，历史事实不可以根据当代的需要加以变更，只是对历史的认识可以有当代性，各个时代的人总是根据本时代的哲学、认识水平去评说历史。历史事实既是有限的、稳定的，除非发现更可靠、更真实的新材料，否则就不会随着时代而增减或变动。但对历史的认识却是不断地变动、不断地增加、一层叠一层地积累起来的，每一层认识都代表了那个时代的认识水平，凝结着那个时代人们的智慧，具有相对的真理性。但是，因为后出的认识总是喜欢宣称自己是唯一的真理的代表，喜欢利用前人认识的局限性，否定它在攀登认识台阶中的作用，把它当作无用之物抛弃了。于是，人们看到的往往不是有一座耸立在眼前的认识的高塔，看到的新鲜观点不是处在塔尖上，却好像刚刚冒出地平线，只在自己的脚边，只有和自己的鞋子差不多的高度。

　　因此，一个文学史著的编纂者或者一个文学史的传授者在讲清楚了历史是什么样的之后，在发表对历史的见解时最好不仅宣讲自己的研究心得，还应该负责地讲清人们对这一段历史的认识过程，讲清一代一代的研究者为构建认识的高塔如何一层一层地增添着自己的认识成果，然后把自己的认识摆上塔尖（如果够资格的话）。哪怕你没有自己的见解，能把人类先后创造的认识成果讲清楚，也是大好事。这样的写法、这样的讲法也许太笨拙了，我却以为这是对科学性的一种维护和保证；因此，主张文学史研究和学术史研究的并行、汇合，希望顺着这一条路能走出一个新的研究局面。

　　举个例子。例如，我们发现了鲁迅小说中包含着他自己的个体精神风貌，并且有一条内在的精神脉络贯串始终，这发现对解释其小说有深化的作用，当然是新鲜的解读法。但如果还能看到评论鲁迅小说的过程——人们曾经如何从社会—历史批评层面挖掘出许多丰富的社会内涵，从政治评论的层面论证过小说具有的重要意义和历史作用，从文化批评的层面解释其塑造的人物而鞭挞种种愚弱的国民性，从艺术的分析发掘出许多精彩的创造……这样层垒地构筑认识高塔的过程说明各个层次的评论都有助于推进认识鲁迅小说的合理性和相对的真理性；这不但是科学的，而且可以在比较中有说服力地证明了你的新见解的进步作用。如果这样的态度、方法、途径形成一种风气，我相信对现代文学的研究、对重写文学史著作的健康发展会有好处。

小　　结

　　把以上的观点归纳一下，就是：

　　第一，把历史事实和历史认识分开。坚守历史事实的客观性，不允许随意变动。对历史的认识则是无穷尽的，随着时代的发展可以无限地变动下去。

　　第二，承认不同时代、不同时期的认识具有相对的合理性，即有相对真理的价值。不否认旧认识在认识发展过程中的作用，也不忽视其局限性。

第三，用积累的方式来处理新认识和旧认识的关系，不是抛弃，不是打倒，而是增添，以层垒地构筑认识的高塔，使人们不仅看到今天的塔尖，也看到认识发展过程中各层次的独特的风光。

第四，学术史进入文学史，文学史著除了要讲清历史是什么样的，也要说明对这种历史的认识过程。文学史和文学研究史的研究应该并行。

（原载《文学评论丛刊》2001 年第 4 卷第 2 期）

现代文学研究的史论关系的再认识

一、时代背景决定史论关系

最近一段时间，加强现代文学史料建设的呼声很高，这是一个很好的现象和势头。我认为，这是我们的学科更加科学化的重要标志。

中国现代文学学科在1949年后建立可以说是匆匆上阵。王瑶先生的《中国新文学史稿》（简称《史稿》）就留着急就章的痕迹，接着就是对这部《史稿》的批评和纠偏性的新著的问世，来不及从史料的建设抓起，做不到从容不迫、按部就班地稳扎稳打。但是，还是有人开始努力地做史料工作。20世纪五六十年代，几本现代文学的资料专刊连续出版，出现了几个图书馆馆藏的现代文学期刊目录。山东师范大学中文系在这方面是先行者，出了好几部作家的资料专集和研究资料索引。这些对当时的现代文学研究都起了很好的作用。在"文化大革命"中，也还有人收集、整理鲁迅资料，取得不小的成绩。粉碎"四人帮"后，学科得到恢复，史料工作的成绩更是空前的，这点就不用多说了。总之，我们的史料工作还是很有成绩的。

那么，为什么今天还要来强调史料工作的意义呢？因为从现有的情况来看，我们在这方面还有许多不足。关于这方面的情况，我也不想多说了。20世纪80年代末，樊骏先生有一篇长文，即《这是一项宏大的系统工程——关于中国现代文学史料工作的总体考察》，在《新文学史料》（简称《史料》）上连载了三期，已经非常鲜明地指出我们史料工作的缺陷，把做好史料工作的紧迫性说得非常清楚。文章刚登出来，我就写信给当时的《史料》的主编，建议在连载完樊骏先生的文章后，再组织几期笔谈，以扩大影响，加强大家对史料工作意义的认识。但是，没有答复，此后的《史料》就成了作家们发表"回忆文学""记忆文学"的场所，跟学术意义上的史料工作渐行渐远了。

我曾经说过，我们现代文学研究成绩很大，缺点是煮了"夹生饭"。

形成"夹生饭"的原因主要是论著的证明不足,其中就包括史料的欠缺和错误。史料的建设是学科的基础建设。在特定的时代背景下,为了求快,来不及把史料工作做得很细致、很充分。好比基础还没有建好就盖楼,盖起来的楼便不会是很坚固的,不可避免地出现"夹生饭工程"。没有坚实的史料为基础的论点也是不坚实的,也就只有"大胆假设",缺乏"小心求证",可信度不高,叫人放心不下。这样的成果要由将来的人重新来补做"小心求证"的工作。

轻视史料工作有一定的社会背景和思想背景,那就是我们经历的时代是一个看重主观作用、看重人的主体性的时代。在史学里从来就有"史料派"和"史论派"的分歧。近代以来,受自然科学发展的影响,人文社会科学研究中的科学性受到了高度的重视;尤其是在史学领域,不但强调史料的意义,而且要求"存而不补""证而不疏",就是要绝对尊重史料的客观性。这种思想和主张是史学中"现代性"的最重要的表现。但是,20世纪是中国强调主观作用的一个大时代。这时,人的主体作用不断被强调到很高的程度。因为我们长期处于革命时期,作为革命的一方,往往在开始的时候力量比较弱小,必须充分地发挥人的主体作用。发挥人的主观能动性,以一当十,以一天干二十年的事,才可能战胜比自己强大的敌人。简单地回忆一下我们的经历。我们始终被告知"人的因素第一",而在人的因素中,主观作用又是最重要的,所以"思想第一"。打仗要靠人的思想,靠"一不怕苦,二不怕死",才能以"革命化打败机械化"。经济工作也靠人,"人有多大胆,地有多大产",要靠"铁人精神",不管客观上有没有条件都要上。所有工作都靠人,所以要政治挂帅,也就是靠思想工作来充分地调动人的积极性,发挥人的主观能动性。反映到哲学上,就是"物质变精神,精神变物质",强调的是后者,是精神的反作用。为此,还提出了"精神原子弹"的口号,把人的主观精神的作用夸大到极致。在这种背景下,理论受到高度的重视,因为"没有革命的理论,便没有革命的运动"。我们常常说,中华人民共和国成立后我们犯了"唯意志论"的错误,过分夸大人的主观作用。文艺思想上,或者非常强调"革命的理想主义",提出"革命的现实主义"要与"革命的浪漫主义"相结合;或者非常强调"主观战斗精神",要求敢于与客观搏斗;或者非常强调人的"主体性"。因为这些不同主张的人都处在同样的历史背景之下,所以会有这样的共同性。他们之间发生过尖锐的思想矛盾,那只是你的主观好还是我的主观好的矛盾，是用你的主观还是用我的主观的分歧。所以，20世纪中国的"史论派"就占了上风。

不重视史料工作还有一个原因，就是半个多世纪以来，不断地对科学精神的破坏。我在《我们现在怎样做学问》的文章中，曾讲到有三次大的对科学精神的破坏。第一次是1954年批判胡适，把胡适在"五四"时期介绍、提倡科学方法当作宣扬资产阶级唯心主义来批判，结果是批判掉了科学方法，剩下了"大胆假设，无心求证"。第二次是1958年的"插红旗，拔白旗"，把前人的研究成果统统当作资产阶级"伪科学"而扫地出门，以"破除迷信，打破常规"之名破了一切学术规范，让主观唯心主义为所欲为。第三次是"文化大革命"，更是主观唯心主义满天飞了，说你是叛徒你就是叛徒，说你是反革命分子你就是反革命分子，无须任何证明。

我并没有把一切罪过归之于历史的意思，上述这些历史的因素到了一定的现实条件下，与现实条件相结合，就形成了今天学术上的浮躁之风。这就是在打倒了"四人帮"后普遍的急于求成的心态，尤其是从"'红卫兵'—知青"成长起来的一代，他们感到自己失去的太多，已经是"一无所有"了，要求社会赶快补偿。如果按部就班地从一条条史料的收集入手，那要等到哪一天才能超越先行者，才能讨回自己失去的一切？于是，转向另一条路，趁对外开放、西方学术思潮涌来之机，把西方理论搬过来，打起"先锋"的旗号，哪怕是一知半解也无妨，拿几条中国的例子作为装点，就有了自己的"成果"，而且宣告这是最新潮的。凭着这样的东西，才足以表明自己在学术上的领先地位。这才是一条捷径——一条求名得利的捷径。这就是20世纪80年代以来，文学论文上外国人的名字多了、出现"名词爆炸"、有的文章非常难懂的原因。它的好处是从西方寻求新的理论资源，有利于打破单一的理论思路，有的人做得比较认真，对传播西方文论、开阔人们的眼界起了好作用。但是，由于急于求成，不仅好的成果很少，更造成了不良的学风。当这一代人做了长辈后，他们的学风又影响了比较幼稚的下一代。而这也是过去史料工作未受应有的重视的重要原因。

由于长期处于这种社会的、思想的背景下，学术研究中就出现重论而轻史、重观点而轻史料、重大胆假设而轻小心求证等偏向。往往一个新的观点出来，产生轰动效应，作者可能一夜成名。而默默无闻的耕耘、一条一条地积累资料、扎扎实实地研究、谨慎地提出观点，倒可能不受重视。讲话要有证据，有七分证据不说八分话，这会被认为是一种"迂"。这样的思想和风气，长时期里成了学界的主流。现在有一些人来为史料工作呼吁，这是对主流派的反拨，但不可能从根本上改变现状，根本的改变要等待时代背景的变化。

二、从事实或从思想开始都是可以的

做学问是从"论"开始，还是从"史"（掌握、积累史料）开始？历来有不同的看法。我曾经归纳两条治学的路线："我思故史在"和"史在促我思"。"我思"和"史在"究竟谁更重要？我认为，两者都重要。同一个学者写这一篇文章可能是从"史在"入手的，就是说他是在收集、整理史料的过程中于思想上有所发现，并归纳、抽象出自己的观点，形成了理论。写另一篇文章却可能是从"我思"开始的，即先有了某一理论或观点，或者是受到它的启发，把它放到大量的史实中去考察、检验，在得到了大量史实的验证，经过调整、充实、修订后，最后确立为自己的观点或理论。从唯物主义的观点来看，认识源于客观存在，所以思想的形成过程一般来说应该从客观的存在开始，也就是从"史在"开始。但是，实际情况往往是当我们接触客观存在时，我们的思想并不可能是完全真空的，做理论工作的人，他早有自己的理论准备了。从这个意义上说，我们都是从"我思"开始的。所以，讨论研究工作是从"我思"还是从"史在"开始，就像讨论"鸡生蛋"还是"蛋生鸡"。关键的问题在于，我们带着"我思"进入史实之后，有没有自己的新发现，有没有根据客观的事实来修正、补充、提高乃至抛弃这种"我思"，并形成更准确地反映"史在"的新"我思"。如果是这样做的，从"我思"开始便也是很正常的一条思路。

现在应该引起注意的，或者应该明确地反对的是从"我思"到"我思"的路线。从20世纪80年代的"方法热"开始，直到今天仍然可以见到，有的人从西方搬来某个"先锋"理论，从这理论开始，却又不进入史实，只是挑选几条于己有用、有利的材料，作为那"先锋"理论的例证。这样来说明中国的文学，实际上不过是在宣扬西方的"先锋"理论，把它说成放在中国亦皆准。史料和理论就好像原料和成品，谁也离不了谁，都很重要，在价值上没有可比性，不能说谁的价值更高些。我在《文学史的史学品格》一文中曾讲到史料工作的意义："我甚至感到，有朝一日，现在兴师动众编的许多现代文学史著作都被淘汰了；但现在做的那许多史料性工作，却是不朽的，会令后人感激不已的。"① 历史事实恐怕正是这样的，这可能是一种宿命。今天，我要做一点补充，这不等于说只有史料工作才有价值、才值得去做，而编文学史著没意义、没必要。

为什么搞史料更能传世，理论却往往消失得快？马克思了不起，但他的理论会不会过时？肯定会的。不是马克思不伟大，而是人的认识有局限，再伟大的天才也不可能超越时代。今天的理论，今天根据这理论编出的著作，过一阵子，人的认识变了，它也就失去了意义。而史料是凝固了的，是不可能再变的。把某一史实搞清楚了，千秋万代不会变，保存在那里，供后人放心地用，后人当然都要感谢你。肯定史料的价值、意义，但不是说它比理论更重要，更了不起。各有各的价值，是不能相比的。

三、不能出论是我们的更大弱点

我们强调史料的意义，强调史料在研究中的重要性，当然是为了坚持唯物主义的思想路线，也是为了引出科学的理论，使理论有坚实的事实为基础和根据。重视史料绝不意味着可以轻视理论，绝不是认为理论不重要；相反地，应该把理论的创造作为科学研究的最重要的目的。被公认为史学研究中最重视史实考订的兰克学派的代表人物兰克（Leoplod Ranke）也并不是像人们想象的只重史料，而是同时要求把对特殊事件的研究和观察上升为普遍性的观念。

我们坚持"论从史出"的路线。其中的关键是第一个字和第四个字，即"论""出"二字。"论""出"就是"出论"，就是要引出理论来。怎么"出论"？那才是中间那两个字："从史"。可以说，"从史"的目的是为了"出论"。

中国现代文学史研究至今没有重大的理论突破，还没有看到从现代文学的研究中引出什么重要的文学的、文化的理论来，也就是说"出论"不够，这是我们的更大弱点。这么多年来，通过研究这一段文学史，我们

---

① 黄修己：《文学史的史学品格》，载《中国现代文学研究丛刊》1991 年第 3 期。

取得了什么重要的理论成果呢？我们应该有更高的要求，通过搞清历史事实，从中引出理论，引出能超越具体历史事实与具体的作家和作品具有普遍意义的理论，这些理论也能用到其他历史时期、其他历史事件上去，可以有现实的指导意义。这样的研究才是我们的目标。如果只是研究现代文学史，那么研究别的时期、别的国家文学史的人，可以不关心你，可以各人自扫门前雪而不管他人瓦上霜。如果研究文学史能出论，这论对别的时期、别的国度也有意义，甚至是所有做学术研究工作的人都要关心、都要借鉴的，那么我们学科的影响就比现在大多了。现在，我们的影响不是很大，固然跟我们是小学科有关，更重要的原因是我们这块土地上还没能开出理论之花。

历史研究以及文学史研究，从史而出论，因而发生大的影响，这是我们应该追求的。马克思、恩格斯通过研究人类社会的发展史，证明了资本主义的不合理性，提出了建立共产主义社会的理想和通向理想的道路。斯宾格勒（Qswald Spengler）的《西方的没落》通过历史研究提出文化发展的历史周期律，以之预测未来社会的发展，也许不一定都对，却显示了史学的力量。亨廷顿（Samuel Hunting-ton）的《文明的冲突与世界秩序的重建》提出"文明权力论"，指出冷战后世界的文化冲突将成为当代主要的矛盾，这种新的政治思维框架也对我们认识当今的世界有参考价值。泰纳（Hippolyte Taine）通过研究古代希腊艺术、文艺复兴时期意大利的文学艺术，证明文学与社会（种族、环境、时代）的密切关系，提出了"精神气温带"的理论，成为法国企图用"科学观念"建立文艺理论的先驱。勃朗兑斯（George Brandes）研究欧洲19世纪的文学思潮，提出文学史"是一种心理学，研究人的灵魂，是灵魂的历史"的观点。他受泰纳的影响，有理论先行之嫌。他的文学思潮史著作中的观点我们也并不都赞同，但史中有论、由史出论还是很值得学习的。他的"文学史是'心灵史'"的观点比他的全部文学史叙述的影响还要大。还有像达尔文（Charles Darwin），不是研究人类的历史，而是研究生物的历史，但从中总结的理论，就是进化论，对人类社会的发展竟也有重大影响，后来还出现了社会达尔文主义。其对近代中国先进分子的巨大思想影响是人所共知的。据说达尔文理论水平不高，他的生物进化论是借鉴了马尔萨斯的理论，而且今天还不断地有人提出质疑。但是，如果没有进化论，达尔文虽是个有成就的生物学家，其影响也就小得多了。法国的法布尔（Fabre）

研究昆虫也非常细致入微，但他擅长的是观察，被达尔文誉为"难以效法的观察家"。他非常重视"真相"，有一股为"真理而真理"的精神，取得了许多成果，其中有的是很有理论意义的，但他却没有形成自己的理论。他的代表作叫《昆虫记》，是一种具有文学性的记叙文。如果达尔文也只是观察一个个生物遗传、变异的实例，哪怕描述得再准确，恐怕也只能为别人的研究提供证据，其贡献和意义就小多了。

中国古代文史不分，都用相同、相近的治学方法。那时，史学十分发达，史书浩如烟海，而且史学理论也很有成就，留下了《史通》《文史通义》等大著作。但是，总结历史发展规律却很不够，《史记》《资治通鉴》这样的巨著收集、整理、编写了那么多历史事实，却并没有司马迁、司马光对历史发展的见解。我们的历史发展观长期都是"分久必合，合久必分"那一套。在文学研究上，其主要形态是"诗文评"，做具体作品的分析，讲自己的体悟。像《文心雕龙》这样的理论意味比较强的作品是罕见的。这是不是跟我们缺少科学的传统、抽象思维不太发达、不太重视"出论"有点关系呢？我们有乾嘉学派的治学传统，胡适认为其已经具有现代科学精神，可以和现代的科学方法相结合。但是，这种代表中国古代治学方法最高成就的"正统"学派，也是精于搜求、考证、鉴别、解释而昧于理论的抽象，或者是有意地加以回避、忽略。这应该引起我们的注意，不可把前人的弱点继承下来，而要自觉地加以克服、改进。

我在前面讲了史料工作的缺陷，但我认为我们在理论方面也不能说已经有了多大的成果。这一点也应该引起注意。王瑶、唐弢、李何林等是学科的开创者，他们把学科建立了起来，这是他们的历史贡献；但是，他们很少能够通过现代文学史的研究，在理论上有自己独立的创见，或者能够提出理论上的问题来。固然因为在他们生活的年代，理论上只能有一种权威的见解，但这毕竟是他们的弱点。中华人民共和国成立后成长的我们这一辈，应该说是继往开来的一辈，我们做了很多工作，包括史料建设；但是，同样无力来在理论上有所建树。"后'文化大革命'"一代的个体主体性比较强了，文学史研究中甚至用"主体投入法"，借历史讲自己的话的倾向是很鲜明的，对现代文学的许多阐释也很精辟；但理论性的创造仍然是很不够的。就是最近这一期《中国现代文学研究丛刊》上发的北京关于文献史料讨论会上的文章，讲自己整理资料的经验、体会多，但能够把问题从理论上来认识和总结的就比较少了。我们现在许多所谓的新理论，包括最近的"现代性"等，还是别人的，是用别人的创造做自己的"理论资源"。通过历史的研究提出原创性的理论来，还有待今后的努力。

还要看到一个我认为值得注意的问题，那就是今天的理论教育的孱弱。本来我们是非常重视理论的，在大学里，不分理科、文科，政治理论都是学生的最重要的课程；但是现在，由于"三信危机"一时不能消除、马克思主义理论队伍自身的种种问题等，在许多地方，政治理论是最没力量的课程，青年人热衷的是西方各种现代的、后现代的理论流派。又由于长期的封闭造成对西方这些流派的研究还很薄弱，翻译的质量差，介绍者自己对这类新论似懂非懂，一知半解，食洋不化，所以现在我们对20世纪以来西方各学科理论的了解还不很深刻，更缺少分析、批判的力量，这就造成理论指导思想的混乱。所以，今天有必要提请注意，在强调史料的重要意义、强调科学性时，我们不能有片面性，不要忽视理论的意义。

还要谈一点个人的体会，就是培养重史料的观念。学习史料工作的操作方法相对而言比较容易，只要认识清楚了，又有吃苦耐劳的精神，史料工作就上去了；而提高一个人的理论能力、理论水平就没有那么容易了。我在辅导博士生写论文时，都要求他们把论文的观点概括成一段千字文。我告诉他们，证明有时是十分复杂的，要有大量的引证、反复的推理；但形成的主要观点、结论，往往是很简单的几句话。奇怪的是，他们的论文已经写了10万、20万字，可那1000字就是写不出来。原来那1000字必须是通过对大量的史料、叙述进行总结、概括而得出的理论，是最主要的论点，是最终的认识成果，是论文之魂。有不少学生就是总结、抽象不出来，他们虽然掌握了一定的资料，却形成不了自己对问题的新认识，使得一篇有可能不错的论文，因为没有魂而大大降低了学术价值。我深深体会到，教人提高理论水平、提高抽象思维能力是很难的，我到现在还没有什么好办法。恩格斯说，训练思维能力的最好办法是学哲学，那不是一朝一夕就能成功的。

现在，由于文学越来越边缘化，一些文学研究者更加感到"回应社会"的迫切性，好像不这样，文学研究就会被人遗忘了，它的社会价值就丧失了。这种心情是可以理解的，积极地用自己的研究成果去"回应社会"，这愿望也是很好的。但是，发展到好像文学研究已经没有用了，所有人都要去参加经济理论的讨论，因为那才是当前的学术热点，才是社会最关心的问题。我觉得这样"破门而出"恐怕也不是办法，这样做让人怀疑文学研究还有没有存在的价值了。要"回应社会"关键不在于走出本学科、抛弃本学科，而在于我们研究现代文学要能够在理论上有所超越。超越本学科的局限，我们的研究成果对其他学科、其他部门都有指导的或参考的价值，这样自然能够引起人们的注意，让大家不得不来关注我们的研究。我认为，这样才是与社会保持联系、"回应社会"的正确途径。所以，讨论史料工作的意义时，希望不要忘了，理论上我们也是很薄弱的，要"史"和"论"两方面都加强才好，才能有真正的进步。

（原载《汕头大学学报》2005年第1期）

在现代文学研究中，提倡科学精神

现在为学术发展开药方的学术会议、评论文章不少，许多意见也是很有启发性的。例如，不久前一些人提出学术研究要加强"问题意识"的意见等，都可以看出人们为探索学术发展创新之途的思考。人们出了很多点子，一种左冲右突的态势，表明力求有所创获的美好而急切的愿望。但是，我觉得少了一点东西，那就是不断往前探索的同时，眼睛也要往后做一番扫描，找找问题，想想看，为什么一心求创新，而真正站得住脚的新东西却并不多？这就是要多反思，这也应该是一种"问题意识"。

如果今天问我最想反思什么，我想说我们在解放思想、努力求新的同时，强调科学精神还很不够。今天研究成果很多，但科学性强的作品不多；各种见解很活跃，但论证严密的不多；研究领域有开拓，但史料准备不充分，立论根据不足。今天，可用琳琅满目来形容现代文学研究的成果，但究竟能有几部作品经得起较长时间的考验，每一部作品中又有多少有价值的见解和资料，这点就很难说了。为了提高中国现当代文学的研究水平，讲求科学性是绕不过去的课题；而讲科学性，对我们来说，绝不是轻而易举之事。首先，因为我们民族有源远流长的人文主义传统，却缺乏科学主义的传统。（现在有人正在批判科学主义，我认为应该批判的只是"唯科学主义"，同时更要认识到，对我们来说，更重要的任务在于好好地去培育我们还非常缺乏的科学精神。）其次，中华人民共和国成立以来，科学精神几次三番受到破坏和摧残，造成严重的后果。在这方面进行拨乱反正比政治上的拨乱反正要难得多，是个长期任务。为了说明问题，我想做点简单的回顾。

1954年，批判胡适派运动中，把"大胆假设，小心求证"作为唯心主义来批判，反而导致唯心主义大泛滥，无论做工作、搞研究都"大胆假设，无心求证"了。胡适说的"大胆假设"是指归纳法，要求从大量材料中归纳出观点，从"多"到"一"；"小心求证"是指演绎法，把归纳出来的"一"，再拿到更多的"多"里去检验、证实。这是做研究的一般程序，也可以说是一种学术规范。自从破了这程序和规范之后，倒是自由得很了,说话可以不要证据,立论可以不必证明,但是科学性也就所剩无几了,而且使得此后的一些年轻学者几乎不知学术规范为何物。这一场批判搞乱了唯心与唯物的界限,其影响虽然主要在学术上,但在世界观和方法论上造成混乱,对后来一系列工作的恶劣影响不可低估。到了1958年,在"反右"斗争取胜、知识分子名声扫地的情况下,在"大跃进"中,把"向科学进军"变成了"向科学进攻"。在破除迷信、解放思想、打破常规、敢想敢干的口号下,干出一系列反科学、反规律的蠢事,许多科学成果被当作"资产阶级伪科学"扫地出门。到这时候,讲科学已经是不可能的了。(主张控制人口的马寅初被赶出北京大学,就是个典型的例子。)但是,科学立即毫不留情地给人们以惩罚,亿万人因此饿了三年肚子,还饿死了不少人。(而人口问题上的惩罚则更长久、更严重了,使我们至今仍背着沉重的人口包袱搞建设。)在这种情况下,人们才不得不向科学做一点让步,工业、农业、文艺、教育等部门订了多少个规章,就是在一定程度上承认讲科学的必要性,不过心里似乎并不甘愿,所以一旦形势有所好转,立即反攻过去,对惩罚过自己的科学实行疯狂的报复,这就是"大革文化命"。这场"革命"对科学事业的破坏、对科学精神的破坏真正是史无前例的,其危害难以估计。

  这一切都已经是过去的事情了,但是历史的影响不会立即消失净尽。长期对科学和科学精神的破坏、长期反科学的宣传使我们至今缺乏一种讲科学、强调科学性、尊重科学精神的社会氛围,我们有两三代人是在这种环境中成长的。加上本来就缺少科学主义的传统,作为一个"后发现代化"国家,中国是被外部力量逼上现代化之路的,缺少自身的科学发展要求的前提;这样,要养成浓厚的科学精神需要很长的时间。而对于中国现当代文学这样曾经与现实社会斗争有密切关系,频受社会生活变动影响、干扰的学科,要培养科学精神,更不是一朝一夕之事。这里只举研究工作中的主体与客体的关系问题为例,谈点个人看法。

  20世纪的中国是个非常强调人的主观作用的国度。从梁启超的"新民"说、鲁迅的"立人"说到毛泽东的"改造思想",都在强调人的主观作用。尤其是毛泽东,更是非常重视精神作用。所谓"物质变精神,精神变物质",这个命题的重点在"精神变物质",强调的是精神的反作用,认为"精神原子弹"的威力比物质原子弹的更大。这是因为在革命过程中,处于弱势的一方只有充分发挥人的主观作用,以一当十,才能使力量激增，以战胜比自己强大的敌人。为什么要求作家改造思想？改造思想就是改造人的主体性，要把主体性改造得适合于革命的需要，才能充分发挥主体的作用。从这个意义上说，强调主观精神作用的毛泽东、在文艺上强调作家的"主观战斗精神"的胡风和那些强调作家主体性的人，并没有根本性的区别。问题只在于要发挥谁的、什么样的主体性，如此而已。这里之所以讲这个问题，是因为主体和客体的关系与我们研究工作的科学性有极密切的关系。所谓科学性，包含正确处理主体与客体的关系。而在一个非常强调主观性的时代，更有必要谨慎对待、小心处理主体与客体的关系。在上述特定背景下，过去长时间里，在学术工作中也是看重主观性、强调理论的指导作用，形成了"以论带史"或"以论代史"的普遍的治学途径，形成了重见解、轻史料与重观点、轻证明的风气。谁能讲出一套道理来，也许算个大胆假设，还没有得到证明，可能已经引起震动或轰动。前一阵，曾有年轻人全盘否定现当代文学，否定鲁迅，引起轰动。很多人不满，以为是现在学风浮躁甚至堕落的表现。其实，此风非自今日始，实在由来久矣！中华人民共和国成立后历次政治运动中，不是随时可见此类乱批乱斗、胡说八道而引起轰动的事情和言论吗？时至今日，"以论带史""以论代史"仍然是主导的治学路径。只不过过去以政治理论为指导，今天则跟随各种西方新潮理论，削中国之足以适西方理论之履。表面上给人的感觉是学术面貌变化很大、进步不小，其根本方法实乃一仍其旧，都存在重论而轻史、重主观而轻客观的倾向。这是今天学术研究中科学性不足的重要原因。

然而，我们在反思和批判过去的错误时，对以往过分夸大主观作用，甚至产生唯意志论等错误认识、清算得很不够。由于长时期里个体受到严重束缚和压抑，在思想解放大潮中，为了充分发挥个体的作用，便把社会学、伦理学上的"个体性"和认识论上的"主体性"混淆了。主观作用本来已被过分夸大，于是就更加泛滥了。这也助长了重观点、轻史料与重见解、轻证明的作风。我认为，至今我们对长期夸大主观作用的偏向认识不足，缺乏必要的反思。

还要看到，这种重主观甚至纵容主观随意性的偏向不仅仅是认识问题，因为适应了某种社会需要，现在重主观已经成了社会风气。我们的社会有一种很强烈的"大跃进"情结，一种迫不及待的、急于求成的心理。大概"后发现代化"社会都会有一种急起直追的愿望，形成了一种社会气氛。20世纪的中国是个速成的国度，恐怕在21世纪还是求快。时代列车一闪而过，新问题接踵而至，应接不暇，学术著作便多属于急就章式的作品。举最近的事例，经过"方法热"的洗礼，当今文学研究方法很多，已呈多元之势。但现在最需要的是快出成果的方法，慢了不行，所以有两种方法不能行时。有久远历史的"社会—历史批评"方法不行时，因为现在有些年轻人很少有接触社会的机会，对社会很不熟悉。他们对历史也缺乏较深的了解，不要说远了，"文化大革命"对他们来说已经很陌生了。他们缺少了运用"社会—历史批评"的必要条件，要积累又很费时间，无法"大跃进"，当然就不用了；给它个"庸俗社会学"的帽子，就可以抛弃它了。实证的方法也不行时，实证本是治学的基本功，运用各种方法都离不开它。但由于它强调说话要有证据，而收集证据又很费时间，往往还要受苦受累，也不能"大跃进"，所以也受冷遇。后现代的某些思潮从根本上否定客观的实在性，给了轻视实证以理论的支持，人们更可以给它戴个"过时""陈旧"的帽子，干脆扔掉算了。但这又是学术研究的科学性的基础，一个不以客观事实为基础的论点无论色彩多么斑斓、声调多么激昂，终究还是可疑的，不能成为定论。客观证明的薄弱使一些文章虽然表现出强烈的主体性，却不一定能成为科学。这里顺便说说我的一个看法。我认为，社会科学和自然科学有所不同。自然科学出了一种新方法，旧方法就过时了，可以不用了。有了火柴、打火机，谁还会去钻木取火？但社会科学的新方法出来后，老方法不会过时，可以新旧并用，使我们的研究手段更丰富。校勘、训诂等古老的方法，今天不是还在用吗？这些方法并没有过时。

　　我们这时代的人缺少一种从容不迫的气度。"大跃进"情结反映了一种赶路心态，看到自己落后了，拼命往前赶，哪怕连滚带爬、摔得头破血流，只要赶上了就是胜利。但是，学术建设不是赶路，而是建楼。要打好地基，要选好建材，要把好质量关，不能搞豆腐渣工程，否则建不起来，建起来了也会倒掉。巴黎圣母院盖了200年，打地基的、砌第一块砖的人都看不到自己的最后成果。但是，他们甘愿贡献自己的青春，这才有世界宗教史、建筑史上这座伟大的建筑。搞学术研究就要有这样的耐心和韧性，应该培养这样的心态。"大跃进"情结对学术建设是不利的，但这是时代的特点，无法回避。对此，作为学者，要有清醒的认识，尽量严格要求自己，避免时代病。

最后，学术上一味求快，促使主观随意性泛滥，这与学术已成为追名逐利的工具密切相关。人们往往把学术上的浮躁风归罪于商品经济的刺激，商品经济对文学创作和批评的影响比较直接，但对人文学科研究的影响目前还不很直接。因为人文学科的学术研究不一定都能完全转化为商品。而对学术事业的成败影响最大的恰是领导学术的部门，是他们根据自己的需要所制定的政策、所采取的举措。教育界、学术界的某些主管部门和官员急功近利，急目前之功，近一己私利。他们急于制造政绩，操着学术工作的指挥棒，不顾学术发展的规律，急切要求快速炮制各种学术成果。上有所好，下必甚焉，必然催生许多学术泡沫，诱发弄虚作假的作风，制造虚假繁荣的景象，这是学术腐败的根源，严重影响了学术事业的健康发展。这种情况下也没有什么科学性、科学精神可言。但这种现象不改变，提倡科学性就是一句空话。

我在前面讲到我们有人文主义的传统，缺少科学主义的传统。现实情况让我感到，弄得不好，人文主义的传统也可能在我们的手里丢掉了。那时，我们还有什么呢？如果我们再不下大力于精神建设，刹住精神滑坡，学风便难以扭转，后果会是很严重的。

今天，要提倡科学精神，得先有一种顶风的精神，这很不容易。理想主义的时代已经远去，在这弥漫着物质主义、消费主义的世俗社会里，人们宁愿承认自己是个"俗人"，也不愿为了"清高"而放弃对名利的追求。从人的本性上讲，可能不喜欢做个在实利的满眼诱惑和满耳喧闹中还要沉住气的孤独者。今天要是有个"寂寞新文苑，平安旧战场"说不定更好一点，可惜没有。但我相信若干年后，经过了时间的考验，在现代文学研究中真正有所收获的很可能是那些能够不凑热闹不跟风、与"热点"保持距离、坚持科学精神、埋头默默耕耘的人。制造那些喧闹一时的令人眼花缭乱的泡沫只是人力、物力的浪费。制造者或能在眼前得到点什么，大家高兴一番，却于学术事业是不会有什么好处的。

（原载《学习与探索》2004年第1期）

培育一种理性的文学史观

金岳霖先生说："'历史'两字很麻烦。有时指事实上的历史，有时指写出来的历史。"（《知识论》）于是，也有两种历史观。我这里说的不是人们对"事实上的历史"的观念，而是指怎样看待"写出来的历史"的观念（本文以下所说的"历史观"均指这一种，不一一说明）。中国现代文学史的教材就是"写出来的历史"。教师传授这一段历史知识也必然在有意无意中传授了某种怎样看待"写出来的历史"的观念，这对于学生怎样认识历史、对待历史大有影响。

打倒"四人帮"后，大家都批评"红卫兵"。那时我说过："'红卫兵'是哪里来的？既不是天上掉下来的，也不是哪个外国派来的，他们是我们的弟弟妹妹，是我们自己培养出来的。""红卫兵"看现实、看历史常常是"否定一切"，这就是反理性的。应该反思我们怎么会培养出这样一些思想非常简单化、绝对化的青年人，他们的思维方式是怎么形成的？现在就以现代文学史为例，看看我们传授了什么样的历史观。篇幅所限，我只能举例来讲。

在我1959年学现代文学史的时候，这门课已经变成阶级斗争史了。那时课堂上听到的现代文学史是连绵不断的一场接一场的斗争："五四"新文学与林纾斗，与"学衡派""甲寅派"斗，其性质是与封建主义的斗争；进而与现代评论派斗，其性质已经发展到与买办资产阶级的斗争；再与新月派斗，是与资产阶级的斗争；再与"自由人""第三种人"斗，是与修正主义的斗争（因为1959年正批判修正主义，所以"自由人""第三种人"也因披着普列汉诺夫的外衣而被当作修正主义）；还与冯雪峰、胡风斗，是与党内、革命队伍内的修正主义的斗争；到了延安，是与小资产阶级斗争……这真是阶级斗争连绵不断、步步深入，无产阶级节节得胜的标准图式。通过对现代文学史的这样的描述，告诉学生历史（包括文学史）就是阶级斗争史。第一，斗争是不间断的；第二，斗争是逐渐深入的，越深入便越深刻；第三，一分为二，不可调和，你死我活，但无产阶级总是胜利的；第四，已经斗到小资产阶级了。所以，首先我们要好好改造自己的思想，我们也是小资产阶级知识分子，也是改造对象。其次，要敢于与朋友、同学、老师斗，因为他们也都是小资产阶级或资产阶级。那时，我们认为只要坚决地斗下去，我们就会胜利，社会主义的胜利就有保证了。我后来当了老师，大致也是照着这么讲的。难怪后来"文化大革命"中"红卫兵"很容易接受那一套"继续革命论"，充当了整人的先锋。

　　回顾历史，一个值得注意的问题是为了让学生相信那一套文学的"阶级斗争的标准图式"，老师往往强调自己讲的历史是"绝对之是"，要学生相信"写出来的历史"可以是"绝对之是"。"文化大革命"前政治运动不断，每次运动都要打倒一批作家，现代文学史也就跟着不断地刷掉作家。昨天还是得到高度评价的作家，今天就被从现代文学史里扫地出门了。而每一次这样的变动后，都要告诉学生现在这样才是"绝对之是"，以前是被颠倒的，现在把它再颠倒过来，才是最正确地再现了历史真相。这使得青年人形成一个非常僵硬的思维模式，相信不断地斗下去才是人间正道。"红卫兵"就是迷信阶级斗争标准图式为"绝对之是"，迷信斗争是不间断的，以为斗争越深入、挖出的坏人越多胜利就越大。既然是"绝对之是"，铁板钉钉子了，就可以绝对相信，不必怀疑，不必自己动脑子问个究竟，不必对具体问题做具体的分析。这必然导致迷信、盲从，导致教条主义、本本主义。于是，在"横扫一切牛鬼蛇神"的煽动下，曾经尊敬的老师、领导都成了"封建遗老""买办走狗""资产阶级贵族""走资派""修正主义分子"……一股脑儿全面专政了。

　　今天我们知道，上述文学阶级斗争的历史图式绝不是什么"绝对之是"，它只是人们对中国现代文学史的一段认识过程，而且是过程中的曲折，是很大的弯路。在"以阶级斗争为纲"的思想之下，把文艺斗争等同于政治斗争，机械地构筑了"步步深入，节节胜利"的图式，把丰富多彩的历史进程简单化为抽象的、僵硬的固定模式，这是不符合现代文学的历史实际的，更严重的是毒害了青年人。我认为，在批评"红卫兵"的同时也要看到自己应负的责任。现在当然没有人再来这样讲了。我曾在一篇论文中说到："重写重构声不住，轻舟已过万重山。"现在我们课上讲的、书里写的，已经与过去所讲、所写相隔"万重山"了。可是，有一点还是一样的，那就是还是以自己所讲为"绝对之是"。我相信我们许多老师都有一颗真诚的心，总是希望拿自认为最正确的知识教学生；但历史证明，没有所谓最正确的"绝对之是"，这是一种思想迷信。今天迷信老师，明天就可能迷信权威，迷信书本，迷信文件，迷信"定评"。学生的思想就会渐渐地僵化了，因为学生以为已经获得绝对正确、万无一失的宝贝了，不需要自己再动什么脑筋了。

历史，我们所编写的历史没有"绝对之是"。作为已经发生过的事实，历史具有绝对的客观性，有"绝对之是"。但正因为是已经发生过了的事，我们只能靠遗留的史料、史迹去认识它。而保留至今的史料、史迹有完缺、真伪等问题，即使已经全部掌握也不可能完全还原历史的真实原貌。史料中最重要的毕竟是文字材料，而语言是不可能完全达到生活真实的，"能指"不可能完全达到"所指"。这些文字材料已经与生活原样有了距离，更不要说人为地改篡了。何况后人写史是不可能完全客观的，所有的史著都是特定条件下的人对历史的一种认识过程。这就是为什么新出的现代文学史著与20世纪五六十年代出的有那么大的差别。（关于这个问题，请参看拙作《中国现代文学史研究的"势大于人"》，载《东方文化》2002年第5期。）这样，所有的历史著作，当然包括我们的教材，都只能追求尽量接近历史，而不能达到"绝对之是"。要承认主体的局限性，主体对客体的认识是无法达到"绝对之是"的。

因此，我们在教学中，不能以自己讲授的历史为"绝对之是"，我们在传授历史知识时要告诉学生：你们现在听到的现代文学史，只是特定时空之下，我这个特定的人对于这段历史的认识；在过去、未来的另外的时空条件下，或在同一时空条件下的另一个人，对这段历史的描画肯定会与现在的我有所不同。如果可能，还要让学生看不同时期出版的不同版本的现代文学史著，让他们看到人们对现代文学史认识的演变过程。今天，做到这点是很有必要的。因为今天的青年学生对"文化大革命"或中华人民共和国成立后的历史已经相当陌生，而不同时期的不同版本正是历史的产物，正可以通过它来具体地感受过往岁月的思想、学术的状况。我们讲文学史，讲文学变动的历史，也还要讲一点人们怎样看待这些文学变动的认识变动的历史，这就是学术史。我曾想，文学史著应该把一些重要的对文学史认识的变动也写进去，这还有待实践；而讲课则完全可以这样做了。

这样，我们可能帮助学生树立起人类认识是变动不居的这一观念，任何一种正确的认识都只有相对的合理性。对今天被认为"过时"的思想，要去分析它出现的原因，考查它在当时有没有合理性，而不是简单地打倒、砸烂、颠覆。对今天被视为非常时髦的思想，也要把它看作特定历史时期的产物，也只有相对的合理性。这是我们所需要的理性的历史观，掌握了这样的观点就有可能不迷信、不盲从，肯于自己动脑筋、独立思考、具体分析问题。我们就是要培养这样有理性精神的学生。

（原载《北京大学学报》2003 年第 5 期）

黄修己自选集

第三辑

从古典向现代转型的双线论

中国现代文学史著编纂创新的
点、线、面、体

　　学术领域的创新、突破并非易事，尽管现在大家都有心于创新。据说有人编写中国文学史著，为了创新就倒着写，从清代写起，写回夏、商、周，写回上古神话。姑不论其成败，这说明人们为了创新可谓颇费心机，只是收获并不理想。我们中国现代文学史著每年也都有新编本出版，不论出于何种动机，编纂者们总是希望自己的书里有点新东西。但是，已出的书真正有实质性突破的并不多见。

　　创新为什么这么难呢？我现在就从回顾中国现代文学史著编纂的历史的角度来说一说这个问题。

　　1949年后，中国现代文学史著的编纂是从王瑶先生开始的。那时是一个建构的时期。新当权执政的中国共产党要建构它领导中国革命的历史，也要建构它领导中国新文学的历史。从1949年到"文化大革命"的"十七年"中，中国现代文学史著编纂中的一切问题都围绕着"建构"二字展开。到了"文化大革命"，进入"解构"时期，但是这时的解构不是出于学术发展的需要，而是一个政治阴谋。"四人帮"为了篡党夺权，就要解构已成的历史。所以，我称之为"非常的解构"。直到打倒了"四人帮"后，为了拨乱反正，恢复学科，才开始了一个"重构"的时期。在重构中，创新、突破才真正成为中国现代文学史著编纂的主题。到现在30多年了，重构还没有完成；而且，我认为这个任务短时间内是不可能完成的。

　　在拨乱反正、恢复学科的过程中，中国现代文学史著的编纂迎来了突破、创新的机遇。到目前为止，经历了回到《新民主主义论》、突破《新民主主义论》、"重写文学史"讨论、建构"20世纪中国文学史"这样四个回合，构成了中国现代文学史著编纂的新局面。

　　所谓回到《新民主主义论》，是借着毛泽东的理论来批判"四人帮"，把遭到他们践踏的、"十七年"里所建构的中国现代文学的历史加以恢复。但是，回到《新民主主义论》并非回归"十七年"，必然会有对"十七年"的突破。"十七年"间在"左倾"思潮影响下,把中国现代文学的性质规定为社会主义现实主义,这就超出了《新民主主义论》关于中国革命的性质是反帝反封建的这一规定,用它做标准就否定了一大批作家作品。回到《新民主主义论》,则只要具有反帝反封建倾向的文学就都应予以肯定。于是,"十七年"间受到批判、贬抑的许多作家,如徐志摩、沈从文等,甚至"五四"时期的胡适、周作人等,都得到了相应的肯定。这就比"十七年"里编纂的中国现代文学史著向前迈进了一大步,而且从此收不住双脚,预告了一个创新、突破的高潮的到来。

但是,《新民主主义论》更加强调的是反帝反封建只能在无产阶级领导下才能胜利。在文学上,新文学从"五四"开始也只能是在无产阶级领导下才发展起来的。这就是"十七年"里编纂中国现代文学史著时,拔高"革命文学",排斥、贬抑非无产阶级文学的理论根据,也是人们所批评的中国现代文学史变成了中国革命文学史的由来。由此引出的一些论断,如"五四"新文化运动是马克思主义领导的、新文学从一开始就沿着"社会主义现实主义"方向发展等,因为缺乏充分的历史依据,长时间里困扰着现代文学研究者。那时,质疑这样的观点是要冒政治风险的,要想突破需要政治勇气。这和今天大家以创新为时尚,趋之若鹜,真不可同日而语。南京大学许志英教授发表《"五四"文学革命指导思想的再探讨》①质疑关于"五四"文学革命是无产阶级领导的经典论点,果然在"清理精神污染"中受到批判。所幸时代毕竟变了,不久就有惊无险地渡过难关。山东师范大学朱德发教授也是最早质疑"五四"新文学领导权问题的学者之一,他也有很多关于这一问题的论述。②

这一阵风浪过去后,中国现代文学研究中的热点就转向过去受冷落的作家、流派,出现了徐志摩热、沈从文热、张爱玲热、钱钟书热、现代派热等等。这一阶段创新的重点是往文学史著里增添作家或为某些作家翻案,增添那些过去不允许入史的作家,为过去作为反面人物入史的作家翻案,是一种"点"的增加。1984年我的《中国现代文学简史》③ 出版后,

---

① 许志英:《"五四"文学革命指导思想的再探讨》,载《中国现代文学研究丛刊》1983年第1期。
② 参见朱德发《五四文学初探》,山东人民出版社1982年版。
③ 黄修己:《中国现代文学简史》,中国青年出版社1984年版。

有考研的青年对我说："考研的人都找您的书读，因为考试时'命中率'真高啊！"就因为我有意把过去不能入史而此时开始受到关注、渐成热点的作家，包括张爱玲、钱钟书、徐訏、无名氏、"九叶诗人"等尽量收入书中。而招收研究生的教师也喜欢出这方面的题来考查学生对学术动态的了解。我的《中国现代文学简史》就因为有意识地增加新的热点，当时受到不少学生的欢迎。《中国现代文学简史》的创新就在于热点的增添，历史的总体格局还没有变动。随后，不断增添的新点多了，渐渐地可以连成线了，中国现代文学史著的创新很自然就从"点"发展到"线"。以往中国现代文学只有一条主线，就是革命文学或无产阶级文学这条线，这时人们发现新文学还有别的很重要、贡献很大的线。要反映这些线，中国现代文学史著的总格局就要有变动。此时的创新、突破发展到"线"了，就需要有一种能够容纳得下这种变动的中国现代文学史的新格局。就是在这样的背景下，20世纪80年代后半期，"重写文学史"的讨论应运而起。

这一场讨论的任务应该在于理清新的线索，从理论上给予说明，解释它的历史必然性，说明新线索在中国现代文学史上的地位以及它跟革命文学那条线的关系，等等。如果回答了这些问题，必将把中国现代文学史著编纂的创新推进一大步。可是，在我看来，这场讨论并没有准备好，无论在理论上还是在文学史上的准备都很不够，对自己在当时历史条件下应该承担的任务似乎认识得也不是很透彻。它举着"去意识形态化"的旗帜急匆匆地登场，又在一场政治风波中急匆匆地落幕了。这场讨论所承担的任务到了20多年后的今天，也不能说已经很好地完成了。

好在"重写文学史"的讨论落幕后，中国现代文学史著的编纂没有停顿。时间已经到了20世纪末，回顾那时的思想界，与我们关系密切并且广有影响的是以李泽厚的"救亡压倒启蒙"论为代表的启蒙思潮。这差不多成了一段时间里编写中国现代文学史著的最重要的理论资源，研究中国现代文学史的人少有不受其影响或激荡的。在新旧世纪的交替时期，由黄子平等三人提出的"20世纪中国文学"的命题也引起了广泛的兴趣和关注，正适教育部组织"跨世纪"教学研究（此项目由我和孔范今先生负责），此时编写《20世纪中国文学史》形成了一个小高潮。

这个时候，思想界出现了很微妙的现象。大家都明白什么是"敏感问题"，都知道怎样绕道走，只要避开"敏感问题"，其他问题还是可以各说各的。可是，这时更多的难点急不可耐地潮涌而来。举个例子，改革开放后允许介绍、研究台港文学并出现了小热潮,随之而来的是台港文学的入史问题。这是毋庸置疑的,只要承认台湾、香港是中国不可分割的一部分,中国现代文学史著就不能没有台港文学。尤其是当代部分,1949年后台港文学的成就很明显。于是,此后的中国现当代文学史都增加了台港文学的章节,一个怎样处理海峡两岸文学关系的问题也就提出来了。

随着中国是多民族国家的观念深入人心,人们又开始认识到过去的中国文学史著主要还是汉文学史著,这是文学史著编纂中一个明显的缺陷,应当改进。于是,怎样才能写出一部多民族共同创造中国文学(包含现代)的文学史著就成为我们不可推卸的使命。此后,有的著作为表明已经包含了多民族文学,而把书名定为"中华文学通史"①。

由于对现代都市通俗小说研究取得不小的进展,以金庸为代表的武侠小说一度受到某些学者的高度评价,便产生了一股动力,要求重新评价被"五四"新文学否定了的通俗文学流派,重新认识民国时期盛行的章回体小说的成就和贡献,并且让它在中国现代文学史中与被尊为雅文学的新文学平分天下。这对传统的新文学观念产生了不小的冲击力。

人们还普遍感到新诗从"五四"到如今,其艺术成就不尽如人意,而被否定的传统旧体诗词在"五四"后仍有相当成就,不宜一笔抹杀。"五四"后几十年来创作旧体诗词的人很多,优秀的、足以传世的作品也不算少。这样的事实说明了旧的文学形式还有它的艺术价值和生命力,仍为现代人所喜爱、所使用。这些现代人的艺术创造当然也应该是中国现代文学的一部分,不应受到漠视和排斥。创作旧体诗词的人强烈地要求他们的作品应该入史,这种呼声很高。

还有,传统戏曲因为在"五四"后的继续发展,出现了艺术表演的新高峰,而且为适应现代人审美需求而有所变革,在编、导、演等多方面注入了现代新因素。那就理所当然应当载入中国现代文学史著了。事实上,现代戏剧领域呈现"三足鼎立"的格局,即话剧、改编的传统戏曲、新编的传统戏曲(含古代戏和现代戏)三者共同构筑现当代戏剧的历史。至今我们舞台上演出最多的不是话剧,而是戏曲。中央电视台可以有一个专门的戏曲频道,却还没有话剧的单独频道,这也反映了戏剧领域的实际状况。而我们的中国现代戏剧史却往往只是话剧史,未能全面地记述现代

---

① 张炯等主编:《中华文学通史》,华艺出版社1997年版。

中国戏剧的全貌，好在这种现象也正在改变之中。

现代的章回体小说、旧体诗词和戏曲如果都要入史，中国现代文学史著的面目将要有重大的变化。我曾经说过，那就不是雅俗小说的"双翼齐飞"，而现代文学将成"千手观音"了。这对于中国现代文学史著的编纂当然造成了强烈的冲击。

上述这些新问题都不是凭空而降的，而是一段时间里人们主观认识受到社会发展的客观形势撞击后才提出的。诸如政治上，港澳回归祖国，海峡两岸关系的缓和，国内民族问题重要性的显明化；经济上，实行市场经济后文学的边缘化，城镇化进程的加速，使文学的娱乐功能、消费功能得到提升，人们对通俗门类文学的观感、评价随之而变；文化上，新儒家对思想界的冲击，文化保守主义思潮的抬头，传统文化地位的提高，等等。这样一些社会的变动、思想的变动都使得过去的中国现代文学史著受到了质疑，对如何认识和编纂中国现代文学史著提供了新的思路。似乎已成定局的中国现代文学史原来问题多多，大有改进的空间，从而展现了突破、创新的前景。

以前的创新都只是中国现代文学内部关系的调整，无论所增加的"点"或"线"，都是中国现代文学内部的成分。而现在要求的变革是把本来被认为不属于中国现代文学的成分，甚至是文学革命的对象，添加到中国现代文学史著中来，是一种"面"的扩展，变革从"点""线"发展到"面"了。

这一轮创新热潮也已有初步的成果，主要表现在世纪之交出版的多部20世纪中国文学史著中。① 这一批文学史开始了面的扩展，或多或少地都增添了上面提到的那些新内容。在我主编的《20世纪中国文学史》中已设有少数民族文学、通俗小说等专章，台港文学之外还增添了澳门文学；到了第二版，又增加了"五四"后旧体诗词和20世纪戏曲的历史概述。在书中，我把这些单列为独立的专章，组成全书的殿军，这是因为我感到这不是简单地往原先的文学史上贴几块肉，这些内容的增添必然引起已获

---

① 主要包括孔范今主编《二十世纪中国文学史》（山东文艺出版社1997年版），程光炜主编《中国现代文学史》（中国人民大学出版社2000年版），朱栋霖主编《中国现代文学史·1917—1997》（高等教育出版社1997年版），黄修己主编《20世纪中国文学史》（中山大学出版社1998年版）。

公认的中国现代文学史观念的重大变动。我们还须弄明白，为什么这些成分应该属于中国现代文学，这样做的历史的、理论的合理性何在？它与文学革命中建立的新文学是什么关系？但是，这些问题都还缺乏研究，我能做到的是把它们先行编入，列为专章，或暂作附录，以引起注意，引出争论，扩大影响。晚一些出版的严家炎主编的《二十世纪中国文学史》①，朱德发、魏建主编的《现代中国文学通鉴1900—2010》② 也都在时间、空间等方面有所扩展。经过这样一番努力，中国现代文学的版图已经比过去扩大了。

从理论上探讨中国现代文学史版图扩大的必然性、合理性，这是个影响文学史著编纂全局的大问题。

我现在的认识是，文学革命有两个方面：一是思想上的革命，就是反封建；二是形式上的变革、创新。形式上的变革也有两个方面：一个方面是借鉴西方近现代文学的形式，用现代白话创造出新的文体（按照西方的四分法），这就是我们通称为"新文学"或"五四新文学"的，是以前没有过的事物；另一个方面是沿用现存的本民族传统的文学形式，例如章回体小说、旧体诗词、戏曲等，有所芟除（不适于表现新生活的文体被淘汰），有所增益，进行改造，使之既能表现现代的生活、思想、情感，又为现代人所接受、欣赏，从而使传统的形式获得新的生命力，凤凰涅槃，这也是一种文学革命（文学革命并非只有胡适、陈独秀倡导的那一种）。这样产生出来的作品，虽然保留着传统的形式，但已经不再是旧文学了，思想上也是反封建的，也是中国文学从古典走向现代所产生的新事物，不应该受到歧视。好比火车跑在两条轨道上，一条是白话新文学的轨道，一条是使用传统形式以表现新生活、新思想的轨道。这才是历史所昭示的中国文学从古典走向现代的完整版。我们过去只看到一条道，只承认一条道，对传统变革的那一条道视而不见，把它完全排除在中国现代文学史之外了。

这种片面性的造成从根本上说是"五四"文学革命的一个后遗症。"五四"新文化运动和文学革命的一个重要缺点是对民族文化传统的过分否定，在批判封建文学时，把古代作家和人民群众所创造的文体那丰富而

---

① 严家炎主编：《二十世纪中国文学史》，高等教育出版社2010年版。
② 朱德发、魏建主编：《现代中国文学通鉴1900—2010》，人民出版社2011年版。

精美的文学形式也否定了。形式是超越思想、超越时间的，它本身没有对或错。几千年来，人们创造的文学表现形式，包括使用文言文的艺术形式，只要今天能用，照样可以用来表达现代思想。这不为文学革命的先驱们承认。他们认为中国文学走向现代化就要把传统文学都打倒，另创一种新文学，新与旧一刀两断，一旦革命成功，此后的历史就是新文学的一统天下，中国文学现代化之路仅此一条。但这是不符合历史实际的。所以，中国现代文学史的面的突破首先要突破既成的中国现代文学史观（这是根深蒂固的，早就有人反对传统形式的文学作品进入中国现代文学史）。为此，还必须做好理论探讨，从理论上解释两条轨道并进的必然性、合理性。

我认为，先要对文化传统的特性做研究。文化传统具有双重性格，既有保守性，又有变异性。没有保守性，传统就不成其为传统，变成别的东西了。没有变异性，传统也不能成为传统，因为不能适应时代的变化而失去延续性，就会失去生存能力而走向死亡。中国传统文学千百年来就一直在变化中。作为后发现代化国家的传统文学，受到现代化浪潮冲击，更要在思想上、艺术上做出调整，以适应现代人的审美情趣，以获得新时代的认可。而变到一定的程度，它也就转化成为现代文学了，虽然形态上与"五四"新文学不一样，却不能再视之为旧文学。19世纪、20世纪之交正是我国传统文学蜕旧变新的重要关节点，大可研究，但过去从这样的角度对它进行研究却很不够。好像传统就是气息奄奄地等着进棺材的东西，不值得研究。陈思和先生把这一条线称为常态文学，与激进的文学革命并列。就是说，如果没有文学革命，中国古典文学也照样会按照常规渐渐地演化为现代文学。

传统文学在变革中不断发展的实践的意义还在于证明了中华传统文化强大的传承性，即使在全球化的新浪潮下，在千年未有的大变局中，它一方面守住了历史形成的传统特征，一方面又敢于变革，有所坚守又有所舍弃。所以，它不会在传承了几千年而一进入20世纪就突然"气绝"了、断线了。

恢复传统这一条线在中国现代文学史上应有的位置并不会降低了文学革命的意义。在全球化背景下，国门打开后，就有人有机会更多地接触先发现代化国家的文化，看到了差异、差距，产生了变革文学的冲动。提出新观点的先是外交官，如黄遵宪、陈季同等；力量更强大的还是留学生群体,"五四"文学革命的倡导者差不多都有留学先发现代化国家的经历。这些人与使用传统形式写作的那些职业作家不同(对他们来说,手中的传统形式是安身立命之器),不像他们与传统文学的关系那么密切。所以,首先提出文学改良或文学革命的是这批学者型的留学生。他们掀起了文学革命的浪潮,不论其主张是否有偏颇,仍有其不可替代的先进性。他们批判传统,效法、借鉴西方,另起炉灶,毕竟创立了新文学,立下了功勋,在双线发展的中国现代文学史中仍居于主流的位置。

"五四"先驱们创造新形式的文学是一条线,传统形式的文学向现代转化是另一条线。这就是"中国现代文学发生、发展的双线论"。胡适也用过"双线论"。他认为,中国古代文学是作家文学一条线,民间文学一条线。但是,说到现代,他就不承认双线,就只剩下他参与领导的新文学这一条线了。这样就造成过去现代文学双线的历史事实被遮蔽,只能说是"半部现代文学史"了。

所以,中国现代文学史著的第一章就应该讲"千年中国文学的现代转型",记录千年未有之大变局来到时文学现代转型的最初表现。这是早于文学革命的,所以要把中国现代文学发生的时间向前推移。这样,在"双线论"下重新来安排中国现代文学史的章节,文学史著的编纂就会有新的突破,这是可期待的。

现在越来越多的研究者看到、承认传统文学那条线,但双线并进并非双线合并,要避免把两条线混合在一起。例如,说韩邦庆的《海上花列传》是第一部现代文学的小说,很多人就不能接受这个观点,怕动摇了《狂人日记》的地位。其实《海上花列传》是传统的章回体小说走向现代那条线的,《狂人日记》是文学革命的第一篇划时代的作品,它们分属两条线。这两条线直到今天也不能说已经融汇为一体了。它们是"殊途同归"的,"同归"现代化,但却是"殊途",各行其道,文学史著要写出这"殊途"的实况。又譬如,文学革命往往要发宣言,写史时,这份宣言就成为一场革命开始的标志,但传统文学的变革往往是渐进的,可能找不到一件事作为开始的标志。古代文学就是这样发展过来的,某个新文体的出现很难说它兴于何时、盛于何时,从兴到盛可能相距几百年。这样一来,寻找一件事为传统文学走向现代的起点可能有困难,要如实反映这种情况,不必勉强。要坚守一条原则——按照历史的实际来写历史。

中国现代文学史的版图扩大以后,诸如此类的难题不少。不妨再举一例，少数民族文学纳入中国现代文学同样会牵动整个中国现代文学史的格局。无论视1911年辛亥革命或者视1919年五四运动为现代史的开端，这时候有的少数民族还远未开始走向现代，甚至有的还处于原始社会，有的还过着狩猎生活，有的还没有文字。他们这时的文学，无论是文字的还是口头的，用诸如"现代性"之类的标准来衡量根本不合格。这的确是中国现代社会很特殊的现象，是中国社会发展不平衡的突出表现，很值得记述。这样，从"绪论"开始就要交代进入20世纪中国社会的这一特殊性，把不平衡性在文学中的反映写出来，要打破以往的表述模式，摒弃西方的"现代性"标准，写出当今社会"前现代、现代、后现代"混为一体的特征及其在文学上的表现，这必然导致文学史著叙述的总体框架的重构。

这种"面"的扩大，会使中国现代文学研究的工作量加大。增加了许多新内容，中国现代文学史就成了庞然大物，有人称之为"大文学史"，无论是研究还是编写都很费力。例如，"五四"以后的旧体诗词，其数量可能并不少于白话新诗；而且绝大多数保持着传统的流通方式，只在友好中唱和、传抄（不像新文学作品那样作为商品在传媒上传播），收集资料就是繁重的工作。特别是我们研究现当代文学的人，过去不大重视传统文化，知识结构有很大的片面性，精通传统文学的人还少，编写双线并进的现代文学史著也是有困难的，任重道远。

中国现代文学史著的编纂从"点""线"的突破发展到"面"的扩大，难度随之而增，难以一蹴而就；但是，前景是好的。

至于"体"，指的是观察中国现代文学史的维度的增加使写出的中国现代文学史著更有立体感，也更接近历史的真实性和丰富性，这在当今还来不及成为一个普遍性的问题。

(原载《山东师范大学学报》2013年第1期)

现代文学发生的双线论

从 1919 年的五四运动到如今，已经过了 90 多年，回过头去不难看到，90 多年来中国文学的实际面貌和我们已经编出的现代文学史著所描述的并不完全一样，甚至可以说现在我们只写了半部现代文学史著。

按照文学革命先驱们的描述，新文学发展的历史是这样的：一时代有一时代的文学，经过文学革命，新文学打倒了、取代了旧文学，从此开始了新文学的时代。"五四"后的中国文坛是新文学的一统天下，旧文学随着文言文一道"气绝"了。现代文学史就是新文学的发生史、发展史。我们正是按照先驱们的这种思想和他们所提供的、所建构的历史框架来编写现代文学史著的。

然而，90 多年后，我们回过头去却看到另一番景象：一方面，以现代白话为工具，主要借鉴西方近现代文学形式建立起来的新文学成为中国文学的主流；另一方面，受到文学革命运动批判的"旧文学"——用文言和传统形式创作的文学作品，除去个别部门，都还在继续发展，有新的创造，也拥有相当的读者和观众。我们看到，"旧文学"中的章回体小说、戏曲和诗词在"五四"后不仅思想内容，而且艺术形式也都有变化、创新；因而，在新的历史时期能够继续生存、发展，至今并没有"气绝"。它们中许多优秀之作也是现代人宝贵的精神创造，也应该被视为现代文学的重要成果，传诸后世，为中国现代文学增色添彩。作为研究历史的人，我们要有勇气面对这样的事实，调整我们的认识。

下面举例来说明。

（1）旧体小说。指我们现在称为"通俗小说"的章回体小说。现在的研究者们把鸳鸯蝴蝶派小说（或称"旧派小说"）叫作"通俗小说"，这不确切，不如称为"章回体小说"，这是古代白话小说的延续和发展。这种体式在"五四"时受到批判，胡适发表《论短篇小说》就是要改变章回体小说的构思方法。但是，当白话新小说取得成功后，这种章回体小说继续发展，也很有成绩，而且数量相当可观，读者相当广泛。章回体小说本身并没有什么不好，但如果只有这一种小说体式，或只允许章回体小说存在，那就不好了。因为古代白话小说的发展已经是非常成熟的了，所以现代章回体小说使用白话比新文学要更早些，这是顺理成章之事，它们也随着时代的发展而发展着。这样的事实长期被遮蔽了，现在的现代文学史研究只讲新小说，不讲甚至批判章回体小说，使现代小说的历史缺了半边天。

（2）"五四"文学革命中受冲击最大的是传统的诗文，尤其是诗歌。旧体诗词以格律诗为主体，其格律是根据文言文的声律创造的，已发展得相当成熟。所以，改用白话作诗，先要破旧格律，采用自由体，于是，产生了"诗与非诗"的问题：什么才是"诗"？"五四"后白话新诗成为现代诗歌的主流后，用白话作诗，怎样才能达到较高的艺术水平，才能够成为有别于散文的"诗"，满足人们对"诗"的特殊的艺术需求呢？这个问题至今没有解决好。新文学的艺术创造在散文、小说、话剧领域都取得了很好的成绩，唯独新诗不尽如人意。且不说文化保守主义者，连现代文学的许多干将也认为新诗的艺术不成功。①

另外，"五四"后旧体诗词虽然退出了诗歌主流，却并未退出历史，还在继续发展中。如果把"五四"后所创作的旧体诗词收集起来，其数量相当可观，而且有一批杰出的诗篇。这些也是现代人优秀的精神创造。有研究现代诗词的学者认为，到20世纪末，"旧体格律诗与新体白话诗平起平坐，平分秋色"②。艾青则认为，"五四"后，中国诗坛上新体诗、旧体诗的状况是"大路朝天，各走一边"③，很生动地揭示了新体诗、旧体诗并存却互不相干的状况。

其实，新体诗与旧体诗在语言、形式上虽有区别，但并不是你死我活，不能兼容、并存的。只因为"五四"以后新文学不承认传统文学形式的生命力，现代人的旧体诗词成就被长期遮蔽了（毛泽东诗词除外），现代诗歌史便也显得不完整了。

（3）在文学革命中，传统戏曲所受的批判是最严重的，文学革命在思想上的片面性、极端化、绝对化特别突出地表现在对待传统戏曲的态度

---

① 参见梁实秋《读〈诗的进化的还原论〉》，载《晨报·副刊》1922年5月27日；闻一多1925年4月给梁实秋的绝句，见《闻一多全集》第12卷，湖北人民出版社1993年版，第66页；何其芳《关于研究中国古典文学》，见《与青年朋友谈治学》，中华书局1983年版，第54～55页；毛泽东1965年7月21日给陈毅的信。

② 施议对：《诗运与时运》，载《学术研究》2008年第9期。

③ 艾青：《马万祺诗词选序》，中国文史出版社1999年版，第2页。

上。过了几十年后,我们感到非常奇怪的是,这一受批判最厉害的部门不但没有倒,反而在"五四"以后发展得很好,使人不能不惊叹传统戏曲的生命力,惊叹传统的力量。

20世纪初,就在文学革命运动高潮中,民族传统戏曲出现了历史上继元杂剧、明昆剧的第三个发展高峰期,这就是京剧的高峰期。也是在这个时候(经梅兰芳等的努力),京剧走向世界,得到了世界的承认。经过"出口转内销",反过来影响国内新文学家对传统戏曲的认识。此后,影响很大的戏曲新剧种,如越剧、评剧等,也走向成熟。

当然,戏曲本身也在变。在发展过程中求变,这是文化传统的一种特性。在一个新旧交替的时代,传统本身也有变革的要求和趋势。其中,包括受到"五四"新文化运动的冲击,它们也开始进行改革。这种改革使传统的京剧能够适应时代的变动,能够生存于新的时代环境里。这本来也应该是新文化运动的一个重要内容(促使传统向现代转化,自我更新,这也是新文化运动的作用、效果),但是,这一重要内容被以往的现代文学史研究遗忘了。

现代文学史著记载现代戏剧的起始,只说"五四"新文化运动猛烈批判传统戏曲,而1907年,春柳社从日本带回了话剧。这样记述现代戏剧历史的开端是不全面的。因为在19世纪、20世纪之交,在清末民初社会大动荡中,受社会变动的激荡,戏剧已经开始变革。这时出现了"新剧",包括改良戏曲(改良京戏、时装新戏等)、文明新戏、学生演剧、各地方戏等。改良新戏实际上就是话剧。学生演剧发端于1896年上海圣约翰书院,也早于春柳社。现代戏剧的诞生不是单一的话剧输入。①

戏曲所受文白之变的冲击不大,因为京剧等剧种无论唱词还是念白,都已经十分通俗。大家拿京剧的剧本和关汉卿、汤显祖等的剧本比比看,有的基本上是用白话了。所以,城乡文盲不能看书,却可以听戏,戏曲有群众基础。

这样一来,"五四"以后,中国的戏剧呈现出三足鼎立之势。

第一足——话剧。从西方介绍过来,经过民族化取得相当成就。我们现在写的现代戏剧史大多只是现代话剧史。这种状况正在改变。但是,现

---

① 参见袁国兴《何谓清末民初的新潮演剧》,见袁国兴主编《清末民初新潮演剧研究》,广东人民出版社2011年版,第1页。

在占了舞台主位的还是传统戏曲,至今各地舞台上演出的主要不是话剧,而是戏曲。有研究者说,话剧在中国现代戏剧中只占百分之一,因人民群众欣赏而流行于舞台上的还是传统戏曲。

第二足——传统戏曲的改编。这是现代人利用古代剧目改编的新作。改编也是创作,改编后不再是传统戏曲了,在剧本的主题思想、编制方式、舞台布置意识、剧情安排、演员地位和艺术表现诸方面都有了变化。剧目是属于古典文学的,但经过现代人的改编,已经现代化了。这一足也就是我们常讲的"戏剧改革"的成果。"推陈出新"是我们的戏剧改革方针,执行了方针,又出了"新",却不承认它是新的,不准入史,说不过去。已经出现的《十五贯》《团圆之后》《连升三级》等剧绝不能说还是古典文学,它们应该是现代戏剧的重要一足。

第三足——新编戏曲。新编戏曲有两种。一种是现代戏。有以时事为题材的,如著名评剧家成兆才的《杨三姐告状》,塑造了性格刚烈的民间女子杨三姐的形象。现代戏并非"文化大革命"中有了"样板戏"才有的。清末民初,现实题材成为城镇化初期演出市场迅速繁荣的重要动力,海派京剧迅速发展就因为大量的现实题材作品的产生。如《火烧第一楼》《枪毙阎瑞生》都是很受观众欢迎的现实题材的京剧。另一种是新编的古代题材,叫作新编历史剧(如《海瑞罢官》),最近又叫作新编古代戏。

应该说明,"五四"时期,在批判旧戏时否定一切,观念有偏颇,但一些有识的现代作家早已经看到这样对待民族传统是不合理的。如田汉早就不赞同习惯的二分法:舶来的是新,所以话剧就叫作"新剧";本民族的都是旧,传统的戏曲就被称为"旧戏""旧剧"。他提出新的二分法,以精神内涵为区分的标准:"完全承袭前人的死的形式,而忘记了他的活的精神便是旧剧。能够充分理解自己所演的人物的性格与情绪,而加以个性的、自由的解释的便是新剧。"① 他提出传统的戏曲应称为"歌剧",与舶来的"话剧"相对应,并存于我们的舞台上。按照田汉的思想,我们的现代文学史上就应该有民族戏曲的地位。我认为,"五四"以后的中国现代戏剧,应该包括话剧和戏曲两类,戏曲中又有改编的和新编的两部分,这样形成中国现代戏剧的"三足鼎立"。

从以上的例子,我们看到现代文学史缺少的一半就是"五四"后仍

---

① 田汉:《新国剧运动第一声》,载《梨园公报》1928年11月8日。

然在发展中的传统形式的文学。这些被文学革命猛烈批判的形式并没有死亡，还在创造着新的成果，这是无法抹杀的。

这是为什么呢？那就要说说文学史的双线论。

胡适曾在他的《白话文学史》《胡适口述自传》中提出把汉朝以后的文学分成并行的两条线：一条是历朝历代文人、学士的作品，主要是用文言文写的作品，胡适认为那是死文学；另一条是活的民间诗歌、一般故事诗、巷尾街头职业讲古、说书人所讲的评话等等，就是用白话创作的文学，是活文学。"五四"新文学就是从古代活文学这条线发展过来的。他为白话新文学寻找历史源头，说明白话文学是古已有之，是有历史根据的。凡是企图证明自己在现实中的正统地位的人总要为自己寻找历史的根据，好比做亲子鉴定，以证明自己具有正当的遗传、正当的血统。

胡适说的是文学史上有两条线——文人文学线、民间文学线。这个论点是否科学，暂且不论。但他宣告文人文学死亡，同时认为主要为文人所用的传统形式也已经死亡了，当然就看不到或者不承认还在继续发展中的各种传统形式的新变化、新成就。两条线死了一条线，于是现代文学只剩下一条线，就是新文学这一条线了。因此，胡适和一些文学革命先驱者在建构新文学的历史时就只讲一条线。我们跟着他走，越走越极端，从白话新文学一条线走到革命文学一条线。

但胡适的中国古代文学有双线之论，却对我们考察现代文学有启发。我们看到现代文学实际上也是双线发展，只是历史背景变了，双线的内容和古代不同。

文学形式的变革往往是在与他种文学的相互激荡中受到影响而发生的。古代中国对外交往少，主要的相互影响就发生在本民族内部。作为主流文学的是文人创作，他者主要就是民间文学。这时，文学形式的变革主要受民间文学的刺激和影响。以诗为例，从四言到五言再到七言，进而到词、曲，无不是与民间诗歌、民间音乐的影响有关。小说、戏曲的产生和繁荣更是如此。

但是，到了现代，一是国际的交往频繁是古代所不可同日而语的；二是文化地位转变了，过去我们的民族文化在世界上是强势文化，近代成了弱势文化，受他者的冲击、影响，要改变自己以求生存。这时，外国文学这个他者的影响力就大多了。林纾的翻译是打遭遇战，但已经显示一种新的趋势了，即会有新的双线。

一是主要在外国文学的冲击、影响下产生的新文学。鲁迅讲得很清楚：文学革命的发生"是受了西洋文学的影响"①，"新文学是在外国文学潮流的推动下发生的，从中国古代文学方面几乎一点遗产也没摄取"②。他说的是"一点"也没有，多么彻底！文学革命以反传统的革命姿态，创造出一套以借鉴外来形式为主的新文学，留学生或者教会学校培养的作家成了主力。

二是继续用传统的形式、传统的表现方法，做适当的改进以表现现代生活。在西方文化的冲击下，中国传统文学如果想要保持生命力，继续生存而不被淘汰，那就要变，或者自觉、自动或者被逼迫着向适应时代变动的方向转化，自我更新，凤凰涅槃，为自己争到新时代的生存权。当时有一大批作家这样做了（做得好不好另做评论）。其结果是，受文学革命的猛烈冲击，传统形式大多得以改进、革新，并且被运用来表现现代生活，抒发现代人的感情。这对满足现代人的精神需求起了重要作用，做出了重大的贡献。

中国文化传统的这种连续性特别强，当一些古老民族的文化传统已经失传、消亡时，中华民族的文化传统连绵不断，还有蜕旧变新之力，这使得中国文学的现代转型有自己的特殊性。

这样一来，就形成了现代文学发展的新双线。如果要全面地记述现代文学的历史，就要写出两条线：一条是打出"文学革命"的旗号，借鉴外国文学，创造新形式；一条是继续使用本民族传统形式，在现代条件下加以改革，创造新成果。（当然也还有一种可能：这两条线相互渗透、交融，产生新种，产生第三种东西。）

中国文学是怎样走向现代的？中国文学走向现代有两条路，而不是只有一条路，不是像胡适等在"五四"后所概括的——现代文学的新形式诞生了，旧的、传统的形式从此死亡了。

可惜在中国，这两条线互不认识，互相对立。经过几十年的风风雨雨、恩恩怨怨，双方现在已经逐步地看到两者可以并存于世，应该互相承认了。两条线的状态已经、正在被越来越多的人所认识，传统形式那条线

---

① 鲁迅：《且介亭杂文·〈草鞋脚〉小引》，见《鲁迅全集》第6卷，人民文学出版社1981年版，第20页。

② 鲁迅：《集外集拾遗补编·〈中国杰作小说〉小引》，见《鲁迅全集》第8卷，人民文学出版社1981年版，第399页。

逐渐地被写进现代文学史著。

但是，因为对"双线史"的认识还不清楚，把两条线混在一起，也发生了一些混乱。例如，把韩邦庆的《海上花列传》作为我国现代文学的第一部作品，让人感到不伦不类。韩邦庆的小说中有时代变动的影子，有了"现代"的因素（达到什么程度要研究，不必拔高），这属于传统形式走向现代那一条线。《海上花列传》在这条线中的地位是没有疑问的，但在现代文学史上，它属于哪一条线要分清楚。

传统变革这条线起动得早，例如比新文学更早使用白话，但它们也有弱点。"现代"的因素要积累到一定的程度才可能引起新的质变。稍后出现的一些现象又增添了新因素，例如一些外交官由于长期的国外生活，近距离地"看世界"，有了黄遵宪、陈季同的一些文学创作和文学变革的新见解。再后就是留学生登场，胡适等人没有官员的身份，思想更开放。他们出国的使命就是学习西方先进文化，只有他们才可能提出中国文学转型的系统理论，并且发起文学革命运动，形成新文学这一条线。这条线出现得晚，但从此开始了中国现代文学的新时期。现代文学的开端当然是"五四"，现代文学第一部小说当然是鲁迅的《狂人日记》，这部小说的意义是划时代的。

双线论有新的具有普遍性的意义（不仅对中国有意义），那就是20世纪开始了全球化的（第二浪潮）进程。现代文化是世界各国"共创、共有、共享"的公共文化，没有任何国家可以拒绝。任何国家一方面要继承本民族的传统文化，另一方面又要接受国际文化。对于后发现代化的国家，由于文化处于弱势的地位，在为实现现代化而向国际文化学习时，本民族的传统文化必然受到冲击，甚至逐渐式微、衰落，严重的可能消失了。这就遇到一个普遍性的矛盾，既不能抵挡世界先进文化，又要保护好本民族的文化传统、保持自己的文化特色，这个矛盾怎么解决呢？

"五四"以后，中国现代文学的发展提供了实际的经验。国际先进文化对后进国家文化的冲击会产生两种反应：一是直接借鉴国际先进文化，进行新的创造（新的形式、新的品种，建构自己的文化新传统）；二是保存但改造原有的传统，适应新时代的要求。

我们既要赞美胡适、鲁迅等先驱者迎着世界潮流、敢于创新、创造中国的现代文学，也要赞美另外一大批作家、戏剧家，他们为适应世界潮流，运用固有的民族传统形式，把它们推向现代，延续其生命。中国作家在这两个方面都是有成绩的，可以提供给世界借鉴。这里有多少经验教训，为什么不去研究？

片面地否定民族传统的发展、变革这一条线是"五四"文学革命的后遗症。例如，有一段时间，人们热议"没有晚清，何来'五四'"，其实这是不需要论证的，凭着常理就能推断，正如说"没有过去，哪来今天""没有爸妈，哪来子女"是一样的，但是这样的常理却成了大问题，而且还挺轰动，就是"五四"留下的后遗症。

同时，还有一些思想认识上的问题，我们在观念上要有改变。

第一，"传统"与"现代"的关系。二者并不是相互绝对排斥的、互不相容的二元对立，"传统"不等于保守（但有保守性）、不等于抱残守缺，"传统"不一定就是"现代"的死敌。"传统"既可能阻碍"现代"的发展，也可能帮助、促进"现代"的发展。"传统"并不只属于古代，也属于现代（正如父母的遗产也是下一代的财富的一部分），并非把"传统"抛弃得越彻底，就越"现代"；相反，"现代"要建设得好，特别是文化建设要建设得好，是离不开"传统"的，是不能割断与"传统"的联系的。"五四"新文学批判"传统"很坚决、很彻底，而事实却是凡是新文学的优秀成果都不同程度地得到了"传统"的滋养，没有也不可能切断"传统"这根血脉。陈寅恪的"三来"：不忘本来，吸收外来，创造将来。"本来"是创造"将来"必备的一个条件。

第二，一时代有一时代的文学。文学、艺术、文化都有时代之别、新旧之别，但不宜以新旧分优劣。过去的东西有的部分已经不适应今天的生活了，但不能说不适应今天的就一定是坏东西。那种凡是过去的都是坏的，今天的、新的都是好的，甚至想把旧的都扫除掉的思想是非常简单化的。

第三，"传统"和"现代"的相互认识必有一个过程。"传统"要想续存于"现代"，就要接受"现代"的检验、考查、批判。在它穿过历史的漫长隧道时，要经过一道道关口，接受一次次的检查，才能决定它是被"现代"接受还是被"现代"拒绝，哪些被"现代"接受，哪些被"现代"拒绝。这个检验的过程有时是很长的，往往这一阵得到肯定，过一阵又被否定，反反复复，经过了很长的时间、很多的曲折，才被"现代"比较全面地认识了。

"现代"对"传统"的认识不可能一步到位，因此要小心谨慎。"现代化就像一块巨大的橡皮，它会在不知不觉中抹掉历史、抹掉祖宗的痕迹、抹掉那份温润的带着祖先体温的文化。对此，我们一定不能掉以轻心。"① "五四"批判"传统"，只是我们认识民族传统文化的一个短阶段。今天出现新儒家对"传统"的认识，我们提倡国学，建立孔子学院，又是一个阶段。我们对"传统"还在继续认识的过程中。所以，对"五四"既不要因其对"传统"认识的片面性而严加苛责，也不要为保护它而否认它的错误，为那时的错误辩解；要把它看作现代人认识"传统"的一个阶段，一个难以跨越的阶段。

第四，要纠正用政治革命的模式来理解和叙述文化革命的偏颇，不能用政治革命的模式硬套文化或文学的革命。政治革命是砸烂旧政权就大功告成，新政权的建立就意味着新法统的成立，哪怕旧政权的残余势力还在，在法统上已经不合法了。而把文学革命也看成政治革命，于是文学革命要胜利就一定要消灭掉传统文学，新旧文学一刀两断。但文化革命或文学革命不能"打倒""砸烂""消灭"。文学革命既可以创造新的，也可以利用、改造、转化、融化旧的，化旧为新。无论是创新还是化旧，都不能一蹴而就，都只能是渐进式的。这是跟政治革命完全不一样的。

由于新文学先驱们的思想偏差，由于他们掌握了建立新文学历史的话语权，他们的思想偏差长期、深刻地影响着现代文学学科的后来的学者，我们一直延续着先驱者的思路，把民族传统在变革中继续发展这一条重要的线索遮蔽了，使已成的现代文学史著只有新文学一条线，所以只能说是半部文学史著。

通过拨乱反正、解放思想、重写文学史，我们已经把仅有革命文学这一条线的文学史解构了。现在还有一个解构仅有新文学这一条线的文学史的任务，这是新的机遇，这是学科自身发展过程中随着研究的深入、认识的深入所提出的新问题。不过要把握这个机遇，写出一本完整的现代文学史著还很困难。不是难在思想认识上（有反对的，但我感到并不有力），而是难在学术准备不足、条件不具备。

讲这个问题是想说明机会还是有的。既有社会的需要所提供的机遇，也有学科发展本身的需求所提供的机遇。

（原载陈平原主编《现代中国》第 14 辑，北京大学出版社 2011 年版，为《中国现代文学学科的过去和未来》的后半部；标题为新添的）

---

① 田青：《中国非物质文化遗产保护的现状与未来》，载《解放日报》2010 年 9 月 26 日。

现代旧体诗词应入文学史说

一

　　旧体诗词是中国古代的文学体裁，但是，当我们进入了"现代""当代"，当我们有了现代的诗歌以后，还有人运用这种古代体裁写出很不错的作品，这可以说是现代中国文学的一道景观。类似的还有旧戏，旧戏也是古代体裁，不但至今长演不衰，而且曾运用这古代体裁表现现代生活，称"现代戏"。仿此例，我们亦可将"五四"以后旧体诗词反映现代生活、表现现代思想感情的作品称为"现代旧体诗词"。我这是先给当今的旧体诗词加上"现代"之冕，同时也为它们正名，既然有了"现代旧体诗词"之名，说明其与传统的旧体诗词是不一样的，是新历史条件下的文学新品种。这样一来，便于它名正言顺地步入中国现代文学的殿堂。

　　自"五四"文学革命至今，80多年间的文学史被称为"新文学史"或"现代文学史"（今又被称为"现当代文学史"）。过去，描述这段文学史的著作一开头就记述白话文如何战胜文言文，以自由体为主的白话新诗如何战胜有严格的格律的旧体诗词并取而代之，出现了白话文学的一统江山。但这是不符合历史事实的。在距离"五四"已有80多年的今天，回头看去，历史的实际情况应该是：白话新诗在"五四"后取得了诗歌的主流地位，但旧体诗词仍在继续发展。80多年来，出现了大批写作旧体诗词的作者，创作了大批作品。其中相当一部分作品，不仅反映了"五四"后的新的思想观念，表现了新的时代精神，包含具有伟大变革时代的宏伟气势的生活内容，抒写在历史的曲折中悲欢离合之情，而且在旧体诗词艺术的创造上多有建树。这一类作品是新时代的文学创造的重要收获，是代表时代最高水平的艺术精品。"五四"后的旧诗词一直处于文学的边缘地位，没有发生过与白话新诗争当文坛盟主地位的争论，只是默默地行进，不求闻达，不事声张。那态度似是超脱的、潇洒的，但那杰出的成果还是有目共睹的，至今没有人来否定，然而也得不到承认。把它定名为"现代旧体诗词",也是为了求得研究现代文学的人们的承认。

二

那么,为什么经过了"文学革命"的打击,已被挤到边缘去了的旧体诗词处于强大的主流的身旁还能继续生存、发展呢?这要从三个方面来解释。一是旧体诗词的艺术形式还有生命力,还足以作为新的思想感情的载体。二是作为它的对立物的白话新诗,至今可以说尚处于"幼年期",还很不完美,不足以完全取代旧诗词。三是最重要的一点,即文学革命、文化革命有自己的规律,新与旧的交替不可能是截然的一刀两断。这和政治革命推翻旧政权、建立新政权就算革命完成了是很不一样的。新文学可以打倒旧文学,却不可以抛弃旧文学。新文学取代了旧文学后,还要不断地从旧文学中吸取思想的、艺术的资源,用以强壮自己,否则将会是孱弱的、无力站立的。只有当它充分地吸取了旧文学中的精华,再增益以从别处吸取的新养分,既包容了旧文学,又超越了旧文学,才使旧文学感到实在没有存在的必要了,可以完全地退出文学历史的舞台了。这个过程可能是很长的。某些文学样式可以说已经基本上走过了这过程。

例如小说,早已没有人再来使用文言文或"某生者"体那样的格式了。因为早在"五四"以前,用当时的白话创作的章回小说,如《水浒》《金瓶梅》《红楼梦》等,已经在艺术上超越了文言小说,甚至出现了《小额》① 这样比"五四"新文学更加口语化的小说作品。因此,新的白话小说在语言上与旧小说有明显的衔接性、贯串性,便容易从古代白话小说里充分地吸收艺术营养。胡适在 1918 年写了一篇《论短篇小说》,介绍西方短篇小说的结构方法,即截取生活片断、以小见大的经济组织法,其目的就在于打破章回体的格式。新文学的短篇小说主要在结构方法上借鉴了西方小说,它们只要肯于打破章回的格式,其他方面,特别是口语的运用完全可以从传统小说中学习,称之为"我们的白话老师"②,与传统的关系便较为密切,既有继承,又有突破,也就有了超越。至于写长篇小说,与古代小说的关系就更密切了,甚至章回的形式都可以保留。中国古

---

① 《小额》发表于 1909 年,作者松友梅,为北京《进化报》的总务。
② 胡适:《中国新文学大系建设理论集·导言》,上海良友图书印刷公司 1935 年版,第 23 页。

典小说艺术的优长已经为新小说所包容，新小说可以不必再用文言小说的格式了。到了1919年，胡适又写了《谈新诗》，提出"诗体大解放"的主张，情况就不同了。文言既要抛弃，诗的格式、格律也要抛弃，新生的白话诗在艺术上可以说与民族传统断裂了，在形式上只好去借鉴西洋诗歌，但现代汉语并不具备西洋拼音文字所具有的音乐性。一些诗人企图在破了旧格律后建立白话的新格律，如闻一多的"格律体"、林庚的"九言诗"、冯至的"十四行体"等，也是一种尝试，但始终成不了主流，新诗坛的盟主是自由体诗，也就是不讲究形式的诗体。新诗在取代了旧诗之后，长期里没有公认的主导的形式。季羡林先生曾认为新诗是一个失败，至今人们对诗也没能找到一个形式。既然叫作诗，则必有诗的形式，否则可另立专名，何必叫作诗？诗人郑敏也认为，"作为整个民族的文化传统，必然有一种历史的贯串性。我们的文学语言的传统是中断了的"；她不赞同新诗"完全把诗的形式放弃了，诗写得越来越自由、越来越散文化"，诗是"语言音乐性的集中表现。如果文学创作对语言的音乐性抱着很粗糙的态度，那么文学的高峰就很难达到"。① 其后果就是80多年来新诗的成绩不能令人满意。具有讽刺意味的是，新诗开创者之一的郭沫若在"抗战"以后便走回头路，又以旧体诗词为主要的创作形式了。

反观旧诗词，人们对其因严格的格律而束缚思想的一面都已有了认识。但正因为它有格式，它又有帮助人们表达思想感情的好处，对这一面人们往往缺乏认识。正如只看游戏规则束缚人，看不到合理的规则帮助人把游戏玩得更好、更痛快。人们最初创造一个一个的形式绝不是为了自缚、自闭，恰恰相反，是为了更充分、更便利、更艺术地表现自己。古代诗词从四言到五言再到七言，又有骚、赋、词、曲等，都在不断地变换形式、增添形式以达到更方便地表达思想感情的目的。而"五四"后，许多作者继续写旧体诗词，也还是因为在新诗尚未有令人满意的新形式之前，采用古人创造的自己熟悉的旧形式更便于表达自己的思想感情。

我这里举鲁迅《为了忘却的纪念》里的两首诗为例。一首是他的七律，是在得到柔石等人的遇难消息后写的那首《惯于长夜过春时》。我相信这首诗是现代旧体诗词的杰作，写悲愤之情的极品。"忍看朋辈成新鬼，怒向刀丛觅小诗"，只这一联便把抒情主人公"横眉冷对千夫指"的

---

① 郑敏：《新诗究竟有没有传统？》，载《粤海风》2001年第22期。

形象凸显了出来。此诗刊布之后，几十年来步其韵而作的七律数不胜数。有心人如加以收集，估计可以出一专集。最著名的当是郭沫若1937年7月的《归国杂吟》："又当投笔请缨时，别妇抛雏断藕丝……"和诗因为受原作韵脚的限制，更不好写，往往不如原作。但郭沫若的这首七律，同样可视为现代旧体诗词的杰作之一。我在报刊上还看到一些"文化大革命"和近日用鲁迅的韵写的七律。其中一首中有"梦里怕听呼口号，墙头耻看'派'旌旗""韵罢横眉无写处，荧光如豆映牛衣"。这大概是"文化大革命"中被关在"牛棚"时暗中吟成的。楼适夷先生也有一首："甘载抓纲余血泪，十年改革见旌旗。忍看倒爷乱天下，怒向群妖觅小诗。"显然是写于改革开放之初，表示了对不正社会风气的不满。为什么这么多人心甘情愿地跳入别人圈圈，用规定死了的韵脚来写诗，戴上脚镣跳舞呢？这除了个人的爱好、习惯，更重要的是有其方便之处。规矩束缚人，但也帮助人。如果是好的规矩，人们借着它，可以便利、尽情地表现自己的才情，这正是形式的好处。我举出一首诗居然有那么多人来唱和这样的事实来说明这种形式并不是只有缺点而毫无长处。而新诗从诞生之日起便不讲究形式，使自己吃了亏。

　　鲁迅的《为了忘却的纪念》里还收了一首诗，那是记录殷夫所译的裴多菲的《格言》①："生命诚宝贵，爱情价更高，若为自由故，二者皆可抛！"原诗比这长，直译过来就是自由体。而殷夫用意译，像一首五言古诗，起承转合，得古诗简约、凝练的神韵，因而至今流传极广。这同样说明旧体诗词在形式上有可取之处，便于表意抒情，今日仍可运用。

三

　　既然新旧文学的交替不是一刀两断式的，旧诗艺术形式仍有生命力，仍被采用且出了不少好作品，为什么至今不能被写入现代文学史著呢？

　　我认为，最重要的原因在于现代文学史著的编制受"当事人"的影响太大。"当事人"指"五四"启蒙主义者。他们推倒文言文和旧文学，掌握了话语权力，于是留下了大量叙述文学革命经过的史料。他们写过总结性的文章，编过新文学的选本，几乎是替后人构搭了新文学发生期的基

---

① 关于这首译诗的作者是谁，目前尚有争论。

本历史框架。凡是当时被视为革命对象的，凡是当时发表了与他们不同见解的（不论是正确的或错误的），都被作为阻碍历史发展的反面事物，以被批判者和失败者的不光彩角色写进他们编写的历史著作，或者排除于历史之外，一直影响到今天。他们反对文言文，主张打破旧格律。于是，用白话写的自由体诗哪怕淡如白水，也可以入史；而旧体诗词写得再好，也不能入史，还把喜作旧体诗词者讥为"骸骨的迷恋"①。类似的还有通俗文学，因为启蒙者们也批"旧派小说"，把鸳鸯蝴蝶派当作封建的、非人的文学批判。于是，无论是言情的还是武侠的，都不能入史，形成多数现代文学史著中有雅无俗的局面。

　　历史既是胜利者的历史，后来者为求真相，便必须一次次地突破"当事人"的观点和眼界，才可能推动现代文学史著的编制，使之更加接近历史真实。诸如只有突破了第一次文代会的评价模式，才使得20世纪40年代国统区文艺的大半边天得到应有的地位；只有突破了"无产阶级文艺运动是30年代唯一文艺运动"的模式，才使得京派、新感觉派、现代派还有许多非左翼作家的优秀创作在文学史上得到了应有的位置，写出在"分化、搏斗中共创辉煌"②的历史。现在，也只有突破"五四"启蒙者早已设定的格局，才可能写出"五四"后旧体诗词退出主流地位后很长一段的"惯性滑行"。这期间的好作品同是现代人的创造，同是现代人的优秀精神产品，当然应该入史。这不单是怎样看待这些旧体作品的问题，而是能不能纠正启蒙者的偏颇，能不能改正错误的文学革命观（诸如文学革命可以"一下子"成功，旧体裁立即销声匿迹，无影无踪，新作品立即江山一统，等等）。这样一些问题不是小问题，要改变已成的观念并不容易。近日，还有人责难给了金庸一定历史地位之举，认为否定金庸才是"坚守新文学立场""是对新文学精神的捍卫"③。评价金庸不以其作品为依据，以便"坏处说坏，好处说好"，却以"新文学精神"为据，这是说不通的。反过来，也可以说公正地评价金庸，正是坚持民主、科学精神，正是"对新文学精神的捍卫"。纠正对通俗文学的偏见，这正是对"新文学精神"中的片面性的纠正；否则，凡是启蒙先驱说过的都

---

① 斯提：《骸骨的迷恋》，载《时事新报·文学旬刊》1921年第19号。
② 在黄修己主编的《20世纪中国文学史》中，用这句话概括20世纪30年代文艺。
③ 王彬彬：《批判金庸：对"五四"精神的捍卫》，载《粤海风》2001年第22期。

是正确的、都要维护,凡是他们批判过的都只能再批判而不能重新评价,那么我们岂不成了新的"凡是派"吗?

四

尽管有人反对,其中有的人还是权威人物,但因无法无视现代旧体诗词的存在,无法否认其成绩,所以现代旧体诗词将进入文学史著是毋庸置疑之事。事实上,已有一些现当代文学史著作为其列了章节。现在的问题是要加强研究,为编写全面的现代文学史著做好准备。对此,我有三点建议。

一是大力做好现代旧体诗词的收集、筛选工作。由于现代旧体诗词数量很大,这一工作的工作量就很大,绝不是少数几个人能够完成的,要靠集体的力量,由各地区、各单位合作进行。做这个工作也是非常辛苦的,没有舍得奉献的热心人是不行的。在大量收集的基础上,做好筛选工作,把思想、艺术好的挑出来。先出一些选集,这对于普及现代旧体诗词的成果,帮助更多的人了解现代旧体诗词的状况,是非常必要的。如果能有一部像《唐诗三百首》那样的现代旧体诗词精选,其中许多诗脍炙人口,常在日常言谈、书写中被引用,那么现代旧体诗词的影响就大多了。

二是加强对现代旧体诗词的学术研究。现在从事现代文学研究、教学的,有四五千人之众,但并非人人有兴趣、有条件研究现代旧体诗词,希望古典文学研究家和一些旧体诗词的爱好者一起来做这一项工作。例如,要研究现代旧体诗词的现代性,它有什么有别于传统诗词古典性的特质。研究结果可能会发现现代旧体诗词的若干现代性,这是它流行至今的内在因素;也可能发现它缺少现代性,因而可能走向衰亡。这就一定要有实事求是的精神,真正科学的论断才是有说服力的、有学术价值的。

三是在条件成熟时,编写现代旧体诗词史著。只有把这一体裁自身发展的历史搞清楚了,才能看清它与别类品种的关系、它的独特作用,才便于在编纂现代文学史著时把它摆在合适的位置上。三年前,我主编《20世纪中国文学史》时,就极想加入现代旧体诗词的内容,苦于物色不到撰稿人。有人听到这个任务就打退堂鼓,因为在现当代文学史里能给予的篇幅不可能很大,而需要收集、整理的材料甚多,任务繁重,大家望而生畏。如果有一部现代旧体诗词史著作做参考、做基础,就方便多了。这方面，通俗小说的研究先走了一步。现在已有大型的20世纪中国通俗小说史著问世，有了这样的准备，新编的现代文学史著中雅俗小说的"比翼齐飞"就有了实现的可能。

还有，从事现当代文学研究的人，要关注现代旧体诗词的发展情况，把这一内容作为自己研究工作中应有之题。而熟悉、研究现代旧体诗词的专家、学者，也要关注现当代文学，特别是新诗的状况，最好也能参与新诗研究。这样一来，大家相互交流、相互结合，大有利于现代文学学科的进步。这些说起来不费力，做起来不容易。

现当代文学研究中还有空白点，近年来有的已补上了，如对20世纪通俗小说的研究。与其比较，现代旧体诗词的研究还未有明显的动静。小说是大众化的，影响面大，易引人关注；诗词是小众化的，只是小圈子里的事。小说是俗文学，诗词是雅文学。俗文学发展得好，可能超越雅文学，从"比翼齐飞"到把雅文学挤向边缘。因此，小说有可持续发展性，诗词可能越发展便越衰落。旧体诗词之所以在20世纪能有收获，因为20世纪的上半叶还培育了不少国学修养相当不错的人才，还有大师级人物。但是，到了20世纪下半叶，国学几乎衰亡。现在大学中文系的学生，甚至教授，能写文言文的可能寥寥无几，有的还不会读古文。因此，以文言文为工具的旧体诗词缺乏发展前景。"五四"时，鲁迅宣告文言文"气绝"，早了点。但在21世纪，文言文倒真可能"气绝"。旧体诗词的"惯性滑行"，越来越慢，也可能会有停止前行的时刻。因此，我们也要注意观察，即使它不再发展了，也仍然是我们要研究的，仍然应该写入文学史著。

（原载《粤海风》2001年第3期、《中华诗词》2001年第5期）

旧体诗词与现代文学的啼笑因缘

2001年5月25日,中华诗词学会在安徽合肥召开第十四届年会,主题是"五四"后的诗词成就。他们邀请现代文学研究人员与会,但到会者仅我一人。我应邀在会上做此发言。

作为中国现代文学的研究者,当我听到了要求把"五四"后旧体诗词①的成就写入现代文学史的强烈呼声②,当然是很想就这个问题来谈谈自己的看法。据我所知,目前已有少数几部现当代文学史著为"五四"后的旧体诗词立了章节,但所述只有毛泽东、老革命家和革命烈士的诗词,还不是出于认为"五四"后旧体诗词作为一种文体应该在现代文学史上占一席之地的缘故。之所以如此,因为旧体诗词与现代文学有过历史的纠葛。

"五四"文学革命反对文言文,提倡白话文,主张各种体裁都用白话写作,于是引起了一场文白之争。关于诗能否用白话则是争论最激烈的问题。当时,反对白话新诗的言论很多,认为白话诗"矫枉过正""过于偏激"③。文化保守主义的派别,如"学衡派"。该派成员认为诗必文言,白话不能为诗。对最早以白话作诗的胡适的《尝试集》加以否定和嘲讽。胡先骕在洋洋三万言的《评〈尝试集〉》中把胡适的诗贬为"枯燥无味之

---

① 治现代文学史者,习惯把"五四"后的文言诗词称"旧体诗词"。我曾建议称之为"现代旧体诗词",以与古典诗词区别。但中华诗词学会称现代创作的旧体诗词为"中华诗词"。霍松林先生在这次会议的闭幕致辞中也对"'五四'以来,诗词却被认为是已经被打倒了的'旧体'而不被重视"表示不满。

② 如丁芒提交的论文《填补半世纪诗歌史的空白》(载《中华诗词》2001年增刊号)认为旧体诗词不能入史是"一件公案",刘梦芙在会议主题报告《补写骚坛信史,宏开诗国新程》中认为"搜集、整理现当代诗词,进行全面深入的研究,填补20世纪诗歌史的空白,是我们这一代人义不容辞的责任"。会上发言中有人提出旧体诗词不入史是"极大的不公正""极大的主观主义","五四"提倡民主,不承认旧体诗词就是不民主,是"绝对的一元化",等等。

③ 张厚载:《新文学及中国旧戏》,载《新青年》1918年第4卷第6号。

教训主义""肤浅之象征意义""仅为白话而非白话诗"①。梅光迪也攻击白话新诗是拾西人之唾余。②此外，胡怀琛发表《〈尝试集〉批评》《〈尝试集〉正谬》，认为胡适的主张是"乱说"，是"胡闹"，使"许多人上了胡适之的当"。③后来他还出版了《〈尝试集〉批评与讨论》。茌该书的《序》中，他明确表示"反对胡适之一派的诗"。

文化保守主义对诗歌创作的一些见解，例如诗必有韵、诗必是格律的等等，是文学上的一种主张，自有其合理性，可以争鸣，可以在创作中各行其是、各显其能。大凡文化思想上倾向于保守的，多看重传统，讲究形式。如1922年章太炎在上海讲演国学时，批评了白话新诗，"凡称之为诗，都要有韵，有韵方能传达情感。现在白话诗不用韵，即使也有美感，只应归入散文，不必算诗"④。陈寅恪甚至认为不仅写诗，就算是"美术性之散文，亦必有适当之声调"⑤。著名古音韵学家、北京大学周祖谟教授解释说，"声调的抑扬高下是构成汉语书面语的音律美的固有条件，不能分平仄，就不能欣赏诗歌韵语和美术性的散文"⑥。这些意见都跟"学衡派"的观点相近，作为文学或学术的主张，可坚持己见，各自实践，如有成绩，也是贡献。这是当年文白之争的一部分内容。

但文化保守主义在阐述自己关于诗的主张时，也反对新文化运动，反对白话文。因此，他们遭到文学革命先驱者的猛烈批判，文学革命先驱者视文化保守主义为逆历史潮流而动的复古势力。无论在争论中写的许多反驳文章，还是事后写的回忆性文章，也无论是编选"五四"文学革命的史料还是撰写这一段文学史，都把"学衡派"等的文化保守主义的意见作为阻碍历史进步的反面主张。不但不承认他们意见中属于一家之说的有合理性的部分，也不承认"五四"后旧体诗词创作上的成就。如果在"五四"之前例如辛亥革命时期南社的诗歌评价或有高低，都还肯定其成

---

① 胡先骕：《评〈尝试集〉》，载《学衡》1922年第1期。
② 参见梅光迪《评提倡新文化者》，载《学衡》1922年第1期。
③ 胡怀琛：《〈尝试集〉批评》，见《〈尝试集〉批评与讨论》，泰东书局1921年版。
④ 章太炎：《国学概论》，上海古籍出版社1997年版，第16页。
⑤ 陈寅恪：《与刘叔雅论国文试题书》，转引自周祖谟《陈寅恪先生论对对子》，见《追忆陈寅恪》，社会科学文献出版社1999年版，第148页。
⑥ 陈寅恪：《与刘叔雅论国文试题书》，转引自周祖谟《陈寅恪先生论对对子》，见《追忆陈寅恪》，社会科学文献出版社1999年版，第149页。

就;但"五四"后就不承认了,当然更不能入史。现在的"中国现代文学史"在过往的长时间里被称为"中国新文学史"。如第一部形态完备的文学史著是王哲甫编写的,叫"中国新文学运动史"。最早在大学开设现代文学的朱自清,其讲稿叫"中国新文学研究纲要"。到了1949年后,国家发布的最早的教学大纲叫"《中国新文学史》教学大纲"。王瑶在中华人民共和国成立后的开山作叫"中国新文学史稿"。同时或稍后出的几部史著叫"中国新文学史讲话""新文学史纲""中国新文学史初稿"。一直到1958年群众编书高潮中,不知出于何种考虑,才都改称"中国现代文学史"了。这"新文学"和"现代文学"有不同内涵。"新文学"不是时间概念,所指为性质,即"五四"开创的用白话文和新形式写的表现启蒙主义等新思潮的文学,因而名正言顺地不包括用文言文创作的旧体诗词。新文学家编史不承认旧体作品;同样,文化保守主义者编的史著,也不承认新文学。1933年,与第一部新文学史著——王哲甫的《中国新文学运动史》同时出现的有钱基博的《现代中国文学史》,详录"古文学"成就,凡文、诗、词、曲方面的作家,如王闿运、章太炎、苏玄瑛、刘师培、马其昶、林纾、樊增祥、陈三立、陈衍、郑孝胥、朱祖谋、况周颐、王国维等均有评介。而当白话文学早已成为现代文学的主流之时,在一部现代文学史著中,新文学竟然只占二十五分之一的篇幅。其于新文学的解释则是"胡适之所以哗众取荣誉,得大名者也"①。他说白话诗是光怪陆离,无足取也。他评新小说是佶屈聱牙,过于像《周诰》般艰涩生硬。谈及胡适等寥寥几个新文学家,又多是轻蔑口吻,连客观叙述都做不到。

以上简要回顾了"五四"时期文学革命先驱和文化保守主义的矛盾,由此造成双方所编写的文学史著的明显差异,造成旧体诗词和现代文学间的一段恩怨。编新文学史著的人总是站在维护新文学的立场,很容易接受、采用文学革命先驱者留下的史料和见解。先驱者们(当事人)的影响是很大的,这是后来编出的新文学史著或现代文学史著不记述旧体诗词的一个重要历史背景。

历史并没有完全按照人们的意志发展、行进,违背了文化保守主义的意愿,让白话取代了文言,使用白话文的新文学成了主流文学。这对于推

---

① 钱基博:《现代中国文学史》,岳麓书社1986年版,第472页。

动中国社会及中国文学的现代化进程产生了极为重要的作用。可以说，没有这一场语言革命的成功就难以实现现代化。但是，与文学革命先驱们的意愿也不完全一致，新文学并没有即刻完全地取代旧体裁，而是出现两种情况。一是已经完成了取代。例如，白话新散文成就非常高，无论是记叙的、抒情的、议论的门类，都创造了十分优秀的作品，今日写散文，已经不需要再用文言文了。还有小说，也可以说白话的新小说已经完全能够很好地反映、表现新生活、新思想，不再需要"某生者"体了。二是经过文学革命，产生了新的白话的品种，但过去的旧形式依然存在，还有生命力，还受今人的欢迎。于是，出现了新旧形式、品种的并存，而且并存的时间还可能很长。最典型的是戏剧。一方面"五四"后从西方引进的话剧越来越成熟，的确成了我国新文学的重要品种了；另一方面，"五四"时受到猛烈批判的旧戏不但保持到如今，而且也在不断地改革、进步，有新的发展。全国各地大多既有话剧团，又有京剧团和各种地方剧团，例如合肥的黄梅戏剧团就很有名。这就是并存，诗歌也一样。一方面，白话新诗在"五四"后成了主流，也产生了一批好作品；另一方面，旧体诗词继续为许多人所喜爱，写的人不少，也有很优秀的作品。我对现代旧体诗词没有研究，听有的专家说今天旧诗词的成就已能"超唐迈宋"①。果真如此，那是很鼓舞人的。

我们以前写文学史著，只讲新的战胜旧的、取代旧的，这不完全符合历史实际。应该是有的部门新的取代了旧的；有的部门则创造了新品种，推进了文学的现代化，与此后继续存在、发展的旧形式并存，谁也不能取代谁。新诗自有其优越性，像"抗战"时期艾青的诗，"雪落在中国的土地上，寒冷在封锁着中国啊！"这样的意境用文言文是难以表现的。同样，文言旧诗词也有白话诗达不到的特长。因此，正如胡适所言，"不必

---

① 陕西师范大学霍松林教授在闭幕致辞中说，"'五四'以来的诗词创作出现了超唐迈宋、前无古人的杰作。""毛泽东诗词当然是千古绝唱；其他如唐玉虬、钱仲联等的大量'亢战'诗，激昂慷慨，气壮山河，是历史上任何抗击外来侵略的名篇佳作（包括陆游的代表作）无法比拟的；又如聂绀弩等的'文化大革命'诗，也和所反映的'文化大革命'一样'史无前列'。诗如此，词亦如此，试把夏承焘、沈祖棻的代表作与宋词名家的代表作相比较，便不难傕出公允的结论。由此可见，先入为主的'荣古虐今'的偏见是有害的；好诗已被唐人作完、好词已被宋人作完以及彻底否定'五四'以来诗词创作的种种论调都是毫无根据的"。他还举出曲学大师吴梅的高足孙雨亭于"抗战"时所作《巴山樵唱》为例，指其艺术成就"超过了元人散曲水平"。

排斥固有之诗、词、曲诸体。要各随所好,各相体而择题,可矣"①。新与旧既相颉颃又相渗透,这才是历史的实相。但是,这样的历史真实不可能很快就被认识,不但"五四"时人们认识不到,就是到了20世纪五六十年代也不具备被认识的条件。人们的认识往往落后于现实。人们自己创造历史,却不可能立即就对历史认识得很清楚。只有经过很长时间,历史真相得到充分暴露,许多事情长时间地连续不断地出现,证明其并非偶发性的,而是具有长期性、规律性的,这才可能使人们对它达成共识。到了今天,"五四"后中国诗歌领域是新旧诗并存共进,已有可能是文学史家们的共识了。我的《现代旧体诗词应入文学史说》②如在五年前,可能有人反对,而在今天大概不会有什么争论了。这是因为今天具备了这样的条件。

  刚刚过去的20世纪八九十年代是个反思的年代。文学也一样,不但反思"文化大革命"、反思"十七年",不但反思20世纪30年代、反思延安文艺整风,而且已经开始反思"五四"。这可能与新儒家、新国学批评"五四"的全盘反传统有关。林毓生的《中国意识的危机》传入内地后,虽有现代文学研究家的反驳,但对我们反思"五四"文学革命有推动的作用。人们对新文化运动的绝对化早有批评,不过这回的反思比较集中在如何对待民族传统文化上,对此做较深入的思考。这种反思的成果之一是对文化保守主义思潮的比较客观的评价,承认他们"昌明国粹,融会新知"也是追求现代化的一条途径,只是更看重传统,更强调继承,对文化上的激进主义有其制衡作用。对"学衡派"也摘去了"反动的封建复古派"的帽子。这样一来,可能比较客观地评论他们的诗歌主张了。特别是新诗发展到今天,几乎面临着危机,与其他体裁相比,成绩很不理想。诚如袁第锐先生所说,"绩溪胡氏学堪称,尝试应伤业未成"。③ 人们不得不回过头去,重新认识"五四"时期"诗体大解放"主张的得失,看到了一味追求自由、不讲形式、不顾民族诗歌传统诸弊病对新诗的危

---

① 胡适:《论小说及白话韵文》,载《新青年》1918年第4卷第1号。
② 黄修己:《现代旧体诗词应入文学史说》,载《粤海风》2001年第3期。
③ 袁第锐,中华诗词学会副会长、甘肃省政协常委;此诗为会间所咏绝句20首之一。

害。同时,"五四"后旧体诗词的创作越来越显出成绩,为更多的人所认识。① 人们感到应该认真地面对这些客观的事实,若如鸵鸟一遇到危险就把头埋在沙子里,那不是科学的态度。凡此种种促进了对"五四"后旧体诗词成就的研究,也越来越感到应该让它入史。

但是,承认历史事实,并不等于解决了所有的编史问题。怎样评价这些事实,要不要都载入历史,给个什么地位,等等,这些还涉及编史者的学术思想、文学史观。有人批评唐弢先生,因为他不赞同将旧体诗词写入现代文学史著。据我所知,唐弢先生对现代优秀旧体诗词是很喜爱的,对郁达夫的旧体诗词评价很高。在他主编的《中国现代文学史》的郁达夫一节中,还引用了郁达夫的《过岳坟有感时事》等三首旧体诗,并说旧体诗是他的作品感情最浓烈的部分。这样单独介绍一个人的旧体诗,似乎与全书风格不统一,但唐弢先生还是这么做了。这说明他并非不重视"五四"后旧体诗词的成就,不赞同将旧体诗词入史是出于他的现代文学观。还有人批评王富仁先生,因为他也不赞同旧体诗词入史,并说这是一种"文化压迫"。这句话令有的人感到不快。王富仁这句话出自他的《当前中国现代文学研究中的若干问题》② 一文。这篇文章不是谈旧体诗词地位的问题,而且有其特定背景,那就是对海外新儒家否定"五四"新文化运动的批评性回应。所以他说,"任何一种文化都是有侵犯性的,新儒家学派文化思想的浸润性发展实际上对中国现代文学研究学科产生了颠覆性的威胁。一个否定'五四'新文化运动的文化思潮已经蔓延到政治、

---

① 刘梦芙先生在会议主题报告中陈述 80 多年旧体诗词成就,列了一个名单,可供参考:"'五四'以来的 80 多年中,涌现出规模宏大的诗人群体,名家辈出,星光灿烂。其中突出的作者,旧民主革命者如黄兴、廖仲恺、黄炎培、于右任、李叔同、柳亚子、林庚白等,新文学创始人及健将如陈独秀、胡适、鲁迅、郭沫若、叶圣陶、郁达夫、朱自清、田汉、老舍、聂绀弩等,无产阶级革命家如毛泽东、朱德、董必武、叶剑英、陈毅、胡乔木等,专家如马一浮、吴梅、谢无量、黄侃、汪辟疆、刘永济、汪东、陈寅恪、乔曾劬、胡先骕、唐玉虬、邵潭秋、顾随、王蘧常、俞平伯、夏承焘、唐圭璋、詹安泰、龙榆生、顾毓琇、缪越、王起、吴世昌、钱仲联、苏渊雷、钱钟书、程千帆、孔凡章、饶宗颐、周策纵、罗慷烈、刘逸生等,书画家如潘天寿、林散之、邓散木、沈尹默、萧劳、张大千、沙孟海、刘海粟等,女诗人词家如刘蘅、张默君、丁宁、李祁、陈翠娜、陈家庆、沈祖棻、茅于美、张珍怀、叶嘉莹、王筱婧等,以及 20 世纪八九十年代崭露头角的中青年诗人,皆取得卓异的成就。仅仅是上述挂一漏万的名单,都理当引起现代文学研究者的重视。"

② 王富仁:《当前中国现代文学研究中的若干问题》,载《中国现代文学研究丛刊》1996 年第 2 期。

经济、文化各个领域,并且还在继续发展中"。因此,他认为"必须像一个人保守自己的生命一样保守住'五四'文化革命和文学革命的合理性"。在这样的认识前提下,他反对现在把旧体诗词入史,并说"这里有一种文化压迫的意味"。可见,他谈的不是对旧体诗词成就的评价问题,而是对新儒家的对策。当然,我个人是不赞同这种见解的,历史研究不应该过多地受现实的干扰。但这种见解也是一种文学史观,应该在学理的层面上展开争鸣。

总之,越来越多的人已经感到"五四"后旧体诗词入史的必要。这不是因为有人抱怨、有人呼吁,而是因为认识更接近历史的真实了,对文化革命特殊规律的了解比以前深刻了,看清了文化变革不是即刻的"一刀两断",而是有一个新旧并存、逐渐交替的长过程,20世纪正经历着这样的过程。尊重历史是我们起码的史德,尽可能地逼近历史是我们分内的职责。在这方面,我们做过许多努力。台港文学长期被忽略,在资料欠缺的情况下,经过许多人的努力,现在已有多部各类台港文学史著问世,台港文学和海外华文文学的研究几乎成了三级学科。"五四"文学革命批判了通俗小说,现代文学史长期有雅无俗。也有人为改变这种片面性付出辛勤劳动,现在已有了内容比较丰富的现代通俗文学史著。金庸的新武侠小说也是由现代文学研究家率先给予高度评价的。既然我们能够填补上述的空白,那么,对于现代旧体诗词成就的研究肯定也会一步一步地做起来。1997年我主编《20世纪中国文学史》(这是教育部跨世纪教学改革研究项目)时,就想把现代旧体诗词的发展情况写进去,为此通过各种关系寻找执笔者,也找到了中华诗词学会的有关人员,均未有愿意执笔者。我对此能够理解,因为工作量太大,要下大功夫才行。现在听说清华大学蓝棣之教授正在编《20世纪中国诗歌史》,他请徐晋如先生撰写旧体诗词部分。祝愿蓝棣之教授成功,让一部包含新旧体诗歌的全面的百年诗歌史著早日问世。这些旧体诗词与现代文学的啼笑因缘都说明现代文学史研究者们的积极的态度。现代旧体诗词的发展毕竟包含在我们研究的这个时段里,而且是重要的文学现象。这就使现代文学与旧体诗词之间有着分不开、割不断的因缘,不论过去的关系是啼还是笑,因为总的目标都是为了中国文学的发展,便有了今天的相逢一笑。希望今后笑口常开,最终皆大欢喜。

现当代文学史著记述的是现实或刚发生过的事,因此谁可入史、谁不必入史便是常常困扰编史者的事。王瑶先生对此有颇深的感受。他曾说有人会找上门来,说自己如何伟大,责问为何不让他入史。他又常举唐人选唐诗,然而《河岳英灵集》中竟然不选杜甫。但在今天的唐代文学史著里,杜甫仍居最显要的地位。说到底,历史是后人替前人写的,要紧的是我们要努力做出足以彪炳千秋的业绩,后人是绝不会忘掉、漏掉的。我非常赞同会上有人对新旧体诗关系的说明,"长期共存,历史选择"。无论是新诗还是旧体诗词,共同面对着"历史选择"的考验。我希望都有骄人的成绩,一起为历史所选择!

(原载《中国现代文学研究丛刊》2002年第2期)

21 世纪的中国现代文学史

21 世纪快要来到了，在下一个百年里，我们的中国现代文学史著会是什么样的呢？那时的人们，例如在 2050 年的人或者在 2099 年的人是怎么看我们现在的 20 世纪中国文学的？那时还把"五四"后的文学叫作"现代文学"吗？还把 20 世纪的中国文学划分为"近代""现代""当代"吗？那时人们笔下的 20 世纪中国文学的面目与 20 世纪所编纂的现当代文学史著会有多大不同？这一切今天尚难回答。但可以肯定，如果历史沿着正常的轨道发展，如果中国社会和科学不断进步，那么，21 世纪的人会站得比我们更高，他们已经可以脱离现当代文学创造者的影响，对待历史的态度会更超脱，因而他们笔下的现代文学史可能更符合历史的本来面目。由于历史的局限，虽然半世纪来的现代文学研究家们也很努力，毕竟至今我们尚未把"五四"后的文学历史真实、完整地加以描述。

迄今所编的各种现代文学史著均可说是"革命史"著作。先是"文学革命史"。胡适的大量回顾、总结"五四"文学革命的文章和 20 世纪 30 年代赵家璧主持的《中国新文学大系》各集中由鲁迅、周作人、茅盾、郑振铎、朱自清、郁达夫、郑伯奇、洪深等"五四"后第一批新文学家撰写的《导言》构筑了"文学革命史"的基本框架。其影响至今不衰，坊间各版本中国现代文学史著对"五四"后第一个十年的描述基本上仍是依据上述第一批作家（他们也是文学革命的先驱者）提供的基本观点和资料，运用他们的框架和轮廓。出于历史的原因，先驱者们总是尽力宣扬革命的正义性、必然性，来不及对自己的行动，包括一些明显的错误做客观的反思；猛烈地批判作为革命对象的旧文学，来不及对它们做细致的具体分析；急切地宣告革命的成功和胜利，为旧文学发布"气绝"的"讣告"，描述文化变革中新旧更替的"一刀两断"的模式；把所有批评者和有不同意见的人拒之门外，或把他们列入反对革命的不光彩的行列。他们对文学革命的这种种片面的观点通过他们的言论被引入了 20 世纪所编的各种现代文学史著中，被延续至今。接着，现代文学史又演变为"政治革命史"。这主要是 1928 年以后，进入第二、第三个十年后，随着新文学与政治斗争的结合愈见紧密，随着文学从属于政治的观点的风行并成为文学研究的指针，此后的文学史著便成了政治革命史著的一部分、一个分支、一种反映。这种偏向近20年来已经逐步被认识，并且做了相当程度的纠偏。但对"五四"和第一个十年的描述尚未有大的改变，尚有待对"五四"文学革命进行深刻的、科学的反思。因此，我认为当前反思"五四"的各种意见无论其来自何方，都应先平心静气地听取，尽可能吸收这些意见中的合理性因素，而不要摆出坚决抵御、回击的姿态，不要采取顶回去的态度。为此，我曾作《历史的反思，直逼"五四"》①。我认为，在对20世纪30年代以后的文学有了初步反思之后，进而反思"五四"，反思第一个十年，把这一工作做好，现代文学史著的编纂才有可能出现新的面貌。

由于现在已是1999年，上述的任务自然要留给21世纪了。可以确信，21世纪的中国现代文学史著（如果还用"现代文学"这个名称的话）必定会有很大的改观。我们虽然赶不上参与这光荣的创新工作，但作为20世纪的研究者，在长期的科研实践中，在认真地不断反思中也有所发觉、有所体察、有所醒悟。这一部分思想成果对编纂21世纪的中国现代文学史著也许有些参考的作用。

一、虽然古典文学时期已经结束，新文学已成主流，但20世纪仍然是文学上的新旧交替时期

因为文化变革不像政治制度的变革，可以用"一刀两断"的模式，文化有很强的连续性、继承性，新文学只有在消化、吸收、包容了旧文学之后，才真正完成取代旧文学的使命。古典的旧形式在20世纪仍在流行，新文学尚未全部完成取代的使命。

先以旧体诗词为例，现在不少人为20世纪诗人创作的旧体诗词精品不能入史而打抱不平。如不久前，有人列举毛泽东、胡乔木、聂绀弩、邓拓、鲁迅、郭沫若、郁达夫、叶圣陶、周作人、田汉、钱钟书、沈祖棻、荒芜、柳亚子、陈寅恪、吴宓、夏承焘、章士钊等的旧体诗词，认为"写现当代中国文学史著的人，却没有人把这一'化故为新'的文学现象

---

① 黄修己：《历史的反思，直逼"五四"》，载《中国现代文学研究丛刊》1997年第1期。

写进文学史著中，难道它们不算文学，不能入史?"① 但是，问题不仅在于旧体诗词能否入史，更在于20世纪中国文学的历史面目究竟是什么样的。如果我们客观一点，就不难看到这样的事实：一方面是白话取代了文言，诞生了新的白话诗，并成为20世纪诗歌的主流；但另一方面，新生的白话诗艺术上尚较稚嫩，又切断了与传统诗词的艺术联系（虽然曾一度提倡新诗吸取民歌和古典诗词的艺术营养，但效果似不明显），因而至今不能说艺术上达到整体性的成熟。正如有位老诗人指出的，至今"我们还是不清楚中国新诗究竟向哪里走？究竟是什么样的形态？有什么汉语文化的特点？有什么不同于西方诗歌之处？"② 于是，"五四"新诗奠基人郭沫若到了"抗战"以后便几乎以写旧体诗词为主了，他的《战声集》《蜩螗集》《潮汐集》等收了大量的旧诗词。一个开路先锋竟这样放弃了当初自己的勇敢的创造，回归传统，这还不够发人深省吗？风传郭沫若自叹："郭老郭老，诗多好的少！"人们常以此嘲讽郭氏，其实何尝不可视为白话新诗的概况！由于新诗艺术的不成熟性，延长了旧诗词的影响力。1976年北京群众自发悼念周恩来的活动中，诗是传达群众心声的主要工具。据童怀周（北京第二外国语学院汉语教研室十几位教师的集体笔名）编的《天安门革命诗文选》正续集，共收各类诗词1115首，其中旧体的（含五言、六言、七言和词）计975首，而自由体新诗仅136首。我们可以不承认这975首为旧诗词，因为几乎都用了半文半白的文字；但这却是有力的证据，证明白话新诗的艺术影响力在广大群众中远不及有悠久传统的旧诗词。

  一个是新生的，代表明天，但是艺术精品尚不多，在群众中影响力尚不大。一个是代表昨天的，已被"打倒"过，被宣告"气绝"了，但它有两千多年的丰厚的艺术积淀，至今影响着广大的群众，而且还被一批古代文化修养很高的人所利用，继续创造着精品。好比一列前冲力很大的火车，已经刹车了，但还有很长一段"惯性滑行"的历程。新诗必须消化、吸收旧诗词，把它的精华都包容于自身，让爱诗的人觉得不必再去使用旧诗词的形式了。到了那一天，这种仍以文言为工具的旧形式才有可能真正"气绝"。然而，这在20世纪并未实现，20世纪仍然新旧并存、新旧交

---

① 罗孚：《当代旧体诗和文学史》，载《明报月刊》1998年第9期。
② 郑敏：《新诗百年探索与后新诗潮》，载《文学评论》1998年第4期。

替，这才是20世纪文学的真面目。

类似的还有旧戏曲。它在"五四"文学革命中受到最严重的批判，这种批判最能反映这场革命中思想的片面性；但是，至今传统戏曲的影响力仍然大于新兴的话剧。作为中国古典戏曲代表性剧种的京剧，其表演艺术在20世纪更发展到最高峰，形成了与斯坦尼斯拉夫斯基、布莱希特并称的世界三大表演体系之一的"梅兰芳表演体系"。它在文学上正经历着两种形式的变革，一是改编传统的剧目和题材，二是改造旧形式，使之能表现现代人的生活和思想感情。戏曲改革的历史也说明旧文学的衰亡方式并非只能"气绝"，还可以有"转型"的模式。这就是在旧戏曲的基础上，经过改造、吸收某些现代的表演形式，形成与旧戏曲有联系又适于反映现代生活的新形式。这是一种新的生命、一种现代的品种。20世纪的中国戏剧史的内容应该既包括引进西方话剧并加以民族化，还应包括传统戏曲正在新旧交替中，正在创造现代民族戏曲新形式、新品种。

如果不谈章士钊的保守思想，仅就新旧文学交替的形式而言，则他在20年代与新文学先驱们辩论中的见解更符合历史的实际："新与旧之衔接，其形如犬牙，不为枘凿。如两石同投之连钱波，不如周线各别之二圆形。"① 新旧的更替是20世纪中国文学的重要内容，我们至今把这描写成一种"断裂"，尚未写出其并存并做此消彼长的交替的历史真相。

二、20世纪中国国情的一大特征是发展的不平衡性，文学亦然

只要肯于正视中国文学的多民族性，就会看到在20世纪的中国不仅有表现"民主""科学""社会主义"等观念的文学，还有发展程度很低的民间口头创作。只有全面描述这种不平衡性，才可能写出20世纪中国文学的实情。

如果只讲中国现代文学的多民族性，则现在大家都已认识到56个民族都对文学的发展做了贡献，应该改变中国文学史只是汉文学史的旧认知。例如，中国社会科学院文学研究所和少数民族文学研究所合编的《中华文学通史》10卷本已经记载历代少数民族的文学创作。作者们已经

---

① 章士钊：《评新文化运动》，载《新闻报》1923年8月21日。

意识到"完整意义上的中华文学史应该是涵盖中华各兄弟民族的文学贡献的文学史"①。目前,已注意记录少数民族作家的现代文学史著,除了给以往已成为重点评介对象的少数几位作家如老舍、沈从文等,明确地挂上族属的标签,之外已入史的尚有蒙古族、回族、维吾尔族、哈萨克族、壮族、白族、纳西族、侗族、彝族、朝鲜族、锡伯族等多个民族的作家,数量已经不少,只是目前尚处于"大拼盘"的状态。要写好各民族文学特有的文化内涵,写出各民族文学的相互交融以及它们如何共同创造中华民族的新文学,这还是个十分艰巨的任务,目前只能说尚在为此做准备的阶段。

与第一个问题相关的是,如果旧体诗词等各种旧形式不能入史,那么许多少数民族的文学作品也不能入史。因为他们可能比汉族更多地采用本民族传统的旧形式,包括在民间广为流传的旧形式。例如,蒙古族的"好来宝"、维吾尔族的"柔巴依"、哈萨克族的"阿肯对唱"、朝鲜族的"阿里郎调"、乌孜别克族的"帕尔切"等等,这些都可说是古典的形式,却尚能在群众中广为流传。一些作家创作亦然,如维吾尔族诗人黎·穆塔里甫喜用维吾尔族古典诗歌的"格则勒"(二行体)、"木拉巴"(四行体)、"木罕玛斯"(五行体)。如果我们不承认这些作品在20世纪中国文学中的地位,那么将失去编写多民族性的现代文学史著的可能。

归根结底,问题在于20世纪中国社会发展的不平衡,造成文学发展的不平衡性。鸦片战争后,由于帝国主义的入侵,造成中国东部与西部在经济、文化发展程度上的落差,而比较落后的西部又恰是少数民族比较集中的地区。当东南沿海在经济上已有比较多的资本主义成分之时,居住于偏远地区的少数民族所处的社会有的发展尚处于封建农奴制、奴隶制,甚至有的少数民族人民还生活在原始社会。这里面当然还包括更长远的历史原因。因此,当上海、北京掀起"五四"新文化运动时,中国的许多地区在文化上仍然是十分沉寂的。许多少数民族并没有自己的"五四",没有发生文学革命来创造一种可以取代古典形式的现代新形式,如上所述,他们的古典形式可以连通到现代。有的民族还没有文字,还在用口口相传的方式传播着自己的民族文学。只有如实地把这种状况写到文学史著中来,才能比较准确地反映20世纪的中国国情;只有全面地记述从内容到

---

① 张炯:《中华文学通史·导言》第1卷,华艺出版社1997年版,第6页。

形式的繁杂、差异,才能比较准确地反映20世纪中国并不单纯、划一的文学国情。为此,就要破"唯中心论"。至今,我们写文学史著仍只注意文化中心的动态。例如,"五四"时期的北京,20世纪30年代的上海,"抗战"以后的武汉、重庆、桂林、延安等。毫无疑问,我们应该重点关注文化中心,因为这里是历史风暴的发源地、历史人物的聚集地、文化创造的集成地、信息传播的集散地。但只注意中心地区而忽略其他地区的动态也是不全面的,会导致认识的误差,以为中心地区(只是很小的局部)的状态等同于千差万别的全局。同时,绝不应抹杀"五四"的意义,它在中国文化及文学发展史上的划时代意义,已被历史所确定。只是要改变"一刀切"的思维习性,不要认为"五四"后的一切都是新的,这在社会发展不平衡的中国尤其不可能。"五四"的任务无论就局部地区而言还是就整个中国而言,都还不能说已经完成了。从已有的上百种中国现代文学史著中我们能看到的只是"五四"后一切的新、一切的进步,如果还有旧的,也都在新的进击之下纷纷落马,逃遁而去了!

三、21世纪将有条件研究20世纪不受重视的市民文学

20世纪的中国正处于社会转型期,而最能体现这种社会转型特征的文学,不仅有那些由知识分子倡导的启蒙文学与救亡文学,还有一向不受重视的市民文学。恰恰是这种市民文学长期受歧视,目前的研究仍未达必要的深度,因而尚难写好20世纪中国文学史的全貌,在21世纪将有条件做好此项研究。

长期以来,中国现代文学研究中,无视以鸳鸯蝴蝶派为代表的通俗的市民文学的进步作用。因为"五四"新文学的主流派像批"桐城谬种""选学妖孽"一样,猛烈地批判鸳鸯蝴蝶派的"游戏文学"。沈雁冰认为,这一派的文学"本着他们的'吟风弄月'的文人风流的素志,游戏起笔墨来,结果也抛弃了真实的人生不察不写,只写了些佯啼假笑的不自然的恶札;其甚者,竟空撰男女淫欲之事,创为'黑幕小说',以自快其'文字上的手淫'。所以,现代的章回体小说在思想方面来说毫无价值"[①]。这样的一笔抹杀显然是片面的,并不完全符合历史的实际。但当时,鲁迅、

---

① 沈雁冰:《自然主义与中国现代小说》,载《小说月报》1922年第13卷第7号。

周作人、钱玄同、刘半农、郑振铎、郭沫若、成仿吾等也都持相似的观点。这不仅造成现代文学的雅俗分流、雅俗对立,而且使后来所编现代文学史著有雅无俗,少了市民文学这一重要的线索。

俗文学不能入史,古已有之。郑振铎特编撰《中国俗文学史》,认为"凡不登大雅之堂,凡为学士、大夫所鄙夷、所不屑注意的文体都是'俗文学'。'俗文学'不仅成了中国文学史主要的成分,而且也成了中国文学史的中心"①。他能为古代的俗文学争地位,却瞧不起现代的就在自己眼皮底下的俗文学,不知道自己所说的这些话也适用于现代。至于胡适,还有著名的"双线文学观",这指的是中国自古以来便有由民间兴起的生动的活文学和一个僵化了的死文学(文人的创作),两种文学就这样双线平行地发展着。那么,为什么不肯承认现代雅俗文学的双线平行发展,必欲弃现代的通俗的市民文学而后快呢?好在这种无视、轻视通俗文学的现象现在正在改变。有人已经提出,"纯文学和通俗文学是文学的双翼,今后撰写的文学史著应是双翼齐飞的文学史著"②。

我认为,重要的问题尚不在于雅俗之争,而在于怎样评价 20 世纪的市民文学。和启蒙文学、救亡文学一样,市民文学也是现代社会的产物,也是现代文学的组成部分,而且非常鲜明地表现 20 世纪中国社会转型的特点,这是启蒙文学、救亡文学所无法取代的。启蒙文学为其任务所规定,更多地描写中国的带自然形态的农村和封闭愚昧的农民,这是启蒙的对象;同时,也反观启蒙者自身,写现代知识分子的命运。救亡文学亦可称为"政治文学""革命文学"。出于其任务的规定,救亡文学多描写社会的动荡和革命的兴起,"抗战"后,其描写的重点也在农村,因为农民成了中国革命的主力军。虽然也描写城市,其目的却在于写城市的阶级矛盾和政治斗争。这样一来,就把一个非常重要的方面留给了市民文学——反映 19 世纪末以来半封建半殖民地社会都市化过程,商品经济的逐步发展,资本主义滋生过程中各色各样的畸形的生活图景,市民阶层的成长以及他们为何难以转化为现代资产阶级,等等。我们可以研究、批评市民文学在完成上面这些任务时的不足与缺陷,但不能否认它们的贡献,特别还要研究 20 世纪 80 年代以后在新的社会转型时期出现的新市民文学;同

---

① 郑振铎:《中国俗文学史》上册,作家出版社 1957 年版,第 2 页。
② 范伯群:《中国近现代通俗作家评传丛书·总序》,南京出版社 1994 年版。

时，也要看到市民文学自身所具有的市民性，大致上说，包含世俗性、功利性（商品性）、消闲性（趣味性、通俗性）等特征。

市民文学自然有其局限性（正如启蒙文学、救亡文学同样有局限性），甚至还有消极面。但在半封建半殖民地的中国，它的世俗性对封建的伦理观，对假道学的虚假的神圣、崇高是有力的冲击与无形的销蚀。它的商品性、消闲性使文学脱离"文以载道""代圣贤立言"的正统文学的轨道，以它特有的方式反叛封建传统，把传统文学从中心挤到边缘去，因而为新文学（启蒙文学）的诞生准备了条件；后来，在反帝反封建的过程中，又做了救亡文学的同盟军。在艺术上，市民文学并不都是粗陋低下的，也有其不容抹杀的历史功绩。市民文学的作家们顺应时代潮流，很快抛弃了四六骈体，改用白话文。这不仅是受"五四"文学革命的影响，更重要的是为适应社会的需要，为获得更大的读者群。他们使用白话写作，动作不比启蒙文学家慢。1917年1月，包天笑创办《小说画报》，在其《例言》中说："小说以白话为正宗，本杂志全用白话体。"此时，《新青年》才刚刚发表胡适用文言写的《文学改良刍议》，直到一年后才改为"全用白话体"。市民文学也有艺术上的优秀作品。夏济安认为，"清末小说和民国的'礼拜六'派小说的艺术成就可能比新小说高，可惜不被人注意"①。夏志清认为鸳鸯蝴蝶派的代表作《玉梨魂》明显受法国《茶花女》的影响，"是第一本让人提得出证据，说明是受欧洲作品影响的中国小说"②。名家的这些感受和评论至少提醒我们应该去读一读，看一看，做出自己的新判断，不可只是跟从前人的言论，把一大块领域长期地丢弃、荒芜了。

文学革命可以有不同的表现形式。一种是大喊大叫，为新生命争夺生存权，与旧文学展开生死搏斗。例如，"五四"新文学，先有胡适、陈独秀等的大喊大叫，而后才有《狂人日记》的诞生。另一种是不声不响，让新生命在人们不知不觉中诞生、成长，等到大家有所发觉时，一个强壮的新生命已经屹立于前，想扳倒这个新生命已经为时晚矣。严家炎先生在论述香港新武侠小说家金庸的意义时，说他的作品的出现是文学领域的

---

① 夏志清：《夏济安对中国俗文学的看法》，见夏志清《爱情，社会，小说》，纯文学出版社1970年版。

② 夏志清：《玉梨魂新论》，载《明报月刊》1985年第9期。

"一场静悄悄地进行着的文学革命"。① 其实何止金庸，20世纪整个市民文学登上舞台也是静悄悄的。他们如果也曾大声喧哗，那只是为自己做商业广告，而不是发表什么文学革命的宣言。但不可忽视这种"静悄悄的革命"，它们在不知不觉中颠覆了、销蚀了传统的文学观念，这就是它们的革命作用。在文化的变革中，更多地采用的还是这种"静悄悄的革命"方式，这是为文化的特性所决定的。因此，文学史著既要记载大喊大叫式的革命，也要注意记载容易被忽略的不喊不叫式的革命。

当然，市民文学无力提出自己系统的理论宣言，缺少思想批判的魄力，这也是一种缺陷和局限，不必为之讳。但市民文学的重要作用，特别是其反映20世纪中国社会转型的意义，应该得到肯定，并在现当代文学史中补上这一重要的内容。

50年来，中国现代文学史著的编纂成绩斐然，有目共睹，但仍有许多局限。因此，21世纪的中国现代文学史著编纂还有许多改革、创新的工作可做，本文只提出以上三个方面。这就是增加20世纪传统旧形式的创作发展状况，记述其新的成就，以显示文学上新旧交替的长期性特征，说明20世纪仍处于新旧文学交替的过程中。增加各少数民族及非中心地区的文学发展状况，说明20世纪中国文学发展的不平衡性，同时显示新旧交替、新文学建设的长期性、艰巨性。增加市民文学的线索，显示20世纪文学的多元共存的实际，特别通过市民文学的线索反映20世纪中国社会转型的历史。不谈别的可以改革的方面，仅就这三点而言，若能实现，中国现代文学史必将给人以面目焕然一新之感。但真要做到，又绝非朝夕之功。20世纪所创造的旧体诗词的数量非常多，仅仅是收集、整理的工作量就非常大，绝非个人在短期内可以完成的。更不用说此项研究需较深厚的古代诗词的历史知识和一定的艺术鉴赏力，才能较为准确地评价20世纪旧诗词的成就及其弱点，判断其今后的走向与前景。而现在现当代文学研究队伍中，古代文学修养较高的人并不多。又如55个少数民族文学的研究目前还只能说开了个头，有的口头创作尚待抢救，工作量之大亦可想而知，而研究队伍的力量也并不很强。因此，从认识目前的不足，看到问题，看到前景，直到达成预设的目标，还要很长的时间和艰苦的劳

---

① 参见严家炎《一场静悄悄的文学革命》，载《明报月刊》1994年第12期。

作。本文所提的这几个方面，由于长期受冷落，亦可说是现代文学研究中的"老少边穷"地区，有兴趣涉足者恐亦不多。可以断言，这个任务在21世纪初还是难以完成的，花上50年的时间并不为多。两年前，我在回顾中国现代文学学科头50年历史时，提出了"告别史前期"[①]的想法；我想再用50年，只要后来者们肯于努力，就可能产生历史面貌较为完整、文学史观念较为全面与成熟的中国现代文学史著作！

（原载《广东社会科学》1999年第5期）

---

① 黄修己：《告别史前期，走出卅二年——中国现代文学学科发展的思考》，见《艺文述林》第2卷，上海文艺出版社1997年版。

黄修己自选集

第四辑

"人的文学"和价值观问题

价值的相对性和绝对性

我们刚刚经历过一个解构的时代。我们的文学只有一种价值观的现象已成为历史，如今我们面对的是多元价值并存共生的局面。这是思想解放运动的成果，是它所遗留给我们的。回应这已成的局面，在被解构的场地上进行重建，并非恢复单一而狭窄、片面的价值观的统治，还要改变目前的价值迷乱状态。我认为，先要看到无论怎样的时代，又无论是一般社会价值观或文学的（审美的）价值观，哪怕是在只承认一种价值观的唯一合理性的时代，事实上从来都是一个包含多种层次的系统，不可能是单一的。而且这多层次的多种价值观又各有其相对的合理性，因而有资格在一个系统中并存共生。

从本原上说，价值观所反映的归根到底是人类的利益需求。就文学而论，则是由这种需求（包含审美需求）做出对文学功能的规定，又依这种规定形成对文学的价值判断，进而形成自己的评价系统，用以指导创作和批评。从利益需求到功能的规定不是简单、直接的，其间要经过过滤和提升。因此，当价值观具有理论形态时，往往远离了本原，使利益需求模糊化。由于人的利益需求的多样，造成了价值观的多样。我们主张文学上的宽容，不仅仅是一种态度、胸襟，而是基于对各种价值观的相对合理性的承认。这种多样的价值观大致可以分出三个层次。一是自由个体的价值观。作为自由个体的每个人都会依据自己的利益需求，产生自己的或清晰或朦胧的价值观。只要不损害他人的利益，不危害群体，就有其相对合理性。我们肯定人的主体性最重要的就是肯定个体价值观的相对合理性。二是群体类别的价值观，它超越了个体，是某一类群体（民族、地域、宗教、国家、阶级、政党等）因为利益需求的共同性而形成了在一定条件下为其群体所认同的价值观。它可以在总体上涵盖、代表该群体中的个体利益需求。我们常说价值观冲突，主要就是这类群体之间价值观的冲突。有时要承认其他类别群体价值观的相对合理性是相当困难的，因为涉及群体间的利益冲突，有时带有阶级斗争的性质。三是全人类性的价值观，这又超越了各类群体，为全人类所公认。所谓全人类性价值观，就是人类为了自身更好地生存、发展所普遍形成的信念,是人类公认的价值原则和行为准则,反映了全人类共同的利益需求。因而它具有普适性,可以为全人类所共享。现在世界上充满了价值观的冲突,但同时我们也不难看到人类的思想有渐渐地接近的趋势,正在达成许多共识。例如,自由、平等、民主、法制、享乐、公正、环保等,有人称之为"人类意识""价值底线"。在全球化的趋势下,如果我们不及早看到这样的事实,不去思考怎样回应我们面对的事实,就不能适应社会发展的需要,最终也不能顺利地满足群体或个体的利益需求。

考察审美价值观大致上也有这样的三个层次。首先,要承认个体的审美价值观的相对合理性。审美活动是非常个人化的,个体的审美情趣可能千差万别,他们可以拥有自己的审美标准。眼下正在争论金庸的小说的价值,见解大相径庭。因为武侠小说表现的武林生活是非常特殊的。打开一本书,充满刀光剑影、腥风血雨。有人爱不释手,有人可能坚决拒绝,这之间很难找到平衡点,人们为之可能争论不休。只能是酷爱者和拒绝者各自承认不同个体的审美标准的相对合理性,相互尊重。

其次,要允许不同类别群体可以有自己的审美价值观。各个阶级在不同时期的历史作用和他们的审美观是有区别的,在审美观上也应该承认各自的相对合理性。鲁迅在为反驳梁实秋写的《"硬译"与"文学的阶级性"》一文中有一段著名的被当作批判人性论的经典言论,"……饥区的灾民大约总不去种兰花,像阔人的老太爷一样,贾府上的焦大也不爱林妹妹的"。在这里,鲁迅指明了不同阶级之间审美价值的区别,但他只在证明这区别,并没有否定任何一方的合理性。他并未因为饥区的灾民不欣赏兰花,便说阔人的老太爷欣赏兰花是丑恶的。焦大的确不爱林妹妹,但鲁迅也没有说贾宝玉爱林妹妹不对,没有批判贾宝玉的审美观是封建地主阶级的审美观。尽管鲁迅自己有鲜明的审美倾向,但却止于区别,而不做价值判断,这种态度可资借鉴。

最后,全人类性的审美观并不是人们都承认的。我国现代文学史上有过文学阶级论和人性论的激烈争论。其实阶级论和人性论的审美价值观分属不同层面。灾民不种兰花,并非没有人皆有之的爱美之心,只是生存环境所迫。一旦生活安定了,穷人也会养花、赏花,绝不能认为爱美是地主资产阶级的专利。焦大虽然不爱林妹妹,却可能爱赵妹妹、钱妹妹、孙妹妹、李妹妹,这是和贾宝玉一样的,这是大家共同具有的全人类性。当年鲁迅和梁实秋一个在群体类别层面上，一个在全人类性的层面上，各说各的话，只能说他们都有道理。

为什么我们认为个体、群体价值观的合理性只是"相对的"？因为审美是有科学标准的。受到审美主体喜爱、欣赏的各种审美客体毕竟是有高低、优劣之分的。有人欣赏艺术上非常高雅的作品，有人欣赏通俗的作品，都是合理的；但又只能是相对合理的，否则会导致艺术上的无是非论。

当各层次的价值观都活跃起来了，各为满足自己的利益需求而产生积极性，不能把这种现象视为混乱。只是我们还要看到价值也有其绝对性。前面提到的"价值底线"就是绝对的，从审美上说，这是最起码也是最低的标准，是不能突破的。电影《红樱桃》表现纳粹德国军官强迫中国少女文身，所刺的又是法西斯的标记，这就不能说是特定个体或代表某一群体的审美观，因为这种行为不仅严重践踏中国人的人格，而且是反人类的，已经超出了"价值底线"，与正常的审美活动无关。今天某些"行为艺术"表现的是丑恶，如杀牛时钻进牛腹、血淋淋地破腹而出等，同样超出了"价值底线"，这些"行为"实与"艺术"无关。讨论价值重建，就要考虑守好有绝对性的"价值底线"这条线。

审美价值观是多层次性的系统，在这系统中又有一个主导的价值观，这是一种时代选择，即从各层次各类别价值观中，由时代挑选出在某一特定历史条件下为大多数人公认共奉的价值标准。这个标准在某一特定历史条件下也有绝对性。以前文学遵奉"政治第一、艺术第二"的批评标准，这样的标准就是那时主导的文学价值观。"政治第一"的观念早在20世纪20年代就有了，但被人们广泛接受而成为主导价值观是在抗日战争中。那时的"政治第一"就是"'抗战'第一"，这不仅仅是某个人、某个阶级、某个集团的利益需求，还是整个国家的利益需求。而"抗战"所要达到的争取民族解放的目的符合人类共同追求的独立、自由、平等的价值观，更具有全人类性，因而在当时具有普适性，在那个具体历史条件下具有绝对合理性。这就是有缺陷的观念（"政治第一"很容易使文学变成单纯的政治工具）在很长时间里能够为人们普遍接受的原因。梁实秋在1938年征求"与'抗战'无关"题材的作品，就他的文章而言本无错误，已经声明"最欢迎"与"抗战"有关的题材了。之所以还受到反对，也不能只用左翼作家的宗派情绪来解释。在同一时间，左翼作家张天翼的

《华威先生》暴露了"抗战"的阴暗面,最早出来批评的竟是左翼作家,是自己人,可见并无宗派情绪。从根本上说,还是因为梁实秋的举动违背了当时主导的价值观,所以受到普遍反对在所难免。

今天人们感到价值迷乱、价值失范,是因为价值系统内部的时代选择尚未完成,或者是主导的价值观尚未形成,或者是还没有发挥其主导作用。这是社会转型期的一种现象,牵涉诸多方面。这个问题解决不好,不利于社会进步和文学的发展。但这不单是价值观或思想领域的问题,要另外写文章来谈。

(原载《文学评论》2001年第4期)

全球化语境下的中国现代文学研究

一、全球化的背景与学科发展

"全球化"是今天的热门话题，但全球化并非始于今日。就中国而言，马戛尔尼求见乾隆皇帝，想跟清朝做生意，就标志着"全球化"的早期趋向敲响了我国的大门。而鸦片战争以来的一系列事变都可以说是不同程度地受全球化进程影响的社会震荡和变革。尤其是"五四"新文化运动，更是文化全球化进程在中国的强烈表现。"五四"后，从"保存国粹"和"全盘西化"的思想冲突到今天关于儒家思想在21世纪的作用问题，从文学的"欧化"与"大众化""民族化"的关系、民族形式的讨论到今天的"世界性"与"本土性"关系问题的提出，这些都是文化全球化趋向在中国文化界、文学界引起的反应，只是过去不用"全球化"这个概念而已。在回应全球化问题上，我们已经做过一些工作，也有一定的经验、教训，只是尚未从全球化的角度加以总结。现在引入"全球化"的视角，把现代文学放在"全球化"过程的背景下做新的审视，可以扩大我们的视野，或许会产生新的认识。

文化全球化跟我们学科发展关系密切。所谓文化全球化，绝不是全球要形成一种唯一性的文化，用它来一统天下。我认为，文化全球化的核心在于经过很长的历史过程，形成一种全人类认同的价值观。全世界各个民族、国家、地区、阶级、团体、宗族、教派、个人都有自己的特殊的价值观，是非常复杂多样的，有的是难以互通、不能通约的。所以，长期以来，世界上一直存在不同价值观的冲突。但这只是问题的一面，人类社会和科学技术的发展已经把世界变成"地球村"，为了共处共存、共享共进，必须有一个符合全人类利益的共同的价值观，一个大家都要遵守的价值底线。底线当然是最低层次的，便具有宽泛性、普适性，是不能超越的，越过这条线就是反人类。只有大家承认、遵守这共同的价值底线，才能维系人类的共同生存和发展，才能有人类间思想、感情的理解和沟通。

当今世界上，价值观的相互矛盾、冲突和相互接近、认同，这两种倾向都存在。文化全球化就是在承认、尊重各种价值观的相对合理性的前提下，促进全人类性的价值底线的形成，增进人类间的合作，以求共同发展。达到这样的境界要有非常长的历史过程。

为此，我提出中国现代文学的全人类性研究。什么是中国现代文学的全人类性研究？首先，是以人性论为理论基础研究现代文学在特定的时代背景下如何反映或表现了人类共有的人性，用艺术来反映现代中国人对人性的追求、对反人性的批判。其次，全人类性研究承认人类共有的价值底线，以此为标准，来衡量、评价现代文学的得失，解释它的历史。我之所以提出现代文学的全人类性问题，就是出于全球化语境下的思想沟通的考虑。现在世界上能够认识、理解甚至喜爱中国文学的人，尤其是了解中国现代文学的人，还是不多的。甚至就在中国人的某些地盘上，如台湾、香港，中国现代文学的影响也是有限的。这里的原因很复杂，如意识形态的分歧等。从学术研究的角度来检讨，则我们阐释现代文学时，在价值标准上存在问题。现代文学研究的阐释体系至今影响最大的是进化论的体系。在20世纪的特殊语境里，很快就有阶级斗争的理论来充实进化论，以阶级斗争为社会进化的杠杆。阶级斗争也不断地推动文学的进化，从文学革命到革命文学，从白话新文学到左翼文学，再到工农兵文学，进而到社会主义文学，新的文学层出不穷，这构成了现代文学进化的历史图景。后来，有人提出启蒙主义的阐释体系，但这种体系并没有超出进化论的框架，只是突出启蒙文学，认为它最能代表20世纪中国文学的成就。近来，又有建立现代性的阐释体系的动向，但从对现代性的不同理解来看，现代各种文学都可以被解释成具有现代性的。何况从更"进化"的后现代的观点来看，现代性的局限又是明显的。进化论的、阶级论的、启蒙论的、现代性的阐释体系都从社会价值判断来评价文学。而社会价值观在不同国家、民族、人群中有非常大的差异，有的就是不能互通的。这样的阐释必然制约了更多的人对中国现代文学的理解，制约了现代文学的国际沟通，不能适应全球化的历史趋向。最后，也是我们社会内部的需要，我们现在面临价值重构的任务。从"文化大革命"结束至今的20多年，中国社会发生巨变，社会价值失范，给现代化事业造成严重的损害。接受过去的教训，建立价值体系要从最低层次着手，首先应该明白怎样才算个"人"，起码的"人"应该是什么样的，这就需要"人类性"的标准。"五四"

时周作人说中国还要"辟人荒",这件事并未完成,现在仍然要进行"人"的启蒙,而且对每一代人都要进行这种启蒙。我们研究现代文学,也要以"人类性"为标准。我们面对的学生是在全球化语境下成长起来的。他们跟阶级斗争,甚至跟启蒙主义也有些隔膜。他们也希望对现代文学有一种能够符合时代特点和要求的解释。现代文学的全人类性阐释为此提供了可能。

因此,我想我们应该有一个全人类性的阐释体系,它是超越了民族、国家、阶级、集团的价值观,是持有不同的社会价值观的人们都能理解与接受、都能在这个思想层面上沟通的。我曾经试图做出解释:"所谓全人类性价值观,就是人类为了自身更好地生存、发展所普遍形成的信念,是人类公认的价值原则和行为准则,反映了全人类共同的利益需求。因而它具有普适性,可以为全人类所共享。……例如自由、平等、民主、法制、享乐、公正、环保等。有人称之为'人类意识''价值底线'。"① 这些正是人类文明的方向,当然也是目前可能的全人类共同价值标准的底线。

二、中国现代文学的全人类性

用上述的观点来观照中国现代文学,我们看到"五四"新文化运动和文学革命中建立的新文学是人类文明进步发展的产物,本来是具有全人类性、可以与全人类互通的。这在过去没有得到应有的阐发。

新文化运动以民主、科学为旗帜,追求人的觉醒和解放,顺应了人类历史发展的趋向,已经超越了"富国强兵"的民族要求。新文化运动的主要领导人陈独秀在《新青年》的发刊词《敬告青年》中提出的是对"人"的六条要求,这六条要求也就是现代人的基本条件。那时,他是以人性论为理论基础的。他提出发展"人间性的要求":"知识和本能倘不相并发达,不能算人间性完全发达。"② 同一个时间,周作人据"人间本位主义",提出人性包含兽性和神性,要求人要有"灵肉一致"的合理的生活。这和陈独秀的人的"本能""知识"相并发达的思想是一致的。周作人还提出建立"人的文学"的主张,对新文学的建立有巨大的影响。

---

① 黄修己:《价值的相对性和绝对性》,载《文学评论》2001年第4期。
② 陈独秀:《新文化运动是什么》,载《新青年》1920年第7卷第5期。

鲁迅看到"中国人向来就没有争到过'人'的价格"①，所以他说"文学革命者的要求是人性的解放"②。

"五四"时，两个最重要的社团大体上也都以人性论为创作的指导思想。文学研究会的理论家沈雁冰支持"人的文学"。他认为，这样的文学是可以"沟通人类情感、代全人类呼吁的唯一工具，从此，世界上不同色的人种可以融化，可以调和"③。所以，文学要把全人类的共同性写出来，"把人类共同的弱点也抉露出来"④。茅盾后来回顾历史时说："人的发现，即个人主义，成为'五四'时期新文学运动的主要目标。当时的文艺批评和创作都是有意识地向着这个目标。"⑤ 郭沫若认为"人性是普遍的东西"，最彻底地表现人的个性才是"最为普遍的文艺"⑥。因为个人性与人类性是相通的，"个人的苦闷，社会的苦闷，全人类的苦闷，都是血泪的源泉，三者可以说是一根直线的三个分段，由个人的苦闷可以反射出社会的苦闷来，可以反射出人类的苦闷来"⑦。创造社的主要理论家成仿吾认为"文学以人性为它的内容""人性有永远性的时候，文学也有永远性"。他认为"真挚的人性"加上"审美的形式"等于"永远的文学"。⑧ 成仿吾发表这段话的时候，创造社诸子有的已转向阶级论，可见人性论对成仿吾的影响还是很深的。

从上面简单的引述，人们不难发现，新文学的先驱们心中想要建立的文学应该是含有"人间性""普遍性""永远性"的文学。这种理想对新文学的建立和发展产生深刻的影响。这影响主要有三个方面，而这三个方面可以说都具有全人类性。

首先是张扬人性，张扬个性。新文学追求、探讨建立健全的人性。胡

---

① 鲁迅：《坟·灯下漫笔》，见《鲁迅全集》第 1 卷，人民文学出版社 1981 年版，第 212 页。
② 鲁迅：《且介亭杂文·〈草鞋脚〉小引》，见《鲁迅全集》第 6 卷，人民文学出版社 1981 年版，第 20 页。
③ 沈雁冰：《文学与人的关系及中国古来对于文学者身份的误认》，载《小说月报》1921 年第 12 卷第 1 号。
④ 郎损：《社会背景与创作》，载《小说月报》1921 年第 12 卷第 7 号。
⑤ 茅盾：《关于创作》，见《茅盾文艺杂论集》，上海文艺出版社 1981 年版，第 298 页。
⑥ 郭沫若：《由诗的韵律说到其他》，见《文艺论集》，光华书局 1932 年版，第 184 页。
⑦ 郭沫若：《论国内的评坛及我对于创作上的态度》，见《文艺论集》，光华书局 1932 年版，第 116 页。
⑧ 成仿吾：《革命文学与它的永远性》，载《创造月刊》1926 年第 4 期。

适提出要培育"健全的个人主义"。新文学家强调个人的独立人格、自由意志,提倡"个人本位主义""个人独立主义",反对"以己属人之奴隶道德";同时,认为人生的目的是追求幸福,陈独秀明确提出:"人生在世,究竟为的是什么?究竟应该怎样?我敢说道,个人生存的时候,当努力造成幸福,享受幸福,并且把幸福留在社会上,后来的人也能够享受。递相授受,以至无穷。"① 因此,他们都主张个性解放。当时的目标便是全人类共同的"法律上之平等人权,伦理上之独立人格,学术上之破除迷信、思想自由"②,认为这样才能达到个人的幸福。陈独秀推崇托尔斯泰,因为他"尊人道,恶强权";推崇易卜生,因为他"刻画个人自由意志"③。在上述思想之下,个性解放成为新文学创作的最强大的潮流。

为了培育健全的人性,新文学必然主张人与人之间的平等、博爱,提倡人类之间的互爱,为此,陈独秀提出"全社会的友爱"。他在1920年1月《新青年》(7卷2号)上发表的《答刘半农的〈D—!〉诗》里提出人的互助合作思想,说:"弟兄们!姐妹们!……我们的说话大不相同,穿的衣服很不一致,有些弟兄的容貌更是稀奇,各信各的神,各有各的脾气;但这自然会哭会笑的同情心会(把)我们连成一气。连成一气,何等平安、亲密!"所以,要感谢做屋、缝衣、种田、造车船、绘画、弹琴、看病的弟兄,"感谢他们的恩情"。这和郭沫若的《地球,我的母亲》里表达的思想一致。新文学的许多作品表现人类的爱的精神,歌唱人类的丰富的爱的情感,"爱"在"五四"后成为普遍的主题。成仿吾在解释什么是人性的时候说:"永远的人性,如真理爱,正义爱,邻人爱等,又可统一于生之热爱。我们须热爱人生。"④ 人类的几种重要的感情——爱情、亲情、友情等都得到比较充分的表现。在表现爱情方面更突出。朱自清曾说过,古代中国没有情诗,只有"忆内""寄内"。"五四"爱情诗的出现、发达既是个性解放思想的迸发,也是对人类两性关系的美的追求的表现。当时有人认为,这是"诗的责任""今后的诗不是为两性的爱作留声机,是为两性的爱作叫鸣鸡"⑤。追求自由爱情是"五四"新诗歌和小说、

---

① 陈独秀:《人生真义》,载《新青年》1918年第4卷第2号。
② 陈独秀:《袁世凯复活》,载《新青年》1916年第2卷第4号。
③ 陈独秀:《现代欧洲文艺史谭》,载《新青年》1915年第1卷第3号。
④ 成仿吾:《革命文学与它的永远性》,载《创造月刊》1926年第4期。
⑤ 周无:《诗的将来》,载《少年中国》1920年第1卷第8期。

话剧等的最主要的内容。对母爱的颂扬也很突出，如冰心的《超人》《悟》等。冰心认为人类是"当面输心背面笑，翻手作云覆手雨"。因此，要宣扬爱的哲学，她视母爱为人类前进的原动力。在《超人》中高唱母爱："有了母亲，世上便随处种下了爱的种子。……万物的母亲彼此互爱着；万物的子女彼此互爱着；同情互助之中，这载着众生的大地，便不住地纡徐前进。"有一些作品则颂扬更宽广的人类爱，不少作品中塑造"爱"的象征性人物。王统照的《微笑》中的女犯人，用她的代表人类爱的微笑来超度罪犯。许地山的《缀网劳蛛》使人想起托尔斯泰的《复活》，《缀网劳蛛》的主人公尚洁也是个爱的化身。还有叶圣陶的《潜隐的爱》等。这些构成了"五四"后相当规模的宣讲爱的阵势。在表现母爱的同时，文学的非常重要的内容是表现对儿童的爱。郭沫若视"小儿是人类的天国"①。歌唱童真是冰心《春水》《繁星》两部小诗集的重要内容。叶圣陶小说的重要方面是儿童教育的题材。正是在这种思想下，催生了中国现代儿童文学。对爱的宣扬，描写爱与憎的辩论，持续了很长的时间。冰心的《超人》《悟》中都写了爱与憎的争论。这在巴金的《灭亡》《新生》中继续进行，这就是《灭亡》中杜大心与李静淑之争、《新生》中杜大心死后李静淑与李冷之争。直到抗日战争时期，巴金在《火》的第三部，还在通过主人公宣扬"用爱拯救世界"。正是爱的理想的破灭，使许多作家产生对旧制度的怀疑、憎恨，怀着"我控诉"的激情，创作许多优秀的批判旧制度的作品。以前我们曾经认为只有用阶级斗争的方法，才能把旧势力推翻，误将文学家宣扬"人类爱"都看成"虚伪""反动"的。其实宣扬"爱"，同样是人类社会发展的需要，新文学在这一方面的贡献应该得到应有的评价。

人与自然的关系虽然不是新文学表现的重点，但在某些作家的言论和作品中特别强调两者的和谐。郭沫若从泛神论出发，歌颂歌德"以自然为慈母，以自然为爱人，以自然为师傅"②；歌颂原始人的单纯、质朴，因为他们"最与自然亲眷"。所以，他歌唱《地球，我的母亲》，歌颂与"母亲"最亲近的矿工。在冰心的小诗里，母爱、童真和自然三位一体，构成和谐的关系。后来，郭沫若受马克思主义的鼓荡，思想起变化，但仍

---

① 郭沫若：《少年维特之烦恼·序引》，载《创造》季刊1922年第1号。
② 郭沫若：《少年维特之烦恼·序引》，载《创造》季刊1922年第1号。

未放弃人性解放的追求。1923年,他在《我们的文学新运动》中说:"我们的运动反抗不以个性为根底的既成道德……我们的运动要在文学之中爆发出无产阶级的精神,赤裸裸的人性。"①

其次,新文学具有鲜明的社会批判、思想批判精神。1920年的陈独秀仍认为"五四"是"人的运动"。在开始转向马克思主义之时,他便要求"资本家要把劳动者当作同类的'人'看待,不要当作机器、牛马、奴隶看待"②。在这种思想之下,作家们当然不满中国的社会现实,抗议社会的不平,如陈独秀的《丁巳除夕歌》、刘半农的《相隔一层纸》、刘大白的《田主来》《卖布谣》等。这方面表现最强烈的是鲁迅。从最低的人权要求出发,鲁迅提出"一要生存,二要温饱,三要发展"。他写阿Q的悲剧,一是生计问题,二是恋爱悲剧,这两个做人的起码需求都不能达到,所以作家只有把阿Q送上了死路。如果《阿Q正传》的背景不是选在辛亥革命,阿Q的结局仍然会是死路一条。鲁迅自己说他写小说意在提出一些问题来,揭示"病态社会"和"不幸人们",目的也在于让人能"幸福地度日,合理地做人"③。信奉"有了爱就有了一切"的冰心却是写问题小说最早、最积极的作家之一。问题小说成了"五四"时期最流行的门类,这类作品归根到底是要探究怎样才是幸福、合理生活的"人"。被称为"为艺术"派的作家则发出不能幸福、合理地做人的痛苦的呼喊,也颇为震撼人心。"五四"的这种精神后来一直贯通下去。20世纪30年代的骆驼祥子在北京城里挣扎,他的"三起三落"的经历所包含的仍然是"生计问题"和"恋爱悲剧",作家所要写的仍然是起码的"人"的生活的缺失。

根据当时的社会实际,新文学家更加致力于批判反人类的落后、倒退的思想与文化,所以"改造国民性"是当时知识分子普遍思考的问题。从严复到陈独秀都写了比较中国与西方国民性或民族性格差异的文章,批评中国国民性的弱点;同时,也把落后的国民性的造成归于封建主义的毒害,从而批判封建制度和观念。画出国民的灵魂,鞭挞愚弱的国民性,始

---

① 郭沫若:《我们的文学新运动》,见《中国新文学大系文学论争集》,上海良友图书印刷公司1935年版,第141页。
② 陈独秀:《新文化运动是什么》,载《新青年》1920年第7卷第5期。
③ 鲁迅:《坟·我们现在怎样做父亲》,见《鲁迅全集》第1卷,人民文学出版社1981年版,第140页。

终是鲁迅创作的主题，是他的作品成就的顶尖。他从《狂人日记》开始，把旧思想、旧文化的戕贼人性作为表现的重点，通过塑造一系列人物形象，深刻地描写可怕的人性的扭曲。老舍看到人性的弱点，提出"人格教育"（《猫城记》）的任务。沈从文更明确地批判"城市文明"，希望以湘西乡村未受污染的带原始性的民性作为"少年血性汤"以救堕落的民族性格。曹禺深刻地揭示了传统"文明"如何使人腐烂掉，歌唱原始的"北京人"的健全和力量。作家们的社会理想和设计也许并不实际，但都把人的问题、人的自身的完善作为表现新文学的重大的主题，这是新文学的一大显明的特点。

最后，新文学家把恢复、张扬人性看成追求真、善、美的行动，作为对新文学的要求。他们从个性解放的思想出发，首先便是对真的追求。成仿吾认为"艺术的目的是在表现出人类最高或最深的情绪，但他的生命却是'虔诚'。虚伪的美化与一切的夸张是必然残害艺术的生命的"，没有"纯洁的真情"的作品"终是没有生命的木偶"。① "我们要是真与善的勇士，犹如我们是美的传道者。"② 他还认为"真的文艺是人类的良心"③。冰心追求"'真'的文学"，要做"'真'的文学家"，为此，她认为唯有"发挥个性，表现自己"一途。④ 朱自清认为"创造的文艺全是真实的"，所以反对文学"撒谎""模拟"。⑤ 叶圣陶则以"诚实的自己的话"为题，提出"求诚"的文艺。⑥ "五四"新文学的求真，一是要求真实，反对"瞒与骗"，要求文学敢于"直面惨淡的人生"，敢于描写人类的弱点。"五四"推崇自然主义，因为它"虽极淫鄙，亦所不讳，意在彻底暴露人生之真相"⑦。这就是自然主义、写实主义在当时受到重视的原因。胡适提倡"易卜生主义"，"只在他肯说老实话，只在他能把社会种种腐败龌龊的实在情形，写出来叫大家仔细看"。⑧ 为了求真，甚至要求

---

① 成仿吾：《补白》，载《创造》季刊1922年第3号。
② 成仿吾：《新文学之使命》，见《使命》，创造社出版部1927年版，第5页。
③ 成仿吾：《补白》，载《创造》季刊1923年第4号。
④ 参见冰心《文艺丛谈》，载《小说月报》1921年第12卷第4号。
⑤ 参见朱自清《文艺的真实性》，载《小说月报》1924年第15卷第1号。
⑥ 参见叶圣陶《诚实的自己的话》，载《小说月报》1924年第15卷第1号。
⑦ 陈独秀：《人生真义》，载《新青年》1918年第4卷第2号。
⑧ 胡适：《易卜生主义》，载《新青年》1918年第4卷第6号。

科学性，"科学是一切精密知识的嫡母，我们的文艺……是绝不可不与科学携手的"①。二是要能表现真情，要敢于赤裸裸地表现自我，这就使主情主义、表现主义、浪漫主义在当时成为另一巨大的潮流。创造社的浪漫主义并没有当时有人批评的"英雄气"，却多的是感伤的"泪浪滔滔"式的情感流泻，这就是郭沫若说的"生底颤动，灵底叫喊"②。郁达夫则更把表现真情提到文学的价值观上来了："艺术既然是人生内部深藏着的艺术冲动即创造欲望的产物，那么当然在能把这内部的要求表现得最完全、最真切的时候价值最高。"③ 新文学同时也追求美，表示追求"文学的全与美有值得我们终生从事的价值之可能性。而且一种美的文学……这些美的快感与慰安对于我们日常生活的更新的效果，我们是不能不承认的"④。郭沫若说："爱美，进而追求艺术，是人类婴孩时代就有的，是天生的。"⑤ 郑振铎认为"美"是文艺的"生命汁"，他说美的文艺将永远不灭。⑥ 他们都把美作为一种人性，作为人所追求的合理生活。这些思想说明"五四"文学革命先驱把对人性的追求作为审美的标准。

上面的粗浅的描述大体可以说明现代文学的全人类性，我们过去对这些内容还没有给予系统的叙述、评价，这有待以后的努力。

三、两种"全球化"的影响

20世纪的突出的时代特征就是社会主义制度的产生，资本主义和社会主义两种制度的并存，以及此消彼长的竞争。第一次世界大战结束后，陈独秀认为，"现在世界上有两条道路：一条是向共和的科学的无神的光明道路；一条是向专制的迷信的神权的黑暗道路"⑦。但紧接着在十月革命后，一种新的制度诞生，开始有了社会主义和资本主义两条道路，而这两条道路都具有全球化的特征。马克思主义认为社会主义的胜利必须是世

---

① 成仿吾：《补白》，载《创造》季刊1922年第3号。
② 郭沫若：《补白之二》，载《创造》季刊1922年第1号。
③ 郁达夫：《生活与艺术》，载《晨报副刊》1925年3月12日。
④ 成仿吾：《新文学之使命》，见《使命》，创造社出版社1927年版，第10页。
⑤ 郭沫若：《文艺之社会的使命》，见《文艺论集》，光华书局1932年第5版，第50页。
⑥ 参见西谛《卷头语》，载《小说月报》1924年第15卷第12号。
⑦ 陈独秀：《克林德碑》，载《新青年》1918年第5卷第5号。

界革命的胜利,所以号召"全世界无产者联合起来"。中国最早接受马克思主义的李大钊在十月革命胜利后宣告:"将来的环球必是赤旗的世界。"① 他也指出社会主义革命是"着世界的革命之彩色者也",俄国革命"实20世纪全世界人类普遍心理变动之显兆"②。20世纪有两种全球化,资本主义要建立世界市场,社会主义也在追求全球的胜利。因此,在整个现代文学的发展过程中,便充满着思想矛盾和冲突,这也是两种全球化的矛盾、冲突的反映。而过去的研究只注意社会主义全球化历史的背景,只强调五四运动是在十月革命的号召下发生的。这固然是必要的,但只强调一种全球化的历史线索是有片面性的。从两种全球化的角度来看中国的现代文学就应该承认"五四"后的新文学有两条发展线索,并非"无产阶级文学运动是唯一的文学运动"。现代文学中,有一条在社会主义思潮之下发展起来的线索是非常鲜明、完整的,而另一条线索也是非常分明的。从胡适的"国语的文学,文学的国语"的主张,尤其是周作人的"人的文学"论开始,到后来有梁实秋的"人性论""自由人""第三种人"的"文艺自由论"等,这些观点一直延续到如今。为什么到了抗日战争时期的延安还要批判人性论,批判"爱是出发点"等观点?为什么中华人民共和国成立后也还在把"人性论""人情论"等作为"修正主义"来批?这些都说明这条思想线索没有断过。这两条线索都有国际背景,都跟两种全球化的趋势相关。20世纪的中国已经无法逃出全球化的巨大影子,中国已经成了"世界历史"的不可分割的一部分。两种全球化的冲突在中国现代文学史上还引出了一系列思想动荡,这是中国现代学史上的突出现象。例如,对人性和阶级性关系的认识分歧。人性与阶级性本是并存的,但属于不同的心理层面,人性低于因而大于阶级性。梁实秋提倡写普遍的人性,但不应该否认阶级性,从而也否定无产阶级文学。鲁迅等坚持文学的阶级性的观点,但应该承认不同阶级仍有相通的人性。焦大不爱林妹妹,这显出他的思想感情与贾宝玉有不同的阶级特征;但焦大只是不爱林妹妹,他并没有不爱别的女性,这又是他与贾宝玉的共同的人性。平心静气地讨论,双方不难在认识上逐渐接近。但因为有两种全球化的冲突,争论成了文化上的阶级斗争,问题就严重了。我认为在这方面,当年的无产

---

① 李大钊:《bolshevism 的胜利》,载《新青年》1918 年第 5 卷第 5 号。
② 李大钊:《法俄革命之比较观》,载《言治》季刊 1918 年第 3 册。

阶级文学运动有着深刻的教训：不应该不承认人性论。从20世纪20年代末革命文学出现开始，只承认、只强调人物形象的阶级性，便引出文学创作和评论中的许多偏向，人物形象往往不再具有丰富的人性了。蒋光慈曾谈到他翻译完苏联李别定斯基的《一周间》后的感想："觉得所谓真正的革命党人并不是简单的凶狠的野兽，却是具有真理性、真感情，真为着伟大的事业而牺牲的人们。"① 这是他从苏联文学中看到的，而我们的左翼文学作品却可能因为写了人的真理性、真感情而受到批评，或被认为是"革命浪漫蒂克"倾向。

又如人性中兽性与神性的关系问题。"五四"文学革命中，承认兽性——人的本能和欲望——的合理性，这是对封建阶级的禁欲主义的反拨。田汉曾记录那时关于两者关系的争论："尤以爱之当灵肉的，争论得兴奋。……人是有灵有魂的，同时是有血有肉的，不能偏荣灵魂而枯血肉。"② 这对于文学创作描写普通人的世俗生活有重大的意义。但是，从文学的"工具论""武器论"来要求，文学要在革命中起教育、鼓舞、战斗的作用，便对兽性（欲望）的描写持排斥的态度，而强调人的神性，以之为人们的榜样。发展到极端，就认为"塑造无产阶级英雄形象是社会主义文学的根本任务"，写出来的正面人物如"样板戏"中的李玉和、杨子荣等都只有神性，成了"政治人"，完全是个政治符号。（后来反对这种倾向，又走到另一个极端。近来出现的所谓"身体写作""下半身写作"只是展览人的兽性了。）因为按照阶级论的观点，无产阶级是最先进的阶级，便只有神性；如有兽性，也是资产阶级腐蚀的结果。资产阶级是腐朽的，便只有兽性。所以，茅盾接受瞿秋白的建议，写《子夜》中的资本家吴荪甫在事业垮台后，兽性就大发作，把老妈子强奸了。而按照茅盾自己原来的认识，"一个资本家也许竟是个品性高贵的好人"③。

还有，现代文学中描写流血暴力，这是一个普遍的题材。大概有三种情况。

第一种是战争题材。有描写反战的，揭露战争中的反人类的残暴行为。如洪深的《赵阎王》，闻一多、徐志摩的一些反对军阀战争的诗等。

---

① 蒋光慈：《异邦与故国》，现代书局1932年版。
② 田汉：《蔷薇之路》，泰东图书局1922年版。
③ 沈雁冰：《论无产阶级文学》，载《文学周刊》1925年第172期。

还有一类是歌颂民族解放战争,歌颂这种战争中的英雄气概的,这在1931年"九一八"后,特别是"抗战"时期非常多。评价战争题材还是要区别战争的性质,对颂扬正义战争、批判非正义战争的作品是应该肯定的。但肯定的是保卫人类共同的独立、自由的价值观的勇敢和牺牲的精神,是以人类性为标准,而不仅仅是以民族性、阶级性为标准,更不是去肯定战争本身。战争是人类的自相残杀,是历史的怪物,好战行为绝不值得肯定。肖洛霍夫的《一个人的遭遇》、苏联电影《这里的黎明静悄悄》都在歌颂卫国战争的同时揭露了战争的残酷性,可供我们参考。我们对现代文学史上战争题材的作品应该从人类性的层面做一番新的审视。

第二种是写个别人的暗杀行为的。写得比较好的多是表现历史、传说中的流血暴力行为的,如《女神》中的《棠棣之花》(后来又扩写成多幕剧)、话剧《高渐离》、鲁迅的《铸剑》等,都写了暗杀、行刺。郭沫若说:"在《棠棣之花》里面我表示过一些歌颂流血的意思,那也不外是诛除恶人的思想,很浓重地带着一种无政府主义的色彩。"① 作者并非在提倡暗杀,而只是借古人的事情来宣扬一种精神,如"诛除恶人的思想"之类。对这类作品重要的是分析其思想,而不是评价其行为本身。行为本身是没什么好肯定的。但也有现实题材的,如蒋光慈的《菊芬》《最后的微笑》等写个人的恐怖行为,甚至疯狂杀人,表现出革命遭受挫折时的急躁、冒险情绪。有的就是表现"左倾"路线的盲动,在当时就是错误的。巴金的《灭亡》《新生》也有这种倾向,而且到"抗战"时期的《火》三部曲(1938—1940)还在写秘密组织的暗杀行动。这些小说有负面的影响,应该有所批判。

第三种是写阶级斗争中的暴力的,如阶级战争、土地改革中的流血杀人的描写。这一类作品不少,我觉得应该从"文化大革命"的沉痛教训中得到应有的启发。我们同情、支持被压迫人民求解放的斗争,但不能没有分析地为暴力叫好,好像血流得越多才越革命,我们不应去赞美反人性的行为。20世纪是中国阶级斗争十分尖锐的时期,许多文学作品描写阶级斗争。怎样评论这类题材值得研究。

从上述这些问题中都可以看到不同价值观的冲突。我认为,在描述、总结现代文学史时,这些问题应该引起重视。这对我们自己、想要了解现

---

① 郭沫若:《创造十年》,见《沫若文集》第7卷,人民文学出版社1958年版,第113页。

代文学史的人、现在的年轻人都是很重要的。

今天,外来的五颜六色的各种文化思潮,跟随着金灿灿的资本滚滚而入,让人深感马戛尔尼又来了。中国的知识界躁动了,有一种观点认为全球化是美国的强势文化对我们的文化侵略、文化扩张,因此要坚决反对,要坚守民族文化的主体。在霸权主义在世界上横行的情势下,对世界上的强势文化的抗拒是可以理解的。

其实,"五四"新文化运动的许多先驱已经遇到过类似的情况和问题,发表了很有价值的见解。例如,"五四"以后关于文学继承民族传统与接受外来影响的关系的争论就是贯串现代文学史的始终的。有时候比较强调向外部世界学习,如"五四"时期;有时候更看重继承民族、民间的传统,如"抗战"以后。又因为存在两种全球化,有时候强调向西方学习,有时候要求"一边倒"而向社会主义阵营学习。在态度上也存在闭关自守、崇洋媚外等偏向。当然,也有人对两者的关系认识得比较全面。1919年就有人提出:"我们现在对于中国精神文化的责任就是一方面保存中国旧文化中不可磨灭的伟大庄严的精神,发挥而重光之;一方面吸取西方新文化的菁华,渗合融化,在这东西两种文化总汇基础之上建造一种更高尚、更灿烂的新精神文化,作为世界未来文化的模范,免云现在东西两方文化的缺点、偏处,这是我们中国新学者对于世界文化的贡献。"①"五四"刚过,郭沫若曾指出,"我们中华民族本是优美的民族之一,我们在四千年前便有优美的抒情诗、大规模的音乐、气韵生动的雕刻与绘画""我们要把固有的创造精神恢复……期以辟往而开来";同时,"我们应该把窗户打开,收纳些温暖的阳光进来""如今不是我们闭关自主的时候了,输入欧西先觉诸邦的艺术也正是我们的急图""我们要宏加研究,绍介,收集,宣传;借石他山以资我们的攻错"。② 到了20世纪40年代的民族形式讨论中,他又说:"百年来,我们的民族也不断地在振作,不断地在吸收外来的事物以补救自己的落后""凡是世界上适合自己的最进步的东西,无论是精神的或是物质的,我们都尽量地摄取"。③ 多么远大的眼光,多么精辟的见解,今天听来还那么新鲜、有说服力,前辈的胸怀

---

① 宗之櫆:《中国青年的奋斗生活与创造生活》,载《少年中国》1919年第5期。
② 郭沫若:《一个宣言》,见《文艺论集》,光华书局1932年版,第211~212页。
③ 郭沫若:《"民族形式"商兑》,载《大公报》1940年6月9日。

和远见让我们十分钦佩。这问题实际上就是全球化与本土化的关系问题，前人实践中的经验、教训很值得从新的角度做一番总结。

我们要看清今天人类文明的主流是什么，这是超越血缘、地缘之上的人类共同的认知，是浩浩荡荡的世界大势。我们的现代文学研究也要跟上时代的脚步，融入世界文明的滔滔大潮。那样，我们不但不会被冲垮，而且有可能获得新的生机！

（原载《文学评论》2004年第5期）

现代中国的 "人的文学" 传统

1917年开始，中国发生了一场文学大革命。这场革命在短短的几年间就使得沿用了几千年的文言文被现代白话文所取代，实现了"国语的文学，文学的国语"的目标；同时，一种崭新的"人的文学"得到提倡并很快建立起来了。在不长的时间里，迅速完成了中国文学从古典向现代的转型。这场文学革命因为与"五四"新文化运动的紧密关系，被称为"'五四'文学革命"，新诞生的文学被称为"新文学"或"现代文学"。这是千年一遇的文学大变革，在20世纪的开头取得成功，对中国社会的现代化进程起了巨大的推动作用。

在几千年的中华民族历史上，曾经创造过光辉灿烂的古典文学，为人类的精神宝库贡献了大量珍品。为什么在20世纪的开头会发生这样的文学革命呢？

从文学本身来看，古代正统的文学观念里只有诗、文才属于文学。古代诗词经过唐宋这两个辉煌时代，已开始走下坡路；明清仍然有诗的成绩，但已不能跟唐宋相比了。文也一样，代表清朝散文成就的桐城派等也创造了不少优秀作品，但也已经不再有像唐宋八大家那样的实力，桐城派还成了"五四"文学革命的重点批判对象。当诗、文逐渐下沉之时，被正统观念排除在文学殿堂外的从勾栏瓦舍里成长起来的小说、戏曲却迎来了自己的高峰期。古代小说与戏曲在元、明、清创造了不朽的业绩，但是，它们在清初出现了《红楼梦》《聊斋志异》《桃花扇》等作品之后未见有继续爬升的迹象。到了清朝末年，在都市化进程的刺激下，都市的通俗小说一度兴盛，只是受到时代条件的局限，呈现出半新半旧的特点。把这些通俗小说当作古典文学来看，并非传统小说的重起新潮；当作现代文学来看，能代表时代发展方向的新的思想，文化内涵又明显有所不足。这些在城市里发展起来的通俗小说不是"现代性"受到"压抑"，而是"现代性的匮乏"。这是因为这些小说属于市民文学，中国的市民阶层受社会条件的限制，无法发展成为经济、政治上独立的自由阶层，也无法在文化上担负起创造现代新文化和新文学的使命。到了19世纪末，历史悠久、成就辉煌的中国文学已经发展到一个大转变的关头，必须来个从古典向现代的转型才能获得新的生命力。这是中国文学发展的总趋势，是文学自身的、内在的发展取向。所以，不管地位多么高、影响力多么大的人物，包括曾国藩等人，想要高举古典文学的"中兴"大旗来扭转这种发展趋势，都是力不从心的了。

那么，文学将怎么变，向哪一个方向变，这就不完全是文学自己所能决定的了，而要受到社会发展力量的制约。这时，中国的社会局势是民族危机十分严重，资本主义列强虎视眈眈，企图灭亡中国、瓜分中国。为了挽救民族命运，必须急起直追，赶上世界潮流，尽快踏上现代化之路。实现从封建社会向现代社会的转型是紧迫的民族救亡使命。文学毫无例外地要跟随着实现这种转型从而促进社会的转型。为什么文学革命要从语言的革命开始？文言文是古代社会和古代文学的语言工具。到了20世纪，这种文言文已经与人们现实生活中的口语有很大的距离，形成了"言"与"文"的分离。这无论于文学创作或其他各种思想、文化、科学的交流与传播，都是很不便利的。使用文言文为工具，越来越不便于描述现实生活、传达现代思想、抒发现代人的感情，不改革就会阻碍文学的发展进步、阻碍信息的传播、阻碍社会的现代化转型。所以，早在19世纪后半期，提倡白话，要求改革文字、改良文学的呼声已经此起彼伏，形成了一定的声势。语言的变革也有自身的规律，但社会发展的需要更是巨大的推动力。

文学的变革也同样地受到社会的推动。1840年鸦片战争后亡国灭种的民族危机逼迫着中国奋起救亡。对救亡之策的思考经历了一段过程。从认识到必须有"器物层变革"以求船坚炮利，因而有洋务运动；经甲午之惨败进而认识到"制度层变革"的必要，于是有戊戌维新和辛亥革命；但辛亥革命虽然推翻了千年帝制，创立了亚洲第一个共和政体，却有名无实，又接连发生封建帝制的复辟。那时，许多群众的思想还处于愚昧状态，意识不到人的价值和自己的权利，甚至疑惑没有了皇帝这天下该是谁的。所以，袁世凯、张勋的复辟是有其思想基础的。在袁世凯复辟过程中，封建阶级为制造舆论，大肆宣扬封建传统伦理观念，提出立孔教为"国教"。这些都从反面教育了当时的先进知识分子，他们痛感为了救中国，亟须改变国人的思想观念，进行"精神层变革"。此时的思想界十分活跃，批判封建"三纲五常"等传统观念，引进各种各样西方现代文化思潮，思想界出现了罕见的全方位吸收外来思想的景象。接连不断的变革的失败促使人们对救亡问题的思考步步深化。所谓"器物""制度""精神"三个层面的变革，就是要实现物质、政体、文化三个方面的现代化。这三者是相关联的，都不可缺少。但当时受封建帝制复辟的刺激，特别深刻地感受思想变革的迫切性，于是有以1915年《新青年》的创刊为标志的启蒙运动，史称"新文化运动"。而要变革国人的思想观念，当时认为最重要的是改变对于"人"的观念，进行"辟人荒"的思想启蒙工作。从封建或半封建社会向现代社会转型，必然要有一场"人的解放"的思想运动，让广大人民群众摆脱思想上的奴隶状态，从封建帝王的"臣民"转变为现代"公民"，认识到自己应该具有的权利、自由和独立人格。没有这样的"人的觉醒"，建立民主、法治的现代社会就是一句空话。所以，通常把"五四"时期称为"人的觉醒"的时期。

在古代中国，有非常丰富的关于人的各种学说。从孔孟、老庄、墨子、荀子以降，许多古代思想家都有他们对人、人与人关系的看法，不乏思想精华。但是，中国古代关于人的学说有其独特性和局限性。长期作为社会主导观念的儒家思想是建立在宗法制度和血缘关系上的，以严格的等级制度和伦理道德为基本特征，缺乏个体的人的基本价值观念，也不承认人的欲望的合理性，因而缺乏对个人存在的基本权利的确认。儒家学说能够被封建统治阶级定为一尊，成为维护千年封建制度的统治思想，其根本原因就在这里。"君为臣纲，父为子纲，夫为妻纲"的封建礼教和制度对人的长期束缚、压迫严重地压抑了人的作用，窒息了人的生命活力，使人失去主动性与自主性，并且戕害、腐蚀人的意志，培育了愚弱、巧滑的国民性，大大地阻碍、延缓了中国社会的发展进步，才导致西方来犯时的节节败退。明清曾经出现具有叛逆思想的启蒙思想家，如明代的李贽以及明清之交的顾炎武、黄宗羲、王夫之和清朝的戴震等，他们的人的观念已经具有通向近代、现代的成分，不过在封建统治思想的高压下始终未能成为中国社会的主流思想。对于这些，19世纪与20世纪之交的中国启蒙主义者已经认识到了。严复和陈独秀都曾发表文章，对比中西文化，对比中西方人的思想性格的差异，批判国民人格上的弱点。梁启超提出了"新民"之说。鲁迅认识到"改造国民性"的意义，在辛亥革命时期已经建立了他的人学观念，主张"非物质""重个人"，认为中国要生存，"其首在立人，人立而后凡事举"，而立人之道"乃必尊个性而张精神"。①

中国先进的知识分子在批判传统文化时，也从欧洲的先发现代化国家崛起的历史经验中得到启示。他们从中世纪向现代社会转型是经过了文艺复兴、宗教改革、启蒙运动等一系列思想革命的。欧洲有古希腊的人文主义传统，在古希腊已经有"人是万物的尺度"的观念，已经提出了"认识你自己"的命题。经过文艺复兴等思想启蒙运动，否定了封建神权和"君权神授"，承认"人人生而平等"。作为社会运转动力的个人主义认为，每一个人都是独立的、不可重复的个体，都是独一无二的，有着不可取代的价值，因而都有自己的价值和尊严。在"天赋人权论""社会契约论"的思想之下，形成了市场经济、民主法制等一系列制度，促进了生产力的大发展和社会生活的进步。也正是在"人的发现"的文艺复兴运动中，开辟、造就了辉煌灿烂的欧洲新文艺。这些都成了先进知识分子思考如何在中国实现现代化的参照系，那时发动新文化运动和文学革命的先驱们的确也把自己的事业视为中国的文艺复兴运动。

"人的发现"，树立现代的"人"的观念，这是人类跨进现代社会的不可逾越的一步。对人的价值的认识和对人的重视是人类历史进步的最主要的动力。"五四"新文化运动以民主、科学为旗帜，以人的觉醒、人的解放为目的，顺应了人类历史发展趋向。陈独秀在《新青年》的发刊词《敬告青年》中提出对"人"的六条要求，也就是现代人的基本条件，可以视为现代新人学的基本内容。同一个时间，胡适提倡"易卜生主义"，提出培育"健全的个人主义"；鲁迅看到"中国人向来就没有争到过'人'的价格"②，他的作品用形象从这一方面揭示了许多触目惊心的现象；周作人据"人间本位主义"，提出建立"人的文学"的主张，对新文学的建立有巨大的影响。新文化运动的先驱们提倡"个人本位主义""个人独立主义"，反对"以己属人之奴隶道德"，目标便是要争取"法律上之平等人权，伦理上之独立人格，学术上之破除迷信、思想自由"③，认为这样才能达到个人的解放和幸福。在上述思想之下，个性解放成为新文

---

① 参见鲁迅《坟·文化偏至论》，见《鲁迅全集》第1卷，人民文学出版社1981年版，第57页。
② 鲁迅：《坟·灯下漫笔》，见《鲁迅全集》第1卷，人民文学出版社1981年版，第212页。
③ 陈独秀：《袁世凯复活》，载《新青年》1916年第2卷第4号。

学创作的汹涌潮流。当时的陈独秀推崇托尔斯泰,因为他"尊人道,恶强权";推崇易卜生,因为他"刻画个人自由意志"①。李大钊也说:"我们现在所要求的是个解放自由的我和一个人人相爱的世界。"②他将个人主义和博爱主义结合起来,在《什么是新文学》中提出"以博爱心为基础的文学"③。他认为:"我相信,人间的关系只是一个'爱'字,而只有'爱的生活才是人的生活'。"④傅斯年认为,"我们所以不满意于旧文学,只为他是不合人性,不近人情的伪文学,缺少'人化'的文学。我们用理想上的新文学代替他,全凭这'容受人化'一条简单道理,我们对于将来的白话文,只希望他是'人的'文学,即能引人感情,启人理性,使人发生感想的文学"⑤。

  于是,人们看到了一个"人的文学"的崭新时代。新文学既然要唤起人的觉醒,就首先要尽力来"揭出病苦",把那种种可惊的愚弱国民性、可怕的非人生活如实地展现出来,以惊醒睡梦中的人,起而砸烂封建专制的铁屋子。鲁迅的《狂人日记》《阿Q正传》等一系列作品都有振聋发聩之力。在他的带动下,诸多作品描写了人,特别是广大的农民在封建伦理的重压下的愚昧麻木和性格扭曲。人的觉醒使另一些作家大胆地、极力地张扬自我。郭沫若的《女神》中的自我成了能够吞下日月星辰的天狗;自我能够在自焚中新生,变得华美芬芳;自我把地球看成母亲,与自然界亲昵无间。这些自我,也就是人的形象,在文学史上是空前的。也是因为认识了人性的特点,新文学也敢于去写人的欲望。于是,郁达夫笔下的人,主要是知识分子,不再都是端庄的、典雅的,他们也有性欲甚至是变态的性欲,也同常人一样不乏俗气。其实这才是有"人气"的人物形象。男女爱情本是人间美好之情,这时得到了承认,可以尽情歌唱了。在诗的领域不再像古代只有"寄内""忆内"的诗,情诗成了通常的品类,"人之子"终于醒了。既然发现并肯定了人的存在价值,这时的作家也会注意对于人的世俗生活的体察,描写花鸟虫鱼、苍蝇虱子、春风秋雨、饮酒喝茶,明白这也都是于人有益的;因为休闲也是人之所需,看似无关紧

---

① 陈独秀:《现代欧洲文艺史谭》,载《新青年》1915年第1卷第3号。
② 李大钊:《我与世界》,载《每周评论》1919年29号。
③ 守常(李大钊):《什么是新文学》,载《星期日》1919年12月8日。
④ 李大钊:《双十字上的新生活》,见《李大钊文集》下,人民出版社1984年版,第96页。
⑤ 傅斯年:《怎样做白话文?》,载《新潮》1919年第1卷第2号。

要的小题材里都包含着人间关怀。这是小品文生长的理由，从周作人到林语堂、梁实秋，形成了体验人生情味的散文传统。这是与以文化批判为重点的杂文并峙的另一个现代散文的传统。为了培育健全的人性，新文学主张人与人之间的平等、博爱，提倡人类之间的爱，"爱"在那时成为普遍的主题。叶圣陶、许地山、王统照的初期小说就是以宣扬人类的爱为重要主题的。冰心成为最早的也最受关注的女作家，就因为她唱着那时最动听的爱之歌。所有这些文学上令人眼花缭乱的新事物、新气象，标示着中国文学现代转型的成功，这一切都是中国文学史上未曾有过的。"五四"文学革命所创建的新文学就新在它是"人的文学"之上。胡风曾经对此做过解释："这并不是说，'五四'以前的中国文学史没有写人，没有写人的心理和性格，但在那时基本上只不过是被动的人，在被铸成了的命运下面为个人的遭遇或悲或喜或哭或笑的人。"而"五四"新文学中的人却在他们的喜怒哀乐的"同时宣告了那个被铸成了的命运底从内部产生的破裂"①。

关于"人"的观念的改变必然会引起审美观念的改变。要求文学创作的个性化，追求文学表现上的自由、活泼、生动，这是符合现代人的精神需求的。所以，反对文言文，语言上追求阅读和表达的自由，反对诗词的严格格律，反对章回体，反对表演的程式化，都是为了打破因袭传统的僵硬套式和对审美个性的束缚。为创造现代的、自由、便捷的，适于反映现代生活、抒发现代人情感的表现方法，从而引起语言工具和表现形式的大变革。

新文学的这些特点得到了人们的公认。《中国新文学大系》可以说是总结"五四"新文学的著作，蔡元培为之写的总序中归纳新文化运动的目标和内容为三："科学精神、民治思想及表现个性的艺术。"② 他认为，"五四"所提倡的文学艺术的最主要特征就是"表现个性"，将其与科学、民主并列。胡适把"人的觉醒"定为文学革命的内容。鲁迅也认为"文学革命者的要求是人性的解放"③。茅盾评价文学革命说："人的发现，即

---

① 胡风：《文学上的五四》，见《胡风评论集》中，人民文学出版社1984年版，第122页。
② 蔡元培：《中国新文学大系·总序》，上海良友图书印刷公司1935年版，第11页。
③ 鲁迅：《且介亭杂文·〈草鞋脚〉小引》，见《鲁迅全集》第6卷，人民文学出版社1981年版，第20页。

发展个性，即个人主义，成为'五四'时期新文学运动的主要目标；当时的文学批评和创作都是有意识或下意识地向着这个目标。……个人主义成为文艺创作的主要态度和过程，正是理所必然的。而'五四'新文学运动的历史的意义亦即在此。"① 郁达夫总结"五四"新文化运动的"最大成功，第一要算个人的发现。从前的人是为君而存在，为道而存在，为父母而存在，现在的人才晓得为自我而存在了"②。

新文学的特点一直贯串于32年的全程，虽然1927年后因为社会背景的剧烈变动对文学发展产生了重大的影响，但在20世纪30年代探讨国民性的主题还在延续着。沈从文怀着一腔热情来描写湘西少数民族带原始性的强悍性格，对人性中的自然性给予肯定，这是与批判现代文明遮掩之下民族精神的萎靡连在一起的，包含着追求健康、强悍的民族生命力的思考。这并非沈氏独家之见。鲁迅因尼采学说的影响，也曾肯定过"野兽性"，肯定"蛮野"的意义："文明如华，蛮野如蕾；文明如实，蛮野如华。"③ "抗战"时期，闻一多还提出"抗战"中所需要的正是"原始"和"野蛮"："我们文明得太久了，如今人家逼得我们没有路走，我们该拿出人性中最后、最神圣的一张牌来，让我们那在人性的幽暗角落里蛰伏了数千年的兽性跳出来反噬他一口。"④ 如果说是民族危机逼迫着中国人思考、寻求救亡之路，曾经逼出了洋务运动、戊戌维新、辛亥革命，那么，九一八事变、七七事变当是更严重的民族危机，更逼迫人们对民族积贫积弱，沦于被侵略、受蹂躏之凄惨境地做痛切的文化反思。于是，痛感中国国民性的弱点，不断地加以揭示和批判。萧红用感伤、低回的调子描写永远是死气沉沉的小城，那里的人的愚昧麻木已到了令人战栗的地步。芦焚写了果园城在落日残照下萧索废旧的景象。它的停滞、衰败就在于从生活方式、文化观念、精神状态上反映出来的人性的缺陷和弱点。老舍在《四世同堂》中用抗日战争为背景，检讨、批评北京市民性格上的弱点。曹禺的《北京人》在描写没落的封建家庭时，特意用了北京猿人的原始性来衬托，批判封建文明对积极进取的民族精神的销蚀。这些作品共同地

---

① 茅盾：《关于创作》，见《茅盾文艺杂论集》上集，上海文艺出版社1981年版，第298页。
② 郁达夫：《中国新文学大系散文二集·导言》，上海良友图书印刷公司1935年版，第5页。
③ 鲁迅：《坟·摩罗诗力说》，见《鲁迅全集》第1卷，人民文学出版社1981年版，第64页。
④ 闻一多：《西南采风录·序》，见《闻一多全集》第3卷，北京三联书店1982年版，第395页。

提出了启发民众觉悟、改造民族性格的问题,鲁迅的传统在"抗战"时期的文学中得到继承、发扬。

中国开始自己的"文艺复兴"已经是第一次世界大战爆发之后的事了。这时在西方,资本主义在创造了丰富的物质财富的同时,却使社会陷于严重精神危机之中,理性的旗帜飘落,非理性思潮泛滥。人们发现觉醒的人未必能使世界变得更加美好,于是文学不再高声地赞美人的伟大,而是要揭示、鞭挞人的渺小与丑陋,对人做一次更深刻的再发现。表现精神"荒原"的现代主义文学在这样的背景下兴盛了起来。这种思潮在"五四"时期已经波及中国的新文学,在《狂人日记》里就已经有所反映。不过,中国的现代主义文学成为一股势头还是在1927年后,是在革命运动遭受严重挫折、许多知识分子对社会变革产生浓重的幻灭感的情况下发展起来的。不同的社会背景使中国的现代主义流派有别于西方,从幻灭、绝望里对人进行反思,对人自身的认识深化了,也是其一大特征。"抗战"时期,穆旦在一些现代主义诗篇中,描述对人的思考及由此产生的沉痛之情,达到了相当的深度。比照"五四"时期的启蒙文学,他的诗从另外的角度起到唤醒人的认识自我的作用,与"人的文学"在精神上完全是一脉相通的。

在"人的文学"发展过程中,又出现了另一股文学思潮,即左翼文学思潮,并且于1928年有了左翼文学运动,这也是由20世纪的时代特征所决定的。新的文学思潮的出现引起了两种文艺观的争论,由于各有偏执,几乎不能相容,造成了左翼文学与被称为"自由主义"文学之间的恩怨,无可避免地发生了新文学队伍的分化。作为历史,这些都已远去,今天应该历史地、客观地看待与评价现代文学史上的某些矛盾冲突。左翼文学坚持文学的阶级性,认为自己代表无产阶级的利益,同时也代表了全人类,无产阶级不解放全人类也就不能最后解放自己。因此,其终极的目标是"人的解放"。马克思认为"人本身是人的最高本质"[1],主张人应当使自己成为衡量一切生活的尺度,而且把未来社会称为"自由人的联合体"。在《共产党宣言》中宣告:"代替那存在着阶级和阶级对立的资产阶级旧社会的,将是这样一个联合体,在那里,每个人的自由发展是一

---

[1] 马克思:《〈黑格尔法哲学〉批判》,见《马克思恩格斯选集》第1卷,人民出版社1972年版,第15页。

切人的自由发展的条件。"① 这个远景目标是美好的、人性的。在中国的具体历史条件下,"五四"之后,马克思主义产生广泛的影响,鲁迅、郭沫若、茅盾等也都先后转化为左翼作家。左翼作家以马克思主义理论为指导来观察历史和社会,在宏观地把握生活对象、深入地剖析社会、批判不合理的社会制度诸方面有自己的优点和创造,不少描写人的、阶级的解放的作品同样具备"人的文学"的共同性。正像许多新文学作品有这样那样的不足,左翼的创作也有自己的局限性。

文学革命中建立的新文学通过文学反映了广大中国人民追求"人的觉醒""人的解放"的历史进程。这种追求也是全人类的共同愿望和目标,因此,新文学具有全人类性,它是人类文明、进步的产物,它的成果属于全人类。王国维说过:"夫美术之所写者,非个人之性质,而人类全体之性质也。惟美术之特质,贵具体而不贵抽象。于是,举人类全体之性质,置诸个人之名字下。……善于观物者,能就个人之事实,而发现人类全体之性质。"② 中国的文学,不论是古代文学,或是"五四"以后的新文学,都有着这种"人类全体之性质"。新文学从一开始就在世界文学的影响下发生,并逐步地走向世界,也必然能够并且正在为世界上其他民族所理解、所认同、所喜爱,它的世界的性质必将得到证明和彰显。

(原载《中国现代文学发展史·导言》,中国青年出版社2008年第3版;标题为新添的)

---

① 马克思、恩格斯:《共产党宣言》,见《马克思恩格斯选集》第1卷,人民出版社1972年版,第273页。
② 王国维:《红楼梦评论》,见《王国维学术经典集》上卷,江西人民出版社1994年版,第68页。

"人的文学"和战争文学
——中国"抗战"时期战争文学的反思

一

纪念中国人民伟大的抗日民族解放战争胜利60周年，回顾那一时期的文学史，发现在"抗战"文艺中，"战争文学"（以抗日战争为题材或主题的作品）并不算多，有思想分量的更少。就是与《八月的乡村》同一档次的也不多见，有的只能说还是有待加工的素材。或许在战火纷飞中来不及迅速反映当前的战事，许多战争题材的作品用了报告文学的形式。

反映战争可以有不同的层面，战时的创作多为"政治层面"的，因为战争是政治的继续。这类作品的大致面貌是：谴责非正义的侵略战争，揭露敌人的暴行；歌颂正义的民族"抗战"，重点描写战争的进程，再现某一具体的战役、战斗；歌颂战争中的英雄人物，赞美英雄主义和自我牺牲的精神（在中国解放区还产生了"新英雄传奇"这种新的文学样式，如《吕梁英雄传》《新儿女英雄传》等），以鼓舞士气，激励人们的战斗热情和胜利信心。从政治层面上写战争，其要点往往不在于"战争"，而在于政治上"正义"或"非正义"之揭示，以及在战争中的宣传鼓动作用。

描写战争还可以有一个"人性层面"。在这个层面上，战争被作为人类社会的一种特殊现象来探讨和表现——战争是人与人的相互残杀，这是人类社会的怪物，造出这怪物的是人，深受其影响的也是人；因此，对战争的思考也就是对人的思考，要写好战争就要写好战争和人、人性的关系。"五四"文学革命中，"人的文学"被认作文学领域里思想革命的纲领。为了它所倡导的"人间本位主义"，即人道主义，就需要弄清楚人是什么；因此，周作人提出自然人性论，以为人是"从动物进化的生物"①，

---

① 周作人：《人的文学》，载《新青年》1918年第5卷第6期。

所以人性中既有兽性又有神性，这是对人性所做的比较全面的诠释。在这种"人学"思想影响下，新文学最初的实绩就是"人的文学"。战争打破了人的正常生活，把人投入血火燃烧的非常状态和生死存亡的严重关头，人的神性和兽性都会比平时更强烈地爆发。超常的残暴、惨烈、荒诞的情景和时刻正是人性经受考验的紧张时机，可以说，战争中包含着丰富的"人学"内容。"抗战"爆发不久，当时少有的能够从人的角度审视战争的诗人穆旦，就写了《野兽》[①]一诗。在他看来战争就是"野兽"，"是一团猛烈的火焰，／是对死亡蕴积的野性的凶残……是以如星的锐利的眼睛，／射出那可怕的复仇的光芒。"因此，战争文学如果不单描写战争过程，而能通过这过程写出其对人的命运、生存状态、精神走向等的深刻影响，让我们从中听到对人性的阐述、看到灵魂的历险，它便可以成为一种重要的"人的文学"。优秀的战争文学应该具有这样的特点。

但自20世纪30年代左翼文艺运动形成高潮后，阶级论崛起，文坛爆发了几场大论战，人性论、创作自由论等受到严厉的批判，这对文学创作产生很大影响。"抗战"爆发，当作家们来写战争文学时，文艺为政治、为"抗战"现实服务的观点，用阶级观点审视、分析民族矛盾的方法都已在文艺界占了上风。政治的、阶级的话语成了文艺创作的话语主流，甚至要求文艺紧贴现实，记录（反映）现实，使文艺难有超越对象的空间。有人评论苏联的反法西斯战争文学："四年战争，写了六十年都没写完，战神的悲壮光顾了每一个俄罗斯人的心。"[②]为什么同样在反法西斯战争中肩负重任、付出极大牺牲、做出重大贡献的中国，不能在表现民族解放战争的文学创作上取得更大一些的成就？身在"抗战"中，许多作家更关心的是表现阶级矛盾。到了战后，就更是如此。因为紧接着就进入了四年的内战时期，文学便立即转去为阶级战争服务，不可能像苏联那样，在《日日夜夜》等正面描写战争的作品之后，又产生《一个人的遭遇》等反思战争之作。中华人民共和国成立后在和平的日子里，战争文学有了长足的进步，出现了大规模的写战争的作品，如《保卫延安》《红日》《万水千山》等；特别是影视方面，如"大决战系列"的《辽沈战役》《平津战役》《淮海战役》等，堪称我国战争作品的极致。但所表现均为内战，

---

① 穆旦：《野兽》，见《探险队》，昆明文聚出版社1945年版。
② 沙林：《战神的悲壮弥漫在俄罗斯人中》，载《中华读书报》2005年7月13日。

作品的中心均为歌颂阶级战争胜利的伟业。我们描写内战胜利的题材，数量之多，规模之大，在现代世界文学中是罕见的。以表现民族解放战争的几乎家喻户晓的电影，如《地道战》《地雷战》等，与表现人民解放战争三大战役的电影相比，就太过相形见绌了。直到改革开放后，在新一代作家表现战争的作品中才有了一些新的气象。在上述的文艺思潮下，作家们选择政治话语就是很自然的，很少或者未能从"人学"的视角看战争。这样，便难以以人为本位，以人为价值的尺度，去审视、描写这场人类史上规模空前、极为惨烈、对中华民族历史进程有极大影响的战争。缺少表现20世纪最伟大的、鸦片战争以来第一场惊心动魄的胜利的民族解放战争的优秀作品，这是现代文学史的遗憾。

尽管如此，当回顾"抗战"时期的战争文学时，就整体而言，虽然还达不到用"人学"的眼光去审视这场战争，但当时还是有一些创作给我们留下有启示性的实践经验。一是在遭受凶顽的敌人的侵略、屠杀时，在强烈的复仇情绪下奋起反抗时，许多作家还是坚持从人道主义的立场诉说战争。二是一些作品不同程度地涉及战争背景下的人，写出战争中人性的飞升、变异、扭曲等的复杂状态，使一些战争文学也具有"人的文学"的特色。三是赋予战争不同的色彩，表现对战争的不同的情感姿态和审美追求。从历史遗产中挖掘这些内容，哪怕是很微薄的，对我们整理文学史、研究战争文学还是有价值的。

二

战争是"武器的批判"，是残酷的、血淋淋的。新文学作家普遍受过"五四"人道主义思潮的影响，有的作家还受过基督教教义的熏染，成了"人类之爱"的歌唱者。但是，"抗战"文学中没有出现反战的思潮，因为中国人民受帝国主义侵略之害太深、太久了，深感"中华民族到了最危险的时候"。在人类史上最凶残的大屠杀面前，哪怕以前是歌唱"爱"的，也会萌发出"恨"的意识，懂得了"恨"的意义。可贵的是，他们仍然坚持人道主义的立场，他们宣泄仇恨的情绪，描写作战，歌颂杀敌，都是以人为价值判断的标准。戴望舒的《心愿》写道："几时可以开颜笑笑，／把肚子吃一个饱，／到树林子去散一会儿步，／然后回来安逸地睡一觉？／只有把敌人打倒。""几时可以一家团聚，／拍拍妻子，抱抱儿女，/烧个好菜，看本电影，/回来围炉谈笑到更深？/只有将敌人杀尽。"为了保卫这种起码的生命的权利，保卫这最普通的人的生活，便只有拿起枪杆以战争对付战争。艾青的《向太阳》写道："敌人来到我们的家乡／我们的茅屋被烧掉／我们的牲口被吃光／我们的父母被杀死／我们的妻女被强奸／我们没有了镰刀与锄头／只有背上了子弹与枪炮……"这也是写我们被迫拿起了枪杆的。卞之琳的《前方的神枪手》唱道："在你射出一颗子弹以后，如果回过头来，你看得见：'胡子动起来，老人们笑了，／酒窝深起来，孩子们笑了，／牙齿亮起来，妇女们笑了。'"杀敌才能让善良的人民得到欢笑，因为这是"在与吃人的野兽战斗"①。田间的短诗《假使我们不去打仗》描绘了这样的画面："假使我们不去打仗，／敌人用刺刀杀死了我们，／还要用手指着我们骨头说：／'看，／这是奴隶！'"打仗、流血、牺牲是为了生的权利，为了不做奴隶，自由平等地活在世界上，这就是最崇高的人道主义、最广大的博爱；这首诗表述了这样的真理，所以成了"抗战"时期的代表性诗作之一。

面对人类史上罕见的残暴屠杀，激起对敌人的憎恨、激起强烈的复仇情绪是很自然的。一些描写战争的作品宣告："来吧，野兽们！……今日我们猛狮般的战士们，已经吃饱了、睡足了，正在精神抖擞地等着吞噬你们哩！"② 这传达出了战争环境中人的普遍情感。鲁彦在散文《火的记忆》中用诗一般的语言描绘情感变化：如果自己有风暴一样的力，"我一定伸出巨大的手掌，扼住所有的敌人的咽喉，一直到他们倒下而且灭亡！""倘若我有那什么也扑灭不了的火种，我一定燃起那亘古未有的大火，烧尽全世界所有残暴卑劣的人群！"他对自己提出这样的疑问："是谁毁灭了我的温良的人性，把魔鬼推进了我的胸中的呢？我简直不认识我自己了。"③ 女作家谢冰莹的《战地情书》写日寇飞机的低空轰炸。此时，她的反应是："我恨自己没有学航空，否则这回总可以出一口大气，把敌机打个落花流水。"④ 这里表达的不仅是恨，还有消灭敌人的心愿。田间的诗为揭露日寇暴行、表现被侮辱的中国妇女最强烈的复仇情绪，就用了

---

① 方敬：《光》，见《声音》，桂林工作社1943年版。
② 丁行：《沉寂中的前线》，载《抗战文艺》1938年第2卷第9期。
③ 鲁彦：《火的记忆》，载《文艺杂志》1942年第1卷第3期。
④ 谢冰莹：《战地情书》，见《在火线上》，汉口生活书店1938年版。

"她也要杀人"为题。其实,鲁彦所说的中国人的"温良的人性"并没有被毁灭,而是经过战火的洗礼,对战争的理解与对人道主义的理解更全面、更深化了。当时一位作家的话颇能代表中国作家们对战争的共识:"战争是残酷的,也是伟大的!它把人类送进悲惨的地狱,也带给人类以光明和自由。它是一把刀,可以用来屠杀死千万个无辜的人,也可以用来杀死那杀人的人。它又是一把火,烧毁了人间的幸福与荣华,却在灰烬里孕育着、滋长着新的生命之花……"① 这种认识与"五四"精神是一致的。正如老舍提出要"给死伤的同胞们复仇"时所说:"记住,这是'五四'!人道主义的、争取自由解放的'五四',不能接受这血与火的威胁。""我们活着,我们斗争,我们胜利,这是我们'五四'的新口号!"② 在人道主义的旗帜下战斗,像冯至的《我们的时代》一诗所说,这是为了分担"一个共同的人类的命运"。田间的诗唱道,我们的战斗胜利了,才能说,"我不曾／背叛世界"③。无名氏的《火烧的都门》描写中国空军击落日机。他呼唤:"赞美那三只铁鹰吧,因为,他们奠定了人性的尊严!"在侵略者面前,捍卫"人性的尊严"就要用战斗去消灭敌人。中国作家的这些作品告诉人们,进行反侵略的战争,才能捍卫"爱"的信念,才能捍卫人道主义。与"五四"时期相比,这时的人道主义已有了新的内涵,人们对它也有了新的理解。

今天重读这些作品,可以得到的启示是,描写那一场民族解放战争,我们不仅要站在中华民族的立场,还要超越民族的立场,站在全人类的立场,从维护人类共同的价值观、从维护人道主义的高度对日本军国主义进行揭露和批判。要表现日本侵华不仅是中日两国之间的矛盾,更是日本军国主义对人类社会生活的基本准则的挑衅,是冒天下之大不韪;不仅要批判它给中国人民带来巨大灾难,更要批判它对人类进步的极大破坏和阻碍,它在这方面的罪恶同样罄竹难书。"抗战"时期有一些战争题材的作品已经占据了这样的思想高度,应该发扬之。

中国作家的创作大量揭露日军灭绝人性的罪行,同时在描写反侵略斗争时凸显中国人民伟大的人道主义胸怀。中国作家的战争文学也是灵魂拯

---

① 王西彦:《被毁灭了的台儿庄》,载《战地》1938年第5期。
② 老舍:《五四之夜》,载《七月》1939年第4集第1期。
③ 田间:《我爱战争》,载《新华日报》1945年5月4日。

救的文学。在作品中一面通过日本官兵的叙述揭露日本的法西斯教育如何欺骗人民，把人变成真正的"鬼子"；一面记述用人道主义对待日本俘虏，实行灵魂拯救，帮助他们恢复人性。可能出自宣扬人道主义，也出自认识敌人的需要，当时描写日本俘虏的作品不少。其中，就有揭露军国主义对士兵的法西斯教育。天虚的《两个俘虏》写他和丁玲参加对日本俘虏的问话，从中了解到日本士兵受到的政治欺骗："在经久的爱国教育的政治欺骗和武士道个人英雄主义的麻醉下，他们的脑里，灌满了'天皇''大和魂'等毒汁。"而且他们被俘后很难回去，因为会连累父母和家庭也要受到严厉的惩罚，从而揭露了日本军国主义不但残杀中国人民、欠下累累血债，同时也残杀了日本人民的灵魂、使人变成鬼。作品写出日本士兵本来也具有人的情感，经过耐心教育，"发现着一颗颗热烈地被驱赶到异国来送死的屈辱的心"，他们也思念故乡，爱自己心中的女人，想吃故乡的食品。"人类的一切的天赋在他们心中逐渐复活转来"，正是通过人性教育的渠道，使他们发生了灵魂的蜕变，有的参加了反对日本帝国主义侵略中国的行列。沈起予的《人性的恢复》① 详细记述在"博爱村""和平村"里怎样把战俘当人看待，帮助日本军人恢复人性。康濯的《捉放俘虏记》② 写被俘获的日本士兵笠原、若木的思想变化。林语堂的《日本俘虏访问记》③ 写他参观俘虏营后，"我很自豪而且感觉快乐地发现中国对俘虏的待遇已实行了西方各国的人道主义的传统"。这些作品表现了中国人民的伟大的人道主义精神，不把罪恶归于日本的普通士兵，使他们从否认侵略到幡然醒悟，认识到自己受了欺骗，承认军国主义所灌输的一系列思想是荒谬的。这些作品的描写不能说有多么深入，但所表现的中国人民的伟大的人道主义胸襟感人至深。应该说，这样的战争文学延续了"人的文学"的传统。

---

① 沈起予：《人性的恢复》，载《文艺阵地》第 6 卷第 2～4 期。
② 康濯：《捉放俘虏记》，载《八路军军政杂志》1939 年第 1 卷第 3 期。
③ 林语堂：《日本俘虏访问记》，载《亚美杂志》1944 年 11 月号。

三

战争的特殊环境比之平时,给了潜在的人性充分展现自己复杂性、真实性的宽阔舞台,为写人的性格的多面性提供了更多机会。正如鲁彦说的,战争中原先的"温良的人性"可能丧失,懦弱者可以变得坚强,理智的可能转为残暴的。在战争中,人性发生变异或被扭曲是经常可见的。"抗战"时期某些战争作品中就含有这样的内容。一篇报告文学记述河北一普通农妇的故事。她的母亲和丈夫都被日寇所杀。七个日寇住进她家,当他们因疲劳而熟睡时,她竟能以一弱女子之力,将七个日寇都杀了。她在与最后一个惊醒的日寇搏斗中受了伤,但还是将这个鬼子杀死,完成了这"复仇的血祭"。[①] 这在平时是难以想象的,是人性的一次大变异。罗烽的《三百零七个和一个》[②] 写山东被占领区里的一个老祖父的故事。他的儿子被杀害,儿媳被轮奸致死,只剩下他与一个孙子;但孙子也被日寇骗走,即将与300多个小孩一起送往日本。老人给孙子的送别礼物是塞了砒霜的蛋糕,随后自己也吞下了剩余的砒霜。祖父看起来是狠心的,但他宁愿让孙子死去,也不愿他到日本去做奴隶。给至亲的人下毒,血亲之爱既可以说已经消亡,又可以说发展到最高峰,这是既悲壮又惨烈的。这些故事情节直叩人性大门,如深加开掘,都有可能造出震撼心灵的战争文学。

一些作品表现战争中个人正常的情感与国家、民族的利益的矛盾,从而造成精神的苦难。东平的《吴履逊和季子夫人》[③] 的主人公吴履逊是中国的血性军人,在日本认识了季子,二人热烈相爱。季子不顾家庭的强烈反对与吴履逊结合了。她随丈夫到了中国,正是九一八事变之时,季子站在被侵略的中国一边,坚决支持丈夫"抗日"。但当局要求军人不得有日籍的妻子,吴履逊被迫与季子离婚,还丢了军职。战争使许多人妻离子散,但是,还有这样一种特殊的妻离子散。金满成的短篇小说《中日关

---

① 参见慧剑《固安一农妇》,载《辛报》1937年11月1日。
② 罗烽:《三百零七个和一个》,见《冀村之夜》,新文艺出版社1939年版。
③ 东平:《吴履逊和季子夫人》,载《七月》1937年第3期。

系的另一角》①也写民族战争与个人情感的尖锐冲突。爱国的章知和的妻子是日本人，他爱他的妻子，但周围群众把他看成汉奸。经不起这精神的压力，他抛下妻儿出走了。后来，他的妻子因认定自己是中国人而惨遭日寇杀害，儿子不知去向。章知和在散发他用日文写的传单时也被日寇所杀。这些作品所写的悲剧从根本上说是战争引起的，是战争带给人们的精神灾难。穆旦在《旗》里用"旗"象征国家、民族，说："战争过后，而你是唯一的完整，／我们化为灰，光荣由你留存。"②这写出战争中个人的一切都让位给了国家、民族，也是从人性的角度对战争的反思。郭沫若的《由日本回来了》③写他在"抗战"爆发后，一个人潜回中国参加抗日战争的经过。其中，有步鲁迅《惯于长夜过春时》韵写的："又当投笔请缨时，别妇抛雏断藕丝。……"这是当时影响广泛、感人至深的诗。因为这不单是个人家庭的悲欢离合，而是战争造成的难以抚平的心灵伤痕，也是人性之痛，所以这首诗才深深地激动着民族的心。

　　但是，战争也教育人、锻炼人，使人性变得完善。宋之的的《墙》，写1938年发生在山西长治的故事。日寇因为农民太穷，在他们家中抢不到东西，一怒之下抓了三个农民要枪毙他们，就令这三个农民站着，等他们回去拿枪。他们拿了枪回来时，惊奇地发现那三个农民竟还在原地等待他们来杀。多么触目惊心！宋之的感慨地说，农民是被"墙"围在了里面，"这道墙是传统的封建势力之总和。在那上面寄生着迷信的、自私的、无识的、愚蠢的各种各样的腐蚀物"。这一事例表明，长期封建统治造成国民性的懦弱，竟然顺从地等待侵略者的宰割，连逃避也不敢。但到了1939年以后，同样在山西，农民的觉悟已大为提高，好像已隔了许多代似的。他们已知道"民主""自由""独裁""法西斯"等新名词，他们不再等待被人宰杀，而是组织了起来，计划着杀退敌人来保卫自己的家园，并且取得杀敌的战绩。他们要筑起新的"墙"来把敌人包围、消灭。当时的不少作品都写了我们民族的浴火重生，可惜还不很充分，像《墙》所运用的这样的题材也是可以写出大作品来的。

　　战争中的敌我双方阵线分明，双方的关系往往就是你死我活，因此，

---

① 金满成：《中日关系的另一角》，见《春云短篇小说集》，重庆今日出版合作社1937年版。
② 穆旦：《旗》，上海文化生活出版社1948年版。
③ 郭沫若：《由日本回来了》，见《在轰炸中来去》，上海文艺研究社1937年版。

怎样写我所仇恨又仇恨我的敌人，是把他们简单化为恶魔还是把他们同样作为人来写，真实地展现人性的矛盾、复杂，这对于战争文学来说是个重要的课题。马若璞的《战地拾零》① 写我军战士刺死了一个日本士兵后，发现她是女性，他奇怪日本为什么会让女人出来打仗。这个战士说，看着那女兵痛苦地死去，"我的心真是从来没有像这样软过""我真舍不得这女人，……我不觉伤心起来，挖个坑把她埋了"。这一类事情有力地表现中华民族人民是非常善良的，也是我们人性中值得歌颂、赞美的部分，可是还没有得到充分的表现。有的作品也能写出一些穷凶极恶的日本士兵的人性并非单一的，而是呈现出兽性、神性的两相交织。适越的《人兽之间》② 写一个日本士兵欲奸污中国妇女，妇女为反抗而跳河；当她将要没顶时，这个日本士兵跳下河去救起了她，并放走了她。同一个人刚才还是凶恶的魔鬼，一下子变成了救人的善士。又写一日寇看到火车上中国妇女手抱婴儿，他要过那婴儿来看，掉下了眼泪。他对宪兵说出自己的心里话："结婚不到一年，我被征出了国。妻子在东京生的孩子有四个月了。前几天才寄一张照片来，你看，蛮像这个中国孩子的，大小也差不多……在这次战争中，中国的女人和孩子受着难……我的妻儿也一样受着难，我却还不知道什么时候才能够看见我的年轻的妻子和一样可爱的孩子。"周立波的《敌兵的忧郁》③ 中也写到类似的事情——平汉路某村一老汉抱着他的孙子，一个会汉语的日本士兵抱过他的孙子，泪流满面地说他家中也有这样的孩子，也许永远见不到面了。周立波叙述有些敌兵"被迫从事不义的战争，目击着灭绝人性的许多奸淫和烧杀，理性有时会询问，这一切是为了什么？自己这样做得到了什么？除了中华民族的血和大和民族的耻辱以外，什么也没有得到"。以群在《听日本人自己的告白》④ 中披露日本士兵的日记、书信，让我们看到一些本是善良的人被军国主义者驱使而充当炮灰的痛苦。

　　从上述这些例子，我们看到了战争文学写人的宽阔的可能性，可惜都还未深入。例如，八年"抗战"中创作许多抗日战争的作品，并没有塑

---

① 马若璞：《战地拾零》，载《文艺阵地》1940 年第 4 卷第 6 期。
② 适越：《人兽之间》，载《文艺阵地》1939 年第 2 卷第 6 期。
③ 周立波：《敌兵的忧郁》，见《晋察冀边区印象记》，汉口读书生活出版社 1938 年版。
④ 以群：《听日本人自己的告白》，见《生活在战斗中》，重庆中国文化服务社 1940 年版。

造出真正称得上典型的日本军人形象。这与对日本国民性的了解、研究不够有关。王向立在报告文学《延安日本工农学校》①中记述八路军做俘虏的转化工作。俘虏们受到感化后，揭露了大量帝国主义的欺骗，并说："大部分的中国人看见暴行，一定以为日本人是野蛮的民族、野兽般的民族，但我愿意告诉大家，我们的同胞都是被欺骗的，不能把日本军队对中国人民的暴行解释为自然的、天性的。"事情真的像这个日本俘虏所说的吗？他们那样凶残地对待中国人，究竟只是因为受欺骗，还是与日本的民族性、国民性有关？日本士兵也是人，到了中国就烧杀奸淫，甚至比野兽更凶恶。这是为什么？文学作品要塑造好日寇的形象，必须对日本的国民性有具体深切的感受，破解其深层的历史、文化的密码。而要写好抗日战争的作品，就要写好敌对方面的人物形象，这是尚待努力的。

由于重在政治的层面写战争，人性问题有时就被政治批判所遮蔽，这是一些作品未能深入开掘人性的原因之一。丘东平的《一个连长的战斗遭遇》写连长林青史无法阻止战士们自发的冲锋，致使连队受到惨重的损失。虽然他们在转移中很英勇，还打了胜仗；但林青史在回到营里时却因为这次冲锋违反了军纪而被处决。作品写林青史是个英雄，他不但在上级允许其脱离前线时坚决留队战斗，而且明知要遭到严惩，为成全人格，不避责任，独身回队接受死亡。《一个连长的战斗遭遇》写出战争的大悲剧，成为抗日战争时期比较有深度的战争文学。他是因违反军规的罪名死于自己人之手，这是战争本身的荒诞性。可惜作家的视域局限在对政治的清明或昏庸的评判之上。丘东平显然不赞成处决林青史，写作的目的在于批评国民党。也许是觉得这意图表现得还不够鲜明，或者是意犹未尽，他又写了《友军的营长》。友军指国民党军队。小说写国民党军队的一个营长为了保全队伍，撤退到新四军的营地，这一行动得到新四军的肯定。但是，营长告诉新四军，他将被处决，因为"存在着一味专横暴戾的无情的军纪——生是犯罪的，只有死才得到鼓励和褒奖"。果然，尽管新四军为之说情，国民党方面仍认为营长"守土失责，有辱我军人格"，在回队后就把他枪决了。这个经历和林青史是一样的，可以证明作家是从政治的层面来审察、处理他的题材的。那时这类作品不少，如奚如的《萧连

---

① 王向立：《延安日本工农学校》，载《八路军军政杂志》1941年第3卷第6期。

长》①等。林青史未能阻止"蠢动"的自发冲锋是有责任的。盲目的冲锋表现了战争中人无法自控的心理紧张和混乱。小说还描写为了消灭射击的死角，战士们疯狂地拆掉一座房子，以发泄"凶暴的兽性"，这时他们只想着毁灭一切，这是战争中特有的心态。所以，当遭受炮火的猛攻时，"发出了他们的难以制止的疯狂行为"，作者看到这是"勇猛"而"愚蠢"的，"壮烈"而"可悲"的。在战争状态下，非理性占了上风。正如当时的一篇报告文学所描写的，战争是"死神的爪子""壕沟里的弟兄们都好像失了本性"②。对这种人性在战争中的异常状态，作家看到了却未能紧抓住做比较充分的表现，是很可惜的。

抗日战争时期的战争文学提供了一些有益的经验，但就从人性的层面反映战争，深入挖掘战争中的"人学"内容而言，还只能说是初步的。从人性层面对战争的反思在抗日战争中还是很难得的。穆旦在抗日战争胜利的前后曾写了《活下去》《退伍》《旗》《野外演习》《森林之魅》等多首诗，被认为"超越了具体的战争情景，把战争和战争中的人放置到人类、文化及历史的高度予以思考"③，这是中国现代文学中很少有的。

四

抗日战争时期的战争文学呈现出多种的感情色彩，反映了不同的价值和审美的取向，这里举死亡的描写为例。一因死亡是战争的影子，战争中死亡随时都可能降临，战士对死就有不同的态度。于逢的《溃退》④写士兵"九死一生"，有钱就花："留着钱，有什么用场呢?！都拿来买鸡买酒吧！"这是战争中士兵的普遍心态。二因人性都是恋生厌死的，而且"人生也只有那么一次"⑤。所以，死最容易牵动人的情感，怎样看待死亡便造成战争文学的不同情感色彩。

第一种是赋予死，也就是赋予战争以豪迈的色彩，因为自古就认为死有重于泰山或轻于鸿毛之别。从政治的层面看死亡，与民族的利益相比，

---

① 奚如：《萧连长》，载《文艺阵地》1939年第4卷第2期。
② 子华：《血染的军旗》，载《文艺阵地》1939年第2卷第7期。
③ 曹元勇：《〈蛇的诱惑〉编后记》，珠海出版社1997年版，第276页。
④ 于逢：《溃退》，载《文艺阵地》1938年第2卷第5期。
⑤ 洪深：《飞将军》（1937）里飞行员的台词。

个人死不足惜，理应是豪迈的，"勇敢地战死，就是最大的快乐"①。黄既在《关向应同志在病中》里描写这位中国共产党将领，尽管过无定河时他会想起"可怜无定河边骨，犹是春闺梦里人"而感慨不已，怔他对死亡的态度是："在战场上，死是完全自觉的，有时候明知道会死，还是慷慨去赴死，因为在脑子里有一个信念！将来不会再有战争了。"为了"消灭战争"，甘愿以自己的生命为代价，这主要是从政治层面上来看待死亡，也是战争中人的神性的高扬。不少诗歌赞颂为祖国战死者："他，没有死，／他，变成一道电光，／透穿一切心壁，／照亮黑暗。"② 这一类色彩的作品在抗日战争中占了多数。

  但是，敢于牺牲不等于生命不宝贵。在长时间批判人性论、造成人性观念淡薄的条件下，创作中更要注意避免不尊重生命的偏向。这里来看一个故事。赵超构（《新民报》主编，1944年参加中外记者团访问陕、甘、宁）在《延安一月》③中记述丁玲收集战地故事作为写作材料，其中一个故事给赵以特别深刻的印象：河北沦陷区农村，有一爱国志士被日寇所追，逃入一农妇家。农妇与他假装夫妇，骗过了敌人。不巧此时她的丈夫回来了。日寇问："他是谁？你家怎么有两个男人？"农妇答："认不得这个人。"日寇一枪就把她的丈夫杀了。赵超构写道："丁玲一口气说到底，挥手做打枪的姿势，结束了这一幕悲剧的朗诵。"在座的柯仲平则表示赞叹。赵超构的反应是："动人的故事，不一定可成为写作的材料。为掩护爱国志士而必须牺牲亲爱的丈夫，这是可敬的；但若写给后方人看，则徒然增加爱国的恐怖，而未必能收宣传之效。我们所要写作的，毋宁是那些近人情的比较自然的材料。"但是，显然丁玲和柯仲平都是很欣赏这个素材的，因为农妇的阶级感情超过了、压倒了夫妻之情，用阶级观点来衡量，就是了不起的高度觉悟，应该赞扬。其实，这位农妇绝不是无情的，她一定是非常痛苦的，只是丁玲没有说到。如果作家在人性、人情上反应迟钝，或不屑从人性的层面去审视这样的题材，真写成了作品来发表，就可能会有负面的作用。解放区的作品中就有类似题材的作品。如商展思的

---

  ① 鲁黎：《夜葬》，见《晋察冀诗抄》，中国青年出版社1984年版。
  ② 邵子南：《死与诱惑》，见《晋察冀诗抄》，中国青年出版社1984年版。
  ③ 该书由南京新民报社于1946年1月在上海出版。

《黎明之前》①，写的是解放区常常听到的故事——在敌人搜索时，为了掩护部队和民众，不让自己的幼儿哭出声来，母亲硬堵住孩子的嘴，孩子被窒息而死。在提倡牺牲自我之时，这样的事例就会被反复地宣传。这时的母亲是悲痛欲绝的，因为她也是人，也像一般人那样爱自己的儿子。从人性的角度看，这是战争中特有的现象，是极不合理的。所以，不应该作为榜样来提倡，或者不要着重去写怎样捂死了孩子，而要着重写那生命的宝贵价值和母亲的伟大。

第二种是悲壮的色彩，可能还带着点悲凉。这类作品往往在政治层面上表现战争中死的悲壮，从人性的层面表现出死的悲凉。能把两者比较成功地连接的，有艾青的《吹号者》等。《吹号者》描写号兵倒在冲锋的路上，这时他的号角上"映出了永远奔跑不完的、带着射击前进的人群／和嘶鸣的马匹／和隆隆的车辆……／而太阳，太阳／使那号角射出闪闪的光芒……"何等悲壮，用这战争的雄伟壮丽来显示死的价值，但同时也对比地显出号兵生命的卑微。他活着时就在不断消耗着自己的生命，用带着血丝的呼吸来吹响冲锋号，召唤冲向胜利也可能是冲向死亡，他自己就是无声无息地倒下的。在战争中，人的生命就那么卑贱，号兵的意象中含着这样的内涵，使人产生伤感。但战争又是雄壮的、必须进行的，这里有着浓重的悲剧意味。艾青的《他死在第二次》中的伤兵是"把生命交给了战争"的人，当他重上战场而再一次中弹倒下，他不知道这是什么地方，只知道这里是祖国的土地。这就是死，就是战争的意义，但诗人却不把死写得轰轰烈烈。士兵从祖国所得到的只是一堆土堆，"在那些土堆上／人们是从来不标出死者的名字的"。这里固然包含对士兵的同情、对世道的愤懑，但伤兵同样象征着生命的卑微。作为士兵，他"必须在战争中受伤，伤好了必须再去参加战争"，好像是一种宿命，总要他这样卑微的生命来承担人类的苦难。这世界要用这卑微的生命做代价，去换取人的生存权，显示了世界的荒谬和战争的悲剧性。艾青坚持政治价值标准，又表达对死亡的悲情，他的诗才有这感人的力量，也丰富了死亡主题的表现。

第三种是用一种喜剧色彩来渲染战争，把战争与死亡拉开距离，或者是有意避开战争的残酷性。如孙犁的《芦花荡》《荷花淀》，把战争写得很有诗意、很轻松，胜利的得来也好像很容易。《芦花荡》里的老船夫为

---

① 商展思：《黎明之前》，见《晋察冀诗抄》，中国青年出版社1984年版。

了给小女孩报仇，用计引诱敌人来抢莲蓬，把他们一个个用钩子钩下水，这就是作家笔下的战争。这时又写船夫向着苇塘望了一眼，"在那里，鲜嫩的芦花，一片展开的紫色的丝绒，正在迎风飘散"。多么美啊！这里的战争没有血腥味。所以，《荷花淀》里经历了一场意外惊险的妇女们都说："回去我们也组织起来干！"《荷花淀》很有抒情意味，但它描绘的战争缺乏思想上的深刻性，可以欣赏，却少了战争应有的荡魂之力。这种风格最有代表性的诗人是陈辉，他的一些战争的诗甚至有田园诗的风味。《姑娘》中女青年爱慕的哥哥打仗去，炮声响了："杏花，／飘在姑娘的脸上。／姑娘，／鼓着小嘴巴，／在想：／这一声，／该是哥哥放的吧？"《这时候》里炮声响了，战士背起枪走了："这时候，／枣花顶香，／麦粒顶黄。／这时候呵，／大炮在响，／黑夜很亮……"这是诗化了的战争。接近这风格的诗歌还有魏巍的《蝈蝈，你喊起他们吧》等。抗日战争时期晋察冀作家群的审美观念有较多的共同性，都把白洋淀地区看得非常美："谁不爱这明洁的湖面，／谁不爱这一片蓝天，噢，／你美丽的白洋淀！//沿岸：／青青的麦田和稻田，／水面上：／一丛丛芦苇，／一只只渔船，／一群群的鸭，／一阵阵的雁。"① 本应该因美景遭受战争蹂躏而失去它的美丽而憎恶侵略战争，但他们在枪林弹雨中似乎仍旧沉醉在可爱的地区风光中。这类作品可以被解释成一种革命乐观主义，但对于认识战争的残酷、认识牺牲的价值便难以收到应有的效果。

不同的色彩昭示了抗日战争文艺中的不同思想倾向和美学观念，归根到底表现了对人的认识的多样性。比较看重人、看重生命的价值，就是完全站在拥护正义战争的立场的，也会对死多一些悲情，并且可能由此引出对战争的反思。强调要奋斗就会有牺牲，死人的事是经常发生的，但只要死得重于泰山就是值得的，那就会让人把死看得很豪迈，或者索性不去接触死亡的主题。所以，研究不同文学色彩形成的原因对于人的文学和战争文学的创作都是有意义的。20世纪的中国长期处于战争状态中，战争的胜利才迎来了中国人民站起来的一天，我们理应有好的战争文学作品贡献给人类。为此，前人创造的经验值得我们去研究。

（原载《河北学刊》2005年第5期，题为《对"战争文学"的反思》，是本文的压缩稿，这里恢复原稿）

---

① 章长石：《白洋淀》，见《晋察冀诗抄》，中国青年出版社1984年版。

人性论和中国现代文学

这个题目分两个部分来讲。

第一部分讲人性论，讲一些粗浅的基本认识，这些认识都是我们学文学的人应该知道的。

第二部分讲用人性论的观点来考察现代文学、解读现代文学的作品可以得到些什么样的新认识，于提高我们对现代文学的认识有些什么帮助。

大家知道，起于20世纪20年代末，中国文坛上发生了一场很有名的大论争，就是人性论和阶级论的论争。一方以新月社的梁实秋为代表，提倡文学的人性论说；一方是以鲁迅为代表的左翼作家，坚持文学的阶级论说。这场论争在现代文学史上是重要的历史关节，对中国现代文学的发展有深远的影响。

提出文学人性论并非梁实秋的首创，新文学最早的人性论观点出现在"五四"时期，以周作人的《人的文学》为代表，那时成了新文学思潮的主流，对新文学发展有重大的影响。但是，后来为什么现代文学史著里没有充分的记载？就是因为不久就有阶级论的崛起，把人性论视为敌对的思想。20世纪二三十年代左翼作家批判人性论只是个开始，到40年代，在延安，毛泽东在《在延安文艺座谈会上的讲话》中完全否定了人性论。到了1949年后，中国文学界更是只讲阶级论，人性论被认为是资产阶级反动思想，一笔抹杀掉了。其间，在1959年还专门开展了对巴人等的人性论的批判。对"梁鲁之争"更是一边倒地否定梁实秋，把鲁迅批判梁实秋的言论视为批判人性论的经典。直到今天，我们很少去认真地研究人性论，研究它与文学的关系。

人性论是关于人的哲学，研究有关人的学问。我们生而为人，理应对人自身有个认识，人是什么？我是谁？古希腊已经提出了"认识你自己"的命题。"五四"时期有一首歌，是萧友梅（现代音乐重要创始人）作曲的，叫《问》，第一句就是"你知道你是谁？"这是启蒙思潮的反映。都说"文学是人学"，其实，人文社会科学都是人学。自古以来，无论中外其实都有很丰富的人性论学说。我们却对人性论知之甚少，这是我们知识结构中的一个很大的缺陷，有补上这一课的必要。

今天诸事都讲"人性化"，提倡"以人为本"。那么"以人为本"的理论基础是什么？其实就是人道主义，也称"人本主义""人文主义"，是以人性论为理论基础的。人性论研究人怎么样才是最好的。这个标准就是人道。人道是人性追求的目标，人道是人类本性的目的。历史发展的目标就是使社会越来越符合人道。历史上所有的进步都是因为当时的条件比以前的条件更多地满足了人性的需求。所谓历史进步，就是事物更符合人性了、更人道了。

人对自己的认识有一个漫长的过程。在远古，因为生产力水平低下，人无法抗拒自然界，因此就把自然想象成具有无比威力的神，以为人的命运是神安排的，人是神的奴仆。我国的神话如精卫填海、夸父逐日都可以看到人最初对自然是很无奈的。随着生产力发展、科学越来越发达，一定程度上，人已经能够抵抗自然、掌握自己的命运了。这时就意识到自己不属于神或不是代表了神的人。人只属于自己，到这时候，人才有了主体意识，才有了自我的尊严感，并感到人是非常了不起的、非常伟大的。这样的认识过程在欧洲是从古希腊一直贯串到文艺复兴，以文艺复兴为标志，对人的认识的新时代到来了。后来又经过一个长的时段，人们看到文艺复兴虽然高举"理性"旗帜，可是并没有实现理性，生活中仍然发生各种反理性的事情，还有世界大战、大规模的屠杀等，使人痛切地感到人性的许多弱点和丑陋及残暴。人类这时惊呼："上帝死了！"王元化先生有一段自我反思，有助于认识为什么理性主义也有局限。他认为，把人的精神力量和理性力量作为信念的人往往会产生一种偏颇，认为人能认识一切，可以达到终极真理。所以，一旦自以为掌握了真理，就成了独断论者，认为反对自己的人就是反对真理的异端，于是将这种人视为敌人。结果只能是：不把他们消灭，就将他们改造成符合自己观念的那样的人。

这就从提倡理性走向反理性。经过了几千年的历史，人对自己的认识逐渐地比较全面、深刻了。

但这不是说人们对人的认识都是同一的，尤其作为学说，过去和现在、东方和西方，人的观念还是大有不同的。

人的观念的出现是人类有意识的历史的开始。欧洲文化是从古希腊发展来的。古希腊智者普罗塔哥拉提出："人是世间万物的尺度。"人成了世间万物唯一的标准，这被称为"人类中心主义"，是人的主体性的第一次突显,成了西方人学的重要命题。古希腊人学的另一个重要命题是刻于雅典德尔菲庙门廊的铭言:"认识你自己。"后来苏格拉底赋予这句话一个哲学的含义——人应把关怀人、研究人、认识人类自己作为哲学的中心主题。古代希腊的人学思想经过中世纪(神学时期),到了文艺复兴才被重新发现,所以文艺复兴又称"人的重新发现",这时出现了人文主义。文艺复兴的先驱——意大利诗人彼特拉克重提"人是最宝贵"的,"人是上帝创造的许许多多奇妙东西中最奇妙的"。他把自己的研究称为"人学",以区别于"神学",被称为欧洲"人文主义之父"。文艺复兴发扬古希腊人文主义思想,以人道反神道,以人权反神权,歌颂人的尊严、伟大,肯定人的价值,重视人的发展。但丁说:"人的高贵……超过了天使的高贵。"莎士比亚在《哈姆莱特》中说:"人是多么了不起的一件作品!……宇宙的精华,万物的灵长!"于是,有天赋人权论、社会契约论等学说的产生。

这里所说的人指每一个人,这样的观念也叫"个人主义",成了西方现代思想的核心。我们长期误读了"个人主义",把它等同于自私自利、损人利己,1957年"反右"斗争后还被看成"万恶之源"。其实个人主义的含义是说每一个人都是独立的,都是独一无二的、不可重复的个体,因此都有不可取代的价值,都应该得到尊重。作为人,总有要为自己盘算之事,他能够为自己活着,就是最基本的道德,只要不损害他人,就不能说是自私自利。这跟集体主义并不矛盾,只是认为集体要靠每一个人的发展,在集体中以个人为本位,个人不能损害他人,他人也不能以集体的名义来否定个人的作用、损害个人。法国的《人权宣言》说:"凡是我作为一个人所享有的权利也就是另一个人所享有的权利,因而拥有并保障这种权利就成为我的义务。"人权应该包括"所有那些不妨碍别人的天赋权利而为个人谋求安乐的权利"。

马克思也是肯定个人作用的:"人们的社会历史始终只是他们的个体发展的历史。"马克思把未来社会称为"自由人的联合体",在《共产党宣言》中还有一段很著名的言论:"代替那存在着阶级和阶级对立的资产阶级旧社会的将是这样一个联合体,在那里,每个人的自由发展是一切人的自由发展的条件。"1894年1月,恩格斯将这句话郑重推荐给日内瓦《新世纪》周刊为刊头题词,以概括社会主义新纪元的本质。

再来看看我们过去对人的看法。我们古典人学、伦理学也有很多优秀的思想成分，如儒家核心思想讲"仁"，"仁者爱人"包含了对社会和谐的追求。"天人合一"的思想也有追求人与自然和谐的成分。孔子"己所不欲勿施于人"、孟子的"老吾老以及人之老，幼吾幼以及人之幼"的基本人际伦理关系准则都是好的，传统文化有可以继承的内容。还有老庄思想中把崇尚自然与效法天地作为人的生命活动的基本准则，主张超功利的无为，企图消解社会阶级差别（有空想成分），等等。问题是儒家的和谐、道家的效法天地的自然主义倾向与现代人文主义精神的价值取向（强调个人的价值、尊严，强调人与人的平等、自由）有着根本的差异。我们古代人学观里缺少一个东西，就是个人基本价值的观念，缺乏对个人的基本存在权利的确认。中国人学的基点是伦理学，主要讲跟别人的关系，非常重视社会伦常次序，强调个人在群体中、各种关系中的位置与名分。把三纲五常看成"地维之所赖以立，天柱之所赖以尊"。孔子制礼作乐，什么是礼？"夫礼者，自卑而尊人。"（《礼记》）尊谁人？"君至尊也；父至尊也；夫至尊也。君虽不仁，臣不可以不忠；父虽不慈，子不可以不孝；夫虽不贤，妻不可以不顺。"这些观念都缺少对个体生命价值的尊重，不尊重个体的主体性，因此也没有西方个人主义（自由主义）传统，这方面的精神遗产几乎没有。所以，鲁迅说中国没有"个人的自大"（独异），只有"集体的自大"（家族、国家）。这和西方是很不一样的。

古代也有民本思想，譬如"民贵君轻"的思想："民为贵，社稷次之，君为轻。"古代也提出了"以人为本"，这是著名的《管子》里提出的。《管子·霸言》："夫霸王之所始也，以人为本。本理则国固，本乱则国危。"本来的意思是统治阶级管理国家，首先要做人的工作，管理好人。"以人为本"的意思就是"以治人为本"，归根结底是为君主统治服务的。同样，《孟子》虽然讲"民为贵"，这个"贵"不是贵贱之贵，而是"重要"的意思，所以古书多写为"民为重"。也就是说，治国安邦最重要的是管好人；其次才是办好国家（社稷）的事情；至于立谁为君，放在了第三位，这就是"君为轻"。这意思跟《管子》说的"以治人为本"是一样的。孟子也认为"劳心者治人，劳力者治于人"，但还是属于儒家的"上智下愚"的思想，不认为人是平等的。所以，古代讲的"民本"跟现代民主观念是不同的，不是建立在"人人生而平等"的观念上的。

归根到底，中国的人学，或者说我们传统的人的观念，是建立在封建宗法制和农业社会基础上的，是为了巩固封建宗法制社会，是压抑、束缚人的，不利于人的发展，因而也不利于社会的发展；可是，至今我们对此仍缺少觉悟。我们对人的权利、自己的权利都不是很自觉的，这也是政治体制改革的一个障碍，所以甚感要补一补人性论、人道主义这一课。中文系也需要上一点中外思想史的课。

下面就讲讲人性论的一些基本问题。一是什么是人性，二是怎么对待人性。

"五四"文学革命在思想上的纲领就是周作人的《人的文学》。"人的文学"是新文学的目标，它的理论基础就是人性论。

古今中外关于人性论的主张非常多，派别非常多。分歧主要来自怎样对待灵与肉的关系。人也是一种动物，人具有自然性（或者叫"生物性""动物性""兽性"）。恩格斯说："人永远也不能摆脱兽性。"但是，人又不同于一般动物，人是进化达到最高层次的动物；人还有神性（或者叫"神圣性"），超越了一般动物。由于人性中的这种两面性，对"什么是人性"就有不同的回答。

周作人的理论可以说是灵肉一元论、灵肉统一论的人性论。在《人的文学》里，周作人回答"人性是什么？"答案只有一句话："人是从动物进化来的。"所以，第一，人也是动物；第二，人又是进化了的动物。这个特点决定了人的身上既有兽性（原始欲望），又有控制、超越自己身上的兽性的能力，这就是神性。周作人给出的公式是："人性 = 兽性 + 神性。"

历史上各种各样的人性论中，有一种人性论只承认人是动物，认为天生的动物性、兽性就是人性，凡生来如此的就是人性，这叫自然人性论。如古代告子说的"生谓之性""食色，性也"。与生俱来的饮食、男女这两个方面的欲求就是人性。荀子也认为"性者天之就也"，也带有自然人性论的色彩。现代的朱光潜说："什么叫'人性'？它就是人类自然本性。"说得非常直截了当。

人类早先并不把人身上本能的东西看成羞耻的、邪恶的，在古希腊甚至把人的情欲视为可崇敬的特征，把人的欲望看成美德。中国古代也有生殖器崇拜的原始观念；近代，谭嗣同的《仁学》也说"男女构精，特两机之动，毫无可羞丑""无所谓淫也"。什么时候开始产生把人的自然性看成羞耻的坏东西，相关内容可以参看福柯的《性史》。

人性论的一个关键问题是承认不承认人是动物，人是生物学上的生命实体。说到人，我们首先是生物的人，和比我们低级的禽兽是同类。钱钟书说："人是两脚（带毛）动物。"但人总是忽视了自己也是一种动物的本相。所以，自然人性论虽然有片面性，但要看到，自然性是人性的基本内容，人若没了那些天生的本能，就不成其为人了。正因为人都是动物，所以从根本上说，大家没有什么高低贵贱之别，人人生而平等。人的天生的欲求是自然的、合理的，不容剥夺、侵犯，这是人权的基础。

与自然人性论相对立的是特性论。这种理论认为人既然是动物，那么凡是动物共同的东西就不能说是人性了；只有其他动物没有的人所独有的区别于其他动物的特性，那才是人性。自然论是强调人与一般动物的共同性；特性论是强调人与一般动物的差别性，也就是孟子所谓"人之所以异于禽兽者"。

那么，不同于禽兽的是什么呢？孟子是性善论者，针对告子的"性无善无不善"，他提出：凡人皆有心，心中有仁、有义、有礼、有智，这是其他动物没有的，"仁义礼智，非由外铄我也，我固有之也"。他认为，诸如恻隐、羞恶、恭敬、是非之心是人所特有的，这才是人性，这些东西就是神性。这和黑格尔说的"人之所以比禽兽高尚的地方在于他有思想"的意思是差不多的。西方讲灵与肉的关系，有重灵的一派。例如，毕达哥拉斯派、苏格拉底、柏拉图等都认为"人的本质是灵魂""人之为人在他有灵魂；通过灵魂的净化，人才能得救、认识真理和达到神圣的境界；肉体和尘世使人纷扰堕落，所以它应受灵魂支配，……自觉到这一点的才能算作人、与动物真正有别的人，人间的正义才有可能达到"（苏格拉底）。柏拉图最典型。他把灵魂和身体对立，抬高灵魂而贬低身体，所以他主张精神恋爱。

自然论、特性论之外，还有灵肉一元论、统一论。柏拉图的学生亚里士多德提出人的本质是灵魂和身体的统一，"灵魂和身体是不能分离的"。两者的关系是：身体是灵魂的载体，灵魂是身体的统治。所以，"人在最完美的时候是动物中的佼佼者，但是，当他与法律和正义隔断之后，他便是动物中最坏的东西"。真正把这对立统一的二者有机地结合起来的是在亚里士多德之后的斯多亚学派（于公元前300年左右在雅典创立，创始人是芝诺）。该学派提出了人的综合形象，被视为古希腊人学思想的最高阶段。但现代有的学者认为这一派是调和、折中的，对他们评价不高。

在中国，1897年严复在《国闻报馆附印说部缘起》中宣传进化论，认为人是自然进化的产物，人性中包含自然属性和社会属性，二者相互作用、相互渗透，文学是人性的表现，是人的自然属性和社会属性在具体形态中的矛盾和斗争的反映。严复也持灵肉一元论观点。到"五四"文学革命，周作人的《人的文学》提出建立"人的文学"，就以灵肉一元论为理论基础。

什么是人性？有不同的见解。怎样对待人性？也有不同的态度。

如果以人为万物的尺度，那么人性就是没有善恶之分的。人性是自然天成的，不管你愿意不愿意，喜欢不喜欢，它生来就是这样的，不存在什么好坏、善恶。以前说起兽性好像是很脏的；人的欲望既然是天然的，就并不脏。兽性和神性也并没有高下、贵贱之分，食、色都是自然的、合理的。

怎样对待人性？这个问题的关键在于怎么看待人身上的兽性。分歧就在于承认还是不承认兽性（本能、欲望）是合理的；承认还是不承认兽性有积极的作用，因而兽性也是善的、美的；敢不敢满足人的欲望，使人生活得幸福，并且释放人欲的力量，激发人对生活的热情，从而发挥人的积极性、创造性，推动社会的进步、发展。

一种是承认自然性的正当，允许顺着人的自然性，满足人的欲望。利用人的满足欲望的本能，使人释放出最大的能量，推动社会的发展。

一种是压抑人的自然性，把它限制在一定的范围里，提倡清心寡欲，节欲，禁欲，克制自己。这种主张在中国长期占着统治地位。

张岱年先生在《中国哲学大纲》中很简要地叙述了中国传统中关于礼和欲的关系："欲究竟应当满足与否？或应当满足至如何程度？……儒家是主张节欲的。墨家重苦行，有禁欲的倾向，而其实际乃禁制一部分人过度的欲，以求满足一切人之最低限度的欲。道家讲无欲，其意是教人以最低限度的满足为满足。所以，墨家与道家的学说其实也都是节欲，只不过程度不同而已。宋时乃有理欲之辩，主存理去欲，而实际也是一种节欲说。到清初，发生对理欲之辩的反响；不过代替的理论不是纵欲，亦是节欲。"这一段简要的概括说明古代中国虽然有不同的学派，有过辩论，但基本上的主张都是节欲，只是节欲的程度有差别而已。中国古代是限制人的欲望的。孟子说，"养心莫善于寡欲""生亦我所欲也，义亦我所欲也。

二者不可得兼，舍生而取义者也"。荀子主张导欲、节欲："人生而有欲。欲而不得，不能无求；求而无度量分界，则不能不争；争则乱，乱则穷。"他从性恶论出发，认为有欲必有私，有私必有争。道家讲"知足常乐"，要"常使民无知无欲""无欲以静，天下将自定"。宋代理学要"存天理，灭人欲"。存天理，是指允许为生存所必需之欲；灭人欲是指人的私欲如果并非必需的，那就要禁止之。问题在于这"必需"的标准是什么？《朱子语类·十三》里有这样一段话："问饮食之间，孰为天理？孰为人欲？曰：饮食者，天理也；要求美味，人欲也。"标准太模糊了，对不同身份的人的标准也不可能一样，成了严酷的封建礼教。

中国历史上也有纵欲的思想，但没什么影响。杨朱主张"从心而动，不违自然所好"，但连这样的言论也得不到保留。杨朱言论保留在《列子》里，因"为我"被骂为禽兽。告子的"食色，性也"也只保留在与孟子的辩论中。

马克思曾高度评价资本主义一百年里所创造的成果超过了全部人类历史所创造的。资本主义为什么拥有强大的创造力？除了生产力发展到工业革命的新阶段，主要就是文艺复兴后人的解放、人性的解放。所以，有的学者认为，个人权利的保护、个体尊严的尊重是人类历史发展至今的最大成就之一，推动了生产力的大发展。改革开放后中国创造的经济奇迹也是有力的佐证。所谓思想解放，就是人性解放，粉碎束缚人性的种种精神枷锁，使人的创造力大爆发，促进生产力的大发展。

人类历史发展过程中，虽然不同时期对人性的态度不同，但社会总的发展趋势是从神圣化的社会走向世俗化的社会，从伦理化的社会走向法理化的社会，逐步地建立一种灵肉合一的新道德，使社会变得更加人性化。

现在谈谈用人性论、人道主义解读现代文学的一点体会。

20世纪初，中国爆发了思想启蒙运动，导火索是在几番救亡的实践、探索失败后，先驱者认识到了如果要促使中国社会的现代转型，不进行启蒙、不提高广大群众的思想觉悟是不行的。文学革命就是这场启蒙运动所引出的，是这场启蒙运动的重要组成部分。那么启蒙的内容是什么呢？启蒙的内容非常广泛，而最关键的问题、根本性的问题还是人的观念的启蒙。对此，当时一些启蒙文学家很清楚地认识到了。周作人认为，中国对人的认识从未解决，"如今第一步先从人说起，生了四千余年，现在却还

讲人的意义，重新要发现'人'，去'辟人荒'，也是可笑的事"。(《人的文学》)

人的观念的启蒙自然深深地影响到新文学。"人的文学"成了新文学的目标，"人的文学"的观念渗透到新文学的创作中，给新文学带来崭新的思想面貌，为中国创造了一个新的文学时代。

新文学新在哪里？最重要的就新在对人的看法、对人的态度上。有了人的觉醒之后，再来看人、写人，跟以前写人就有所不同了。这类作品最能证明"人的文学"思潮在"五四"后的影响。以几个作品为例来分析。

首先要提到鲁迅的《狂人日记》。一直以来，大家都肯定这篇小说反封建、揭示封建仁义道德的本质是"吃人"的意义。我认为，这篇小说的划时代性主要不表现在这上面，而是表现在它塑造了觉醒的人的形象，这在几千年的中国文学史上是第一次；所以说，它是一篇宣言——人的觉醒的宣言。

狂人是觉醒的人，因为他认识到了人是什么，看清了人的真相。人是吃人的动物，包括狂人自己。狂人对大哥说："大约当初野蛮的人，都吃过一点人。后来因为心思不同，有的不吃人了，一味要好，便变了人，变了真的人。有的却还吃，……至今还是虫子。"这是用了尼采《扎拉图斯特拉如是说》(*Zarathustra*)中的一段话，意思是（按照进化论的观点）人虽然超越了虫子、猴子的发展阶段，但许多人其实至今还是虫子，还是猴子，也像禽兽一样互相吃。这就是狂人的新的人学观念，受了尼采的影响，尼采认为"人类是最残忍的动物"。

《狂人日记》发表后，有一些评论曾经列举历史上有多少人吃人的现象来证明人吃人是真的；但是，《狂人日记》揭示的人吃人不是实指，它说的人吃人是艺术象征，说明人性的普遍特征。狂人怀疑自己也吃过人，一些评论解释为他的自我反省、忏悔意识。其实，这只是鲁迅的人学观念，既然人会吃人，狂人也是人，当然不例外。只是他觉醒了，醒悟到自己也会吃人，而且他敢于说出来。

而且鲁迅更进一步揭示人和一般动物又有不同：人吃人，吃人的人却在表面上把自己装饰得很文明。这虚假的文明就是封建礼教，这揭示了封建礼教的特征。他从这样的角度对封建礼教做深刻的批判。鲁迅后来在杂文中有不少这样的表述，如以蚊子为例，吸血之前还要嗡嗡地叫一番，不如狮子、老虎直截了当，甚至不如跳蚤。蚊子嗡嗡地叫什么？就是表达我吃你是有道理的，这就是封建伦理的用处。

《狂人日记》的确是批判封建礼教的，但是批判或者揭露封建礼教的作品以前就有，也有写得很深刻的。《狂人日记》的特殊贡献在于塑造了具有新文学观的人物，这是中国文学史上未曾有过的新形象，在中国文学史上是划时代的！

按照鲁迅这样的思想，即便推翻了封建制度，也还会发生人吃人的不幸，所以要"救救孩子"。现代中国的历史已经证明了这一点。这样来理解《狂人日记》，就更能体会到它在思想上的深刻性。

至于为什么要把一个觉醒了的人写成狂人？这也是鲁迅思想深刻的表现，他深深地知道，在中国，觉醒的人不会被理解，反而会被看成疯子。所以说，中国没有超人，只有狂人。狂人其实是象征启蒙主义者的超人形象。

如果说周作人提出了"人的文学"的理论，鲁迅则提供了第一个文学上觉醒的人的形象。我觉得这才是《狂人日记》在思想上的特殊贡献。

有了人的觉醒，新文学中就有了特别强调人的力量、把人（用浪漫主义的夸张）写得非常高大的作品，如郭沫若的《女神》。对《女神》这部诗集，人们过去偏重从政治上肯定它的爱国主义、对中华人民共和国的呼唤，但是，它最有特色的地方，也是最有思想价值的地方，是塑造了新的、从未有过的人的形象。《女神》最突出的思想特色是对"人"的歌唱，对"人"的力量的热情歌颂。中国没有拉伯雷（法国15世纪作家）的《巨人传》，但是有郭沫若的"凤凰""天狗"，这是中国式的巨人形象。《女神》的这种思想价值过去一直未得到应有的评价。

郭沫若在"五四"狂飙突进的时代精神鼓舞下，尽力来展现人的力量、表现人的美好。浪漫主义的艺术更增强了这种表现的力度。《女神之再生》《凤凰涅槃》都包含着对自我创造、自我更新的热烈歌颂。《女神》中的"我"就是郭沫若心中应该如此的"人"。举些例子。《天狗》的每一句诗都用"我"来开头："我是一条天狗呀！／我把月来吞了。／我把日来吞了，／我把一切的星球来吞了，／我把全宇宙来吞了。我便是我了！"完全可以说，这个"我"也是"超人"。他是日、月、星辰之光，是"全宇宙的Energy（能量）的总量"，他的力量如此强大，能把日、月、星辰甚至全宇宙都吞吃了。这首诗让人看到尼采思想的痕迹，表现了叛逆传统思想的狂狷，扫荡、摧毁一切封建藩篱的决心和气势。而且天狗还能毫不惋惜地吞吃自我，表明它有否定自我、更新自我的勇气和决心。《立在地球边上放号》的抒情主人公具有太平洋一样的、能推倒地球的力量。所以，热烈地歌唱"力"："力的绘画，力的舞蹈，力的音乐，力的诗歌，力的 Rhythm（律吕）。"这是歌颂人有无穷之力。除了伟岸有力，《女神》中的"人"还是崭新的、充满现代气息的，这也是过去文学所未有过的。《晨安》中的人不再闭关自守，妄自尊大，抱残守缺，而且胸怀和眼界都很宽阔，面向祖国，面向世界，充满朝气，充满自信。他的不仅看到是黄河、长江、长城，而且看到俄罗斯、苏伊士运河、金字塔，看到华盛顿、林肯，看到达·芬奇、托尔斯泰、惠特曼、泰戈尔……在旭日初升的清晨，他向全世界道声"早安"。这样的人再没有自封天朝上国的自大狂，也没有半殖民地人民的自卑感，在他的眼里，世界上一切人、一切国家都是平等的、友爱的。恩格斯曾经高度评价文艺复兴运动"是一个需要巨人而且产生了巨人……在思维能力、热情和性格方面，在多才多艺和学识渊博方面的巨人的时代"。我们也可以说，《女神》描绘的是中国巨人的诞生。

特别要指出的是，这个"人"敬重自然，赞美自然，追求与自然关系的和谐。《女神》中的自然总是可敬、可爱的，是人类的朋友、母亲。这一主题在《女神》中占有相当的比重。如《地球，我的母亲》《太阳礼赞》等都成为郭沫若有代表性的诗篇。《地球，我的母亲》表现人类对自然的最真诚的尊重，亲切地唱道："地球，我的母亲！／我过去，现在，未来，／食的是你，衣的是你，住的是你，／我要怎么样才能够报答你的深恩？"今天，当人们体会到了人类与自然界建立和谐关系的重要性时，全世界的人都应该高喊一声："地球，我的母亲！"像这样的抒情主人公形象在中国文学史上也是没有的！

《狂人日记》《女神》无论是直接地歌颂还是扭曲地描写，都贡献了觉醒的人的形象；同时，另一些作品提出对人的态度，这就是"爱"，努力表现对人的关爱。"人的文学"肯定个人的价值，提倡个性主义，也就要求尊重人，所以提倡"博爱"，这一度成为新文学的重要主题。（这在叶圣陶、王统照、许地山等人的早期作品中都有很鲜明的表现。）这样的主题也是前所未有的。

高声地歌唱对人的爱，冰心的作品是代表。她是把"爱"的旗帜举得最高的新文学家。她看到现实生活的不完美（她是问题小说的最早作者之一），便选择了"爱"作为"慰藉""救治"人心的福音，表达她的人道主义理想。据许寿裳回忆，当年与鲁迅讨论改造国民性问题："当时我们觉得我们民族最缺乏的东西是诚和爱。"因此，宣扬对人的"爱"，这是启蒙主义者都很关注的问题，在当时有广泛的影响。

冰心直接歌唱对人的爱，这是比较好理解的。这种思想渗透于各种体裁的创作中，在其他作家的作品里也有表现。我们举周作人的小品文为例。周作人是现代小品文的开创者。现代散文有战斗性强的，以杂文为代表；也有休闲的散文，即周作人所开创的小品文。但小品文曾受到严厉的批评，甚至被认为让人玩物丧志。既然如此，为什么还能发展、流行起来，而且很有影响呢？就因为表现了对人的关爱，是"人的文学"思潮在散文领域的一种表现。在诗歌里，冰心是用讲哲理的方式；在散文里，周作人是谈小论微，用小题材表示他的人间关爱。

周作人用轻松淡雅的文字、从容舒缓的笔调写作小题材：草木虫鱼、风俗民情、鬼怪神祇……日常生活中的小事都可以拿来写文章，看似无多大思想意义。那些小事、琐事背后隐藏的中心思想是"人，应该怎样生活"，充满了对人的生活（物质生活和精神生活）的关怀。按照周作人对人性的解释，凡是生而有之的、本能的欲望就是合理的，就是善和美的，应该得到满足，这是他主张文学的人道主义的基本内容。沿着这样的思路，就会引出一种人生哲理——人活着就要奋斗，生命才有价值；但同时也可以在这世界上适度享受自己所创造的成果，享有轻松的休息，这才是合理的健全的生活。所以，他提出人应该讲究"生活之艺术"。在《北京的茶食》中，他说："我们于日用必需的东西以外，必须还有一点无用的游戏与享乐，生活才觉得有意思。我们看夕阳，看秋河，看花，听雨，闻香，喝不求解渴的酒，吃不求饱的点心，都是生活上必要的。"对生活的关怀就是对生命的关怀，这也是"人的觉醒"的一个内容，所以我把周作人的小品文概括为"小题材中的人间关怀"。

在"人的文学"思潮下，人性探讨就成了启蒙文学的一大任务，启蒙的目的就是改造国民性。这方面最有代表性的作家就是鲁迅。关于鲁迅探讨或者批判国民性问题，已经讲得很多了，这里就不讲了。这里想举例说明从"人的文学"的角度，可以怎样解读沈从文。他在探讨人性、国民性方面也很有特色。

沈从文最有特色的作品是他的许多以湘西生活为题材的散文和小说。

他既看到了群众中的"蠢事",按常理来看是"愚昧""怪异""野蛮"的,但是,他也看到这些现象中所蕴含的人性的力量。用一句话来概括沈从文的主题:他所要探讨的问题是什么样的人性最好。沈从文有不少性爱题材,从人性论来看,性爱也是生命力的一大源泉。我们举其散文为例。在《怀化镇》中,卖豆腐的青年男子爱着一女子,他得不到这个心爱的人,就在她死后掘墓盗尸,用今天的话说就是与其尸体零距离接触。这情节后来衍化为小说《三个男人和一个女人》。青年人因此获罪,在被执行死刑前,沈从文曾问他为什么做这样的事?青年很镇静地回答:"美得很。"他以微笑面对死亡,这给了沈从文以深刻的印象。卖豆腐青年之所为(盗尸、奸尸),从道德上、法律上讲都是不允许的。但是,沈从文从"美得很"的回答中,看到人性欲求的强烈和决绝,以致甘愿以生命相抵,认为这样死是值得的,所以,在小说里,作家描写裸体女尸被放在鲜花上。这样的作品长期不被理解,只能否定之,因为从道德上、法律上讲,这是丑恶的、犯死罪的。而沈从文写它的目的不是要讨论这件事对还是不对,而是把现实生活中非常出格的一件事情摆出来,让人们看到与生俱来的人性有多么强烈,看到追求人性的需求会产生多么大的力量。这个乡下青年的行为出自人的原始本能,这在自然人性论看来,其中有值得去发掘的原始生命力量。这故事可以引发人们的思考,也有其价值。

还有《一个大王》,记述土匪大王的传奇性经历,做事都凭着自己的本性,活就痛痛快快地活、自由自在地活,死也痛痛快快地死。沈从文显然认为这比那些为了生存而扭曲人性、不自然地活着要更好一些。他的这种观点、倾向基本上属于自然人性论:"自然说所坚持的'自然'来自自然哲学中的本原观念,特指人类本性。自然说认为人应该按照自己本性决定自己命运,不应受外在法律和习俗的约束。"西方有一些学派(如维科)认为人的创造性是跟非理性(想象、冲动、野性、冒险等)相联系的,不能完全把野性排除掉。弗洛伊德说过,文明的历史就是压抑的历史。为了人的发展,对人性最好的态度是顺其自然、顺其本性。以此观照沈从文,他的作品很强烈地表现出自然人性论的倾向,在"人的文学"思潮里是卓然的一家。从自然人性论来看沈从文的作品,就能解释得通。你可以不赞同,但不能否认他是独特的一家,有他的合理性,有他的贡献。

顺带说几句,自然人性论在现代文学史上还是有一定影响的,例如,郁达夫写性欲，他的特殊贡献就在于他敢于坦率地描写人在青春期中的性苦闷，这里就有自然人性论的因素。还有张资平的小说，从道德上来看，人们过去都是否定它的。从人性论看，人总是希望自己的欲望最大程度上得到满足。但就性爱而言，不单纯是一种快乐，它还要完成人类自身的再生产。而为了更好地完成这种再生产，性行为就要受控制，不能无节制，不能乱伦，这是符合人类利益的。而克制性行为又与人的满足性欲望的本能相抵牾。张资平的性爱小说反映的就是这种矛盾。这本来也是有意义的，但张资平的主人公都是世俗的人，身上只有"俗性"，缺少"神性"，没有坐怀不乱的。他们偶尔也说一些类似性解放的话，行为上只敢打打擦边球。这使人想起薄伽丘。他宣告："我只是凡人，我只要凡人的幸福。"薄伽丘肯定凡人的世俗要求是理直气壮的，张资平远比不上，他还不具有薄伽丘的勇气。"五四"也是个肯定人的世俗要求的时期，把肯定人的"俗性"看成思想解放的内容之一。张资平的小说也只有在这样的背景下才敢出笼，也是思想解放的某一类产物，这离了人性论是很难被理解的。

中国历史上少有以获得幸福为人生目的的思潮，儒家强调个人修养，主张节欲，以苦为荣，不追求个人幸福。孔子赞美颜回，一箪食，一瓢饮，在陋巷，人不堪其苦，回也不改其乐。孔子认为这是榜样。孟子说天将降大任于斯人，必先苦其心志，劳其筋骨，饿其体肤，空乏其身，行拂乱其所为……这样通过苦修成为圣人，成不了圣人也要当个君子。追求生活幸福的人就是异端。这作为集体无意识，在现代还有深刻的影响在。中国的新人文主义信徒从"学衡派"到梁实秋都用白璧德的观点，反卢梭，反浪漫主义（因它放纵情感）。梁实秋认为，"节制的力量永远比放纵的力量更可贵""所谓节制的力量，就是以理性驾驭情感，以理性节制想象"。（《文学的纪律》）这种观点来自白璧德。白璧德认为从古希腊开始，人文主义的目的就是力避过度，人要过节制的、均衡的生活，就要接受纪律的约束。人的生活应是二元的——人身上有一种能够施加控制的自我，又有一种需要被控制的自我。新人文主义感到了资本主义社会的精神危机，想要肩负起挽救社会的重任，就要重建古代人文精神，道德复归，包括学习孔孟思想，克己复礼。提出"人的文学"的周作人也在《蔼理斯的话》里把"禁欲"视为人性的一部分："人有禁欲的倾向，即所以防欢乐的过量，并即以增欢乐的程度。"他要求享乐的适度，人要有一种理性的生活态度。《生活之艺术》反对极端的生活方式，"生活之艺术只在禁欲与纵欲的调和"。从周作人强调理性到梁实秋讲克制，可以看到发乎情、止乎礼的特点。所以，对描写世俗性、表现人的欲望的作品的评价就比较严格。不仅对张资平等人的作品，对郭沫若的小说，还有创造社另一些作家的小说，都评价不高，只能依照习惯上对性问题的认识、态度把张资平等人视为异类。

最后，"人的文学"的思潮促使新文学对人自身的思考达到新的深度，这也是过去没有的。

以上举了几个方面的例子，说明新文学与古代文学的不同，文学中表现的人的观念、塑造的人的形象等都与过去不同。新文学有很多新因素，如语言工具从古文变成了白话、表现形式的变化、题材的变化等等，都跟古代文学有区别。但是，最重要的还是对人的认识的变化，产生了新的人的形象。作为研究者，我们也只有从"人的文学"的视角切入，才可能比较准确地理解、解读这些作品，比较深入地发掘其思想内涵，给予恰如其分的评论。

这里也要说明，以"人的文学"为标准来看新文学作品，有些已被肯定的作品可能还要商榷，从人性的角度看，有个不能突破的价值底线。举两个例子。

1936年曹禺写了《原野》，主人公仇虎的全家人为恶霸焦阎王所害。当仇虎从狱中逃出，来到焦家报仇时，焦阎王已死。仇虎乃杀其子焦大星，又使瞎眼的焦母误将自己的孙子小黑子打死。为复仇，他陷于精神分裂，最终自杀身亡。作者所表现的以"父债子还"为由，杀死冤家的两代无辜后人，这种疯狂仇杀明显带着盲动性。曹禺歌颂仇虎的复仇，说"在黑的原野里，我们寻不出他的一丝'丑'，反之，逐渐发现他是美的"。对仇虎的心理和行为可以有各自的解读，但描写复仇还是应该把握一条底线，那就是不能祸及无辜。鲁迅的《铸剑》写眉间尺在黑色人帮助下的复仇，对象就是那有杀父之仇的残暴的国王。焦大星顶多也就是仇虎的情敌（仇虎的未婚妻金子后来做了焦大星的续弦），更不要说再下一代的焦家孙子，他们是无辜、无罪的。这种绝人之后的报复实已突破了人性的底线，不值得赞美。

1941年发表的陈铨的《野玫瑰》，一号主人公夏艳华（国民党高级特工），甘愿牺牲爱情，嫁给汉奸王立民，最终完成了锄奸任务。此剧以前被划入"特工文学"，全盘否定。后来又说虽写的是国民党特务，但是也是"抗日"的，也应肯定。无论肯定还是否定，都只以政治为尺度。而从人性的标准来分析，爱情本是人类感情中最强烈的一种，陈铨的剧作把个人的爱情与国家、民族需要的矛盾推向极端，极力地歌颂为了国家自愿忍受大痛苦、牺牲爱情的女子。她被歌颂为了不起的"英雄""超人"。以女人的色相为工具去达到某一目的，是特工的一种手段。无论是被迫的还是自愿的，这种事对人都是很残忍的，是反人性的行为，根本就不值得歌颂；说因此得到了快乐，那更是对人性的歪曲。中国古代有以牺牲女子的意愿和幸福来实现政治阴谋的惯技，在文学作品里塑造了西施、貂蝉等绝色美女，赞美她们为国而牺牲色相的行为，把她们作为崇高的榜样，实为"非人的文学"。夏艳华是现代版的西施、貂蝉，《野玫瑰》实在应该否定。

上面讲到的是以人性论为标准来发掘作品的内涵，评论其价值，是可以有很多新发现的。但是，最重要的还不在于对具体作品的认识、评价，而在于过去我们失去这一视角，便也忽略了一整个文学时代。"五四"新文化运动和文学革命开辟了中国一个新的文学时代，这就是"人的文学"的时代。这是个内容丰富、色彩艳丽、十分宏伟的文学时代，却未能在现代文学史著里得到充分的记述、完整的表现。现代文学史著里的这样一个宏伟的历史时代，还靠我们用心构建。今天是从人性论的视角和大家一起复习一遍现代文学史，看看这样的视角是不是应该予以确立。

（原载《华夏文化论坛》2012年第2期）

黄修己自选集

第五辑

回顾和反思

告别史前期，走出卅二年
——中国现代文学学科发展的思考

我在撰写《中国新文学史编纂史》时，阅读了相当数量的各类新文学史著作，产生了一种想法，"我们的研究已经有了相当的成果，这些成果的积累已经可以让我们大声宣告：我们要告别现代文学研究的史前期了！21 世纪，我们学科有可能真正进入成熟的阶段"。后来，采纳某些同行的意见，为避免太显豁和刺眼，不采用"史前期"的说法。佢这思想在该书"导论"中还是隐约地有所表露。今天，使用论文的形式，把这一思想略为鲜明地表达出来，以就教于同行们，非常希望得到批评和指正。这不仅仅是对我们已有成绩如何评估的问题，更重要的是关系到我们学科今后如何发展。

衡量一个学科的发展是否成熟，要有一个标准。如果标准错了，便失去科学的前提，难以做出正确的、符合实际的判断。这里，我想从两个方面考察现代文学研究的水平。

首先，看看这个学科内部的结构是否合理、均衡。合理、均衡的结构可能产生强大的能量，激发出一种促使学科健康向前发展的推动力。

一个发展健全的学科应该在基础、主体、上层建筑三个层次的建设上都达到一定的水平。

第一层次是基础层次，即史料，有了丰富、完整的史料，学术研究才有坚实的根基。数十年来，现代文学的研究家、出版家、编辑们在这一层次上做了大量的工作。已经出版了大量重要作家的全集、文集、选集和单行本，影印了自《新青年》以下的许多重要期刊、报纸，出版了各类丛书、书系、作品总集，其中最重要的是三辑《中国新文学大系》。北京、上海的出版社先后出版了现代文学的一批原版书。在史料整理上，有规模宏大的《中国现代文学史资料汇编》甲、乙、丙三种丛书。其中，"乙种"是作家研究资料，收集了几乎所有现代文学史上比较重要的作家的研究资料（可惜至今只有一部分得以问世）。现在又有了《中国现代文学总书目》《中国现代文学期刊目录汇编》等大型工具书。如果以今天的条件和20世纪50年代学科新建时相比,已经优越得多了。20世纪60年代,山东师范大学内部出版了几本现代作家研究的资料集,当时颇受研究者们的欢迎,若与今日已有的各类资料书比较,就显得相当简陋了。

成果丰硕,但不等于人们都能够享用这些劳动果实。主要是经济条件的限制,能够备齐上述各种资料的学校、科研机关仍是不多的。因而今日许多研究者仍要为收集资料花费很大精力乃至四出奔走,"跑细了腿",还有的人甚至还得依靠第二、第三手材料。所以,既可以说我们的学科已有了较坚实的基础,又不能认为所有研究者的科研实践都已建立了坚实的基础。

第二层次是主体层次,即作为学科建设的主要内容,包括各类史、传、论。为了这一层次的建设,我们投入了最大的热情和精力,成果相当丰富,不必赘述。至于水平的高低,留待后面分析。

第三层次是上层建筑,即理论的层次,指的是学科理论。指导我们进行文学研究的有政治理论、文艺理论、美学乃至史学理论,但还没有现代文学研究的学科理论。奇怪的是,我们有那么多的史、传、论,却没有总结这些研究实践的经验教训、建立于学科发展有指导意义的学科理论。这说明,以往我们轻视了这上层建筑部分的建设,只顾匆匆赶路,忽略了应有的歇息、休整以进行回顾反思;或者以为有了政治理论、文艺理论就足够了。这一理论层次几乎是空白的,这种状况若不加以改变,将会延缓我们学科发展的进度。

现在已经开始有了现代文学学术史的研究著作,较早的如天津教育出版社出版的不很完整的《学术研究指南丛书》,其中有若干部回顾现代作家研究史的书;随后出现了曾庆瑞的《中国现代文学史学科论》、冯光廉和谭桂林的《现代文学史研究概论》、黄修己的《中国新文学史编纂史》以及即将出版的许怀中的《中国现代文学史研究史论》等,是现代文学学术史的初步收获。樊骏的《论中国现代文学研究》、朱金顺的《新文学资料引论》也为现代文学学科理论的建设做了准备工作。这一部门的健康发展一定会有力地促进我们的研究走向成熟。现在的问题是,要改变人们普遍的重研究实践、急于出成果而不注意总结经验、不重视休整的偏向,把本学科学术史和学科理论的建设摆在应有的位置上。

综观这三个研究层次的建设,既可以看到我们已经有了相当厚度的基础,又可以说尚不全面、均衡,仍然有待今后继续完善和健全,才能臻于成熟。

衡量一个学科的发展水平，最终要以研究成果的质量为依凭。不可想象，缺少优秀学术成果的学科会是一个健全、成熟的学科。那么，评价学术成果以什么为标准呢？与世界先进水平比，标准太高；在本学科内比较，矮子里面挑高个儿，范围又太窄。我认为，应以同时代同一大级别学术部门的研究水平为坐标。具体地说，衡量现代文学研究达到的水平要以现代我国文学研究的总体水平为标杆，用比较的方法来判定现代文学研究的科学水平。

我现在以《中国二十世纪文学研究论著提要》（乔默主编，北京大学出版社1994年版）为依凭。这部书"收录20世纪（1900—1992）中国大陆学者（包括1949年前在大陆以后离开者）研究中国文学、外国文学、文艺理论、民间文学和少数民族文学的论著近1200种，并做出简明的提要，力求反映出各类别文学研究在20世纪发展的基本线索、重要成果和总体水平"。这部书虽然也有其不甚严谨之处，例如衡量学术水平的尺度不尽统一、收录了依其内容与水平可以不必收录的书等，但仍可作为我们研究20世纪文学研究状况的参考资料。

这部书分中国古代、近代文学研究，中国现代文学研究，中国当代文学研究，文艺理论研究，外国文学研究，民间文学和少数民族文学研究六个门类。其中，当代文学研究始于下半世纪；少数民族研究主要也是始于下半世纪；外国文学、民间文学相对而言研究队伍小，成果自然少些。而古代、现代文学和文艺理论研究成果较突出，不妨做一比较。

古代文学（含近代）入选论文、著作共462项，文艺理论论著入选323项，现代文学入选的仅173项，优秀成果的数量居前两个门类之后。现代文学研究入选的最早成果（胡适的《五十年来中国之文学》）出现于1922年。也就是说，这个研究门类的起步较其他两类约晚了20年，以100年计，少了五分之一时间；但入选作品少了很多，远不止五分之一。比文艺理论少了近一半，古代文学则比我们多了1.5倍以上。古代文学和文艺理论的研究在我国都有约2000年的历史积累，渊源远比现代文学研究久远得多，其成熟程度自然大大超过现代文学研究。

更重要的是，现代文学学术研究成果的质量也不及古代文学和文艺理论的。在古代文学研究中，属于文学史类的著作如郑振铎等一批名家的史著，还有专史类的如鲁迅的《中国小说史略》、周贻白的《中国戏剧史》(三卷)、张庚的《中国戏曲通史》(三卷)、郑振铎的《中国俗文学史》(两卷),这些著作的质量都是比较高的,有的具有经典性的价值。从入选的研究家角度来看,有陈寅恪(《金明馆丛稿》《元白诗笺证》)、唐圭璋(《词学论丛》等)、夏承焘(《唐宋词论丛》等)、胡适(《中国章回小说考证》)、王国维(《王国维戏曲论文集》《红楼梦评论》等),他们的著作都够得上列为20世纪学术成果的代表性著作。反观现代文学,文学史著作类虽然也入选了30项,但真正质量高的很少,有的只能作为代表某种历史现象(甚至是偏向)才勉强入选。如果再从研究家的角度来看,主要还是王瑶。他的《中国新文学史稿》《中国现代文学史论集》和《鲁迅作品论集》三部作品,可以作为我们现代文学学科在20世纪中的代表。王瑶的水平也就是20世纪我们现代文学学科的水平。但人们大概能够接受这样的见解,这些著作从学术质量上看,还是比不上他的《中古文学史论》,而《中古文学史论》在古代文学研究成果中还算不上是最杰出的。

　　再来看看文艺理论,在20世纪中也产生了像王国维的《人间词话》、朱光潜的《文艺心理学》《西方美学史》、钱钟书的《谈艺录》《管锥编》等名著。《中国二十世纪文学研究论著提要》将中国古代文学批评史类列到文艺理论类中去了,光是这一类就有罗根泽、郭绍虞、朱东润、方孝岳等人的一批批评史、文论史、美学史的论著。而现代文学研究中,同属此类而能入选的寥寥无几,只有李何林的《近二十年中国文艺思潮论》、魏绍馨的《中国现代文学思潮史》和温儒敏的《中国现代文学批评史》。

　　回看近80年现代文学研究成果,可以说是硕果累累。《中国二十世纪文学研究论著提要》挑出173项,那么总成果至少比这多出10倍,如果要把所有论文都计算在内,那就更多得多了。只是真正具有较高学术价值的、能在今后较长时间内被人们使用的又是很少的。反而是在现代文学研究尚未成为一门独立学科时,有些成果的水平较高。如1935年赵家璧编《中国新文学大系》时,请了蔡元培、胡适、鲁迅、周作人等写的"总序"和各集"导言";又如刘西渭的两部《咀华集》也是很有特色的,至今还值得做作家研究的学者参考。类似的还有瞿秋白、茅盾、胡风、沈从文等一批作家论,不过数量也不算多。但上述各位都不是专门的现代文学研究家,而当现代文学成了一门独立的学科,在不短的一段时间里成了显学,造就了大批专门的现代文学研究家之后,反而高水平的论著少了。数量和质量严重失衡，面对着"知识"爆炸般快速生产的大批作品而精品却很少的现象，有人开玩笑说："我们也要实行计划生育，特别要提倡优生！"这说明我们的学科发展出现了曲折。

总之，从学科内部结构状况和学术成果水平两方面来看，现在还不能断言我们的学科已经臻于成熟。我以为"开始走向成熟"的评价，也许比较切实些。可以说，我们已经举起了手，准备向史前期行告别礼了。

限于篇幅，我这里只能略说为尽快走进成熟，我们现在可以做些什么。

我认为，首先是走出32年。我们的学科是个小学科（与当代文学合并称二级学科，但比同为二级学科的古代文学等小多了），我们的对象只是32年间的文学历史。好处是我们可以集中数千人的力量来精绌入微地考察这32年里的枝枝节节；局限性在于范围太窄，如果钻进去却出不来，那就限制了自己的眼界，也限制了对32年的认识的深刻性，这是很不利于学科进步的。

人们知道，在一条弧线上，截取其任何一小段，都是直线。只有把这许多段直接连起来，才可以恢复弧线的原貌。我们这32年正是中国文学发展长时段中的小小一截，如果画地为牢，总把自己拘囚在这一小截中，很可能出不了大成果。认识客体不一定总是消极的、被动的，它本身的资源状况可能也会对认识主体产生反作用。达尔文写《物种起源》，研究生物进化的历史，创立了进化论，影响及于社会科学领域。如果他只是研究蚂蚁的呼吸系统，也许也有重要发现，那他可能是个优秀的蚂蚁学家或昆虫学家，他的贡献就小多了。马克思写《资本论》，从研究商品入手，揭示了资本主义社会的经济规律，也充实了对人类社会发展规律的认识和理论，《资本论》至今仍是经济学中的经典之作。如果他只限于研究伦敦的证券市场，他也会有收获，同样，他的贡献也小得多了。我认为，如果只是徜徉在一个小学科里，那是很难培育出大学者的，这是近50年来我们的学科史所证明了的。

在近年来的"文化热"中，比起史哲，中文学科的反应比较冷淡，也不大参与其中。真是因为我们不研究思想史、哲学史、文化史，因为与我们关系不密切吗？不是的，单是新儒家、新国学的论著中，对"五四"的重新评价就不少，有的批评还相当尖锐。我们之所以少有回应，重要原因是过去对传统文化的了解、掌握远不及史哲类的学者，甚至到了只能当观众而无力加入合唱队的地步。由于"文化热"中的问题直接牵涉社会转型期民族文化的重构问题，意义重大，因此现代文学学科已经失去了一次展现自身价值的大好机遇。为有所改进，必须走出32年。

现正兴起的打通近代（末尾）、现代、当代文学，建立20世纪中国文学的学科改造工作，是我们可以走出32年的第一步，也是最便当的一步。由于突破了短时段视野和历史资源的局限，放眼看这100年，已经使我们对一些问题产生新的认识。

例如，20世纪初通俗文学的兴盛，这是当时中国商品经济有所发展、现代城市已逐渐形成、市民阶层壮大诸现象在文化上的反映。梁启超在《论小说与群治之关系》中过分夸大了小说的作用，我们以前主要从文艺与政治的关系角度批评其片面性，而看轻了他反映市民阶层的愿望、批判封建文学观念、促进通俗文学繁荣的积极意义。但这时的反映市民意识的新品种却在"五四"文学革命中受到了猛烈批判，当时的主流派即为人生派，完全否定文学的娱乐作用，显然也有片面性。这就造成"五四"后中国文学的雅俗相抗的奇特景观。到了20世纪末，又出现了通俗文学的兴盛，大陆对台港通俗小说的登陆表现出十分的欢迎，金庸、高阳等受到不少大陆研究家的高度赞扬。这样把头尾连接起来考察，就看清了经济变动怎样地影响文化，看清了文学具有多层次性的特点。如果再把时间拉长，往前看看明末出现《三言二拍》《金瓶梅》等的历史背景，对有关的文化、文学发展的规律就看得更清楚了。我们的文学史再不能把通俗文学抛在一边不予置理了，要克服站在人生派立场写史的局限。这是孤立地研究32年时不易觉察的。

又如贯通百年后，我们便看到20世纪两次重大的"三信"危机（指信仰、信任、信心的危机）。一次出现在20世纪初，在严重的民族危亡关头，一是对儒家思想信仰的崩溃，正如鲁迅说的，国粹那么好，却为何保护不了我们？二是对清政府不信任，连改良也无济于事，除了推翻它，别无选择；三是对民族前途缺乏信心，在改革屡屡失败的面前，看到中国亡国灭种的可能，不免忧心忡忡。正是在这样的信仰危机中，逼出了"五四"新文化运动，这场思想革命可以说是革命前驱者们到了几乎走投无路时的最后一搏。然而，这一搏却搏出了文学的生机，使奄奄一息的旧文学宣告终结，诞生了朝气勃勃、繁荣兴盛的新文学，实现了历史新的大转变。治现代文学的人对这段历史甚为清楚。而在现今的当代文学时期，又出现了一次信仰危机，这次信仰危机同样逼出了一个改革开放，标志着中国从农业社会向工业社会迈进的极其深刻的转变开始了，与此相应的又出现了新的文学生机，使我们再次看到信仰危机与文学生机的微妙关系。

历史不可能重复，但近似的历史现象却可能重复，所以马克思说历史常常有惊人的相似之处。在自然科学实验中，非常重视可重复性，因为不可重复便可能是偶然的、例外的，只有可重复才是必然的、规律的。在社会发展过程中，这种可重复性往往只在较长时段里才可能看到，而重复的出现正是我们揭示历史规律的大好时机。为此，把100年文学贯通起来研究，对于深入认识20世纪包括现代的32年大有好处。

研究现代文学史的人，无可避免地要受不同时期主流派思想的影响，因为我们的主要任务就是研究好、写好主流派。像钱基博那样的现代文学史观，不承认"五四"新文学是主流派的观点是没有市场的。我不相信新儒家、新国学有能力使钱基博的观点普遍化。但因为"五四"主流派猛烈批判传统文化，简单化地否定旧文学（事实确凿，并非我们误读了前人），也造成治现代文学的人对传统文化的忽视，仿佛更重要的还是加强西洋文学的修养，才能弄清现代文学的渊源。这既是合理的，又是片面的。比较文学学科的复兴帮助我们从空间走出32年，现在在时间上不仅也要走出32年，还要争取走出20世纪。

我在大学毕业后留校教现代文学，分到中国文学史教研室，因那时并无独立的现代文学史教研室，只是以"第4段"之名包含在中国文学史教研室中。1956年，高教部组织编写高校教材，也并没有单独的现代文学史，也是作为最后一个段落包含在中国文学史里。现在的问题不在于要不要恢复这样的建构，而在于思想上要与自己的传统打通。在学科建设上注意与古代文学接轨，这样做，我们会更壮大，而不用担心被人吃掉。如果真被吃掉，那只能说明我们自身的孱弱。目前，开辟连接古代文学的通途的趋势已然出现。杨义在写完三卷本的《中国现代小说史》后，把小说研究领域扩大到古代，写出了《中国古典小说史论》，准备构建中国小说学。一个现代文学研究家带着自己独特的目光去审察古代文学，他的书已引起古典文学研究界的注意。方锡德的《中国现代小说与文学传统》、李怡的《中国现代新诗与古典诗歌传统》等都是近年新的收获。年轻的学者沿着这条路走下去，可期在学科建设上有新的超越。

与走出32年相关的是人才培养的问题，因为当前中小学语文教学水平不高，中小学生学习古代文学数量很有限，大学学科分工又太细，不利于为高层次的文学研究人才奠定较厚实的基础。20世纪也是中国教育大变革的时期。在20世纪初的1906年，中国废除了科举，建立新式学堂，于辛亥革命后形成了现代教育体制。其中，12年的中小学教育是为现代劳动者打文化基础的，到进入大学才开始培养各学科的专门人才。因为中国的历史特点，传统文化源远流长，文化遗产汗牛充栋。在中小学很少学到古代文学的年轻人到了18岁至20岁进入大学，再来从头学习"关关雎鸠，在河之洲"，已经晚了。这就造成我们的研究人才的古代文化素养普遍偏低，就是专门研究古代文化的学者能写点古文、填几首旧诗词的也已不多。这不仅直接影响古代文化各类专业人才的素质，也直接影响现当代文学研究者的文化基础。加上20世纪五六十年代在闭关政策下，人们外语水平低下，对外部世界缺乏了解（这在改革开放后已有明显的改进）。薄弱的学识严重阻碍我们的步子跨出32年。我们认识到学术界的空疏病、浮躁病固然有时代气氛的原因，也与学识基础薄弱密切相关，使我们无法形成厚实的风格。最近广州《南方都市报》上有人用刻薄的口吻讥笑：有的人中国文学不通，外国文学也不通，一搞比较文学就什么都通（原话比这更尖刻）。话虽然很难听，但也打中了我们的痛处。我们只有努力奋起一搏，尽快设法改进人才培养中的缺点，才可能为告别史前期准备力能胜任的队伍。

〔原载福建师范大学中文系、上海文艺出版社编《艺文述林（2）现代文学卷》，上海文艺出版社1997年版〕

奔向大学科，势在必行

对20世纪中国现代文学研究状况的评价，我用两句话来概括：成绩的确很大，水平有待提高。从20世纪20年代至今，几代学人对中国现代文学研究做出了重大贡献。中华人民共和国成立后，有了中国现代文学学科，也取得了重大成绩，才达到了我们今天对中国现代文学的认识水平。为此，许多同志熬白了头；有的甚至倒在了征途上，过早地离开了我们。想起中国现代文学学科的成绩，不免有一种悲壮之感。

但是，为了中国现代文学学科的进一步发展，我们也要认真反思。我有《告别史前期，走出卅二年》一文，从学科内部结构和与其他几个学科的比较谈我们现代文学学科的不足。我想重申一点意见：自从恢复了比较文学，现代文学研究已在空间上走出了32年，今后还要在时间上走出32年，更多地学习、了解我们民族文化传统和古代文学的知识。

首先从人才的培养来看，研究什么就学什么，这种方法有很大的局限性。我们前辈中，成就最突出的，如唐弢、王瑶等，都不是中国现代文学学科科班出身的。王瑶先生受过正规的高等教育和严格的科学研究的训练，但他的专长是中古文学研究，他在这个领域的学术成就不低于他的现代文学研究。唐弢先生未曾读完中学，走的是自学成才的路。先是从事史料工作，出了两本《鲁迅全集补遗》。他还是个藏书家、书话家，这使他在史料的收集、整理、考订上有丰富的实践经验，为后来的研究工作打下了基础。现在的第二代、第三代学者基本上都是大学中文系出身，有的还有现代文学硕士、博士的学历，但具有王瑶先生那样深厚的古代文学学识，或像唐弢先生那样做坚实的史料积累并有很高的文艺理论修养的，实不多见。所以，在总体水平上超越他们的亦未曾见。从事古代文学研究的王瑶能够成为现代文学史研究的开山祖；唐弢自学成才，先当作家，后成为研究家，也成了现代文学研究界的泰斗。而自从有了中国现代文学学科后，反而出不了王瑶、唐弢这样的人物，这难道不值得认真地想一想吗？这里涉及诸多原因，包括个人的天赋以及家庭、社会、时代环境的影响等复杂因素，但也跟我们受教育的状况有相当大的关系。

按照目前这种培养人才的方法、途径，一个大学毕业生在本科的知识基础上考上了硕士，开始专攻现代或当代文学，直到博士毕业，虽然又经过五六年的学习，其知识面还是很窄的。因为进入硕士阶段后，所学的内容主要就是现代文学或当代文学了。像这样研究什么学什么，有点像头痛医头、脚痛医脚的方法。

还要看到，研究对象与研究主体的关系，不是单向而是双向的。作为客体的对象，对主体也有反作用，这种反作用甚至很大。人文科学主要是以前人或今人的精神成果为对象，这些精神成果也会在被研究的过程中，对研究主体的思想、学识起到熏陶、滋养等作用。例如，一个研究鲁迅的人，当他深入理解鲁迅的作品、挖掘鲁迅创作的价值、研究鲁迅的心灵历程时，他必然会受到鲁迅思想、艺术的程度不同的影响，他的学识乃至人格也在研究的过程中得到了提高；而一个主要研究二三流作家的人就得不到这样的教益。再和古代文学相比，我们的祖先创造了极其辉煌的文学成果，我们研究这些精神遗产，同时也就得到传统文化的滋养，提高了自己的学识水平和文化修养。而一个当代文学研究生如果只和刘震云、方方、池莉、余华、苏童、格非、王朔等人打交道，所得到的滋养当然就少得多了。古代文学和现当代文学都是二级学科，但它们所包含的文化资源差别太大了。古代文学包含了我们祖先几千年的创造成果，文化资源非常丰富。即使只取一段，如先秦两汉或隋唐五代，也已经很了不起了。而现当代文学至今不到百年，虽然也有很优秀的创作成果，但毕竟文化资源有限。这是学习、研究现当代文学的人的不利条件，对此，我们自己要有充分的自觉。但现在，还要把新文学再切成两段，如果说现代文学还有"鲁郭茅，巴老曹"，那么当代文学就是王蒙、王朔了。把学生箍在这样的小圈子里来培育，就像小水沟培养不出游泳的世界冠军一样，于人才的成长、于学科的发展都很不利。

再则，为了把现代文学研究引向深入，我们也要对古代文学有尽可能多的了解和掌握。例如，怎样评价"五四"文学革命对旧文学的批评？"五四"文学革命的任务就是要推翻、扫荡旧文学，以新文学取而代之。但是，文学革命的先驱们绝不至于去批判诗经、楚辞，批判唐诗、宋词。那些极辉煌、极光荣的遥远的过去已不能构成对当前文学革命的威胁。先驱们直接面对的是桐城派、选派（魏晋六朝派）、宋诗派（同光体）以及正在流行的鸳鸯蝴蝶派小说等。评价他们当时全盘否定"桐城谬种""选学妖孽"的是非就必须对桐城派、宋诗派等的古文和诗歌做一番科学的分析,研究这些流派、作家企图挽狂澜于既倒的"中兴""复兴"的挣扎为何未能成功,对它们的挣扎和失败做出评价。现在之所以不能准确说明"五四"文学革命中批判传统的功与过,与我们对桐城派、选派等"五四"前的旧文学流派缺乏了解和研究有很大关系。

又如,1917年胡适首举文学改良之旗,提出了文学改良的"八事",如需言之有物、不用滥调套语、不用典、不讲对仗等。以前据此批判他是形式主义,现在则肯定形式的革命也有重要意义。而实际上,"八事"讲的是文风。《文学改良刍议》是一篇文风革命的宣言书。文风是思想作风的表征,反对那八种文字的弊病正是反对封建阶级腐朽、僵化的思想作风,这篇文章是有重要意义的。但是,如果不懂八股文,不懂桐城派古文和同光体诗歌语言的弊病,也就看不清胡适这篇文章的意义,当然也就难以深刻理解为什么当时一些封建守旧派那么恨胡适,要请出"伟丈夫"来赶走他。

再进一步说,"五四"后的新文学尽管受了西方文学的深刻影响,甚至可以说是极大的影响,但是它毕竟是从中国传统文学演变而来的。白话文与文言文差别甚大,但白话文既不是天上掉下来的,也不是进口的外国货。现代白话文不仅吸收了古文中有生命力的成分,而且是直接从传统的白话文中演变而来的,有很深厚的历史基础。一只美丽的花蝴蝶看上去和丑陋的毛毛虫毫无关系,却的的确确是从毛毛虫变过来的。为了深刻地理解蝴蝶,必须要解剖毛毛虫。研究现代文学与民族文化传统的关系,这课题刚刚起步,还只有些初步的成果。

还可以这样说,由于事实上在人才培养和研究工作中切断了历史,也影响了现代文学学科的学术价值和在文化建设中的地位。我在《告别史前期,走出卅二年》一文中,根据我们无力回应新儒家对"五四"的评价的事实,已经对此做了说明。

任何一种文化都有自己的源头研究本民族文化的历史,哪怕是过了几千年后的历史,也要去了解自己的源头(这与考察长江、黄河的源头有相类似的意义)。正如研究西方文学不可不了解古希腊文化和希伯来文化一样,我们研究中国文学也要知道它的源头。我想我们应该建立一门学问,就叫"春秋战国学"。春秋战国时代,我们民族正当青春时期,没有旧思想的负累,非常生动活泼,出现了诸子百家,一派青春景象。那时的先人们在各个方面的创造都给后来的历史发展留下了巨大的思想资源，造成深刻影响。综观两千年来的情况，举凡政治、军事、外交、学术、思想等，无不可以从春秋战国时代找到源头。做研究当然要厚今薄古，总要以研究现状为主。教学，则可以厚古薄今，因为古是源头、是基础，把基础打得扎扎实实的对后来的发展必有好处。我还要建议，今后古代文学的研究生毕业后，可以去教现当代文学，不能说这是专业不对口。同样，现当代文学研究生毕业后，应该也能讲授古代文学。在这个问题上，我们的观念也要变一变。

世界那么广阔，历史那么悠久，人类的文化创造那么丰富，毕一生之力，也只能在这文化的海洋里舀一瓢水，因此不能没有分工，不能没有自己的专攻；但也不可因此便画地为牢，把自己的研究局限在一个小圈子里。奔向大学科，无论对优秀人才的造就，对我们这个小学科的发展进步，都是非常必要的。先打通近、现、当代文学，再走向古代文学，走向世界文学，可谓势在必行！

（原载中国社会科学院文学所、河南大学文学院编《"中国文学研究的世纪回眸"学术研讨会论文集》，河南大学出版社1999年版）

谈四代学人和才、学、识

中华人民共和国成立以后，新文学史学科不断发展，已经经历了四代人。

第一代以李何林、唐弢、王瑶为代表。他们在中华人民共和国成立前即从事学术研究或文学创作，中华人民共和国成立后在其深厚的学术修养基础上全力或以主要精力从事新文学史研究。他们的历史作用在于为这门学科奠基和培养队伍。这一代人在中华人民共和国成立后大都正适中年，正是大有可为的时期；可惜因为接连不断的政治运动，他们不同程度地受到冲击，其学术成就受到限制，留下不少遗憾，成了"未完成的一代"。这一代人已经尽了他们应尽的历史责任。以上三位成就最显著的代表人物均已作古了。

第二代是在中华人民共和国成立之初培育的，他们在20世纪五六十年代从大学毕业，现在年龄大多在70岁左右。这一代人的成长期正值国家的蓬勃上升期，他们身上具有中华人民共和国成立初期的朝气、勤奋的学风、认真负责的精神、献身事业的品德。但同时，也因国家对外封闭，"一边倒"地学苏联，造成这一代人知识结构上的片面性，对21世纪国际学术发展状况知之不多，外语水平普遍较低。又由于长期"左"的思想的影响，政治运动接连不断，他们最美好的青春期又处于十年"文化大革命"的大灾难中，严重地损害了他们的学业。第一代人因"左"的破坏而受到损害，但那不是基础性的，他们在此前已经建立了自己的学术根基。然而，对第二代人来说，"文化大革命"损害了他们的学术基础，从而限制了他们的发展。更严重的是，"左"的思想也可能侵入他们中间某些人的脑髓，这些人所受损害就更大了。由于这一代人处于新文学史学科的建设初期，他们大多为编纂各类新文学史著投入过很大的精力，因而当时的新文学史著编纂的状况与这一代人的思想状况、学术水平有很大关系。

20世纪80年代以来，这一代学者倾其所积，忘我耕耘，补习新知，调整知识结构，追赶潮流。无论在批判"左"的思想、拨乱反正，还是在创造新鲜学术成果，或在协助第一代人培养接班人诸方面，他们都做出显著成绩。有的人舍命拼搏，悲壮地倒下了，英年早逝，抱憾而去。幸运的是，经过反思，他们大多有所顿悟，因而思想比较开放，研究"五四"，也能承继"五四"追求民主、科学的精神。这一代人的这种精神状态对于后一代人的成长是十分有利的。因此，具有承上启下、继往开来的历史功绩。

第三代人是粉碎"四人帮"并恢复高考制度后出现的一批研究生、本科生。他们是"沉积多年，一网捞起"的优秀分子，大多有第二代人未经受过的坎坷经历，因而在洞察世事上有优于第二代之处。他们在思想上、学术上的旧包袱较轻，对新鲜事物比较敏感，加上他们的成长期中社会上、学术上一时形成的追求创新的风尚，使他们能挟其优势，迅速抢占新文学研究的高地。20世纪80年代中后期新文学研究中的许多新课题、新视角、新观点、新方法出于他们之手。

就现代文学学科的实际情况而言，如果细致一点，还可把这第三代分成两种人。一种在年龄上非常接近第二代，但在学术经历上，这些人是在粉碎"四人帮"后才通过研究生阶段的学习而踏上新文学研究之路的。这时他们年龄较大，已有较丰富的社会经历，思想已相当成熟。"文化大革命"刚刚结束，留下许多值得思考的问题。这批人带着一股新生力量的锐气、勇气登上学术的殿堂来回答现实的问题，一朝喷发，就成了20世纪80年代启蒙思潮的中坚，其声音是很有震撼力的，因而曾被人称为"启蒙派"。有人总结他们的学术风格："历史研究的目的不在复原和理解历史，而在以历史说明现在，用过去预示未来，并通过以当代的尺度解释、评价往昔的事实来干预现实、参与社会实践和社会变革。""尽管从事的是文学史研究，最关心的却是当代意识形态的变革，主体性和现实功利性主宰着他们的学术成果。"① 他们很快成为现代文学学科的生力军，对推动现代文学学科的发展起了很大的作用。在相当长的一段时间里，正当中年的第二代学者与年龄跟他们相近的第三代学者共同地成为学科的主力军。现在，这部分人也临近退休，有的已退休了多年。

第三代学者中人数较多的是当今五十出头的一批人，也就是所谓的"老三届""新三级"，即"文化大革命"爆发时的高中生，他们有过"红卫兵—知青"的经历，成为恢复高考后考上大学的最初三届学生。他们是"文化大革命"后的一代，也是现在现代文学学科的骨干。他们的

---

① 尹鸿等：《现代文学研究的第三代：走向成功和面临挑战》，载《文学评论》1989第5期。

成长与改革开放基本上同步,当他们走进学术研究行列时,已有一定的实际社会生活的认识和体验。北岛所唱出的"我——不——相——信"最能概括这一代人的思想状况。这时,国门已打开,他们有可能接触到外部世界许多新的理论、新的方法、新的视角、新的课题。只要能够抢得先机,他们就有可能很快地在某一方面超越师辈。但由于特殊的成长环境("文化大革命"中教育全都被砸烂),他们无论在思想上还是在学养上都不能说是十分健全的,学术上的准备不能说有多么充分。这就使得他们在有了比以前更优越的条件时,要超越前辈也并不容易。当前学术上的优点和缺点除了社会的原因,也跟这一代人的特点直接相关,而且他们还影响着更为年轻的一辈。可以说,他们的发展状况对现代文学学科的前途影响甚大。未来十年里,现代文学学科的前景主要看这一代人的作为了。

第四代学人应是"改革开放的一代"。他们成长在改革开放的历史时期,全球化的时代使他们很快能够了解世界的变动,了解西方学术思潮的变化,掌握最新的科技成果。他们有较高的外语能力,也有出国学习、考察的机会。但此时商品经济已经基本建立起来,文学被"边缘化"了,文学成了消费品或消闲品。以前,每年高考,文科中成绩最好的报考中文系的学生占有很大比重;现在,中文系所招的学生很多是把中文系作为第二、第三志愿,多年来教育质量的下降也必然影响人才的专业水平。社会上急功近利、浮躁之风甚劲,教育部门也同样追求"政绩",希望早出成果,因而不顾学术发展的规律,片面追求数量。现在的年轻人已经不能像他们的前辈那样"板凳要坐十年冷,文章不写一字空"了。就业者众多带来的生存空间的逼仄造成很大的生存压力。这些年轻学者中有人说,他们是"没有空位的一代"。对这一代人进行评价,现在还不是时候,他们的前景跟我国社会在今后若干年内的发展密切相关。

简单地述说四代学人的状况后,不妨再来做一些分析。

唐代史论家刘知几提出的"史才三长"说至今仍有参考价值。这里的"三"指的是才、学、识。广义的才、学、识是一切治学者所必须具备的;狭义的才、学、识则专指史学家的素质,亦可称为史才、史学、史识。这三方面都具有具体内容:史才指治史的能力;史学指关于历史的知识、学问;史识指对历史的见识、见解,从理论上解析、概括历史所能达到的高度。这三方面的总和代表着一个史学家的学术水平。因为新文学史研究既是一门专史,但又与文学及其他学科有关,所以用广义的"三长"

来衡量新文学史家可能更切实些。

广义的才可以指一个人的才华。我们几代研究家中，不乏才华横溢的人。他们思维之敏捷、论辩之机巧、思虑之缜密、文辞之美丽，颇有不让前人者。他们不但聪明，而且勤奋，因而常有丰硕的成果。现在发表或出版几百万字著述的优秀的教授为数并不少。社会在日日不停地快速发展中，日日都有新的思想、新的问题出现。关心现实而又思想敏锐的人也时时都可能受到冲击而有新的感触、新的发现、新的构想。因此，他们时常提出新的课题，提出前人所想不到的问题，就是理所当然的。在这方面，后人当然超越了前辈。

广义的学包含各方面的学问。现在的第二代、第三代学者中，要寻找博古通今、学贯中西者是比较困难的。才与学相比，他们的才华略胜一筹。人才学上所谓的再现型的人才，学问上有沉积厚蕴者，今天比较少。发现型的人才却比较多，所以时常能听到各种创新的、有轰动效应的见解；但往往热闹一阵，冷静下来，经过一番清理，才发现真正的成果不多，不免生"轰轰烈烈、空空洞洞"的慨叹。原因在于发现问题甚至已打开了突破口之后，学者们却学力不逮，后劲不足，无以扩大战果，解决问题，形成只开花却不结果的局面。因此，真正创造型的人才不多。这是不能不正视的弱点。

造成学有不足的原因颇多。有思想上的原因，例如看不起学问，甚至认为"学问越多越反动"；但还有一个更大的颇值得研究的问题：我们现在的教学制度于文学研究人才的培养是不利的。我国历史非常悠久，古代文化遗产又十分丰富，为了培养中国文学研究方面的学养精深的学者，培养方法不能不与西方国家有所区别。很可惜，现在似乎很少人关注这个问题。

改变学逊于才的状况，造就才学兼优的人才，还有待今后的努力。有人生动地形容才与学的关系：才如斧之刃，刃越尖利越好；学如斧之背，背越厚越有力。刮须刀片的刃很快，但其背甚薄，所以只能刮胡子，砍不倒大树。

而广义的识则如斧之柄，可以决定斧往何方、何处砍去。其内涵已超出学问上的见识，也包含、综合了政治头脑、社会经验、观察事物的眼光等多种因素。如果才、学均佳，但不能把握机遇，坐失良机，也会影响才、学的发挥。把握机遇也是识的表现。

从目前学术队伍的状况来看，比较欠缺的是学，这是今后培养人才时所要特别注意的。学术队伍的补充主要来自研究生，因此要注意改变研究生培养中急功近利的实际情况，重视学问基础的夯实，否则对他们以后的发展会有长远的消极影响。

才胜学的现象是历史所造成的，但还要看到与现代文学学科的相关性。文学研究界里，研究古代文学的看不起研究现代文学的，研究现代文学的又看不起研究当代文学的，这不是什么秘密。曾有研究古代文学的学者公开地对研究现代文学的学者说："你那个也算学问？"且不谈学者们对什么是学问可能存在某种偏见，反观自己的学科，也要看到其确实存在的弱点。古代文学和现代文学都是"二级学科"，但分量之差太大了。古代文学纵贯几千年，其间产生许多伟大的作家，创造了光辉灿烂的古典文学，成为人类共同的精神财宝。而现代文学（加上当代）还不到100年，这几十年里又遇到社会的大动荡，教育受到大破坏，因而文学上的创造不太理想。人们常说也许将来的文学史上，现代文学这段就剩个鲁迅，这并非不可能的。如果一个人终身只钻在这么短的时间的一点创造中，他在学术上的发展是很有限的。1958年文学研究界曾提倡"厚古薄今"，从社会科学研究的角度看也不是完全没有道理的，因为对社会的发展而言，毕竟优先关注的应该是现状、是现实的问题。但如从培养人才、为学术研究打好基础的角度看，则应该十分重视古代文学、外国文学，那都是研究现当代文学的基础。现代文学是被我们研究的对象，要看到对象也会反过来影响、熏陶、滋养研究主体，总在二三流甚至末流作家里钻来钻去是难有大收获的。作为现代的学科，我们在某些时候为了思想解放，要批驳"文艺黑线专政论"，为"三十年代文艺"平反，那时也曾在"拨乱反正"中当过先锋，但在后来长时间思想界的许多重要争论中，我们并没有太多的发言权，这些事实对我们都有警示的作用。现代文学研究者不可把自己局限在一个小学科里，小学科难出大人才。

目前，已有个别优秀的新文学研究家走出新文学。例如杨义，他已在古代文学研究中取得令人瞩目的成就，他已经成为比较全面的中国文学研究家。除了贯通古今，新文学史家还可以把自己的研究与现代文化史、思想史甚至社会史等的研究结合起来，这样做不仅是为了个人的发展，更是为了学科的发展。

（原载《中国新文学史编纂史》，北京大学出版社2007年第2版；标题为新添的）

学科面临的几个问题

中国现代文学的批评、研究伴随着现代文学而诞生，从创建、发展到比较繁荣发达，已经走过了约90年的岁月。经过五代人（"五四"一代、20世纪三四十年代一代、中华人民共和国成立初期即20世纪五六十年代成长的一代、"文化大革命"一代、改革开放后成长的一代）的辛勤耕耘，建立了现代文学批评，创立了现代文学这一新学科，创造了大批批评和研究的优秀成果。从"五四"第一代学人筚路蓝缕、开启山林，到后几代人的继往开来、薪火传承，虽然经历过艰难曲折，但仍然可以说成绩是很大的。虽然今天它还是非常年轻的，却已是成果斐然，为未来的更大发展建立了很好的基础。这些成果都应该予以重视，尽量地继承，作为新的出发点，这也是我们为现代文学研究建史的目的。我们怀着满腔的热情来收集、整理、记载、肯定这几十年来研究现代文学的成绩，为它树碑立传。但同时，在肯定现代文学学科的现有成就时，也不能不看到历史所昭示的问题，也就是这一学科在发展过程中所逐渐暴露出来的问题。这些问题同样应该引起注意，进行反思，并设法加以改进，虽然一点一滴地改良都是那么困难的。

在这里，就现在所能认识的现代文学学科的问题，我提出几点粗浅的意见。

只要平心静气地看待，我们很容易发现目前中国现代文学学科在人文社会科学领域各分支中地位并不高，影响也不很大。现代文学学科最拔尖的研究成果能够列为当代最有代表性的学术成果的，为数不多。我们不属于能够引领当前的学术向前发展的分支。在学术界一些涉及评价"五四"新文化运动的讨论、争论中（诸如关于新儒家、后现代对"五四"的评价），很少听到发自现代文学研究界的声音，有影响的声音更少。在粉碎"四人帮"后的拨乱反正、批判"文艺黑线专政论"、澄清"三十年代文艺"的历史，为大批受迫害的作家平反昭雪中，现代文学学科发挥了较大的作用，那时在社会上、在文艺界有较好的影响，成为一时之显学。但那以后在思想界、学术界的多次论争中,我们的学科缺少发言权。现在,随着文学的边缘化,现代文学研究在人文社会科学格局中也有边缘化的趋向和可能,逐渐地从显学的地位上跌落下来。

这里,不能不首先看到学科本身的局限性。1949年后,在高校建立中国新文学史学科是在特定历史背景下培养文学人才的需要。当时,这一学科的内容还只有"五四"到1949年的30年,这是非常短暂的。后来,把1949年后的文学叫作当代文学,现代、当代文学相加,到今天也还不及100年,仍是非常短暂的。而且,现代、当代又分了家,各自画地为牢,守住自己的一块小阵地。尽管如此,在"厚今薄古"思想的影响下,还是认为这几十年的重要性超过了古代文学的几千年。在目前的高等学校中文系学科设置中,中国现当代文学和古代文学同为二级学科。佢古代文学有两千多年的历史,其间产生了一批世界级的伟大作家,他们创造了光辉灿烂的文学遗产,留下了极丰富的文学历史资源,是现当代文学所无法与之相比的。现当代文学不但历史还很短,其发生、发展又正处于社会激剧动荡的时期,战乱连绵,人民生活很不安定,文化事业和教育事业的发展受到损害。不能不考虑这样的时代背景,不能不看到这样的背景对新文学发展的不利影响。这一时期的作品能在国际上产生影响的寥寥无几。鲁迅先生总是热情地肯定新文学和左翼文学的成绩,热情地赞扬、提携青年作家;但作为现代中国成就最高的文豪,他却婉辞参选诺贝尔文学奖的提议,这绝非仅仅因为谦虚,而是一种清醒的、切合实际的估量。文学创造上的历史资源不甚丰富,这是现代文学自身固有的局限性。研究对象的这种局限性当然会影响研究成果的价值。以现代文学本身为例,研究一个第三流、第四流作家是与研究这一时代成就最高的鲁迅的价值很难等同的。这就是鲁迅研究的地位甚至高于整个现代文学研究的原因。鲁迅研究学会的地位也同样高于现代文学研究会。学科自身的这种局限性对于学科的发展、人才的成长都是不利的。"小学科难出大人才",此之谓也!一些相对年轻的现代文学研究家在取得一定的成绩后,大概感觉到了天地小了点,认识到把自己关闭在30年里,可能难有更大的收获和作为;为了进一步的发展,必须冲破30年的界限,走出现代文学,走到更广阔的文学天地中去探索、去发现、去开辟。一些现代文学研究家已经涉足近代文学、古代文学研究,有的还走进相邻的学科,并已取得初步的成功。

有朝一日,研究中国现代文学的学者不再把自己拘囚于短短的30年里，能够精通古代文学、熟悉世界文学的发展历史，能够令思维在广阔的文学领域里驰骋，从更宽广的时空的维度来审视中国的现代文学；那时，我们的研究家就可以说是博古通今、学贯中西的学者了，就可能提出独创的、科学的见解，现代文学学科对文学研究的贡献就会更大些！

为了发展，必须打破小学科的界限，这是几十年的实践所告诉我们的道理。

中国现代文学研究在取得很大的成绩的同时，其成果的学术质量还存在不平衡的现象。这本是很自然的，一个数千人的队伍中，人员水平参差不齐，不可能所产出的成果的质量都能达到整齐划一。而作为现代文学研究中的一个特别之处在于"夹生饭"现象的普遍。

所谓"夹生饭"现象，是指不少成果能够达到一定的学术水平，有自己的新见解，或者对进一步的研究有启发的作用；但又是不完美的，总有某种缺陷，或者论证有所不足，或者史料并不可靠。这样的作品即使有一定的学术价值，也叫人不放心。后人如果使用这样的成果，必须自己动手，重新加以验证。包括其中使用的史料，甚至引文的正误等，不可不重新校验就贸然加以引用，否则很可能跟着错，犯了以讹传讹的错误。

造成"夹生饭"现象的原因跟学科发展的社会背景有关。人们多以"板凳要坐十年冷，文章不写一字空"为做学问的至美境界。但在发展速度很快的现代社会，客观的生活不容磨绣花针式的慢工细活，而要求快速地出成果，以适应社会的急需。所以，此时许多创新的、影响很大的成果往往不免粗糙。某些时候还受客观环境的限制，如在战火纷飞的抗日战争时期，治学条件很差，产品难免有缺陷。这里特别要检讨今天存在的严重问题。

进入20世纪八九十年代后，现代文学的研究到了向纵深发展的时期。因为这时现代文学研究的"圈地运动"已经基本完成，未开垦的处女地已经所剩无几，想找一个全新的能有填补空白作用的课题去做粗放型的开荒的机会已经很少。为了有所收获，就要改变粗放型的生产方式，在已经开辟出来的熟地上深耕细作。然而，也就在这个时候，学术研究开始被纳入体制，事先已经有了预设的指标，实行量化管理。研究者被要求在一定时间里发表一定数量的论文和著作，争取一定级别的课题，否则不能获得学位和职称。因为成果的数量是直接影响获得博士点、教学基地、重点学科、研究中心、科研平台等关系着一个单位的地位、声誉，特别是经费获得的最要紧的本钱。科学研究变成一种纯粹的追名逐利的工具。这引发了急功近利、粗制滥造、弄虚作假、剽窃抄袭、学术腐败等不良风气。表面上学术成果很多，实际上却是大量的学术泡沫、学术垃圾，严重地浪费人力、物力，阻碍了学术的进步。这种恶劣的风气在现代文学研究领域同样是存在的。

于是，一些人不愿、不能沉心学问，不愿精耕细作，只求快出"成果"。在这样的背景下，出现"夹生饭"就是很自然的事了。这是个不易出精品的时候，哪怕是轰动一时、很有影响的成果，在某一方面有所突破，但也少有完美的。这一点是要郑重地告诉后人，对那些产生于浮躁、浮夸时期的成果，只要有可取之处，仍可以吸收、借鉴；但切不可轻信，尽可能自己动手来重新做个严格的检查，然后决定取舍。

在现代文学研究中，加强理论性，提高理论总结的水平，是个重要的课题。现代文学学科想要提高自己的地位，在学术上有更大的贡献，这是绕不过去的问题。从本书所记录的现代文学学科发展的历史来看，不同时期对现代文学的阐释是不少的，但多是用现成的理论来阐释，拿自己的历史去做别人的理论的注脚。一些论文往往旁征博引大量西方新潮理论家的观点，文风也很晦涩难解，让人感觉莫测高深。细究起来，这些论文在理论与历史事实、理论与作品的联系上往往是很牵强的。人们很少能够从我们的历史、从我们的创作实践中提炼并形成自己的理论，很少能够通过现代文学的研究在理论上产生独立的创见，哪怕是提出理论问题来讨论也少见。至今还没有看到从现代文学研究中引出了多少重要的文学、文化理论问题。用别人的"论"来观照自己的"史"，这些理论都是外在于和先在于现代文学的，最终证明的都是别人的道理，现代文学成了支持别人观点的材料和工具。这好比为别人贴牌生产，而没有创出自己的品牌。

现代文学已经成为历史了，所以现在的研究工作无非两个方面。一是整理，主要是史料的收集、考订、编排等工作。这方面还有所不足，但成绩还是很大的。二是阐释，包括对作品从思想、艺术等多方面的阐释和对现代文学发展历史的阐释。要阐释得好，就需要理论。现在，应该再加上第三件工作，就是经过了阐释，要从中抽象、提炼出理论来。我们的研究不仅要整理材料，进行阐释，而且还要产生理论。做好这第三件工作，才可能做到"更上层楼"。我们坚持"论从史出"的路线。其中的关键是第一个字和第四个字,即"论""出"二字。"论""出"就是"出论",就是要从历史的整理、阐释中引出理论来。怎么"出论"?那才是中间那两个字:"从史"。可以说,"从史"的目的是为了"出论"。通过搞清历史事实,从中引出理论,引出能够超越具体历史事实,超越具体的作家、作品的具有普遍意义的理论。这些理论可以用到其他历史时期、其他历史现象上去,可以有现实的指导意义。这样的研究才是我们的目标。如果我们能够"出论",对别的时期、别的国度的文学研究也有普遍意义,甚至是从事学术研究的人都要关心、都要借鉴的,那么现代文学学科的影响就比现在大多了。现在,我们的影响还不很大,研究别的时期和别国文学的人可以不关心现代文学学科,固然跟我们是小学科有关,更重要的原因是我们这块土地上还没能开出理论之花。

一个研究者培养重视史料的观念,学习史料工作的操作方法,相对而言比较容易;只要认识清楚了,又有吃苦耐劳的精神,史料工作就容易做好了。而提高一个人的理论能力、理论水平就没有那么容易了。掌握了一定的资料,却形成不了自己对问题的新认识,好比一部著作有庞大的形体却没有灵魂,必然大大降低自身的学术价值。而提高理论水平、提高抽象思维的能力是很难的。恩格斯说,训练思维能力的最好办法是学哲学,那不是一朝一夕就能成功的。还要看到今天的理论教育的孱弱。由于长期的封闭造成对西方当代学术流派研究的薄弱,翻译的质量差,介绍者对某些新论似懂非懂,一知半解,食洋不化,不但理解不深刻,更缺少分析、批判的力量。这就造成理论指导思想的混乱。在这种情况下,提出重视从自己的历史经验中总结理论更具有现实的意义。

〔原载《中国现代文学研究史》(下册),广东人民出版社2008年版;标题为新添的〕

"干货"、证据和理论、阐释
——黄修己先生访谈录（张均访录）

张均（以下简称"张"）：黄老师，您在文学史研究与编撰领域卓有成就，是中国现代文学学科具有代表性的学者。据我所知，您最早从事文学史的研究，并不在20世纪80年代，而是始于您的本科求学阶段，即北京大学1955级集体编撰《中国文学史》。1960年，1955级和1958级又合编了《现代文学史》，您还是"'五四'组"的组长。这一经历对于您"文化大革命"后的文学史研究在观念和方法上具有怎样的意义？

黄修己（以下简称"黄"）：1958年学生集体编教材热潮中出现的无数作品，早已是过眼烟云，黄鹤一去，为什么北京大学中文系1955级的"红色文学史"至今还有人评说？这从政治上解释不了，要从学术上来说。

第一，从远古神话写到"五四"，这是不是第一部完整的中国古代文学史著，要请专家考证。如果是，不管怎么评价，学术史上要提一下。第二，书出来后在学术界反响特别热烈，既有对年轻学子科研能力的热情肯定，也有认真的、严肃的学术批评、争鸣。也就是说，这部文学史著学术影响较大，这是其他学生集体编著的作品所无法比拟的。第三，这些当年幼稚的学子后来很多成了著名学者，有的至今活跃在学术界。1955级成了中华人民共和国成立后北京大学中文系成功培养人才的"典型"。也正因此，有人肯定科研实践对学生成长的意义。今天你也来问这样的问题。

我的感受是集体科研出了成绩，我们从事学术研究的自信心得到增强，但那时的观念、方法对后来的工作并没有什么影响。如果有，也是不好的影响，学风受到损害。我们本是不错的苗子，但为了"批判资产阶级""占领学术阵地"，就拔苗助长，急急忙忙地要我们"在战斗中成长"，不惜打乱正常的教学秩序，影响我们打基础，也影响了后来的发展。大学的后两年，大量时间用来编书了；那两年如果好好念下去，可能更好一点。

张：那么你们这一代学者的治学的观念、方法又是怎样建立的？

黄：这就是历史的吊诡！我们被利用来批判我们老师的学术观念和方法，其实我们的观念和方法全是他们教的，我看直到今天我们主要用的还是他们那一套。这个问题我要多说几句，因为要梳理一下学术思想发展的理路。

我把我的老师们叫作"未完成的一代"。他们是沿着"五四"创立的现代学术道路走下来的。中国学术从古典到现代的转型是胡适那一代完成的。胡适的老师是杜威。杜威是实验主义学者或者叫实证主义学者，渊源出于法国的孔德。孔德把人类的认识分成三个阶段：神学、玄学、科学。神学时代是迷信，玄学时代是推理，只有到了他（孔德）才叫科学，科学的特点是证明。你能推理，做得再好，没有证明也不行。像陈寅恪、王国维，他们都强调证明，要有"双重证据""三重证据"。我的老师那一辈就是延续这传统的，可以称为"科学派"。所以，我到北京大学念了5年书，只学到两个词："干货"和"硬伤"。

"干货"就是胡适主张的"拿证据来"；不要水货，水货像海参，放水里一泡胀得那么大，一压就没了。我们现在叫泡沫。你看现在很多论文都是这样的。那时认为有干货的著作才有学术价值。胡适考证《红楼梦》，找曹家的生平材料作为证据来跟作品对应。胡适有个学生傅斯年。他说"史学就是史料学"，当然比较绝对了，但也有一定的道理。

第二个词是"硬伤"。"硬伤"就是常识性的错误，是最不光彩的。观点错了，你可以批判我，我也可以认识、改正；但是，硬伤说明学识的缺陷。

这就是我的老师们治学的路子，他们就是这样教我们做学问的。什么叫作学问？做学问就是要会证明，手里要有资料，越过硬的越好。这些思想对我们来说，如果不是根深蒂固，那至少也是影响深刻。你看我们年级现在还很活跃的杨天石。他到美国就手抄蒋介石的日记，那就是干货，就是证据，对蒋介石的评价要从这第一手材料里引出。

但是，到了第二次世界大战结束后，也差不多是我们中华人民共和国成立以后，国际学术发展到了新时期，进入了反思科学的时代。从孔德开始的100多年强调证明，你只讲证明不行，而且证明里面也有很多问题，有些是不能证明的。牛津大学巴勒克拉夫说过，我那个《中国新文学史编纂史》绪论里头引了"今天我们看到的新趋势是历史学家对1945年以前占优势地位的历史学和历史观念的反动"。1945年以后是对科学派的反动，对于20世纪上半叶支配历史学家的基本原则——科学的原则提出怀疑，成了当时历史研究中最重要的特征。他讲的是史学，也是整个学术发展的动向。正好我们进入社会主义社会了，闭关锁国，不了解国际学术的发展。你想研究王瑶，看他的两本书，一本是《鲁迅作品论集》，一本是《中国现代文学论集》，他最有价值的论文都收在这里。他的方法就是科学的方法、证明的方法，他没有再往前走。我入学的时候，有的老师也就四十出头。20世纪60年代初王瑶在他家里照的相片，我偶尔拿来一看，哎呀，王先生还是个小伙子呀！如果是个开放的社会，他们那一代可能会继续往前走，可惜到此为止了。其次是政治环境的影响。他们成了改造对象，没有可能去学新东西。他们很难像20世纪80年代以后能够接触到现代语义学、分析哲学、符号学、结构主义、解构主义、新阐释学等。对于这些，我的老师那一代也难有机会接触。本来，他们还能做很多事，可惜到此为止，所以我把他们叫作"未完成的一代"。朱德熙先生研究现代汉语用的结构主义是索绪尔的结构主义，非常了不起！粉碎"四人帮"后可以看到这方面的著作了，我听他发感慨：有些地方都看不懂了。

  批判胡适我们没赶上。入学了就去看《胡适思想批判》那几个集子，发现也有我的老师们写的，大多写得不怎么样。当然，表态文章能好吗？但课堂上还是讲他们自己的一套，我们接受的就是"科学派"的一套理念。到1958年，想用"阶级观点"批判老师，站不住，很快就被风吹掉了，留在脑子里的还是老师那一套。所以，我对同辈朋友说，其实我们也算胡适的徒孙了，不过是从后门出来的。我认为，这是我们这一代学人的特点，表面上也有很革命的时候，骨子里还是传统那一套。"文化大革命"中说北京大学是"资产阶级大染缸"，染的就是我们这些学生。1958年把我们捧为"无产阶级新生力量"，过不了几年就说我们是"修正主义苗子"，陪着挨整。

  上海有一个比我们晚一辈的学者，是搞政治学的。在他的一本书的序言里，把我们概括为"无根的一代"，理由是我们是学马克思列宁主义的。我觉得非常可笑，因为从治学方法上说，马克思也是科学派呀，你看《资本论》的论证多丰富。我在北京大学读恩格斯的《费尔巴哈和德国古典哲学的终结》，有很多看不懂，就跑到哲学系请教专门研究费尔巴哈的。听他讲解就发现，如果把恩格斯这篇论文里面涉及的典故一条一条注出来，可能比他这本书还要厚。知识之渊博，真叫人钦佩。读恩格斯的

《自然辩证法》，对人的科学思维方法的建立非常有好处，为什么学了"马列"就是"无根"？王瑶是学"马列"的，比我们早多啦。他当年在清华大学的地位很高，编《清华周刊》。在北京大学中文系，我听老师们开玩笑，把王瑶叫作系里的"第一马克思"，吴组缃是"第二马克思"。他们有根吗？

张： 其实他们并不懂得马克思主义，实际上用某些知识分子对历史的情绪判断代替了科学的反思。

黄： 到了我们的下一代，即"'红卫兵'—知青"一代，从科学派的传统来看，他们是"无根"的。他们赶上了改革开放，一方面是信仰危机；一方面是国门打开，接触到了国际学术的新潮流。于是，这一代人充当了反叛的先锋，也像巴勒克拉夫说的，来个对科学派的反动，不过比国际上晚了30多年。我们老师的治学理念传到我们这里就算不是断了，也已经很淡薄了。（当然也有人坚守传统治学理念，像清华大学的解志熙，他那个书里头说，现代文学要走上科学的道路，就必须用古典的方法，也就是科学的方法。）现在做学问最重要的不是证明了，有没有干货无所谓，重要的是阐释，会阐释等于有学问。你的看法也许不对，过几天就烟消云散，那也没关系，能引起轰动就好，至少显示了你很有"主体性"。所以，空疏病很普遍，这一点可能在现当代文学研究中更突出。

张： 您在学界产生影响应始自赵树理研究，但"文化大革命"后，您并未延续个案研究的学术路径，而是转向了文学史研究。这中间有什么偶然的机缘，又有怎样的学术理念的变化？

黄： 我留校任教的第一堂课讲的就是赵树理。当时王瑶是教授，我做他的助教。按照北京大学的传统，所有基础课都是老教授讲的。除了新开设的课程，比如以前没有马列文艺理论课，中华人民共和国成立后由苏联专家来帮助我们建立，文艺学引论这类课是由青年教师讲的。其他课程都是老先生讲授。王瑶讲完延安文艺座谈会，他就不想讲了，要我接着讲。我只答应讲一堂课，就是赵树理。我把讲稿整理了，出版了一本《赵树理的小说》。之后，赵树理成了写"中间人物论"的代表作家，在"文化大革命"中被整死了。"文化大革命"后，人家就说，你应该给赵树理写点东西。出于批判"文化大革命"，纪念赵树理，我就写了《赵树理评传》。由于资料还没用完，又写了《赵树理研究》；之后还编了《赵树理研究资料》，写了《不平坦的路——赵树理研究之研究》。大概20世纪80

年代前期搞了赵树理研究，其起因就是这样的，有偶然性的。到1984年就出版《中国现代文学简史》，转移的原因跟我个人的兴趣有关。譬如说，我喜欢车尔尼雪夫斯基的《果戈理时代的俄国文学概观》，对那个时代的俄国文学做宏观的评论。又如别林斯基的《1847年俄国文学一瞥》。像别林斯基、车尔尼雪夫斯基，他们都是很好的理论家，而且也是反沙皇的革命家。我看了这些就很喜欢。还有就是受马克思、恩格斯著作的影响，他们的视野都非常开阔。马克思写《资本论》，不仅仅是研究商品，还为了回答资本主义向何处去，人类社会向何处去，眼界、思路很开阔。我们那一代人学这些东西应该说是很认真的。受其影响，从宏观的角度去把握一个比较长的历史阶段，这也是我的兴趣。编现代文学史著要俯瞰32年，不可能描画得很细，但更有气势。各种各样的研究成果最后都要落实到文学史著里，好的文学史著应该能够反映一段时间里学科研究的最新、最高成果，由它来集大成。当然，微观研究也很精彩，也可以以小言大。譬如，杜勃罗留波夫有一篇文章为《什么是奥勃罗摩夫性格》。奥勃罗摩夫是俄国作家冈察洛夫笔下的一个人物形象，也是多余人的形象，作者就抓住一个人物形象写了一大篇论文。我写《赵树理评传》前，把北京大学图书馆能借到的文艺家评传性的作品都借来浏览一番，像罗曼·罗兰的《贝多芬传》，为什么会有那么大的影响？就是小与大（时代）要相连。就我个人而言，更喜欢宏大叙事，但我写文学史著比较粗糙，归根到底准备不够充分。不妨看看桑克蒂斯的《意大利文学史》、勃兰兑斯的《十九世纪文学主流》等是怎样把握一个文学时代的。

张：您对于现代文学研究，有一个重要的观点，即"势大于人"。这个观点怎样理解？您能否结合您参加编写的文学史作品，谈谈这个问题？

黄：这个观点说的是客观的形势决定人的主观对历史的认识。这是我编撰文学史著的特别深刻的体会。1960年，我参加编写北京大学那本《中国现代文学史》（未正式出版的试用本），那是"反右""大跃进"的余波，那时的形势要求把现代文学从头到尾写成共产党领导的。这种领导从"五四"就开始了，毛主席说那时已经有了具有初步共产主义思想的知识分子，如李大钊、陈独秀。那就到处找他们当时有没有可以证明是马克思主义观点的言论，去挖掘这样的材料。比如，李大钊讲什么是新文学，说了一句应该具有"坚信的主义"，我们就把这个"主义"解释为马克思列宁主义。其实李大钊是泛指，他那时还在提倡人道主义。"五四"

这一段还是我主持的，现在已经记不起来是谁从李大钊的话中找到这样一句来做如此的解释。早期共产党人的文学观也被提到很高的地位，主要依据《中国青年》中的文章。其实没多大影响，我们夸大了它的作用。因为革命刚刚胜利，一个新的统治者刚上台，他要用历史来证明自己是正统，得天下是理所当然的。任何一个朝代都这样。我们说"枪杆子里面出政权"，但枪杆子可以出政权，却不能证明政权的合法性。证明政权的合法性还要靠知识分子，包括历史学家。那时的文学史著就要尽力来写出新文学因为共产党的领导才健康发展起来，用以证明共产党领导的合理性。

到了我参加北京大学等九院校编的文学史著，那是"四人帮"倒台以后了。形势大变，因为社会主义事业出了大问题，发生了"文化大革命"，才有了新的思想解放运动，人们开始反思为什么会出现这么大的错误。于是，对以往的现代文学史著也做反思，看到了以前编的文学史著有许多不符合历史实际的。例如，把一大批非左翼作家排除出文学史，或者当作批判对象。比如，我学现代文学时，老师已经不讲沈从文了。我们就讨论沈从文能不能写，周作人、徐志摩能不能写？大家决定写，但我们都不熟悉沈从文，谁来写呢？只好推举年龄最大的来写。这人是厦门大学的蔡师圣，他当时49岁，是我们中的长者。那本书是在江苏出版的。我们在南京编，把南京各图书馆所有沈从文的作品全部借来给他看。春节时，我们都回去过年，就不让他走。后来，九院校本出版，我请凌宇（当时他在北京大学念研究生，正研究沈从文）把书送给沈从文，想听听沈从文的反应。我们虽然主观上想肯定沈从文的创作，但临时抱佛脚，当然写不好。结果听到的反应是，沈从文说："这个写我的人，看过我的作品没有？"而且，沈从文还给广东诗人柯原写信。沈从文去世后，柯原在一篇纪念文章中公开了信的内容。沈从文在信中说我们九院校统一口径来批判他。哪有这样的事啊？我们好心好意地把他写入文学史，竟然说我们统一口径批判他！我就给出版社写了一封信，希望加以辩证。出版社回了一封信说："沈从文刚去世，这种时候先不说为好。"这事就压下了。不久就出现了"沈从文热""徐志摩热"，稍后又有"张爱玲热""钱钟书热"等；然后是"重写文学史"，一些左翼作家，包括鲁迅、郭沫若、茅盾都受到质疑、批评。这情况与我1960年编北京大学那本书时，简直是大翻个儿。这就是形势使然！所以我说过："历史书里谁上谁下，往往是现实生活中谁上谁下的反映！"

学术研究要重创新，文学史著编写的这些变动当然有创新意识的作用，但什么时候什么是"新"，还是离不开形势的决定性作用，总是"应运而新"。没有"运"，无论多么"新"也难以被认识，甚至被压抑。

张：那么《20世纪中国文学史》（上卷、下卷）的编写、《中国现代文学发展史》的修订，又与怎样的"势"相关呢？

黄：《20世纪中国文学史》的编写已经到20世纪末了，这时出现新的情况，文化的多元发展已经形成很大的冲击力，诸如新儒家对"五四"的批评，文化保守主义思潮的复苏，"五四"时受批判的传统形式的新成就，民族文化多元共进的新认识（指的是我们的文学不仅要包含港台文学，还应包括各少数民族文学），等等。现代文学研究会在石家庄开理事会，有人提出我们应该起来战斗，反击新儒家。为此我写了《历史的反思，直逼"五四"》①，登在研究会的丛刊上，说明反思"五四"是必然的，没什么奇怪。我觉得我们现代文学界对当时文化思潮的交锋很隔膜，态度偏于保守，也受知识结构的限制，逐渐地在思想界被边缘化了。

在这样的形势下，我主编《20世纪中国文学史》，就增加了章回体小说（那时还叫"通俗文学"）、台港澳文学、少数民族文学，第二版又把"五四"后旧体诗词和戏曲的成就附上。我这部《20世纪中国文学史》包括的内容最多，所以我说现代文学像"千手观音"。

《中国现代文学发展史》的第三版的确是受了全球化形势的影响，这是不可逆转的了。在全球化语境之下，我们的现代文学如何走向世界，跟世界对话？我觉得要有一个共同的价值底线，没有这个底线就没有共同的语言，就没法交流了。所以，在2004年提出了一个"全人类性"的问题，文学同样不能反人性、反人类，这个底线是不能突破的。到2008年出版《中国现代文学发展史》的第三版，就想用这样的价值观来审视现代文学，还只是初步的，但觉得颇有可为。

张：您近年关注并力主旧体诗词入史，这涉及现代与传统的关系，不知您是怎样考虑的？同时，我还注意到一个重要的细节，就是您将20世纪的"中华诗词"与"戏曲"作为"附录"而不是正式的章节呈现。在我的理解里，这意味着旧体诗词和戏曲未能享有与"通俗文学"同等的

---

① 黄修己：《历史的反思，直逼"五四"》，载《中国现代文学研究丛刊》1997年第1期。

"待遇"。您为什么这样处理呢，是资料的限制还是文学史观方面难以整合呢？

黄：这还要说到全球化问题。托夫勒有一本《第三次浪潮》，有的国家在第二次浪潮后已经实现了现代化，但我们还没有，我们属于后发现代化国家。因为是后发现代化国家，当我们起步时，已经有了先发现代化国家为榜样，文学的现代转型也如此。这时感到中国的传统文学落后了，有的人就认为传统的那一套会像《子夜》里的吴老太爷，到了上海就风化了，只有埋葬掉。于是，就用大批判为它送葬，要另创造一套新的文学，当然是以先发现代化国家的文学为榜样。这样的认识是很片面的，已被几十年来历史发展的实际状况所否定。不要以为传统只是个凝固不动的东西，中国文学几千年来一直在发展变动中，传统这东西既有保守性，也有变异性。小说章回体是古代的，已经发展为现代的白话章回体，产生了很优秀的成果。旧体诗词因为跟文言文捆绑在一起，形式上不易变动，但仍然可以被用来表达现代人的思想感情，几十年来形成了与白话新诗并峙的局面。按艾青的说法，叫"大路朝天，各走一边"，这就是今天中国诗歌的实际状况。戏曲在文学革命中受批判最严重。钱玄同甚至说："中国如果有戏剧，就一定是西方的话剧。"但恰恰就在"五四"前后，中国戏曲达到它发展的第三个高峰。第一个高峰是元杂剧，第二个高峰是明昆剧，第三个高峰就是京剧。外国人都承认，梅兰芳到美国、苏联演出都是载誉而归。所以，中国现代戏剧，既有话剧，又有用现代思想和审美观改编的传统戏，还有新编戏曲（包括现代戏和古代戏），我把它叫作"三足鼎立"。话剧在群众中的影响今天还赶不上戏曲。这些深深扎根于本民族土壤中的传统文学也在现代化浪潮的冲击下，为延续其生命、适应社会的变动而变革着，转化为一种现代文学。另一种是学习先发现代化国家的文学，拿它做样板，创造新形式，这就是用白话文写的、主要借鉴西方文学形式创建的新文学。总之，后发现代化国家的文学转型应该是双线向前进的。一条线是本民族传统形式的文学在新形势下的蜕旧变新，走向现代化；一条线是受国际的影响新创造的新文学。这种双线行进的发展既促进了民族文学的现代化，又维护、发展了民族文学传统。我们的实践可供后发现代化国家借鉴，是有世界意义的。可惜"五四"时新文学反传统，对于传统文学现代化那条线是不承认的，用这样的思想编出来的文学史著，就是只有新文学一条线的文学史，也可以说只是写了"半部现代文学史"。这个问题有争论,但将来一定会编出面貌完整的现代文学史著。

我在《20世纪中国文学史》中把诗词和戏曲作为附录,原因是研究得不够,来不及建构起中国文学走向现代化的双线图景,便暂且附上,以表支持的态度。这要从头收集资料,逐步积累,是要下很大功夫的。我因年龄的缘故,有心无力,时间已经不允许我来收集、积累资料,没有这样的能力了,因此对后来者寄予热切的期盼。

张:除了文学史著编撰实践外,近年您还致力于文学史理论的反思与总结。《中国新文学史编纂史》的出版是现代文学学科的一份重要收获。这种学术路径的转移与20世纪90年代以后"后现代主义"的冲击是否有所关联?您如何评价福柯关于权力与知识的论述?

黄:肯定有关联,是受到影响的。我也关心过史学界关于后现代史学理论的争论。我们要关心史学,因为文学理论是讲人怎么想象,史学理论的根本问题就是解决主体(史学家)与客体(研究对象)之间的关系,这也是所有做学问的人都要解决的。后现代史学进入中国以后的争论还是这个主体与客体的关系。比如,知识考古学不承认传统的实在论、真实论,它把历史给颠覆了。还有解释学,认为"存在即被解释",认为历史是话语建构而成的,不是客观的了。这种看法有它的道理。自启蒙以来,理性因科学之名而获得独断性、强制性,压制了思想的多元性、差异性,有的竟走到自己的反面去了。知识考古学要颠覆它,恢复话语的多元性、差异性和增殖性。但我不主张背理论,只要运用他们的思想,必要时自己创个名词。当然有一些名词用的人多了,比如话语权,现在已经很普及了,那我们也可以用。

张:程光炜老师也有类似的看法,他认为20世纪80年代的新启蒙主义者,如钱理群、赵园等,窄化了"五四"的"多重面孔",将极其复杂、丰富的"五四"传统窄化为"鲁迅的精神",进而以"鲁迅的精神"作为标准生产了"现代文学"乃至"当代文学"。

黄:后现代有它的合理性。后现代的一些主张看到了现代性的缺陷,可以说比现代更现代。比如,到底有没有历史真实性?这促使我用"身作之史"和"心构之史"来说明"历史"这个概念的双重内涵。从"心构之史"来说,福柯的很多观点都是对的。我讲"势大于人","心构之史"随"势"而变,要根据不同的历史条件去分析其真实程度,这就是史学存在的意义。但是,不要因为后现代有合理性就认为以前的观点都错了,"身作之史"还是客观的,不能改变了的。

张:在《中国新文学史编纂史》中,您将20世纪出现的现代文学史观提炼为三种主要的阐释体系:进化论、启蒙论(含现代性阐释体系)、阶级论(含新民主主义阐释体系)。您为什么未将现代性单列为一个阐释模式呢?您又如何评价现代性概念在现代文学研究中的效用?

黄:我总结的三个统统不是文学的,都是思想史上的,难怪现在说我们现代文学研究成了思想史的注脚,从一开始就用的是思想史上的理论体系嘛。"现代性"与"启蒙论"有交叉,不用单列出来,三个够了。现在"现代性"成了现代文学的准入标准,成了现代文学门前站的"保安"。不过,这个保安对来人很客气,来者都请进,所以现代文学就越来越往前推,连韩邦庆的《海上花列传》都成了第一部现代小说了,根据也就是从里面能找到现代性。

我的感慨是我们理论的孱弱,对中国问题的解释权都操控在西方人的手里,我们只顾跟风,还自以为先锋。理论界也有戴蛤蟆镜、穿喇叭裤的现象。有人称之为"被殖民"。这一点"方法热"就很典型。当时"文化大革命"结束不久,出现了"信仰危机"。国门一打开,西方各种思潮涌了进来,那个时候看西方什么东西都是先进的,都比我们中国的好。像尼采、弗洛伊德等都是旧的了,我们也感到非常新鲜;结构主义、新批评派等在西方也已经是过时的了,我们也感到好得很,如饥似渴地搬用。这些西方的东西正好填补了"信仰危机"留出来的空白。我觉得那一阵"方法热"是"花开灿烂,结果酸涩"。花是开得很好看,可惜结出的像样的果子很少。它的积极作用是像一把犁,把中国文学批评、研究的板结的土地与非常坚硬的泥土,借这个犁来犁开了,犁松了。只是犁可以借,种子不能借啊。种子要我们中国自己的。可能启蒙的时代都有点崇洋媚外,唯西方的思想马首是瞻,因为我们是后发现代化国家,西方走在了我们的前面,我们不学也不行。但是,那一代先锋派的主观条件,思想上的、学养上的都有明显的欠缺,只能生搬硬套。所以,现在有人把这种现象称为"被殖民"。现在,我们中国很多事情,从政治的、社会的到文学的,解释权都在西方人的手里。"现代性"这个概念是不是也是美国研究现代汉学的学者首先使用的?我很感慨,以前说我们的理论是最先进的,现在"沧海横流",却显出这样的孱弱。这对我们来说是一个刺激。

我们绝对不要排外,倒是向外国先进的东西学得还很不够。问题在于，应该吸收营养来强壮我们自己的身体，鲁迅说过让你吃羊肉，不是让你变成羊，而是让你强壮起来。我们现在真的有点把自己变成羊了，我看有的人还以能够变成羊为荣。我跟人逗乐说，过去跟人见面，说"今天天气'哈哈哈'"；现在跟人见面要说"今天时髦'哈哈哈'"，后者的第一哈是哈贝马斯，第二哈是哈耶克，第三哈是哈维尔。哪篇文章里头都要"哈哈哈"，那才是好文章哩！

张：现代性概念在中国语境中的适用性的确是个比较复杂的问题，不但关于晚清文学的争议此起彼伏，就是"五四"以后的作品也有意见分歧。您如何评价某些学者对于"革命样板戏"的现代性定位？

黄：这样的定位简直不可思议！当年批判"四人帮"的文艺观，有一条叫"根本任务论"，就是说塑造无产阶级的英雄形象是社会主义文艺的根本任务。塑造无产阶级英雄本无可厚非，但样板戏塑造高大全的英雄，像杨子荣、李玉和，是为了把他们越写得神，证明培育、制造了这神的是一个更高、更了不起的神上之神。他们遇到险境而都能战胜敌人，有如神助，这时都要用各种艺术方法表明政治才是胜利之源。这是样板戏的根本主题。所以，样板戏是封建造神的产物、工具，把造神规定为文艺的"根本任务"，当然应该批判。有的戏本来是文艺工作者创作的，有不少好东西；一旦成为江青的实验品，成了革命样板戏，就变质了。这样的东西怎么能说成有现代性呢！看来现代性已经用得泛滥了。

张：2004年您提出一种"全人类性"的文学史观，令人耳目一新。这种文学史观是否也会遇到令人困扰的问题，譬如如何评价《暴风骤雨》等解放区文学？刘再复和林岗认为，《暴风骤雨》对于暴力的书写是"反人性"的，而从"弱者的反抗"的角度看，这类作品也的确传达了底层民众的不幸与人性诉求。那么，从"全人类性"史观出发，这类作品该如何定位？

黄：提到《暴风骤雨》，我在《中国现代文学发展史》第三版中对它的评价很平和，我不赞同绝对肯定或绝对否定的方法。一是生活实际，这是一回事；一是文学怎么表现这生活，又是一回事。文学批评主要做这后一回事，检讨作家是怎么表现的。东北在那时候的敌我力量对比是敌强我弱，所以韩老六很凶狠、残暴，与这样的人斗争必然很残酷。以"全人类性"为标准，《暴风骤雨》的确在相当程度上表达了穷苦人民的人性诉求，这应该加以肯定，他们强烈的复仇情绪也是可以理解的。暴力是客观事实,当然可以书写,但处理要小心,如果渲染暴力、欣赏暴力,那就不值得肯定了。评论作品还是用分析的方法好。战争题材也是这样的,战争是悲剧,但侵略者来了,你必须拿起枪来,这是正义之战,应该肯定。但不要嗜血,像现在电影、电视里大量表演的,一炮下来,人就飞上天,叫人看了很不舒服。我看《一个人的遭遇》表现战争的苦难就没有这样的场面。战争是人类社会的一个怪物,但又是不可避免的,这是个永恒的悲剧,文学作品要写出这一点。

张: 十年前,您在为我们博士生开设的"文学研究方法论"的课堂上,语重心长地要求我们养成优良的学风,我们至今仍记得清清楚楚。您批评"以论带史"或"以论代史"的风气,强调文学史研究中史论关系的辩证处理,强调"论从史出"。那么,我们怎样才能真正做到"论从史出"呢?

黄: 我觉得这其实还是个认识问题。我虽然也很羡慕"干货",但认为理论和史料是一种辩证的关系。史料是研究的起点,首先要把研究的对象弄清楚了。理论是研究的终点。没有起点,何来终点?另一方面,不到终点,何必起点?起步的目的就是达到终点。当然,为史料而史料也有独立的价值,至少可以为别人提供条件。如果你真有"干货",亮给大家看看那也是贡献。现在我觉得论和史这两个方面,我们都有不足。既有重观点、重阐释,轻证明、轻史料的倾向,也有理论孱弱的缺陷。我们不能总靠着西方的理论,它不是根据中国的实际、中国的历史产生出来的,不是为了说明、解决我们中国问题的。如何创建我们自己的阐释体系,这是一个大问题。今天的迷惘、信仰的危机也与此有关,自己的问题都解释不了,怎么叫人信服?所以,我们做研究要重视总结理论。"论从史出",最重要的是第一个字和第四个字——"论"和"出"。"论""出"就是"出论",研究的最终目的应该是"出论"。现代文学学术史类的书现在已经有很多部了,我那本《中国新文学史编纂史》有不一样的地方,就在于除了"史"还有第三编的"论"。第一编是中华人民共和国成立前的编纂史,第二编是中华人民共和国成立后的编纂史,但是我还有第三编,题目在第一版时是"七十年后的沉思",第二版改为"历史的启示"。为什么要这第三编呢?就是想从编纂实践的历史中总结一点理论上的问题,这是我在学科史研究中的一点特色。最重要的是"出论",然后才是怎么"出论",才是中间那两个字——"从史"。当然"出论"不容易,难度很大，哪有那么多论给你出？成为规律的东西总是少的，但是我们要努力去做。占有丰富的史料却提炼不出自己的理论观点，这是缺乏思想创造力的表现，对不起那一堆史料。人是会思想的芦苇，如果不会思想，那芦苇只能用来烧火了。

张：理查德·艾文思在《捍卫历史》一书中认为，"文献永远是从某人的观点出发写成的，带有某种特定的目的和对读者的想象"。现代文学面对的史料是否存在这方面的问题，会有怎样的力量参与到史料的生成过程之中？作为研究者，您在史料的鉴别与辨伪上有怎样的经验？

黄：我赞同这一观点。史料也不是纯客观的，还可能是假的。《中国新文学史编纂史》里把历史分为三种形态，第一种叫"原生态"，今天看不到了，你怎么能看到春秋战国、秦始皇？你连孙中山都看不到了。第二种叫"保留态"，我们只能掌握保留下来的东西。有的没有保留下来，所以保留态也不完整，还有不真实的。但是，你不掌握"保留态"，你就什么也不知道了。对"保留态"应该有分析、有鉴别，这里最能看出史学家的功力。第三种叫"评价态"，像我这本《中国新文学史编纂史》就是"评价态"。有选择，有剪裁，如果换一个人来写，现代文学史编纂的历史可能就是另一个样儿了。正因为"保留态"的疑问很多，历史留下很多谜团。我们现代文学史著里头也有，比如红军长征到达陕北以后，鲁迅有没有跟茅盾发电报祝贺，过去还说鲁迅寄了火腿。到底有没有？有人也找到一些材料，但不是贺长征的，而是贺红军东征的。这些至今搞不清。

从逻辑上说，就是推理，那你还停留在孔德说的玄学上，现在要的是科学，要有证明。现在就是证据还不充足，因为当时受接见的人大多去世了。这可能是永远的谜团。我这还有一个材料，有的事情过了几天说法就不一样了。2011年5月《羊城晚报》上有一篇文章，说1919年"五四"那一天是晴天还是雨天呢？先是当年6月5日《晨报》和6月8日《每周评论》上说是"狂风怒号，阴云密布，继之以打雷，闪电，下雨，一时天地如晦"。陈独秀所记是"打大雷刮大风，黑云遮天，灰尘满目"，何等阴惨暗淡！按道理说，这些记载应该是很权威的。但"五四"当天被捕的学生之一的杨振声，他也是亲历者。日后他撰文称："五月四日是个无风的晴天。"另一个北京大学学生范云说："北京是春暖花香的日子。"冰心40年后追忆，念念不忘的是"那天窗外刮着大风，槐花的浓香熏得头痛"。王统照也说还可以闻到各种花卉的芬芳。那天究竟是个晴天,还是"狂风怒号,阴云密布"?各有说法,差别这么大,由此可见求真之难。这类例子比比皆是。

还有政治的原因和政治的需要。我们重视史料,还应该知道史料里包含的秘密,史料也有靠不住的,所以对它要做分析。

例如,引用记人的材料,第一要看文章是谁写的。弟子多的老师留下来的材料可能就多。有一次,王力教授和吕叔湘先生一起去哈尔滨讲学。北京大学中文系的校友听说老师来了,集合起来去看望王力。王力就问吕叔湘,"你说是当老师好啊,还是当你的研究员好啊?"不等吕叔湘回答,他自己就说了,"当然当老师好啊,你看,你有这么多学生吗?"学生多,留下的回忆就多。将来过了几十年、几百年,一看,哎哟,某人当时影响这么大,一定成就高!那可不一定,所以要看是什么人写的。

第二要看文章的功能是什么。比如纪念性的文章和论驳性的文章,对人的态度就不一样。纪念性的文章,要溢美,要避讳。比如人家刚刚去世,你就写他的不足,在中国,别人会觉得你这个人不道德。而论驳文章,比如你是我的论敌,我反驳你,那就不客气了。还有"历史决议",这应该是最严肃、最可靠的吧。历史是客观的,是什么样就是什么样,怎么还要做"决议"呢?其实是"政治决议",就是按照一定时期的政治需要来规定哪些事该说,哪些事不该说,哪些事要怎么说,所以越是"决议"的文章可能越靠不住。又如外交谈判、外交辞令,记者问你们某事如何如何,外交官回答:"没有这个事!"过了若干年,解密了,真有这个事。

第三就是时间,什么时候写的,什么时候留下的。比如,我们现在的党史、民国史、抗日战争史、抗美援朝史,就和以前的不同,甚至大有不同。就是因为不同时间里对事实的掌握和看法变了,写出来的历史也就变了。哪个是对的,哪个是不真实的,就要自己去分析、判断。

第四是关于话语权的问题。一定的时间里,话语权掌握在什么人手里,分析史料时要考虑这个因素。我开玩笑说,现在是"小姑娘制造大师"。小姑娘本科刚毕业,任职媒体就有了发表的方便,她还保留着"粉丝性",粉丝总是随波逐流的,她就写文章说谁谁是"大师"。这样的文章发在报刊上,你要相信,你就上当了。今天社会的价值观混乱,道德崩溃,是个"不可信的时代"。拿到这种时代条件下的材料,不可轻信,要自己重新检验。

第五就是特别要重视不同的声音，尤其是反对的声音。说好的，说坏的，都是些什么人，注意听不同的意见对探求事实真相是很重要的。如对胡风问题的回忆文章，都是批判舒芜的，认为舒芜是可耻的叛徒、犹大。但是，《中国新闻周刊》2009年第32期上周筱赟的《舒芜：走不出的"胡风事件"》引用《胡风全集》所载完整的"三十万言书"，这个早舒芜一年给中共中央的报告中引用私人信件和私人谈话揭发舒芜。这就是不同的声音，对我们客观地了解历史真相很重要。

（记录整理：黄素贞、施畅）

（原载《新文学评论》2012年创刊号，有改动）

附录

黄修己主要著述目录

一、专著

[1]《赵树理的小说》,北京出版社1964年版。(署名方欲晓)

[2]《赵树理评传》,江苏人民出版社1981年版。

[3]《中国现代文学简史》,中国青年出版社1984年版。

[4]《赵树理研究》,山西人民出版社1985年版。

[5]《赵树理研究资料》,北岳文艺出版社1985年版(知识产权出版社2010年再版)。

[6]《中国现代文学史讲授纲要》,辽宁教育出版社1986年版。

[7]《中国现代文学发展史》,中国青年出版社1988年版(1997年第2版;2008年第3版,文字从44.5万扩大到52万)。

[8]《不平坦的路——赵树理研究之研究》,天津教育出版社1990年版。

[9]《中国现代文学发展史》(朝文版),汉城泛友社1991年版。

[10]《中国新文学史编纂史》,北京大学出版社1995年版(2007年第2版,文字从46万减缩为37.5万)。

[11]《中国现代文学发展史(修订本)》,(香港)中国图书刊行社1997年版。

二、主编著作

[12]《中国现代文学研究方法论集》,首都师范大学出版社1994年版。

[13]《张爱玲名作欣赏》,中国和平出版社1996年版。

[14]《百年中华文学史话·1898—1997》,香港新亚洲文化基金会有限公司1997年版。

[15]《20世纪中国文学史》(上卷、下卷),中山大学出版社1998年版(2004年第2版,又名"新一版")。

[16]《中国现代文学研究史》（上册、下册）（黄修己、刘卫国主编），广东人民出版社 2008 年版。

三、参与编著作品

[17]《中国文学史》（北京大学中文系 1955 级编，本人执笔"陶渊明、曹操、木兰诗"等），人民文学出版社 1959 年版。

[18]《中国现代文学史》（北京大学、南京大学等九院校编写组编，本人执笔"无产阶级文学运动的发展""敌后根据地的文艺运动"等章节，为全书串稿），江苏人民出版社 1979 年版。

[19]《中国现代文学史》（三）（唐弢、严家炎主编，本人执笔"赵树理的小说""《白毛女》"等章节），人民文学出版社 1980 年版。

[20]《中国现代文学史简编》（许志英等 5 人合著，本人执笔"左翼文艺运动"等章节），江苏人民出版社 1983 年版。

[21]《中国现代文学史简编》（唐弢主编，本人执笔"赵树理""《白毛女》"等章节），人民文学出版社 1984 年版。

[22]《中国新诗鉴赏大辞典》（吴奔星主编，本人执笔"吴奔星《都市是死海》"等），江苏文艺出版社 1988 年版。

[23]《中国新诗名篇鉴赏辞典》（唐祈主编，本人执笔"胡适《蝴蝶》《一颗遭劫的星》"等），四川辞书出版社 1990 年版。

四、论文与评论

[24]《论〈李有才板话〉中的农民形象》，载《北京大学学报》1962 年第 3 期。（署名：方欲晓）

[25]《理解得深，才能表现得准——谈谢铁骊同志改编的〈二月〉》，载《电影创作》1962 年第 4 期。（署名：方欲晓）

[26]《论〈白毛女〉中的喜儿》，载《北京大学学报》1963 年第 6 期。（署名：方欲晓）

[27]《论梁生宝形象艺术塑造上的两个问题》，载《北京大学学报》1964 年第 4 期。（署名：方明）

[28]《不容石一歌歪曲鲁迅对"蛆虫"的批判》，载《辽宁大学学报》1977 年第 6 期。（署名：方浴晓）

[29]《评三十年代左翼文艺运动》，载《北京大学学报》1973 年第 1

期。(署名:方浴晓)

[30]《选材要严,开掘要深——读〈药〉》,载《十月》1978年第1期。(署名:方浴晓)

[31]《错误的结论就是要推倒——评1936年文艺界为建立抗日统一战线的论争》,载《甘肃师范大学学报》1978年第2期。

[32]《鲁迅与三十年代左翼文艺运动》,载《辽宁大学学报》1978年第3期。(署名:方浴晓)

[33]《鲁迅的"并存"论最正确——再评1936年文艺界为建立抗日统一战线的论争》,载《文学评论》1978年第5期。

[34]《赵树理作品中的地方色彩》,载《汾水》1980年第3期。(署名:方浴晓)

[35]《〈地泉〉和"革命的浪漫谛克"》,载《厦门大学学报》1980年第4期。(署名:方浴晓)

[36]《重要的问题在于总结历史经验》,载《文艺报》1981年第2期。

[37]《在论争中结束和没有结束的论争》,载《北京大学学报》1981年第3期。

[38]《赵树理创作的现实主义特征》,载《辽宁大学学报》1981年第4期。

[39]《实践是最权威的回答——谈解放区文艺在民族形式上的创造》,载《中国现代文学研究丛刊》1982年第2期。

[40]《解放区创作和文艺整风运动》,载《北京大学学报》1982年第3期。

[41]《赵树理创作形象、母题和情节的构成》,载《贵州社会科学》1983年第3期。

[42]《现代文学教学也要百花齐放》,载《中国现代文学研究丛刊》1983年第3期。

[43]《略谈文学批评方法学》,见江溶、乔默编《怎样学习语言文学》,中国青年出版社1983年版。

[44]《从比较分析看赵树理作品的生命力》,载《北京大学学报》1984年第3期。

[45]《这不是"新的思想高度"——对中国现代文学研究中一种观

点的商榷》，载《文艺报》1984 年第 4 期。

[46]《赵树理小说的社会学批评》，见严家炎等编《中国现代文学论文集》，北京大学出版社 1986 年版。

[47]《文学作品的多面性和文学批评的多样性》，见黄景魁编《现代文学名著评析》，辽宁教育出版社 1986 年版。

[48]《四十年代文艺研究散论》，载《中国现代文学研究丛刊》1987 年第 4 期。

[49]《中国现代文学发展概论》，见谢学芳主编《现代文学 100 题》，远距离教育出版社 1989 年版。

[50]《沈从文的小说〈边城〉》，载（台湾）《国语日报》1990 年 6 月 16 日。

[51]《文学史的史学品格》，载《中国现代文学研究丛刊》1991 年第 3 期。

[52]《回归与拓展——对新文学史研究历史的思考》，载《文学评论》1993 年第 1 期。

[53]《总也忘不了他：纪念〈小二黑结婚〉发表五十周年》，载《文艺报》1993 年 9 月 18 日。

[54]《"鲁迅在广东"研究的新课题》，载《广东鲁迅研究》1994 年第 1、2 期。

[55]《世纪末的沉寂》，载《天津社会科学》1994 年第 2 期。

[56]《谈我国少数民族现代文学史的编纂》，载《民族文学研究》1994 年第 3 期。

[57]《放荡的严肃，嬉笑的悲哀——关于〈废都〉的评价问题》，载（日本）《中国当代文学研究会会报》1994 年第 9 号。

[58]《现代文学思潮编纂实践的启示》，见《回顾与前瞻——19—20 世纪中国文学思潮讨论集》，河南人民出版社 1994 年版。

[59]《中国现代文学史理论与实践的回顾》，载《中国现代文学研究丛刊》1995 年第 1 期。

[60]《中国新文学史研究的主要经验》，见《中国文学年鉴·1994》，社会科学文献出版社 1995 年版。

[61]《我们的文学怎样跨世纪?》，载《当代文坛报》1995 年第 2、3 期。

[62]《文艺走向市场以后——从一篇杂文看"世纪末的困惑"》,载《海南师范学院学报》1995 年第 2 期。

[63]《张爱玲和市民文学》,载《香港笔荟》1995 年第 6 卷。

[64]《〈中国新文学史稿〉的历史地位》,见中国现代文学研究会、北京大学中文系编《先驱者的足迹》,1996 年。

[65]《为市民画像的高等画师》,载《博览群书》1996 年第 3 期。

[66]《赵树理小说欣赏和移象作用》,见《赵树理研究文集》,中国文联出版公司 1996 年版。

[67]《赵树理创作和晋东南地理》,见《赵树理研究文集》,中国文联出版公司 1996 年版。

[68]《历史的反思,直逼"五四"》,载《中国现代文学研究丛刊》1997 年第 1 期。

[69]《告别史前期,走出卅二年——中国现代文学学科发展的思考》,见福建师范大学中文系、上海文艺出版社编《艺文述林(2)现代文学卷》,上海文艺出版社 1997 年版。

[70]《鲁迅生平和他的小说》,见《升华与超越》,高等教育出版社 1998 年版。

[71]《中国现代文学之全像追求》,载《关西大学文学论集》(日文)1999 年第 48 卷第 4 号。

[72]《21 世纪的中国现代文学史》,载《广东社会科学》1999 年第 5 期。

[73]《中国现代小说艺术范型的确立》,见《怎样写小说》,香港文化艺术事业公司 1999 年版。

[74]《奔向大学科,势在必行》,见中国社会科学院文学所、河南大学文学院编《"中国文学研究的世纪回眸"学术研讨会论文集》,河南大学出版社 1999 年版。

[75]《拐弯道上的思考——20 年来现代文学研究的一点感想》,载《文学评论》1999 年第 6 期。

[76]《积累不足,创新也难》,载《文学评论》2000 年第 4 期。

[77]《从"学以致用"走向"分析整理"——20 世纪 90 年代中国现代文学研究取向》,载《中山大学学报》2000 年第 4 期。

[78]《"纯文学"之命运》,载(香港)《纯文学》2000 年复刊第

32 期。

［79］《现代旧体诗词应入文学史说》，载《粤海风》2001 年第 3 期、《中华诗词》2001 年第 5 期。

［80］《价值的相对性和绝对性》，载《文学评论》2001 年第 4 期。

［81］《文学史和学术史研究的并行》，载《文学评论丛刊》2001 年第 4 卷第 2 期。

［82］《旧体诗词与现代文学的啼笑因缘》，载《中国现代文学研究丛刊》2002 年第 2 期。

［83］《中国现代文学史研究的"势大于人"》，载《东方文化》2002 年第 5 期。

［84］《略说郭沫若与 20 世纪中国文化》，见《郭沫若与 20 世纪中国文化》，福建人民出版社 2002 年版；《郭沫若研究文献汇要》，上海书店出版社 2012 年版。

［85］《披露"毛罗对话"史实的启示》，载《文艺争鸣》2003 年第 2 期。

［86］《培育一种理性的文学史观》，载《北京大学学报》2003 年第 5 期。

［87］《在现代文学研究中，提倡科学精神》，载《学习与探索》2004 年第 1 期。

［88］《全球化语境下的中国现代文学研究》，载《文学评论》2004 年第 5 期。

［89］《中国现代文学的全人类性》，见《全球化语境下的中国现当代文学国际学术研讨会论文集》，汕头大学出版社 2004 年版。

［90］《中国现代文学史的建构、解构和重构》，载《中山大学学报》2004 年第 6 期。

［91］《从显学到冷门的赵树理研究》，载《中华读书报》2004 年 11 月 3 日。

［92］《现代文学研究的史论关系的再认识》，载《汕头大学学报》2005 年第 1 期。

［93］《对"战争文学"的反思》，载《河北学刊》2005 年第 5 期。

［94］《20 世纪中国社会转型和文学转型》，载《广州日报》2005 年 6 月 13 日。

[95]《论中国现代文学史的阐释体系》,载《学术研究》2007年第8期。

[96]《中国新文学史的编纂传统》,载胡星亮主编《中国现代文学论丛》2008年第2卷第2期。

[97]《鲁迅"先锋性"一解》,见朱水涌、王烨主编《鲁迅:厦门与世界》,厦门大学出版社2008年版。

[98]《谈汉语新文学的研究》,载《理论学刊》2010年第6期。

[99]《〈色·戒〉:从小说到电影》,见吕梅主编《聆听智者的声音——香山讲坛演讲录》,中华书局2010年版。

[100]《谈苏雪林的〈中国二三十年代作家〉》,见《苏雪林面面观》,黑龙江人民出版社2011年版。

[101]《中国现代文学学科的过去和未来》,见陈平原主编《现代中国》第14辑,北京大学出版社2011年版。

[102]《人性论和中国现代文学》,载《华夏文化论坛》2012年第2期。

[103]《中国现代文学史著编纂创新的点、线、面、体》,载《山东师范大学学报》2013年第1期。

五、访谈录

[104]《回首来路,也有风雨也有晴——答〈东方文坛〉冯济平》,载《东方论坛》2004年第6期。

[105]《赵树理研究的当代意义(答贾克勤)》,载《山西日报》2006年8月1日。

[106]《在半山腰的望顶兴叹——答〈东方论坛〉冯济平》,载《东方论坛》2009年第2期。

[107]《他在不停地重写文学史》(吴敏访录),载《中国现代文学研究丛刊》2010年第4期。

[108]《"干货"、证据和理论、阐释——黄修己先生访谈录》(张均访录),载《新文学评论》2012年创刊号。

[109]《与现代文学学科同路走来——黄修己先生访谈录》(姚玳玫访录),见陈希、姚玳玫编《一个人和一门学科》,中山大学出版社2015年版。

[110]《"我们接续了学术传统"——访中山大学教授黄修己》（武勇访录），载《中国社会科学报》2016年3月30日。

后　记

　　本书是我的自选集。我有哪些作品，自认为可以算是有代表性的呢？这大概包括三个方面，即中国现代文学史研究、中国现代文学学术史研究和赵树理研究。这是我一生心血所灌注。但这些成果大都用了专著的形式，一部书就有几十万言，不适于选来编入自选集。"广东省优秀社会科学家文库"的编选原则是尽量只选论文类的作品，恰好有一段时间，我比较集中地发表关于学科发展的各种意见，长长短短的论文、评论也有几十篇，而且全都是来到广州以后写的。现在选出若干篇，依其内容分为五辑。所以，本书既为自选集，亦可名之为"论中国现代文学学科"。它比较集中地表达了我对中国现代文学学科的意见，或可供还在为学科发展努力奋斗着的年轻朋友做个参考。

　　中山大学刘卫国教授帮助我收集了近年来多数作品的文本；华南师范大学吴敏教授提供了我的"主要著述"的大部分目录供我选编，又经中山大学图书馆彭绮文同志帮助，核对了部分目录。这里，一并对他们的大力帮助表示衷心感谢！

　　为一些专家出版自选集，以保存社会科学研究的辛勤劳动的成果，以便于发挥这些思想成果的社会作用。这是中共广东省委宣传部和广东省社会科学界联合会重视社会科学研究的重要举措，这里特向他们表达我的谢意。还要感谢中山大学，感谢中山大学中文系。我从北京来到广州，一晃竟然快30年了。学校为我提供了可以放下心来做学问的环境，我觉得这是最要紧的，也是最要感谢的！

写于 2016 年 7 月 9 日